O UNIVERSO CONTRA ALEX WOODS

GAVIN EXTENCE

O UNIVERSO CONTRA ALEX WOODS

Tradução de Santiago Nazarian

Título original
THE UNIVERSE VERSUS ALEX WOODS

Primeira publicação na Grã-Bretanha em 2013 pela Hodder & Stoughton
An Hachette UK Company.

Copyright © Gavin Extence, 2013

O direito de Gavin Extence ser identificado como autor desta obra foi assegurado por ele em conformidade com o Copyright, Designs and Patents Act 1988.

Todos os direitos reservados. Nenhuma parte desta obra pode ser reproduzida ou transmitida por qualquer forma ou meio eletrônico ou mecânico, inclusive fotocópia, gravação ou sistema de armazenagem e recuperação de informação, sem a permissão escrita do editor.

Extratos de *Slaughterhouse-Five* © 1969 and *Breakfast of Champions* © 1973 Kurt Vonnegut (ambos), publicado por Jonathan Cape.
Reproduzido com autorização da The Random House Group Limited.
Extratos de *Sirens of Titan* © 1959 *by* Kurt Vonnegut, reproduzido com autorização de Donald C. Farber, administrador de Kurt Vonnegut Copyright Trust.
Extratos de *Catch-22* © 1961 *by* Joseph Heller, reproduzido com autorização de The Joseph Heller Estate.

Agradecimentos a Martin Beech pela autorização para exibir extrato de *Meteors and Meteorites: Origins and Observations.*

Todos os personagens deste livro são fictícios e qualquer semelhança com pessoas reais, vivas ou não, é mera coincidência.

Direitos para a língua portuguesa reservados
com exclusividade para o Brasil à
EDITORA ROCCO LTDA.
Av. Presidente Wilson, 231 – 8º andar
20030-021 – Rio de Janeiro, RJ
Tel.: (21) 3525-2000 – Fax: (21) 3525-2001
rocco@rocco.com.br
www.rocco.com.br

Printed in Brazil/Impresso no Brasil

preparação de originais
MAIRA PARULA

CIP-Brasil. Catalogação na fonte.
Sindicato Nacional dos Editores de Livros, RJ.

E96u	Extence, Gavin
	O universo contra Alex Woods / Gavin Extence; tradução de Santiago Nazarian. – 1ª ed. – Rio de Janeiro: Rocco, 2014.
	Tradução de: The universe versus Alex Woods
	Apêndice
	ISBN 978-85-325-2902-2
	1. Ficção britânica. I. Nazarian, Santiago. II. Título.

14-09265	CDD-823
	CDU-821.111-3

Para Alix, sem a qual este livro não existiria.

ENTENDER

Finalmente me pararam em Dover quando eu tentava voltar ao país. Eu meio que já esperava, mas ainda foi um choque quando a cancela ficou abaixada. É engraçado como algumas coisas podem se misturar assim. Tendo ido tão longe, eu começara a pensar que poderia fazer o caminho todo de volta para casa afinal. Teria sido legal poder ter explicado as coisas para minha mãe, antes de qualquer outra pessoa se envolver.

Era uma da manhã e chovia. Levei o carro do Sr. Peterson até o guichê na pista de "Nada a Declarar", onde um único funcionário da alfândega estava trabalhando. Ele apoiava o peso nos cotovelos, o queixo encaixado nas mãos e, com essa armação improvisada, seu corpo todo parecia prestes a desabar como um saco de batatas no chão. Era o turno da noite – o temidamente tedioso turno da noite para a manhã – e por alguns batimentos cardíacos pareceu que o oficial da alfândega não teria a força de vontade necessária para virar os olhos e verificar meus documentos. Mas daí o momento passou. Seu olhar mudou; seus olhos esbugalharam. Ele fez sinal para eu esperar e falou em seu walkie-talkie, rapidamente e com visível agitação. Foi nesse instante que eu tive certeza. Descobri depois que minha foto havia circulado por todos os grandes portos, de Aberdeen a Plymouth. Com isso e as notícias na TV, eu nunca tive chance.

Do que eu me lembro em seguida é confuso e estranho, mas vou tentar descrever da melhor forma possível.

A porta lateral do guichê se abriu e no mesmo momento despejou sobre mim o perfume de um campo cheio de lilases. Veio assim, do nada, e eu soube na hora que teria de ter uma concentração extra para ficar no presente. Pensando bem hoje, um episódio como este estava escrito há tempos. Você deve levar em conta que eu não dormia direito há vários dias, e Maus Hábitos de Sono sempre foram um dos meus gatilhos. Estresse é outro.

Eu olhei bem à frente e foquei. Foquei nos limpadores de parabrisa se movendo de um lado para o outro e tentei contar minha respiração, mas quando cheguei a cinco ficou bem claro que isso não seria o bastante. Tudo estava ficando lento e embaçado. Eu não tinha escolha a não ser ligar o som no máximo. *Messiah*, de Handel, inundou o carro – o coro de "Aleluia" alto o suficiente para chacoalhar o escapamento. Eu não havia planejado isso nem nada. Quero dizer, se eu tivesse tempo de me preparar para isso, teria escolhido algo mais simples, mais calmo e mais silencioso; os noturnos de Chopin ou uma das suítes de Bach para violoncelo, talvez. Mas eu vinha escutando a coleção musical do Sr. Peterson desde Zurique e, por acaso, naquele preciso momento eu ouvia justamente *aquela* parte do *Messiah*, de Handel, como se fosse uma brincadeira do destino. Claro, isso não me ajudou depois: o funcionário da alfândega deu um relatório completo à polícia no qual disse que eu resisti à prisão por um longo tempo, que eu fiquei parado lá, olhando para a noite e ouvindo música religiosa a todo volume, como se ele fosse o Anjo da Morte ou sei lá. Provavelmente você já ouviu essa citação. Estava em todos os jornais – eles morrem de tesão por detalhes desse tipo. Mas você precisa entender que na hora eu não tive escolha. Eu podia ver o oficial pela minha visão periférica, curvado na minha janela em sua jaqueta amarelona, mas me forcei a ignorá-lo. Ele apontou sua lanterna nos meus olhos e ignorei isso também. Só fiquei olhando bem à frente, concentrado na música. Essa foi minha âncora. Os lilases ainda estavam lá, se esforçando ao máximo para me distrair. Os Alpes começavam a invadir – lembranças pontudas e congeladas, afiadas como pregos. Eu as enfiei na música. Ficava dizendo a mim mesmo que não era nada *além* de música. Não havia nada além de cordas, percussão, trompetes e todas essas vozes incontáveis louvando o Senhor. Hoje eu sei que devo ter parecido bem suspeito, apenas sentado lá com meus olhos vidrados e a música alta o suficiente para despertar os mortos. Deve ter soado como se eu tivesse toda a Orquestra Sinfônica de Londres tocando no banco traseiro. Mas o que eu poderia fazer? Quando se tem uma aura tão poderosa assim, não há chance de ela passar por conta própria: para ser franco, houve vários momentos em que eu estava à beira do precipício. Eu estava a um fio de cabelo de ter convulsões.

Mas, depois de um tempinho, a crise sossegou. Algo voltou ao lugar. Eu percebi vagamente que a lanterna havia se movido. Agora estava congelada no espaço a meio metro do meu lado, apesar de eu estar esgotado demais para perceber isso na hora. Foi só depois que eu me lembrei de que o Sr. Peterson ainda estava no banco do passageiro. Eu não tinha pensado em movê-lo.

Os momentos passaram e finalmente a lanterna se afastou. Eu consegui virar a cabeça quarenta e cinco graus e vi que o oficial da alfândega estava novamente falando em seu walkie-talkie, nervoso. Então ele bateu a lanterna contra a janela e fez um gesto urgente para eu abaixá-la. Não me lembro de apertar o botão, mas me lembro do jorro de ar frio e úmido quando o vidro desceu. O oficial balbuciou algo, mas não pude compreender. A próxima coisa que eu sei é que ele enfiou o braço pela janela aberta e desligou o motor. O motor parou e, um segundo depois, a última aleluia morreu no ar da noite. Eu podia ouvir o zumbido de chuviscos no asfalto, desaparecendo lentamente, como a realidade se solucionando.

O oficial estava falando também e fazendo com os braços todos esses gestos esquisitos de faniquitos, mas meu cérebro não era capaz de decodificar nada ainda. Naquele momento havia outra coisa acontecendo – um pensamento tateava seu caminho para a luz. Levei uma eternidade para organizar minhas ideias em palavras, mas, quando finalmente cheguei lá, foi isso que eu disse: "Senhor, devo dizer que eu não tenho mais condições de dirigir. Acho que terá de encontrar outra pessoa para tirar o carro para mim."

Por algum motivo, isso pareceu chocá-lo. Seu rosto passou por uma série de estranhas contorções, então por um longo tempo ele ficou parado lá, de boca aberta. Poderia ter sido considerado falta de educação, mas acho que não vale a pena ser rígido com coisas assim. Então eu esperei. Eu disse o que precisava dizer, e isso exigiu um esforço considerável. Não me importei em ser paciente dessa vez.

Depois de limpar suas vias respiratórias, o oficial me disse que eu tinha de sair do carro e vir com ele imediatamente. Mas o gozado foi que, assim que ele falou, eu percebi que ainda não estava pronto para me mover. Minhas mãos ainda estavam presas à direção e não davam sinais de soltar. Perguntei se eu podia ter um minutinho.

"Meu filho", o oficial disse, "preciso que venha *agora*."

Olhei para o Sr. Peterson. Ser chamado de "meu filho" não era um bom sinal. Achei que eu estava provavelmente num Grande Monte de Merda.

Minhas mãos se soltaram.

Eu consegui sair do carro, cambaleei e me apoiei na lateral por alguns segundos. O oficial da alfândega tentou me fazer andar, mas eu disse que, a não ser que ele quisesse me carregar, ele teria de me dar uns segundos para eu encontrar meus pés. A garoa estava irritando a pele exposta do meu pescoço e rosto, e pequenas lágrimas de chuva começaram a se juntar nas minhas roupas. Eu podia sentir todas as sensações se reagrupando. Perguntei há quanto tempo estava chovendo. O oficial da alfândega olhou para mim, mas não respondeu. O olhar disse que ele não queria jogar conversa fora.

Um carro da polícia veio e me levou para uma sala chamada Sala de Interrogatório C na Delegacia de Polícia de Dover, mas antes eu tive de esperar num pequeno Portakabin na parte principal do porto. E esperei um bocado. Vi vários oficiais da Capitania dos Portos, mas nenhum falou comigo. Eles só me davam instruções bem simples de duas palavras, tipo "espere aqui" ou "fique aqui", e me diziam o que ia acontecer em seguida, como se fossem o coro de uma daquelas peças da Grécia Antiga. E depois de cada discurso, eles imediatamente perguntavam se eu havia entendido, como se eu fosse algum tipo de imbecil ou algo assim. Para ser sincero, eu posso ter dado a eles essa impressão. Sei lá. Eu ainda não tinha me recuperado da crise. Estava cansado, minha coordenação estava prejudicada, e no todo eu me sentia bem desconectado, como se minha cabeça tivesse sido empacotada com algodão. Estava com sede também, mas não queria perguntar se havia uma máquina de bebidas que pudesse usar para eles não acharem que eu estava querendo dar uma de espertinho. Como todo mundo sabe, quando a gente já está encrencado, fazer uma pergunta simples e legítima como essa pode nos deixar mais encrencados ainda. Não sei por quê. É como se cruzássemos uma linha invisível e de repente ninguém mais quer reconhecer que coisas cotidianas como máquinas de bebida ou Coca Diet ainda existam. Acho que algumas situações devem ser tão graves que as pessoas não querem trivializá-las com bebidas gasosas.

Bom, então veio um carro da polícia e me levou para a Sala de Interrogatório C, onde minha situação não melhorou em nada. A sala C não era muito maior do que um armário e foi projetada com o mínimo conforto em mente. As paredes e chão sem nada. Havia uma mesa retangular com quatro cadeiras plásticas e uma janelinha que não parecia abrir, alta na parede dos fundos. Havia um alarme de incêndio e uma câmera de segurança num canto, perto do teto. Mas a mobília acabava aí. Não havia nem um relógio.

Mandaram-me sentar e fiquei sozinho pelo que pareceu muito tempo. Acho que talvez tenha sido intencional para tentar me fazer sentir cansado e desconfortável, mas não tenho base para pensar isso. É só uma hipótese. Por sorte, fico bem feliz comigo mesmo, e sou capaz de manter minha mente ocupada. Tenho cerca de um milhão de exercícios diferentes para me ajudar a ficar calmo e concentrado.

Quando você está cansado, mas precisa ficar alerta, você realmente precisa de algo meio complicado para manter sua mente funcionando. Então comecei a conjugar meus verbos irregulares em espanhol, começando no presente simples, daí gradualmente passando pelos tempos mais difíceis. Eu não falei em voz alta, por causa da câmera de segurança, mas eu os pronunciei na minha cabeça, tomando ainda cuidado com o sotaque e a pronúncia. Eu estava no *entiendas*, segunda pessoa do presente do subjuntivo informal de *entender*, quando a porta se abriu e dois policiais entraram. Um era aquele que me levou do porto e estava carregando uma prancheta com alguns papéis presos. O outro policial eu nunca tinha visto. Os dois pareciam putos.

– Bom-dia, Alex – disse o policial que eu não conhecia. – Eu sou o inspetor-chefe Hearse. Você já conheceu o subinspetor Cunningham.

– Sim – eu disse. – Oi.

Não vou me preocupar em descrever o inspetor-chefe Hearse ou o subinspetor Cunningham em detalhes. O Sr. Treadstone, meu velho professor de gramática, costumava dizer que quando estamos escrevendo sobre uma pessoa não precisamos descrevê-la tim-tim por tim-tim. Em vez disso, devemos dar apenas um detalhe revelador para ajudar o leitor a visualizar o personagem. O inspetor-chefe Hearse tinha uma mancha do tamanho de uma moeda de cinco centavos na bochecha direita. O subinspetor Cunningham tinha os sapatos mais brilhantes que eu já vi.

Eles se sentaram na minha frente e gesticularam para eu me sentar também. Foi quando percebi que eu havia me levantado quando eles entraram na sala. É uma das coisas que eles ensinam na minha escola – ficar de pé sempre que um adulto entra na sala. É uma forma de demonstrar respeito, acho, mas depois de um tempo você faz isso sem pensar.

Eles olharam para mim por um bom tempo sem dizer nada. Eu queria afastar o olhar, mas achei que poderia parecer mal-educado, e então continuei olhando bem à frente e esperei.

– Sabe, Alex – o inspetor-chefe Hearse finalmente disse –, você criou um alvoroço e tanto na última semana. Virou uma celebridade...

De cara eu já não gostei do rumo da conversa. Eu não tinha ideia do que ele esperava que eu dissesse. Para algumas coisas não há uma resposta sensata, então eu apenas mantive minha boca fechada. Dei de ombros, o que não era a coisa mais sábia a fazer, mas é muito difícil não fazer nada em situações como esta.

O inspetor-chefe Hearse coçou sua mancha. Então ele disse:
– Você percebe que está numa baita encrenca?

Pode ter sido uma pergunta, pode ter sido uma declaração. Eu assenti de todo modo, só por via das dúvidas.

– E sabe *por que* está encrencado?

– É, acho que sim.

– Você entende que isso é sério?

– Sim.

O inspetor-chefe Hearse olhou para o subinspetor Cunningham, que não havia dito nada ainda. Depois olhou para mim novamente.

– Sabe, Alex, algumas de suas ações na última hora sugerem o contrário. Acho que, se tivesse percebido quão sério isto é, você estaria muito mais preocupado do que parece estar. Deixe-me dizer, sentando onde você está sentado agora, acho que eu estaria muito mais preocupado do que você parece estar.

Ele deveria ter dito "se eu *estivesse* sentado onde você está agora" – notei porque eu já tinha o subjuntivo na minha mente –, mas não o corrigi. As pessoas não gostam de ser corrigidas por coisas assim. É uma das coisas que o Sr. Peterson sempre me disse. Ele disse que corrigir a gramática das pessoas no meio da conversa faz eu parecer um Pentelho de Primeira.

– Me diga, Alex – o inspetor-chefe Hearse continuou –, você está preocupado? Parece um pouco calmo demais, informal demais, considerando tudo.

– Eu realmente não posso me dar ao luxo de ficar muito estressado – eu disse. – Não é muito bom para minha saúde.

O inspetor-chefe Hearse bufou longamente. Então olhou para Cunningham e assentiu. O subinspetor Cunningham me passou um papel da prancheta.

– Alex, revistamos seu carro. Acho que você concorda que há várias coisas que precisamos discutir.

Eu assenti. Eu podia pensar numa coisa em particular. Mas até aí o inspetor-chefe Hearse me surpreendeu: ele não perguntou o que eu achei que ele ia perguntar. Em vez disso me pediu para confirmar, a título de registro, o meu nome completo e a data do meu nascimento. Isso me abalou por um segundo. Considerando tudo, parecia uma perda de tempo. Eles já sabiam quem eu era: eles tinham meu passaporte. Não havia razão para não se ir direto ao assunto. Mas, sério, eu não tinha muita escolha a não ser seguir qualquer jogo que ele estivesse jogando.

– Alexander Morgan Woods – eu disse. – Nasci em 23 de setembro de 1993.

Não sou muito chegado ao meu nome completo, para ser franco, especialmente a parte do meio. Mas a maioria das pessoas apenas me chama de Alex, como o policial. Quando você se chama Alexander, pouca gente se preocupa com seu nome completo. Minha mãe não se preocupa. Ela vai uma sílaba além do que todo mundo e só me chama de Lex, como o Lex Luthor – e você deveria saber que ela já me chamava assim bem antes de eu perder meu cabelo. Depois disso, acho que ela começou a ver meu nome como profético; antes eu acho que ela só achava bonitinho.

O inspetor-chefe Hearse franziu a testa e olhou para o subinspetor Cunningham novamente e assentiu. Ele continuou fazendo isso, como se ele fosse o mágico e o subinspetor Cunningham fosse seu assistente com todos os equipamentos.

O subinspetor Cunningham tirou de trás de sua prancheta um saco plástico transparente e jogou no centro da mesa, onde pousou com um ruído baixo. Foi extremamente teatral, foi mesmo. A polícia tem todo tipo de truques psicológicos assim. Você provavelmente já sabe disso se você assiste à TV.

– Aproximadamente 113 gramas de maconha – enfatizou o inspetor-chefe. – Tirados de seu porta-luvas.

Vou ser sincero com você: eu tinha esquecido completamente da maconha. O fato é que eu nem tinha aberto o porta-luvas desde a Suíça. Eu não tinha razão para isso. Mas tente dizer algo assim para a polícia por volta das duas da manhã, depois que você foi parado na alfândega.

– É muita maconha, Alex. É *tudo* para uso pessoal?
– Não... – Mudei de ideia. – Na verdade, sim. Quero dizer, era para uso pessoal, mas não para *meu* uso pessoal.

O inspetor-chefe Hearse ergueu as sobrancelhas meio metro.

– Você está dizendo que esses 113 gramas de maconha *não* são para você?
– Não. Eram do Sr. Peterson.
– Sei – disse o inspetor-chefe Hearse. Então ele coçou a mancha novamente e balançou a cabeça. – Você devia saber que também encontramos um bom dinheiro em seu carro. – Ele olhou para a planilha de inventário. – Seiscentos e quarenta e seis francos suíços, oitenta e dois euros, e mais trezentas e dezoito libras. Encontrados num envelope no compartimento lateral do motorista, ao lado do seu passaporte. É um bom dinheiro para alguém de dezessete anos estar carregando, você não diria?

Eu não disse nada.

– Alex, isso é muito importante. O que *exatamente* você está planejando fazer com 113 gramas de maconha?

Pensei nisso por um bom tempo.

– Não sei. Eu não estava planejando nada. Acho que eu provavelmente teria jogado fora. Ou talvez eu desse pra alguém. Sei lá.

– Você *daria* para alguém?

Dei de ombros. Acho que seria um belo presente para Ellie. Ela provavelmente ia gostar. Mas guardei isso pra mim.

– Não tenho interesse pessoal nisso – afirmei. – Quero dizer, gosto de cultivar, mas só isso. Certamente eu não ficaria com ela.

O subinspetor Cunningham começou a tossir alto. Era o primeiro som que veio dele e me fez saltar um pouco. Achei que talvez ele fosse mudo ou sei lá.

– Você cultivou?

– Cultivei para o Sr. Peterson – esclareci.

– Entendi. Você cultivou, então deu de presente. Foi basicamente um empreendimento de caridade?

– Não. Quero dizer, não era minha, pra começar. Sempre pertenceu ao Sr. Peterson, então não era como dar de presente. Como eu disse, só cultivei.

– Sim. Você cultivou, mas não tem interesse *pessoal* na substância em si?

– Só um interesse farmacológico.

O inspetor-chefe Hearse olhou para o subinspetor Cunningham, então bateu seus dedos na mesa por cerca de um minuto. – Alex, vou te perguntar mais uma vez. Você usa drogas? Está sob efeito de drogas neste momento?

– Não.

– Você *alguma vez* já usou drogas?

– Não.

– Ok. Então há algo que você precisa me esclarecer. – O subinspetor Cunningham me passou outra folha de papel. – Falamos com o cavalheiro que te parou na alfândega. Ele diz que você estava agindo de forma estranha. Ele diz que, quando ele tentou detê-lo, você se recusou a cooperar. Na verdade, ele diz, e vou citar: "O suspeito ligou a música do carro num volume tão alto que provavelmente podia ser ouvida na França. Então passou a me ignorar pelos próximos minutos. Olhava direto para frente e seus olhos pareciam vidrados. Quando eu finalmente consegui fazê-lo sair do veículo, ele me disse que não estava em condições de dirigir."

O inspetor-chefe Hearse abaixou a folha e olhou para mim.

– Quer explicar isso pra gente, Alex?

– Eu tenho epilepsia do lobo temporal – expliquei. – Estava tendo uma crise parcial.

O inspetor-chefe Hearse ergueu as sobrancelhas novamente e franziu profundamente, como se aquilo fosse a última coisa que ele quisesse ouvir. – Você tem epilepsia?
– Sim.
– Ninguém me falou sobre isso.
– Tenho desde os dez anos. Começou depois do meu acidente.
– Toquei em minha cicatriz. – Quando eu tinha dez anos, eu...
O inspetor-chefe acenou impacientemente. – Sim. Sei sobre seu acidente. *Todo mundo* sabe sobre seu acidente. Mas ninguém me contou da epilepsia.
Dei de ombros. – Não tenho crises há quase dois anos.
– Mas você está dizendo que teve uma crise mais cedo, no carro?
– Sim. Por isso não estou mais em condições de dirigir.
O inspetor-chefe olhou para mim por um longo tempo, sacudindo a cabeça. – O Sr. Knowles nos deu um relatório bem detalhado, e ele nunca mencionou que você tinha essas crises. E eu acho que é o tipo de coisa que ele teria mencionado, não acha? Ele disse que você ficou sentado bem paradinho e não parecia nada agitado. Ele disse que você parecia um pouco calmo demais, dadas as circunstâncias.
O inspetor-chefe Hearse não tirava da cabeça o fato de eu estar calmo demais.
– Foi uma crise *parcial* – eu disse. – Não perdi a consciência e não tive convulsão. Consegui parar antes que se espalhasse demais.
– É essa a explicação? – O inspetor-chefe Hearse perguntou.
– Se eu fizer um teste de sangue agora, vai vir limpo? Você não tomou drogas?
– Só carbamazepina.
– O que é?
– Um antiepilético – eu disse.

O inspetor-chefe Hearse parecia prestes a cuspir. Ele achava que eu estava dando uma de engraçadinho. Disse que, mesmo se eu estivesse contando a verdade, mesmo se eu *tivesse* uma epilepsia do lobo temporal e que eu *tenha* tido uma crise parcial, eu nem chegaria perto de explicar meu comportamento, não pela cabeça dele. Eles encontraram 113 gramas de maconha no meu porta-luvas e eu não estava levando esse fato suficientemente a sério.

– Não acho que seja tão sério – admiti. – Não no contexto geral das coisas.

O inspetor-chefe Hearse balançou a cabeça por cerca de dez minutos e depois disse que a posse de uma substância proibida com provável intenção de fornecê-la era uma Coisa Bem Grave de fato, e se eu dissesse o contrário, então, ou eu estaria tentando ser engraçadinho ou eu era, sem dúvida, o garoto de dezessete anos mais ingênuo que ele já encontrou na vida.

– Não estou sendo ingênuo – eu disse. – O senhor pensa de um jeito, eu penso de outro. É uma genuína diferença de opiniões.

Não preciso dizer que eles não saíram do assunto das drogas por uma eternidade. Era uma situação estranha na qual quanto mais aberto e honesto eu tentasse ser, mais eles ficariam convencidos de que eu estava mentindo. Por fim eu disse a eles que eu *queria* fazer um exame de sangue; imaginei que eles poderiam discutir comigo até o final dos tempos, mas não podiam discutir com a ciência. Mas, quando eu comecei a exigir meu direito de fazer um exame de sangue, acho que eles basicamente já tinham decidido seguir em frente, de toda forma. O fato é que ainda tínhamos mais uma coisa a discutir. Deveria ter sido o primeiro item na agenda, mas, como eu disse, a polícia pode ser bem dramática se eles acham que vai dar resultado.

– O item final do inventário... – o inspetor-chefe começou. Então descansou os cotovelos na mesa e colocou a cabeça nas mãos. Ele olhou para baixo e não disse nada por um bom tempo.

Eu esperei.

– O item final – o inspetor-chefe Hearse começou novamente – é uma pequena urna de prata, tirada do banco do carona. Pesa aproximadamente 4,8 quilos.

Para ser sincero, não sei por que eles se preocuparam em pesar.

– Alex, preciso perguntar: o conteúdo daquela urna...

O inspetor-chefe Hearse olhou direto nos meus olhos e não disse nada. Estava bem claro que ele *não* iria perguntar, apesar do que ele disse, mas eu sabia qual era a pergunta, obviamente. E realmente eu já tivera o suficiente daqueles joguinhos psicológicos. Eu estava cansado e com sede. Então não esperei para ver se o inspetor-chefe iria terminar a pergunta. Eu apenas assenti e disse a ele o que ele queria saber.

– Sim – eu disse. – Era o Sr. Peterson.

Depois disso, eles tiveram cerca de mais de um milhão de perguntas, como você pode imaginar. Obviamente, a coisa principal que eles queriam saber era exatamente o que aconteceu na última semana, mas, para dizer a verdade, eu não estou preparado para falar disso ainda. Não acho que teria muito sentido – e menos sentido ainda naquela hora. O inspetor-chefe Hearse me disse que ele queria uma explicação clara, concisa e completa de todas as circunstâncias relevantes que me levaram a parar na alfândega com 113 gramas de maconha e os restos do Sr. Peterson; mas isso era uma causa perdida desde o começo. Às vezes quando as pessoas te pedem uma explicação completa, você sabe muito bem que é a última coisa que elas querem. Sério, elas querem te dar um parágrafo que confirme o que elas já pensam que sabem. Querem algo que caiba direitinho numa caixa de formulários policiais. E isso nunca pode ser uma explicação completa. Explicações completas são bem mais confusas. Elas não podem ser transmitidas em cinco minutos despreparados do começo ao fim. Você tem de dar a elas tempo e espaço para desdobramentos.

É por isso que quero começar novamente desde o início, onde a polícia não me deixaria começar. Vou te contar minha história, a história completa, do jeito que deveria ser contada. Acho que não vai ser curta.

IRÍDIO-193

Eu podia começar contando sobre minha concepção. Minha mãe sempre foi extremamente acessível sobre esse aspecto da minha existência – possivelmente porque havia tão pouco que ela podia dizer sobre meu pai e era sua forma de compensar. É uma história meio interessante, de uma forma estranha e ligeiramente desagradável, mas, acima de tudo, não estou certo de que seja o melhor lugar para começar. Não é o lugar mais relevante para começar, de todo modo. Talvez eu chegue lá depois.

Por enquanto, há um lugar mais óbvio para começar: com o acidente que ocorreu comigo quando eu tinha dez anos. Claro, você provavelmente já sabe um pouco sobre isso. Foi notícia em todo canto por várias semanas. Ainda assim, isso já faz mais de sete anos. A memória é curta e, já que foi tão determinante na direção que minha vida ia tomar, eu não posso simplesmente ignorar.

Estou chamando de acidente por falta de um termo melhor, mas realmente esta não é a palavra adequada. Não estou certo de que *exista* uma palavra adequada para o que aconteceu. A imprensa chama principalmente de "acidente bizarro" ou às vezes de "um acidente sem precedentes na história humana" – mesmo que esta segunda alegação não seja bem o caso. Deve haver centenas de milhares de palavras escritas sobre isso durante as duas semanas que eu fiquei inconsciente e, para mim, esta é uma das coisas mais estranhas para eu entender. Porque minha lembrança do que aconteceu é totalmente inexistente. A última coisa que me lembro com alguma certeza é de uma viagem da escola para o zoológico de Bristol onde fui censurado por tentar dar uma barra de chocolate para um macaco-aranha, e isso foi pelo menos duas semanas antes de eu ser levado ao hospital. Então uma boa quantidade do que eu vou contar em seguida eu tive de reconstruir do relato de outras pessoas: de todos os artigos de jornal que eu li depois, dos médicos e cientistas que conversaram comigo enquanto eu me recuperava e das milhares de testemunhas oculares que viram o que estava prestes a me atingir momentos antes. Muitas dessas testemunhas escreveram para mim, ou para minha mãe, quando ficou claro que eu iria superar, e guardamos cada carta. Junto das centenas de recortes de jornais guardados, isso meio que forma um livro de oito centímetros de espessura, que eu devo ter lido umas doze vezes. É engraçado porque agora devo saber tanto sobre o que aconteceu comigo quanto qualquer um, mas tudo veio de ler e ouvir. Até onde vai minha consciência pessoal sobre o acidente não há nada. Eu fui provavelmente a última pessoa no planeta a descobrir o que caiu sobre mim. A primeira vez que soube disso foi quando acordei no Hospital Distrital de Yeovil no sábado, 3 de julho de 2004, após perder um mês inteiro da minha vida.

Quando dei por mim, minha primeira suposição foi que eu estava no céu. Achei que tinha de ser o céu porque tudo era dolorosamente branco. Alguma experimentação revelou que eu ainda tinha olhos e pestanas funcionando, apesar de ter morrido, e eu podia apertar os olhos em explosões cuidadosas de meio segundo, o que parecia a melhor opção até que meus olhos tivessem a chance de se ajustar ao brilho de bilhões de watts da vida após a morte. Eles nos ensinaram um pouco sobre o céu na escola, e eu costumava cantar sobre ele bastante na congregação, mas eu não tinha muita certeza do que acreditava até acordar lá. Eu não havia tido o que a maioria consideraria uma criação religiosa. Minha mãe não acreditava em céu. Ela acreditava num mundo invisível de espíritos para o qual passávamos quando morríamos, mas isso não era completamente separado do mundo dos vivos. Era só outro plano de existência, e mesmo que não pudéssemos ver ou sentir o cheiro ou tocar haveria mensagens vindo dele de tempos em tempos. Minha mãe passou grande parte de sua vida interpretando essas mensagens. Ela era "receptiva" ao outro mundo de uma forma que a maioria não era. Eu sempre imaginei que funcionava meio como um rádio ou algo assim, com a maioria de nós sintonizada para estática.

Enfim, eu estava bem certo de que iria terminar no céu e não em qualquer outro plano de existência. Eu podia ver mais evidências para essa hipótese através de meus olhos semicerrados, na forma de dois anjos – um claro, outro negro, ambos vestidos de turquesa – que pairavam de cada lado de mim, apesar de eu não poder descobrir bem o que eles estavam fazendo. Decidindo que era preciso investigar mais, ignorei a dor e forcei meus olhos bem abertos. Imediatamente, o belo anjo saltou para trás e soltou um tremendo grito agudo. Então tive uma sensação de picada, mas não tinha ideia de onde vinha. Fechei bem os olhos.

– Ai, merda! – disse o anjo claro. – Merda, merda, merda!

Foi então que percebi que tinha uma mão esquerda, porque o anjo claro a segurou.

– Jesus! Que diabos aconteceu? – o anjo negro perguntou.

– Ele está acordado! Não viu?

– Ele está *acordado*? Merda, isso é sangue?

– A cânula dele saiu!
– *Saiu?*
– Ele me matou de medo! Foi um acidente!
– Está em todo o lençol!
– Eu sei, eu sei! Parece pior do que é. Apenas encontre o Patel, rápido! Preciso ficar aqui e manter pressão na mão dele.

Ouvi passos rápidos e, alguns momentos depois, a voz de um homem falava comigo. Era profunda, calma e autoritária.

– Alex? – ele disse.
– Deus? – respondi.
– Não exatamente – a voz disse. – Sou o Dr. Patel. Pode me ouvir bem?
– Sim.
– Pode tentar abrir os olhos para mim?
– Doem – digo a ele.
– Ok – disse o Dr. Patel. – Não se preocupe com isso agora.
– Ele descansou sua mão na minha testa. – Pode me dizer como está se sentindo?
– Não sei – respondi.
– Ok. Não há nada para se preocupar. A enfermeira Jackson foi buscar sua mãe. Ela vai vir logo.
– Minha mãe? – Eu comecei a pensar que aquilo podia não ser o céu afinal. – Onde eu estou? – perguntei.
– Você está no hospital. Está conosco há treze dias já.
– São quase duas semanas – concluí.
– Correto – o Dr. Patel confirmou.
– Por que estou aqui?
– Você teve um acidente – o Dr. Patel disse. – Não se preocupe com isso agora.

Eu tateei no escuro por um momento.
– Aconteceu alguma coisa no zoológico?

Houve uma longa pausa.

– Zoológico?

– Zoológico.

– Alex, acho que você está um pouco confuso agora. Pode levar um tempo para sua memória voltar. Eu só queria fazer algumas perguntas rápidas. Daí você pode descansar. Pode me dizer seu nome completo?

– Sim – eu disse.

Achei estranha a pergunta.

– Pode me dizer *agora*, por favor?

– Meu nome é Alexander Morgan Woods.

– Excelente. E o nome da sua mãe?

– Rowena Woods.

– Bom. Muito bom – o Dr. Patel disse solenemente.

– Ela é cartomante – acrescentei.

– Quando é seu aniversário, Alex?

– Só em setembro – eu disse. – Eu vou morrer?

O Dr. Patel riu. A Enfermeira Anjo apertou minha mão.

– Não, Alex, você não vai morrer!

Nesse momento ouvi mais passos altos e rápidos, seguidos por um grito estranho e muitos soluços. Eu não precisava que meus olhos se abrissem para saber que era minha mãe. A Enfermeira Anjo soltou minha mão e, um segundo depois, senti meu pescoço ser puxado para um lado e um monte de cabelos encaracolados e macios no meu rosto.

– Sra. Woods, por favor! – o Dr. Patel advertiu.

Minha mãe continuou soluçando. Eu podia sentir lágrimas quentes molhando meu rosto.

– Sra. Woods, cuidado com os pontos!

Mas minha mãe decidiu que não ia me soltar pelas próximas vinte e quatro horas. Ela ainda estava me segurando quando adormeci.

* * *

Eu logo descobri pelo toque que minha cabeça havia sido enfaixada inteira, de orelha a orelha. Acima e abaixo delas, meu couro cabeludo tinha a textura do feltro. O cabelo que eu tinha havia quase todo ido embora.

– Tivemos de raspar sua cabeça para que pudéssemos operar – o Dr. Patel me disse. – É um procedimento padrão.

– Vocês tiveram de operar? – Fiquei muito impressionado com isso.

– Ah, sim – disse o Dr. Patel animadamente. – Você teve que ser levado à cirurgia no momento em que chegou. A equipe de cirurgiões levou quatro horas para te remendar. Seu crânio estava fraturado pouco acima da sua orelha direita, rachado e aberto, como uma casca de ovo.

Minha mandíbula caiu no chão. – Como uma *casca de ovo*?

– Como uma casca de ovo – o Dr. Patel repetiu.

– Dr. Patel, por favor! – disse minha mãe. – Não é uma imagem agradável. Lex, feche a boca.

– Dava pra ver meu cérebro? – perguntei.

– Sim, acredito que dava – o Dr. Patel disse gravemente. – Mas só depois que eles tiraram o excesso de fluido e removeram toda a areia e poeira que havia se acumulado no ferimento. – Areia e poeira da Rocha? (A Rocha recebeu letra maiúscula na minha imaginação no primeiro momento que ouvi sobre ela.)

– Na verdade, a maior parte era reboco do teto.

– Ah. – Preciso dizer que isso foi meio decepcionante. – Tem certeza de que era só reboco?

O Dr. Patel olhou para minha mãe, que tinha os braços dobrados e as sobrancelhas erguidas. – Vamos saber mais em breve – ele me disse. – Creio que alguns suabes foram mandados para análise.

— Suabes?
— Algumas amostras retiradas — o Dr. Patel explicou.
— Eles tiraram amostras do meu cérebro?
— Não. Tiraram amostras do couro cabeludo e crânio. Quando há areia no cérebro, o melhor é não raspar.
— Dr. Patel, francamente! — disse minha mãe. — Lex, pare de mexer nisso.

Tirei a mão das ataduras. Todo mundo ficou em silêncio por alguns segundos.

— Dr. Patel? — perguntei.
— Sim, Alex.
— Se eles não puderam tocar, como conseguiram tirar toda a areia?

O Dr. Patel sorriu. Minha mãe balançou a cabeça.

— Eles usaram sucção.
— Tipo um *aspirador*?
— Sim. Exatamente.

Eu torci o nariz. — Isso também não me parece seguro.

— É um aspirador bem pequeno e preciso.
— Ah. — Olhei para minha mãe. Ela desdobrou os braços e fingiu ler o livro. — E depois que tiraram as amostras e drenaram o fluído e aspiraram toda a areia?
— Depois disso, foi tudo bem simples — disse o Dr. Patel. — Eles limparam o ferimento com água salgada, prenderam uma placa especial no seu crânio para cobrir a fratura, pegaram um pequeno enxerto de pele de sua coxa para remendar seu couro cabeludo e o costuraram como novo.
— Caramba! — Isso explicava as faixas nas minhas pernas. — Quer dizer que por baixo de todas essas faixas sou como o Frankenstein? Com todos esses pontos segurando minha cabeça e uma grande placa de metal pregada no meu crânio?

– Sim, exatamente – disse o Dr. Patel. Então ele parou brevemente. – Só que a placa não é de metal. É feita de um material absorvente especial que gradualmente se quebra num período de meses enquanto seu crânio repara a si mesmo por baixo. Uma hora a placa toda vai sumir, os pontos vão se dissolver e você será como um menino normal novamente.

– Mas pelo menos vou ter uma cicatriz?

– *Talvez* tenha uma cicatriz.

Eu franzi a testa e bati na minha cabeça.

– Lex! – alertou minha mãe sem levantar o olhar de seu livro.

Eu parei de bater na testa.

– Dr. Patel, para onde eles vão depois que se dissolvem? – perguntei. – Os pontos e a placa especial do crânio?

– Bem, qualquer material que o corpo possa usar é reciclado e transformado em outras coisas úteis como músculos e gordura. E o resto apenas se desmancha e é excretado.

Eu pensei por alguns momentos. – Quer dizer que sai nas fezes?

– Lex! – reclamou minha mãe.

– É como eles chamam no hospital – observei. – É o termo médico certo.

– Na verdade, a maior parte é eliminada pela urina – disse o Dr. Patel.

– Chega, acho que é mais informação do que o suficiente para um dia – disse minha mãe.

Depois disso, o Dr. Patel não me dizia nada interessante sobre meus ferimentos, a não ser que minha mãe estivesse fora do quarto, e isso não acontecia com frequência.

Mesmo que minha cabeça estivesse remendada e se curando por baixo de placas ósseas absorventes especiais, eu ainda tive de ficar no hospital por mais uma semana para que pudessem ficar de olho em mim e se certificar de que eu tivesse a devida quantidade de descanso e proteína. Eu vi cerca de um milhão de médicos diferentes e o dobro de enfermeiras, e tive de tirar raios X para que eles pudessem verificar como ia meu crânio. Depois tinha de responder perguntas e fazer essas pequenas tarefas estranhas que foram criadas para verificar se meu cérebro estava funcionando corretamente. Parecia que estava.

Meus cinco sentidos estavam todos em bom funcionamento. Eu ainda podia ler e escrever, e ainda sabia a tabuada, de um a doze. Minha capacidade de manipular blocos de formas diferentes estava inalterada, e, após alguns dias de comida sólida e exercícios crescentes, meus movimentos e coordenação basicamente voltaram ao normal. A única coisa que mostrava certos sinais de dano era minha memória, e esse dano era tão específico que mal parecia ser um problema. Eu ainda era capaz de memorizar listas de palavras ou números, e resolvia bem os jogos de "aponte as diferenças" e de "objetos faltando". Eu podia lembrar do que havia comido no café da manhã e do que aconteceu no dia anterior, lembrava do meu primeiro dia na escola e da vez em que sentei num marimbondo em Weston-super-Mare. Eu ainda podia dar o nome de quase todos os animais que vi no zoológico de Bristol: o macaco-aranha, o lêmure de cauda listrada, o mico-leão dourado e por aí vai. E com base nesses fatos não havia um problema geral com a minha memória episódica ou semântica. Havia simplesmente a falta de um mês, quatro semanas da minha história pessoal que caíram num buraco negro profundo. Apesar de toda a segurança do Dr. Patel, eu não podia evitar de me perguntar se aquele mês não havia de certa forma acabado no saco de poeira do aspirador muito pequeno e muito preciso do cirurgião.

* * *

Foi minha mãe quem me encontrou, claro. Ela havia ouvido ambas as explosões da cozinha separadas por pelo menos um minuto de silêncio. A primeira, ela disse, soou como um tiro bem distante, ou talvez o escapamento de um carro. A segunda parecia o teto caindo. O corredor do segundo andar ficou uma carnificina – um campo minado de fotos caídas, vidros quebrados e ornamentos arrancados do guarda-louça que ficava na frente da escada. O candelabro peltre, um cálice sacramental – esse tipo de coisa. A porta do banheiro estava fechada, mas não trancada. Eu estava caído numa poça de sangue e porcelana quebrada. Minha mãe disse que gritou tão alto que foi provavelmente isso, não a explosão em si, que trouxe correndo o Sr. e a Sra. Stapleton, nossos vizinhos idosos. Foi realmente uma boa eles terem aparecido. Suspeito que minha mãe estivesse histérica demais para chamar uma ambulância.

Aparentemente, ela mal saiu do meu lado nas duas semanas seguintes. Ela insistiu em dormir no hospital. As enfermeiras tiveram de empurrar uma cama especial para meu quarto, quando ela deixou claro que, se eles não fossem capazes de acomodá-la, ela simplesmente dormiria no chão. Da forma como ela descreveu, foi meio embaraçoso. Por sorte, eu estava num coma profundo nesse ponto. Na verdade, eu não tinha consciência de quase nada – mas essa era uma realidade médica que minha mãe se apressou em deixar de lado.

– Conversei com você todos os dias – ela me disse. – Eu sabia que tinha de haver uma parte sua que ainda podia me escutar.

– Acho que eu não pude te escutar – eu disse, pela milésima vez.

– Havia uma *parte* sua que podia me ouvir – minha mãe insistiu.

– Não me *lembro* de te escutar – eu disse.

Minha mãe gargalhou despreocupadamente.

– Bem, é claro que você não se lembra! Estava dormindo profundamente. E não lembramos das coisas quando dormimos, lembramos? Isso não significa que não pudesse ouvir *naquele momento*.

Eu franzi a testa. Eu não tinha certeza se isso fazia sentido, mas também havia muita coisa do mês passado que não fazia sentido.

O topo da lista era o acidente em si. Claro, eu sabia dos fatos básicos do que aconteceu comigo – pela minha mãe, pelos Sr. e Sra. Stapleton e pelos homens da ambulância que vieram me visitar depois que eu acordei – mas isso não era muita coisa. Eles encontraram a Rocha imediatamente – pelo visto não dava para não ver –, mas ninguém sabia direito o que de fato me atingiu. Um dos homens da ambulância me disse que parecia mais provável que eu tivesse sido atingido por um estilhaço ou parte do teto. "Se você tivesse sido atingido pela Rocha em si", ele disse, "acho que não estaríamos tendo esta conversa agora."

Para minha decepção, o Sr. Stapleton, que fora o primeiro a pegar a Rocha, apoiou essa teoria. Ele disse que era apenas do tamanho de uma laranja, mas, em estimativa, deveria pesar pelo menos uns dois quilos, o que é o mesmo que uma garrafa de dois litros de Coca Diet, ERA COMO UM CHUMBO, ele gritou. (O Sr. Stapleton sempre gritava, porque ele era extremamente surdo.) Quando perguntei a ele como parecia, ele disse que era PRETA E DE APARÊNCIA PECULIAR, COMO SE TIVESSE SIDO FEITA NUM MOLDE. Mas não achei essa descrição nem próxima de adequada.

– O que quer dizer? – perguntei. – Que tipo de molde?

– CONGELADO! – O Sr. Stapleton me garantiu.

– QUE TIPO DE MOLDE? – repeti.

– UM TIPO PECULIAR. COMO SE TIVESSE SIDO FEITO POR ALIENÍGENAS! Eu estava desesperado para ver, claro, mas, quando perguntei à minha mãe, ela disse que alguém a tinha levado embora semanas atrás.

– Quem? – perguntei.
Minha mãe deu de ombros.
– Na verdade, não tenho certeza de quem era ela. Ela disse que era cientista. Dra. Monica Sei Lá das Quantas. Eu estava chateada demais para absorver tudo isso. Ela me pegou enquanto eu estava fazendo minha mala para trazê-la de volta ao hospital.
– Mas quem era ela? De onde veio? Para onde levou minha Rocha?
– Lex, eu te disse, não sei! Ela disse que precisava levar o troço embora para fazer uns exames importantes. Na hora eu não dei a mínima.
– Ela vai voltar?
– Ela não disse.
– Você não perguntou?
– Lex! Não vou repetir.
Eu me senti perdido. Estava certo de que por causa da visão curta da minha mãe eu nunca veria minha Rocha e ninguém nunca seria capaz de me contar as coisas que eu queria saber sobre ela. Na época, eu só podia me consolar lendo e relendo os artigos que os Stapleton e vários médicos e enfermeiras haviam reunido. Foi por essas fontes que comecei a remendar o buraco da minha memória, que de outra forma teria permanecido obstinadamente não preenchido.

Ao que parece, a bola de fogo foi vista inicialmente na ponta nordeste da Irlanda do Norte às 3:27 da tarde de domingo, 20 de junho de 2004. Qualquer um que estivesse na rua naquele dia ou olhando por uma janela que dava na direção certa teria visto. Aparentemente, era três vezes mais clara do que a lua cheia e corria pelo céu como uma bala. Depois de ser testemunhada por cerca de cem mil pessoas na região de Belfast, levou alguns segundos para cruzar o mar da Irlanda, disparar sobre Anglesey e desaparecer atrás da pesada cobertura de nuvens sobre o norte do País de Gales. Ela reemergiu ao norte do estuário de Severn, espantou metade de Bristol e terminou a viagem em algum ponto sobre Somerset. Na época, ninguém sabia onde ficava esse ponto, mas houve muita especulação. Várias centenas de pessoas juraram de pés juntos que a viram explodir sobre a Catedral de Wells, e, por um tempo, isso foi relatado como fato nos jornais locais e nacionais. Então, alguns dias depois, um cientista da Universidade de Oxford apareceu no noticiário dizendo que, na verdade, pelo impacto ter atingido a Terra num ângulo extremamente agudo e ter explodido alto na atmosfera "seria difícil para uma única testemunha identificar precisamente o ponto preciso de detonação". Em resposta, Graham Alcock, redator do *Wells Herald*, apontou que aquilo não era o depoimento de uma "única testemunha", mas de "dois policiais, três ônibus cheios de turistas e uma irmandade inteira de freiras". Isso levou (dois dias depois) a uma carta da professora Miriam Hanson, uma psicóloga de Bristol, que queria "esclarecer que o assunto da fidelidade aos fatos não é, neste caso, ligado ao número de pessoas que testemunharam o fenômeno, muito menos o bom caráter delas. O fato é que a *aparente* explosão do meteoro sobre a Catedral de Wells foi muito provavelmente uma ilusão de ótica criada pela altura e expansão do prédio em relação à posição dos observadores. Num cenário desses, testemunhas oculares têm de ser consideradas com um belo desconto". Sua carta, publicada sob o título "28 Freiras *Podem* Estar Erradas", não conseguiu abafar o debate, que seguiu no mesmo tom pela próxima semana, atraindo notáveis como o arcebispo de Canterbury e Chris Lintott do *The Sky at Night*.

 Eu achei esses argumentos extremamente interessantes quando finalmente fui capaz de ler todos – o que foi uma das razões pelas quais eu os mencionei agora – mas devo apontar que, na maior parte dos casos, a "Controvérsia de Wells" não foi nada além de uma notícia paralela. A maioria das pessoas não estava interessada em saber sobre o ponto preciso de detonação ou a tentativa de reconstruir a órbita original do meteoro ao redor do sol. Estava apenas interessada no "custo humano" dos acontecimentos recentes, e, nesse assunto, o consenso era absoluto, o arcebispo, os cientistas, os jornalistas, as cartas dos leitores – todos diziam a mesma coisa: que dadas a massa e a composição do *meu* fragmento de meteoro, que foram rapidamente estabelecidas, e dada a velocidade na qual ele deve ter explodido pelo teto do banheiro, que era considerável, eu ter sobrevivido não era nada menos do que um milagre.

Cinco dias depois, um dia antes de eu receber alta do Hospital Distrital de Yeovil, eu finalmente recebi as respostas que procurava. Foi no dia em que a Dra. Monica Sei Lá das Quantas reapareceu, como uma visão sem fôlego ao lado da minha cama. Ela apareceu sem ser anunciada, trazendo uma sacola esportiva imunda e dados suficientes sobre meteoros, meteoritos e meteoroides para me fazer surtar na próxima semana.

Seu verdadeiro nome por acaso era Dra. Monica Weir, apesar de inicialmente eu ter ouvido errado, naturalmente. Ela não era uma doutora tipo médica, era doutora em astrofísica, especializada em ciência planetária, no Imperial College em Londres. E ela não era nada como qualquer outra adulta que eu já conhecera. Para começar, me parecia que ela podia responder qualquer pergunta que lhe fosse feita – e mais surpreendente, ela *respondia* qualquer pergunta feita a ela. Com a maioria dos adultos (com minha mãe, em especial) chegava a um ponto, depois da terceira ou quarta pergunta seguida, que eles paravam de responder ou, mais frequentemente, a resposta que eles davam não respondia nada –

"porque sim!" ou alguma variante igualmente frustrante. Mas com a Dra. Weir não havia ponto de corte. Ela parecia capaz de explicar tudo, nos mínimos detalhes. E, quanto mais perguntas você fazia, mais disposta ela parecia para te bombardear com informações; ela não conseguia pronunciar uma frase de dez palavras sem fazer soar como uma citação de um Sermão de Natal da Royal Institution. Ela também se vestia de forma meio engraçada. Não engraçada tipo minha mãe, que se vestia de forma "alternativa", só mais antiquada e descombinada, como se ela escolhesse suas roupas aleatoriamente de um brechó dos anos 1950. Acho mesmo que ela se vestia como se sua mente estivesse em Coisas Superiores, o que eu levo numa boa – apesar de admitir que de início eu não estava seguro sobre ela, principalmente porque eu ainda sentia como se ela tivesse roubado minha Rocha. E eu não achava isso sozinho.

Acontece que um bom número de pessoas – uns bons outros astrofísicos – achava isso também. Quando souberam que ela cruzou Somerset para alegar posse do meteorito, poucas horas depois que a notícia se espalhou, houve um protesto e tanto. As palavras "insensível" e "falta de ética" apareceram bastante. Daí vieram vários e-mails pesados escritos por vários cientistas das universidades de Bristol e Bath, que estavam furiosos que uma queda local tão importante houvesse sido levada embora para Londres antes de a poeira baixar. Mas a Dra. Weir não parecia particularmente incomodada com nada disso. Posteriormente ela contaria à revista *New Scientist* que "o mais importante foi que a queda foi recuperada prontamente, sem danos e sem contaminações. Se eu a tivesse deixado mais tempo, haveria uma chance real de que seria levada a um colecionador particular. Afinal, não era uma situação normal. Todo mundo no país sabia precisamente onde esse fragmento havia aterrissado. E precisamos nos lembrar de que dali a vinte e quatro horas o país inteiro estava tomado de caçadores de meteoritos. Eu senti que meu dever era tomá-lo imediatamente em nome da Ciência!"

Quando ela explicou suas ações para mim, eu fiquei bem feliz que a Dra. Weir tivesse chegado tão prontamente para resgatar meu meteorito em nome da Ciência. Nas duas semanas que ficou com ele, ela conseguiu descobrir muita coisa sobre minha rocha. E a primeira coisa que ela ficou ávida por apontar foi que *não* era uma rocha em nenhum sentido comum da palavra.

– Veja, Alex – ela disse empolgadamente –, seu meteoro é amplamente composto de metal. É de fato um membro do subgrupo de ferro-níquel. São muito mais raros do que condritas e acondritas, os meteoritos rochosos. São muito mais densos também. É uma das razões pelas quais ele pôde passar pelo teto tão facilmente sem se fragmentar. Seu meteorito pesa pouco mais de 2,3 quilogramas e estava viajando numa velocidade terminal de quase 320 quilômetros por hora quando caiu no teto de sua casa. Sabe, Alex, é um grande milagre você ainda estar aqui.

– Sim – eu concordei, rolando o peso do meu corpo pelos nós dos meus dedos. Eu estava sentado nas minhas mãos porque me sentia muito inquieto, e eu tinha meus olhos fixos naquela sacola encardida. Eu sei que é falta de educação não olhar para alguém que tenta conversar com você, mas eu não podia evitar. Eu estava hipnotizado. Eu olhava tão fixamente para a sacola que ela corria sério risco de explodir em chamas.

– Dra. Weird... – comecei.

– Na verdade, Alex, é Dra. *Weir*.

– Ah.

– Pode me chamar de Monica, se quiser.

– Dra. *Weir* – eu disse. – Você está com meu meteoro de ferro-níquel naquela sacola?

A Dra. Weir sorriu pacientemente. – O que eu tenho naquela sacola é seu meteor*ito* de ferro-níquel. É como o chamamos depois de cair na Terra. Só é chamado de meteoro enquanto queima na atmosfera da Terra. E antes disso, enquanto ainda está no espaço, é chamado de meteoroide. Gostaria de segurar seu meteorito?

– Mais do que tudo.

Era do tamanho de uma laranja e com uma forma bem engraçada – meio pontudo de um lado, onde se dividiu do projétil original, e curvo no outro, onde havia sido superaquecido pela fricção com a atmosfera terrestre. E no lado pontudo estava coberto de pequenas fissuras e pelo menos uma dúzia de pequenas crateras, como minúsculas marcas de dedos alienígenas. A Dra. Weir o segurou bem gentilmente, com as mãos e perto do peito, como se fosse algum tipo de criatura frágil da floresta.

– Cuidado, Alex – ela disse. – Lembre-se de que é muito mais pesado do que parece.

Eu estendi minhas mãos como uma tigelinha rasa. Estava preparado para o peso, mas não para o quanto estava frio. Minhas mãos ainda estavam quentes por estarem debaixo da minha bunda e o meteorito de ferro-níquel parecia ter sido tirado direto do freezer.

– Está congelado! – eu disse sem fôlego. – É porque é do espaço sideral?

A Dra. Weir sorriu novamente. – Na verdade, Alex, está na temperatura ambiente. Só *parece* frio porque é extremamente condutor. Está conduzindo muito do calor nas suas mãos. Quanto a de onde veio, bem, é uma das coisas de que podemos ter bastante certeza. Provavelmente se originou de um núcleo derretido de um asteroide grande que foi destruído através de uma colisão há bilhões de anos. Você sabe o que é um asteroide?

– Asteroides são grandes pedras no espaço – eu disse. – O *Falcão do Milênio* teve de passar por um campo inteiro deles para fugir do *Star Destroyer* do Darth Vader.

A Dra. Weir assentiu entusiasmada. – Sim, está certo. Mas isso foi numa galáxia muito, muito distante. No nosso sistema solar, a maioria dos asteroides, e há milhões e milhões deles, orbitam ao redor do Sol num círculo largo entre Marte e Júpiter.

Nesse ponto, a Dra. Weir me desenhou um diagrama detalhado mostrando o sol, os planetas e o Círculo de Asteroides. Não estava na escala correta, ela disse, mas era preciso o suficiente para nossos propósitos.

– Agora, Alex. Geralmente esses asteroides não chegam a nenhum ponto próximo da Terra, como você pode ver. Mas ocasionalmente eles são jogados para fora do padrão das suas órbitas. Às vezes eles colidem como bolas de sinuca e às vezes são capturados pela enorme gravidade de Júpiter e então lançados numa rota totalmente nova ao redor do Sol. Como você provavelmente já sabe, Júpiter é extremamente grande e tem um campo gravitacional muito poderoso. Alguns desses asteroides capturados acabam impactando com Júpiter, e alguns são mandados tão longe que eles deixam completamente o sistema solar. E alguns, uma minúscula, minúscula porcentagem, se tornam asteroides, isto é, são lançados numa órbita que os coloca em curso de colisão direta com a Terra.

A Dra. Weir desenhou em seu diagrama uma pequena linha pontilhada representando o caminho hipotético de um asteroide interrompido cruzando a órbita da Terra. Eu achei que isso era algo que minha mãe teria gostado de olhar. Ela frequentemente fala que o movimento dos planetas pode afetar acontecimentos na Terra, mas ela nunca explicou realmente como funcionava. A Dra. Weir explicava muito melhor.

– Enfim – a Dra. Weir continuou –, a maioria dos asteroides que colidem com a Terra são muito pequenininhos e são vaporizados alto na atmosfera. Mas alguns, como o seu, são grandes e densos o suficiente para passar até o solo sem vaporizar. E um número ainda menor é tão grande e pesado que eles mal são desacelerados pela nossa atmosfera. Eles deixam crateras e criam enormes e incríveis explosões destrutivas. A maioria dos cientistas concorda que foi provavelmente um meteoro originário do Círculo de Asteroides que matou todos os dinossauros.

Eu olhei para o meteorito do tamanho de uma laranja em minhas mãos. – Não estou certo de que um meteoro poderia ter matado *todos* os dinossauros – eu disse ceticamente.

Então a Dra. Weir conversou longamente sobre como o meteoro que provavelmente matou todos os dinossauros era muito, muito maior do que o meu – provavelmente pelo menos quinze quilômetros de largura – e como um meteoro tão grande teria causado ondas altas como montanhas, depois chuva ácida e incêndios em florestas e uma nuvem de poeira que teria coberto todo o planeta e bloqueado a maior parte da luz do Sol por vários anos. Não houve nenhum meteorito restante daquele meteoro porque havia explodido com a força de uma centena de bilhões de megatons de dinamite, mas *havia* uma enorme cratera de impacto de sessenta e cinco milhões de anos sob o mar perto do México. Havia também uma quantidade suspeitamente alta de irídio-193 nas amostras de rocha de sessenta e cinco milhões de anos. O irídio-193 era um dos dois isótopos básicos do irídio e era extremamente raro na Terra, mas muito mais abundante em meteoritos. Um isótopo tinha algo a ver com massa atômica e partículas extremamente pequenas chamadas de nêutrons, mas que isso era algo difícil de localizar, e a Dra. Weir me disse que não era necessário que eu entendesse todos os pormenores aqui e agora. O ponto principal, ela disse, era que encontrar todo aquele irídio-193 nas rochas de sessenta e cinco milhões de anos era como encontrar uma pistola fumegante.

Pensei sobre essa informação por um longo, longo tempo.

– Dra. Weir? – perguntei. – Eles encontraram algum irídio-193 na minha cabeça depois que pegaram as amostras? Porque isso também seria uma pistola fumegante, não seria?

A Dra. Weir adorou a pergunta. Ela me disse que era exatamente o tipo de pergunta que um cientista faria. E que a resposta era sim: as amostras foram analisadas usando todo tipo de testes químicos especiais e que isso havia confirmado a presença de vários metais de meteoritos, incluindo ferro, níquel, cobalto e *muito* irídio-193. Não o suficiente para construir uma vela de ignição, disse ela, mas ainda assim bastante pelos padrões terrenos normais. E isso significava que 99,999% do meu crânio havia sido atingido diretamente pelo fragmento do meteorito, e não apenas pelo teto que desabou, como o cara da ambulância havia sugerido. Isso me tornava apenas a segunda pessoa na história registrada a ter sido significativamente machucada diretamente por um meteorito.

Eu me senti bem triunfante nesse ponto, mas também levemente nervoso. Porque havia uma pergunta que eu ainda precisava fazer.

– Dra. Weir, o que vai acontecer com meu meteorito de ferroníquel agora? Você precisa levar embora de novo?

A Dra. Weir sorriu novamente e ficou quieta por alguns momentos. – Bem, Alex, acho que isso é com você. Eu não preciso mais. Já tenho dados suficientes e amostras desse meteorito para me manter ocupada pelos próximos seis meses, pelo menos. Geralmente eu digo que um espécime tão bonito assim deveria ser colocado à mostra num museu, porque tenho certeza de que há muita gente que adoraria vê-lo. Mas, sério, a escolha é sua. Se você quiser guardá-lo, você deveria guardá-lo. Não deixe ninguém te dizer que você não pode.

Eu abracei o meteorito próximo do meu peito. – Acho que eu gostaria mesmo de ficar com ele. Pelo menos por enquanto.

E fiquei. Guardei o meteorito numa prateleira especial no meu quarto pelos próximos cinco anos. Então, em 20 de junho de 2009, eu decidi deixar outras pessoas o curtirem também. Parecia a hora certa, mas eu chego nisso mais tarde. Acho que, por enquanto, eu já tinha o suficiente sobre meu meteorito. Se você quiser vê-lo, você pode. Está num gabinete de vidro no primeiro andar do Museu de História Natural de Londres, numa seção chamada de o Cofre – a cerca de cem metros dos dinossauros.

3

A RAINHA DE COPAS

Quando todos os médicos concordaram que meu cérebro estava bem e meu crânio estava se curando por baixo das placas ósseas degradáveis, eu recebi alta do hospital e segui uma série de perseguições da mídia. A primeira aconteceu a menos de dois metros saindo da porta principal, a segunda foi no carro da minha mãe, a terceira no nosso portão da frente, a quarta no mesmo lugar na manhã seguinte, a quinta saindo da loja da minha mãe, a sexta quando estávamos fechando naquela noite e por aí foi nos próximos dois dias. O mais surpreendente foi que meu coma de treze dias ajudou a vender muitos jornais. Não importava que doze desses dias não trouxessem novidade nenhuma. Um universo inteiro de especulação foi criado por apenas algumas partículas não promissoras. De acordo com fontes confiáveis e nunca nomeadas no hospital, minha situação era crítica, depois desesperadora, depois crítica mas estável, depois apenas estável, depois incerta, depois (por doze horas) melhorando, depois incerta novamente, depois cada vez mais desoladora a cada dia que passava até todo mundo concordar que havia muito pouca chance de um dia eu acordar. Nesse momento, eu acordei, escapando do beco sem saída no qual fui colocado.

Claro, jornalistas não eram tolerados dentro do hospital – a não ser que tivessem ossos quebrados ou doenças terríveis –, mas isso não impediu dezenas de visitantes ("amigos da família" e "relações distantes") que apareciam na ala do hospital durante as horas de visita (e eu devo dizer que nossa "família" tinha cerca de três amigos e precisamente zero parente conhecido). Minha mãe deixou instruções na recepção para que ninguém fosse admitido sem a explícita concordância dela, e todas as visitas foram rapidamente repelidas. Os artigos escritos sobre minha recuperação foram portanto apenas especulativos e sem acontecimentos como aqueles que documentaram as várias fases da minha inconsciência. Mas durante a semana em que fiquei acordado, a imprensa pelo menos teve muito tempo de procurar os melhores pontos de emboscada para quando eu finalmente estivesse livre.

O caminho até o estacionamento do hospital foi glacial e, quando conseguimos sair e estávamos esperando na rotatória, minha mãe resolveu que eu não iria mais responder perguntas ou ficar parado para mais fotos. Ela não podia impedir os repórteres de ficarem à espreita ao redor do carro dela ou inspecionarem o interior de nosso lixo, mas ela não iria me colocar em exibição; e a única hora em que chegou perto de quebrar essa decisão foi durante o estágio final da saga do banheiro, que provavelmente é outra coisa que eu devo contar aqui.

Ao chegar em casa, descobri para meu horror que o teto do banheiro havia sido consertado e agora estava completamente de volta ao normal. Só pelos recortes de jornal foi que eu pude ver a devastação abatida sobre nossa casa por 2,3 quilos de metal viajando a 320 quilômetros por hora. Fiquei sabendo que o teto foi na verdade consertado semanas atrás por um construtor local que ofereceu seus serviços de graça. Ele tentou contatar minha mãe logo depois do acidente, mas ela estava fora no hospital e sem cabeça para pensar em reparos na casa. Por sorte, os Stapleton, que estavam pegando nossa correspondência e cuidando de Lucy, foram capazes de aceitar essa simpática oferta por nós. Mas então eu acordei e minha mãe pôde pensar novamente e ficou estupefata de gratidão e imediatamente disse ao construtor que nem em sonho ela iria deixar essa generosidade passar sem uma recompensa. Afinal, a empresa dele era pequena e familiar, e nosso banheiro havia sido bombardeado. Não era apenas o buraco de um metro quadrado que foi aberto no teto – havia também o chão, que precisava ser azulejado novamente, e a pia quebrada, que precisava ser trocada. O custo em termos de trabalho e material deve ter sido substancial. E por nós termos um seguro extenso seria bobagem que o construtor ficasse sem nada.

Foi esse tipo de informação, é claro, que finalmente o convenceu. Ele mandou a fatura para minha mãe, ela mandou a fatura para a seguradora e dois dias depois a seguradora mandou uma carta bem comprida, bem verborrágica dizendo a ela que infelizmente eles não podiam pagar a conta. Numa estranha omissão, nossa casa era coberta contra incêndio, inundação, subsidência, terremoto, vandalismo, terrorismo e cada extremo climático – incluindo nevascas, tornados e furacões –, mas *não* contra meteoros, que caíam na categoria de "Atos de Deus". Como uma grande corporação de reputação internacional, com acionistas e ações a considerar, eles achavam que não seria eticamente responsável concordar em pagar o pedido da minha mãe – não quando nosso construtor já ficou de antemão tão disposto a trabalhar por nada (um detalhe que chegou aos jornais locais e que não escapou à atenção deles.)

– Um *ato de Deus*! – minha mãe espumou de raiva, amassando a carta à densidade de uma estrela nêutron.

— A Dra. Weir disse que provavelmente foi um ato de Júpiter — eu disse a ela.

Minha mãe olhou para mim por um longo tempo com uma estranha expressão torta. Então ela disse bem misteriosamente:

— Lex, eu acho que foi um ato de Marte.

Minha mãe costuma dizer coisas misteriosas, e geralmente não há muito sentido em pedir uma explicação, que precisaria de outra explicação em si. Às vezes você descobre o que ela quis dizer, outras vezes não. Nesse caso, eu *consegui* uma hora descobrir aquilo de que estava falando — tinha a ver com tarô e com a Torre, e um ato de profecia bizarro pra caramba —, mas você vai ter de esperar um pouquinho para ouvir sobre isso. Primeiro, preciso concluir a saga do banheiro.

Minha mãe geralmente não é rápida para ficar brava — ela tende a ser meio aérea nessa estranha bolha isolada, como as que são usadas para conter crianças sem sistema imunológico — mas, no dia em que recebeu a carta da companhia de seguros, ficou tomada por uma fúria de justiça. Ela sentiu que tinha três opções igualmente desagradáveis: 1) Dizer ao construtor que ele não iria ser pago afinal (isso nunca iria acontecer; minha mãe nunca havia quebrado uma promessa em sua vida); 2) fazer uma segunda hipoteca; 3) vender a mim e minha entrevista exclusiva para quem pagasse mais — e, como eu disse, por algumas horas, essa terceira opção parecia o menor dos três males. Pessoas de revistas e produtoras haviam deixado mensagens na secretária eletrônica da minha mãe por pelo menos um mês naquele ponto. Nós dois sabíamos que ela só tinha de falar sim, e *Richard & Judy* iriam pagar com alegria para que todo nosso teto fosse reazulejado em platina blindada à prova de meteoritos. Mas, para minha mãe, o assunto não era primariamente financeiro. Ela sentia que, mesmo se a seguradora não tivesse quebrado literalmente os termos do contrato que tínhamos feito, eles certamente haviam quebrado o espírito do contrato, e esse era um assunto sério. Ela não iria ficar feliz até que eles enxergassem o erro que cometeram.

Ela passou o resto da noite afundada em suas próprias indagações e, na manhã seguinte, eu sabia pelo seu comportamento no café da manhã que ela havia chegado a uma solução. Por sinal, essa solução era basicamente uma forma de chantagem ou extorsão, mas, pelos motivos delineados acima, eu acho que minha mãe nunca viu dessa forma. Via sim como a única forma de equilibrar os valores morais.

Ela telefonou para a companhia de seguros às nove da manhã em ponto e disse a eles o seguinte: se eles (a seguradora) genuinamente acreditavam que não deviam pagar pela obra porque o acontecido era alguma forma de julgamento divino sobre nossa família – e portanto não era coberto pelas apólices dele –, então talvez eles quisessem contatar a imprensa para tornar essa opinião conhecida? Se não, ela estaria mais do que disposta a fazer isso por eles.

No dia seguinte recebemos uma segunda carta da seguradora dizendo que ainda que eles não aceitassem responsabilidade pelos danos na casa, eles ficariam felizes em pagar a conta como um gesto de boa vontade. Minha mãe escreveu de volta dizendo que, ainda que estaria sérias dúvidas sobre a sinceridade da "boa vontade" deles, estaria preparada para aceitar o valor nominal – apesar de também sugerir que repensassem os termos de seus documentos no futuro. Ela ainda estava chateada com a cláusula "Atos de Deus" e iria ficar assim por um bom tempo.

Quando acordei e fui liberado do hospital, e escapei da mídia, e vi a conclusão satisfatória da história do telhado quebrado, já era basicamente hora das férias de verão, e minha mãe não sabia muito bem o que fazer comigo. Já que ela trabalhava na loja o dia todo, seis dias por semana, e fazia isso desde quando eu me lembrava, esse não era exatamente um problema novo. Mas, naquele verão, a necessidade de que eu fosse total e devidamente supervisionado o tempo todo pareceu especialmente importante nas prioridades da minha mãe. Eu podia entender que ela não quisesse que eu ficasse sozinho, mas, na minha cabeça, a melhor solução era também a mais simples. Na verdade, essa solução parecia tão óbvia para mim que fiquei espantado que minha mãe nunca a tivesse considerado.

– Não vejo por que eu não possa ficar aqui em casa com a Lucy – eu disse. – Ela está aqui a maior parte do dia, quase o suficiente. Então eu não vou ficar sozinho, não mesmo.

– Lex, essa é a maior besteira que você disse esta manhã – disse minha mãe.

– Não é *tão* besteira – retruquei.

– Eu não consigo ver Lucy como uma supervisora adequada.

– Ela pode ficar de olho em mim e eu posso ficar de olho nela. Você sabe, caso ela venha com essas ideias de ficar grávida de novo.

Ao ouvir isso, Lucy virou a cabeça e me lançou um olhar mortífero. Minha mãe bufou. – Lex, nós dois sabemos que, se Lucy decidir ficar grávida de novo, então há muito pouco que eu ou você possamos fazer.

– Tá, mas se talvez ela tivesse um pouquinho mais de companhia...

– Lex!

E minha mãe me deu o olhar que significava *esta conversa terminou!* Lucy, por sua vez, se levantou de sua cadeira e deixou a sala, com seu nariz empinado. Alguns segundos depois, eu ouvi a portinha do gato bater. Isso era típico do comportamento da Lucy. Ela nunca agia muito como um gato – eu nunca a vi subindo numa árvore ou perseguindo um pássaro – e, desde quando eu posso me lembrar, eu sempre pensei nela mais como uma irmã mais velha. Sei bem que isso pode parecer esquisito, mas você precisa ter em mente que nossa família era muito pequena. Eu não tinha nenhum irmão humano, nem pai, que eu soubesse. Eu também não tinha avós vivos, nem tias e tios, e portanto não tinha primos. Eu tinha minha mãe, e ela tinha a mim, e nós tínhamos a gata, e crescendo numa situação dessas sempre me pareceu óbvio que Lucy fosse parte integrante da nossa unidade familiar, que eu era avesso a diminuir, mesmo na minha imaginação. Além disso, era bem aparente, como já foi indicado, que Lucy compartilhava de minhas preocupações de que nossa família estava em baixa. Quando eu tinha dez anos, ela já havia tido quatro ninhadas e, quando escrevo isso, esse número subiu para nove. Pode parecer improvável, mas você precisa ter em mente que gatos permanecem férteis por toda a vida e são capazes de se reproduzir várias vezes ao ano. O recorde mundial para o número de gatinhos nascido de uma única mãe durante sua vida toda é de quatrocentos e vinte.

Infelizmente, se Lucy tivesse ideias de aumentar o tamanho da nossa família, ela estaria lutando uma batalha perdida. Minha mãe se recusava a castrá-la porque achava que isso era contra a ordem natural das coisas, mas também não queria ficar com nenhum dos filhotinhos da Lucy – fossem de pelo longo ou curto, machos ou fêmeas, brancos, pretos ou qualquer combinação dos dois. Cada nova ninhada vinha de paternidade desconhecida e isso trazia algumas variações genéticas bem esquisitas e maravilhosas. Essas variações tendiam a afetar quanto tempo cada novo gatinho terminava à mostra na vitrine da loja da minha mãe. Geralmente, os gatos de pelo longo eram levados muito mais rápido do que os de pelo curto, porque eram vistos como tendo pedigree, apesar de que, na minha opinião, os desgrenhados de pelo curto eram geralmente mais amistosos e mais divertidos. Aqueles que herdavam o longo pelo branco da mãe também tendiam a herdar muito da indiferença dela, sugerindo que havia uma conexão direta entre essas duas características. Mas obviamente isso é só especulação. Não sou um geneticista de gatos.

A questão principal é essa: por alguma razão qualquer, minha mãe não concordava que Lucy fosse uma babá adequada para mim durante as férias de verão. Na verdade, depois do coma e tudo mais, ela pareceu relutante a me deixar fora da vista dela até por dez minutos, o que eu não achei muito justo nem muito racional. Mais tarde, depois que a Dra. Weir me mandou um livrão sobre meteoroides, meteoros e meteoritos, eu fui capaz de explicar para minha mãe que a chance de eu ser atingido por outro meteoro – isso é, dois meteoros durante a vida – era cerca de uma em quatro quintilhões (que é um quatro com dezoito zeros depois), e que essa probabilidade não seria afetada por ela estar cuidando de mim ou não. Se ela levava a sério me proteger, então deveria me manter trancado numa caixa de metal no porão. Eu ensaiei esse discurso pelo menos dez vezes antes de dizê-lo, então posso dizer que foi muito bem-feito. Não acho que o conteúdo ou a forma como eu disse poderia ter sido melhor. Mas isso não fez diferença para minha mãe. Ela não se importava com o número de zeros, eu ainda tive de ir trabalhar com ela todo dia. Era isso ou passar o dia nos Stapleton e, cá entre nós, isso não era lá uma grande alternativa. Então terminei passando a maior parte do verão na loja da minha mãe.

Às vezes eu podia ajudar em pequenas tarefas como repor os estoques das prateleiras ou contar o troco, e quando minha mãe estava fazendo uma leitura, eu ficava a cargo dos raios e mantinha as velas, mas no resto do tempo eu apenas tinha de me sentar silenciosamente e ler – fosse atrás do balcão ou, se eu tivesse sorte, no andar de cima no apartamento de Justine e Sam. Justine trabalhava na loja também. Não tenho certeza do que Sam fazia. Ela era uns bons anos mais nova do que Justine e parecia passar muito tempo no apartamento. Sam é apelido de Samantha. Sam e Justine eram lésbicas. Como minha mãe explicou para mim quando eu tinha seis anos de idade, isso significava que elas preferiam a companhia uma da outra à companhia de homens (apesar de que, felizmente, naquela idade, eu não contava como homem, então elas eram bem tolerantes comigo). Quando eu perguntei à minha mãe se ela era lésbica também – já que também parecia preferir a companhia de Justine e Sam à companhia de homens –, ela teve um ataque de riso. Então ela se levantou do chão e me disse que hoje em dia ela não se preocupava muito com a companhia de homens *nem* de mulheres porque era celibatária. Mas isso é outra daquelas coisas que ela não explicava melhor, e quando tentei procurar "celibatária" no dicionário não consegui achar. Certamente não estava onde eu esperava que estivesse, entre seleto e selo.

Uma coisa eu garanto: quando eu tinha dez anos, já havia conseguido descobrir o que minha mãe queria dizer. Ela queria dizer que, na nossa família, apenas a gata tinha uma vida sexual.

A loja da minha mãe ficava num beco saindo da Glastonbury High Street e era chamada de A Rainha de Copas. A Rainha de Copas é uma carta de tarô, como você já deve saber – especialmente se você viu o filme de James Bond, *Viva e Deixe Morrer*. *Viva e Deixe Morrer* era um dos assuntos em que eu e minha mãe sempre estávamos de acordo. Nós dois achávamos que era o melhor filme de James Bond. Minha mãe gostava de tudo relacionado a tarô e vodu. Eu gostava da parte onde o vilão principal engole uma bala de ar comprimido e explode sobre o tanque de tubarões. Mas isso foi antes de eu me tornar um pacifista.

Enfim, se você viu o filme, você deve se lembrar de que a Rainha de Copas de cabeça para baixo (ou numa posição indigna) significa uma mulher enganadora, traiçoeira ou não confiável. Mas virada para cima, como mostrada na frente da loja da minha mãe, significa basicamente o oposto: uma mulher abençoada com sabedoria e sensibilidade – intuição, visão especial e por aí vai. Era esse conjunto de significados que minha mãe estava tentando transmitir quando escolheu o nome.

No piso inferior, havia quatro cômodos: a sala grande da frente, uma menorzinha nos fundos, a sala de estoque e o banheiro. Na sala da frente nós vendíamos vários livros diferentes sobre Wicca, astrologia, numerologia, adivinhação, runas e, claro, tarô. Também vendíamos vários jogos de tarô e acessórios, assim como velas, cristais, incenso, óleos e poções. Minha mãe fazia ela mesma várias das poções e óleos, mas não num caldeirão. Ela usava um panelão de sete litros.

A sala dos fundos, que não era muito maior do que a sala de estoque, era onde minha mãe fazia suas leituras, e era sempre bem pouco iluminado lá. A única janela ficava permanentemente fechada, as paredes eram pintadas de vermelho coágulo e, como já mencionei, minha mãe preferia a luz de velas à eletricidade, o que ajudava a criar uma vibração sensitiva. Sem todas essas velas e, claro, a mesa de tarô com sua toalha de seda preta, a sala iria parecer muito com o que era: um closet vermelho de tamanho modesto.

Graças à minha tarefa de cuidar das velas, eu podia ficar na maioria das leituras da minha mãe, mas devo dizer que *não* é normal no procedimento do tarô. O tarô requer muita concentração, e geralmente ter uma terceira pessoa presente durante a leitura é visto como uma distração não desejada tanto para o tarólogo quanto para o consulente. Mas, ao se tratar de mim, ninguém parecia se importar muito. Isso pode ser porque a maioria das pessoas não vê uma criança como uma outra pessoa. Eu me sentava quietinho num canto e era facilmente ignorado, e quando eu tinha de fazer meu dever de acender velas, tentava manter os movimentos lentos, solenes e silenciosos, como minha mãe havia me ensinado. Dessa forma, não interrompia a delicada atmosfera da leitura. Na verdade, provavelmente *acrescentava* à atmosfera, como um estranho duende mudo que emergia de tempos em tempos da penumbra para cuidar dos fogos que se apagavam. Desde que não tocasse nas cartas, não havia chance de a minha presença afetar o curso suave da leitura. Tocar nas cartas a qualquer tempo era Absolutamente Proibido.

Minha mãe sempre tinha pelo menos três ou quatro leituras toda semana, mesmo antes do meu acidente. E depois – ou mais especificamente depois da entrevista que ela deu para a *Psychic News* – ela começou a ter muito, muito mais. Por um tempo, as pessoas vieram de lugares muito longínquos para ter uma leitura de quarenta minutos com minha mãe.

Caso você esteja se perguntando, *Psychic News* não é um jornal que fala das notícias que vão acontecer no resto da semana. É uma revista mensal que conta o que há de novo no mundo da clarividência. Minha mãe concordou em dar uma entrevista alguns meses depois que eu acordei do meu coma, muito depois que o interesse da imprensa em geral no meu acidente se acalmou.

Eu provavelmente não preciso contar que, de todos os artigos estranhos que foram escritos sobre meu acidente, o da *Psychic News* foi o mais estranho. Foi nesse artigo que minha mãe revelou ter previsto toda a catástrofe. Claro, ela só percebeu que havia previsto toda a catástrofe depois que aconteceu. Essa era uma das razões pelas quais não pôde tomar medidas para evitá-la. A outra razão era que seria inevitável.

Apesar de eu estar presente na leitura em questão, o que ocorreu oito dias antes do meteoro foi uma daquelas lembranças que eu creio que terminaram no aspirador do hospital. Então você precisa ter em mente que o relato a seguir é baseado apenas no que minha mãe me contou. Em outras palavras, você precisa dar um desconto.

O nome da consulente era Sra. Coulson, e ela era uma cliente frequente. Vinha fazer uma leitura de dois em dois meses, geralmente como ajuda para um problema específico. Tarô não trata de prever o futuro distante. Muitas pessoas vêm com questões particulares para as quais querem respostas – sobre suas carreiras ou relacionamentos ou até suas finanças. Porém, nessa ocasião, a Sra. Coulson não tinha um problema específico ou uma pergunta em mente. Ela estava passando por um período excepcionalmente calmo e só queria uma visão ampla das forças que operavam em sua vida no momento, além de algumas pistas do que isso poderia significar nas semanas seguintes. A Sra. Coulson era uma mulher que não gostava muito de surpresas.

Como uma leitora experiente de cartas, minha mãe estava acostumada a passar uma certa quantidade de más notícias de uma maneira não ameaçadora. Mas na leitura da Sra. Coulson havia *apenas* más notícias, e minimizar seu impacto não era pouca coisa. Em sua entrevista de retrospectiva, minha mãe chegou a ponto de dizer que essa não foi apenas a pior sequência de cartas que ela encontrou, mas era basicamente a pior imaginável. Alguns anos depois, eu fiz a estimativa de tirar aleatoriamente qualquer sequência de sete cartas (como minha mãe fazia naquele dia), que se mostrou ser um pouco acima de um milhão de bilhões para uma; baseado neste conhecimento, eu posso ir além e dizer que, se minha mãe pode ser levada a sério, então a sequência que ela leu naquele dia foi a pior já feita, e vai permanecer assim pelo resto da história da humanidade.

É um erro comum achar que a Morte é a pior carta do tarô. Isso não é verdade, apesar de ser fácil ver de onde vem essa confusão. Os jogos mais tradicionais de tarô, aqueles com desenhos derivados de iluminuras medievais, mostram a Morte em sua aparência familiar – uma caveira de capuz, passando por um cenário desolado brandindo sua foice para varrer os crânios dos falecidos. Mas se você olhar mais de perto vai ver outra coisa. Você vai ver que na passagem da Morte pequenos ramos começam a crescer novamente. Porque, na maioria das leituras de tarô, a Morte não é tão assustadora como parece. A Morte significa simplesmente mudança – e frequentemente uma libertação ou renascimento: o fim de algo e o começo de outra coisa.

Em contraste, todas as cartas *verdadeiramente* ruins no tarô costumam ter nomes bem inócuos – como a Torre, por exemplo, que sempre se traduz em calamidade. Sua imagem retrata a epônima torre sendo atingida por um raio de um céu azul, frequentemente acompanhada por duas figuras mergulhando de cabeça das janelas. Não é preciso dizer que a Sra. Coulson a tirou em sua leitura. Foi precedida pelo indigno Carro, significando uma repentina e terrível perda de controle, e a Lua, que traz medo, desilusão e influências astrológicas malignas.

– Você é de Câncer, não é? – minha mãe perguntou a Sra. Coulson, mantendo sua voz admiravelmente sob controle.

A Sra. Coulson respondeu em afirmativo.

– Hummm – disse minha mãe. – É... interessante.

– É? – A Sra. Coulson respondeu, tremendo de nervoso.

– Marte está no seu signo atualmente – minha mãe esclareceu. – Também está associado com a Torre, assim como o Carro é tradicionalmente dominado por Câncer. Temo que essas coisas não sejam coincidência. Este pode ser um mês de provações para você, apesar de que as coisas devem terminar no vinte e três, quando do Marte entrar em Leão. Depois disso, as coisas podem começar a melhorar.

Tendo entregue esse limitado conforto a Sra. Coulson, minha mãe virou a próxima carta, e imediatamente ficou vários tons mais pálida.

– O Nove de Espadas – anunciou ela, novamente controlando sua voz.

– Não é bom, é? – A Sra. Coulson engoliu em seco.

– Não é particularmente uma carta de boas-vindas – minha mãe amenizou –, mas também não é a pior carta no baralho. Vamos seguir para a resolução antes de fazer qualquer julgamento apressado.

Ao dizer isso, minha mãe rapidamente virou a última carta, que era o indigno Dez de Espadas. *Esta* era a pior carta do baralho. O Dez de Espadas Invertido é outro sinal de catástrofe iminente, com o agravante de que esta carta, diferentemente da Carta da Morte, frequentemente significa uma morte literal. Quando minha mãe registrou esta peça final do quebra-cabeça, sua mente estava dando cambalhotas tentando transformar a abominação diante dela no tipo de resumo de cinco minutos que não iria induzir a um ataque cardíaco. O único consolo que ela poderia encontrar era que as cartas haviam sido pouco específicas. Isso era extremamente incomum para uma leitura de tarô. Havia vários maus presságios claros, mas a combinação de cartas deixava esta condenação sem nome. Além disso, a carta na presente posição – que deve trazer informação precisa sobre a natureza da pergunta do consulente – era a mais confusa nessa leitura. Essa era o Pajem das Moedas, que geralmente denotava um jovem sério e estudioso, talvez um amigo próximo ou parente. Mas a Sra. Coulson tinha quarenta e cinco anos e era solteira, sem família imediata e com ovários que com certeza estavam à beira da extinção. Ela não tinha rapazes jovens de importância em sua vida, e isso parecia pouco provável de mudar.

Então no final do seu tempo, depois de muitas perguntas e infrutíferas dúvidas, tudo o que minha mãe pôde realmente dizer à Sra. Coulson foi o seguinte.

No futuro próximo havia algum tipo de contratempo. Isso será inesperado por natureza e completamente fora do controle dela. Pode estar associado a um jovem ou pode se seguir de notícias *aparentemente* boas – seria sábio se a Sra. Coulson não confiasse em nenhum dos dois. Também pode estar relacionado a alguma má decisão no passado distante. No longo prazo, a Sra. Coulson deve se preparar para épocas de provação e talvez uma certa dose de incerteza.

Particularmente, é claro, minha mãe temia o pior. Ela abraçou longamente a Sra. Coulson antes de ela sair da loja e se sentiu péssima quando teve de aceitar o pagamento pela leitura. Mas não havia escapatória. Recusar o pagamento teria parecido condenatório ao extremo. E o gesto teria sido inútil. Na melhor estimativa da minha mãe, a Sra. Coulson tinha menos de onze dias de vida.

Em retrospecto – tirando um ou dois detalhes mínimos – foi uma previsão de precisão espantosa. O único problema significativo foi que havia sido na direção errada. Várias vezes depois, minha mãe quis saber se havia alguma chance – qualquer chance – de que eu tivesse mexido nas cartas antes que ela e a Sra. Coulson tivessem entrado na sala, no momento em que eu deveria preparar as velas. Obviamente, por causa da minha amnésia, essa não foi uma pergunta que eu pude responder de maneira satisfatória para ela. Eu só podia reafirmar minha consciência de que tocar nas cartas era, em todas as circunstâncias, ABSOLUTAMENTE PROIBIDO.

Quanto ao significado mais amplo desse episódio, eu preferia não me aventurar numa opinião. Em resumo, eu simplesmente vou reiterar os fatos como são.

Minha mãe havia lido uma terrível combinação do tarô – facilmente a pior que ela já vira. Pouco depois, eu fui atingido por uma calamidade do céu azul. Enquanto isso, a Sra. Coulson teve uma semana bem sem acontecimentos.

Alguns meses depois, tendo refletido muito, minha mãe ainda estava revendo suas lembranças *daquele* incidente, e chegou rápido à conclusão de que minha presença em suas leituras poderia não ser mais viável. Não era só que minha mente estava amadurecendo e minhas próprias vibrações psíquicas estavam se tornando mais altas e mais intrusivas. Havia outra coisa também – algo que ela estava próxima a intuir. Havia vários momentos, durante momentos silenciosos na loja, quando eu a peguei olhando para mim com um bico pensativo e sobrancelha franzida. Então, um dia, ela veio direto e me perguntou se havia algo de que ela deveria saber. Isso era o tipo de pergunta preocupada que minha mãe gostava de fazer de tempos em tempos, e geralmente eu ficaria feliz de só responder negativamente e deixar assim. Mas essas não eram circunstâncias costumeiras, e eu sei que essa questão não seria deixada de lado até eu pelo menos dar a ela a consideração devida.

Então, depois de alguns momentos de franzir minha própria testa, eu decidi dizer a ela que eu estava tendo uns sonhos bem engraçados ultimamente.

– Que tipo de sonhos? – minha mãe disse avidamente.

– Tipo de quem sonha acordado, mas sonhos peculiares.

Eu poderia dizer pela expressão da minha mãe que isso não era precisamente o que ela tinha em mente. Tentei de novo.

– Também houve um estranho incidente dia desses – eu disse, após uma pequena hesitação.

Minha mãe assentiu para que eu continuasse.

– Quando eu estava indo para a sala de estoque, acho que senti o cheiro de velas queimando na porta ao lado. Mas quando fui investigar, todas as velas estavam apagadas.

Eu sabia que não tinha feito justiça à minha história, mas me consolei com o fato de que isso tornava menos provável que minha mãe persistisse em seus interrogatórios.

– Provavelmente não é nada – concluí.
– Ah, não – minha mãe discordou, sua testa se franzindo mais.
– Definitivamente é algo.
– Que tipo de algo? – perguntei, bem cautelosamente.
– *Algo* – minha mãe repetiu.

Mais uma vez a intuição da minha mãe se mostrou uma força poderosa; porque aproximadamente seis meses depois do meu acidente, com onze anos e três meses de idade, eu tive meu primeiro ataque epilético.

4
TEMPESTADES ELÉTRICAS

Aconteceu por volta das nove da noite de um dia de semana, pouco depois do Natal. Minha mãe me ouviu cair na cozinha. Era como o meteoro novamente, só que numa escala bem menor. Tendo verificado o teto, minha mãe se ajoelhou ao meu lado e segurou minha cabeça enquanto eu me contorcia, tremia e espumava pela boca, meus olhos bem abertos, mas virados para trás, de modo que só a parte branca era visível. Eu estava alheio a tudo isso, claro; eu havia perdido os sentidos. Não tinha consciência de nada até vários minutos depois da convulsão parar, e última coisa de que me lembro era de ter entrado na cozinha para pegar um copo de leite. A dor de cabeça martelava meu crânio. Eu estava com muito frio, e a calça do meu pijama estava molhada. Eu perdera o controle da bexiga em algum momento da inconsciência. Devo dizer que ter uma crise generalizada não é uma experiência muito digna.

O Dr. Dawson, que morava logo em frente, veio me examinar dez minutos depois. Ele me deu um diazepam, que é um sedativo que me deixa bem sonolento e também ajuda a prevenir ataques. Então ele marcou horário para o vermos no hospital na manhã seguinte. Ele logo suspeitou de que eu havia tido uma crise epilética, mas disse que eu teria de ser encaminhado ao hospital para mais exames.

Não fui conduzido ao Yeovil desta vez. Tive de ir ao Royal Infirmary de Bristol porque eles tinham equipamentos melhores e vários médicos especialistas. O médico que falou comigo e com minha mãe, antes e depois dos exames, se chamava Dr. Enderby, e era de fato um especialista *triplo*. Era neurologista especializado em epilepsia com um foco particular em epilepsia infantil. Acho que foi uma sorte ficar sob os cuidados do Dr. Enderby. Não havia muitos médicos no país que entendiam de epilepsia infantil tanto quanto ele.

Nesse ponto, devo levar um tempo para falar mais sobre o Dr. Enderby, de como ele se tornaria uma figura importante na minha vida nos próximos anos.

Eu gostava muito do Dr. Enderby. Mas até aí, eu gostava da maioria dos médicos e cientistas que conhecia; e já havia conhecido um bom número entre os dez e os onze anos. Por um tempo, parecia que eu colecionava médicos e cientistas da mesma forma que garotos normais colecionam adesivos de times de futebol. Mas o que quero dizer é que desde o começo senti que o Dr. Enderby e eu tínhamos muito em comum – apesar do fato de ser um proeminente neurologista e eu ainda cursar o primário.

Como eu, o Dr. Enderby era careca. Eu era careca porque depois do acidente meu cabelo não cresceu mais acima da orelha direita. Eu tinha esse pedaço faltando. Minha mãe disse que mal se podia notar e que eu deveria dar uma chance ao meu cabelo de voltar a crescer em toda sua glória – após alguns meses o pedacinho seria completamente coberto. (Minha mãe não era muito fã de cabelo curto.) Mas o fato é que depois do meu acidente eu nunca me sentia confortável depois que meu cabelo começava a passar de certo comprimento – nível quatro ou por aí. A minha cicatriz visível me preocupava menos do que a forma irregular de crescimento do meu cabelo. Então, depois do acidente, eu mantive sempre o cabelo raspado. Eu tinha uma maquininha e nunca passava mais de três semanas sem raspar a cabeça.

Claro, minha careca não era exatamente a mesma que a do Dr. Enderby. Enquanto eu poderia ter deixado o cabelo crescer se quisesse, o Dr. Enderby não tinha mais essa opção. Ele começou a ficar careca aos dezoito anos de idade, e estava completamente sem cabelo quando terminou a faculdade de medicina. E enquanto minha falta de cabelo era (como a de Lex Luthor) resultado de um acidente terrível, a do Dr. Enderby era por causa da genética. Ele não precisava examinar seu DNA para saber disso. Ele tinha dois irmãos carecas, que também eram médicos do Royal Infirmary de Bristol. O Dr. Enderby (o neurologista – Dr. Enderby Número Um, como eu pensava nele, mesmo que ele na verdade fosse o filho caçula) me disse que ele e seus dois irmãos fizeram questão de nunca se encontrarem dentro do hospital. Isso porque a maioria dos pacientes acha a hospitalização uma experiência perturbadora e ver três médicos carecas com crachás idênticos pode piorar as coisas. O Dr. Enderby era um cara bem engraçado quando ele queria.

Ele também era um cara bem esquisito. De seu próprio jeito, ele era tão esquisito quanto a Dra. Weir. Além de ser neurologista, também era um budista devoto. Isso significava que não acreditava em Deus ou no céu, mas ainda achava que deveríamos ser legais uns com os outros porque essa era a melhor forma de passar pela vida. Ele também acreditava que a meditação regular o tornava uma pessoa melhor e mais sábia (apesar de este não ser o motivo principal de ter sugerido isso a mim). Ele disse que a meditação o ajudava a confiar em sua força interior para cultivar alegria e guiá-lo através dos inúmeros estresses da vida e, no seu universo budista sem Deus, ser capaz de confiar em sua força interior era particularmente importante.

A concepção do Dr. Enerby de Deus e da meditação era sem dúvida ligada à sua concepção do cérebro. Na parede de sua sala, ele tinha uma plaquinha engraçada com uma escrita comprida e fina – como uma caligrafia antiga. E era isso o que dizia:

O Cérebro é apenas o peso de Deus –
Pois – Pesai-os – Grama por Grama –
E a distinção – se houver –
É como a Sílaba do Som

Da primeira vez que vi esta placa, eu tinha pouca ideia do que significava, e absolutamente ideia nenhuma de por que havia todos esses traços e letras maiúsculas aleatórias espalhados por todo lado. (O Sr. Treadstone, meu futuro professor de gramática, teria marcado cada um de vermelho.) Mesmo assim, eu adorava a forma como soava.

Quando por fim consegui perguntar ao Dr. Enderby sobre a placa, alguns anos depois, ele me disse que era a última estrofe de um poema de uma poeta americana morta muito, muito antiga, chamada Emily Dickinson. Quando perguntei o que o poema significava, ele não me disse. Em vez disso, perguntou o que *eu* achava que significava.

– Sei lá – eu disse depois de alguns segundos coçando meu cabelo raspado. – Sei o que significavam as palavras, mas não o conjunto.

– Hum – disse o Dr. Enderby. Então ele coçou *sua* cabeça por um tempinho. – Bem, qual você acha que é a diferença entre sílaba e som?

– Não há muita diferença – eu disse. – Um som é um som, e uma sílaba é um tipo de som também. Uma sílaba é um pedaço de som numa palavra. Ou às vezes é a palavra inteira. Como a palavra "som" é um som feito de uma sílaba.

Não fiquei muito satisfeito com a forma como eu expliquei isso, mas o Dr. Enderby pareceu entender. – Então talvez esse seja o sentido – ele disse. – Talvez eles *não* sejam tão diferentes. Assim como Deus e o cérebro não são tão diferentes.

– Como Deus e cérebro podem não ser diferentes? – perguntei, franzindo a testa

O Dr. Enderby sorriu e ajustou seus óculos. – Bem, para cada um de nós, o cérebro cria um universo único inteiro. Contém tudo que sabemos. Tudo que vemos ou tocamos. Tudo que sentimos e lembramos. De certa forma, nossos cérebros criam toda a realidade para nós. Sem o cérebro, não há nada. Algumas pessoas acham essa ideia assustadora, mas eu acho bem bonita. É a razão pela qual eu gosto de manter aquela placa na minha parede, onde posso vê-la todo dia.

Eu disse ao Dr. Enderby que eu ainda estava um pouco confuso nesse ponto – com ele ser um budista.

– Quando eu olho o poema, Deus é apenas uma metáfora – o Dr. Enderby explicou.

– Então você não acha que Deus criou o cérebro? – perguntei.

– Não, não acho isso – o Dr. Enderby respondeu. – Acho que o cérebro criou Deus. Porque o cérebro humano, por mais maravilhoso que seja, é ainda bem falível, como você e eu sabemos. Está sempre buscando respostas, mas, mesmo quando está trabalhando como deve, suas explicações raramente são perfeitas, especialmente quando se trata de questões complicadas muito grandes. É por isso que temos de alimentá-lo. Temos de dar muito espaço para ele se desenvolver.

Essa foi a ideia central do que o Dr. Enderby me disse. Seu cérebro havia passado uma grande quantidade de tempo pensando sobre o cérebro.

* * *

Na primeira vez em que nos encontramos, ele disse que minha "primeira crise" provavelmente *não* foi minha primeira crise. Era mais provável que fosse minha sexta ou sétima ou décima terceira ou vigésima terceira – mas ninguém poderia dizer ao certo. Como já mencionei, meses antes do meu colapso na cozinha, eu andava tendo pensamentos despropositados – pensamentos envolvendo imagens e sons estranhos, e em geral cheiros estranhos. Eu os deixei de lado, achando que eram devaneios, mesmo que parecessem mais com os sonhos noturnos – sonhos curtos e peculiares que começavam sem aviso e então, com a mesma rapidez, dissolviam-se de volta no presente. Além disso, eles eram ruins e frequentes o suficiente para atrair atenção na escola, onde fui diagnosticado com "problemas de concentração".

Depois que contei isso ao Dr. Enderby, ele disse que meus sintomas eram "clássicos" de ataques epiléticos parciais originários do lobo temporal, e geralmente, nesse ponto, ele perguntaria se eu havia sofrido algum ferimento na cabeça nos últimos dezoito meses. Mas no meu caso isso era desnecessário. O Dr. Enderby podia ver minha cicatriz com os próprios olhos e já sabia sobre o meteoro. *Todo mundo* sabia sobre o meteoro.

Mesmo assim, eu ainda tinha de passar por vários exames físicos antes que o diagnóstico final do Dr. Enderby pudesse ser feito. Ele acendeu uma lanterna nos meus olhos e me cutucou e espetou em vários lugares para testar minhas sensações e reflexos. Depois tive de fazer exames de sangue e um eletroencefalograma, no qual eles prendem fios no seu couro cabeludo para medir a atividade elétrica do cérebro. Caso você não saiba, epilepsia tem muito a ver com excesso de atividade elétrica no cérebro. E funciona da seguinte maneira:

O cérebro de todo mundo é uma colmeia de atividade elétrica, e geralmente todos os sinais elétricos se comportam como deveriam – eles começam, se espalham e param. Mas num ataque epilético, algo anormal acontece. Os neurônios começam a faiscar erraticamente, mais ou menos aleatoriamente, e, em vez de uma corrente estreita e regulada, você tem uma inundação caótica de eletricidade pulsando através do seu cérebro. E os sintomas específicos que você experimenta revelam onde a eletricidade foi desordenada. Então tremores e espasmos ou convulsões indicam atividade elétrica no córtex motor, a área do cérebro responsável por controlar movimentos. Alucinações indicam problemas em um dos centros de percepção. E num ataque epilético generalizado há uma perda completa de consciência que indica que o mau funcionamento se espalhou por todo o córtex do tronco encefálico. Foi isso que eu tive na cozinha e o que a maioria das pessoas reconhece como uma crise arquetípica. O Dr. Enderby disse que uma crise epilética era como uma tempestade acontecendo no cérebro – uma tempestade que temporariamente apaga todos os elos de forma que quaisquer mensagens do mundo externo são perdidas ou misturadas. E o que sobra é seu cérebro falando consigo mesmo.

Desnecessário dizer que meus eletroencefalogramas mostram vários picos anormais. Junto com todas as outras evidências, isso basicamente confirmou o diagnóstico provisório de epilepsia, mas eu não pude dar nenhuma luz na causa subjacente – por isso tive de fazer uma ressonância magnética, que usa ímãs gigantes e ondas de rádio para criar um mapa 3-D da estrutura do seu cérebro. O Dr. Enderby me alertou que em mais da metade dos casos não se encontra nenhuma causa psicológica para a epilepsia. Mas no meu caso havia uma boa razão para suspeitar que uma causa psicológica *iria* logo ser descoberta – e de fato foi.

A ressonância mostrou um dano sutil no meu lobo temporal direito, que estava exatamente onde o Dr. Enderby esperava encontrá-lo. Mas descobrir uma causa fisiológica para minha epilepsia não era necessariamente uma coisa boa. Dano cerebral estrutural tornava bem improvável que meus sintomas melhorassem sozinhos. Eu provavelmente sofreria novas crises, que teriam de ser controladas com medicação antiepilética.

Duas semanas depois, foi exatamente isso que aconteceu. Eu tive outra crise generalizada e recebi medicação antiepilética. Estou tomando desde então.

5

PRESO AO CÉREBRO

Foi isso que aconteceu em seguida, resumindo.

Minhas crises pioraram. Eu não podia mais ir para a escola. Tivemos de trocar de casa com Sam e Justine para que eu pudesse ficar em casa enquanto minha mãe continuasse a trabalhar. Meu mundo encolheu para cinco pequenos cômodos. Eu tinha estranhas visões. Lia muito. Continuei minha correspondência com a Dra. Weir. E me acostumei a administrar minha condição. Melhorei gradualmente. E um dia, cerca de um ano depois, fiquei bem o suficiente para voltar à escola. Pegamos nossa casa de volta.

Agora vem a versão ampliada.

As coisas pioraram muito antes de começarem a melhorar. Pouco depois do meu diagnóstico inicial, eu estava tendo ataques generalizados toda semana e complexas crises parciais na maioria dos dias. Minha epilepsia era severa e muito mal controlada e, a princípio, parecia completamente imprevisível, o que a tornava tão debilitante. Eu não podia ir ao supermercado com minha mãe com medo de cair na gôndola de cereais. Claro que durante uma crise eu ficava felizmente alheio ao drama. Era só no confuso desdobramento que tinha noção da minha humilhação. Frequentemente havia lágrimas e baba, uma boa quantidade de urina e um pequeno círculo de observadores estupefatos. As pessoas sempre são atraídas por demonstrações públicas embaraçosas ou assustadoras, e poucas coisas são muito mais assustadoras ou embaraçosas do que ver um moleque de onze anos tendo convulsões numa poça de xixi.

Logo, sair se tornou um dos meus gatilhos principais. Ou mais especificamente, como o Dr. Enderby me contou, era o estresse agravado pelo medo de crises em público que acionava estas crises. Eu tinha de aprender a lidar com a ansiedade.

Isso não era algo que eu tinha muita chance de administrar. Cada vez que minha mãe tentava me levar a algum lugar, eu imediatamente começava a entrar em pânico, o que acionava uma crise. Os únicos lugares onde me sentia seguro eram na nossa casa, na loja, no carro e no hospital. Não importa se você tem uma crise num hospital, porque todo mundo espera esse tipo de comportamento em hospital e há centenas de pessoas prontas para tomar conta de você. Eu não ficava nem *levemente* preocupado em ter uma crise no hospital; por esse motivo, eu nunca tive uma crise no hospital. Minha condição era cruel e idiota.

Mas nesses primeiros dias, não era apenas a frequência dos meus ataques epiléticos que me mantinha em casa. Eram também os efeitos colaterais das drogas antiepiléticas. Pelos primeiros meses, antes de o organismo se ajustar propriamente à carbamazepina, eu vivia confuso. Minha mente estava embotada e atordoada. Eu vivia cansado. Quase sempre enjoado e tonto. Minha cabeça doía. Minha visão embaçava. Minhas pernas tremiam. Comecei a adquirir o que minha mãe generosamente chamava de "gordurinha localizada". Finalmente, me foram receitados mais remédios – analgésicos fortes e remédio antienjoo para contrabalançar o efeito dos meus outros medicamentos. Isso ajudou por um tempo, mas as crises ainda não davam sinal de melhorar. Então minha dose de carbamazepina foi aumentada e os efeitos colaterais, tendo começado a diminuir, tiveram um novo período de vida. O Dr. Enderby disse que não devíamos nos preocupar. Cada paciente era um caso e frequentemente se levavam vários meses para acertar uma prescrição.

Nesse meio-tempo, minha mãe disse que queria começar uma terapia complementar comigo – algo homeopático. O Dr. Enderby relutou em apoiar essa decisão. Ele disse que, ainda que houvesse algumas terapias alternativas que se mostraram úteis no tratamento da epilepsia, a homeopatia não era uma delas. De um ponto de vista científico, a homeopatia nunca se mostrou útil em tratar *coisa alguma*. E quase sempre era uma distração (uma distração cara) dos tratamentos que se mostraram *sim* eficazes.

Minha mãe calmamente apontou que ela conhecia várias pessoas que haviam se beneficiado enormemente da medicina homeopática.

O Dr. Enderby calmamente apontou que ele conhecia várias pessoas que não haviam. Então eles começaram a conversar sobre placebos.

Seguiu-se uma longa e infrutífera discussão.

Finalmente o Dr. Enderby admitiu que tudo bem que minha mãe tentasse o tratamento homeopático desde que eu também continuasse a tomar meus remédios prescritos. Para ser mais específico, isso é o que ele disse: no pior dos casos, um tratamento homeopático não poderia me fazer mal.

Depois de consultar um homeopata, minha mãe me deu *cuprum metallicum* e *belladonna* – cobre e beladona. Eu comecei numa concentração de 12X de cada, o que significava que cada ingrediente ativo havia sido diluído a uma parte em um trilhão. Mais tarde, quando isso não teve efeito notável, a dose foi aumentada para 24X – uma parte por trilhão de trilhão. Mais tarde me receitaram um comprimido de beladona de 100X. Essa dosagem foi ainda mais diluída e potente. Na verdade, era tão diluída que sua própria existência era como um dedo do meio levantado para quatrocentos anos de progresso científico. Especificamente (e não estou inventando isso), se você pegasse uma única molécula do ingrediente ativo da beladona e jogasse num copo de água do tamanho do universo conhecido – bem, o comprimido de beladona que eu tomava era aproximadamente uma centena de milhão de trilhão de vezes mais diluído do que isso. Provavelmente era por isso que o Dr. Enderby não achava que um remédio homeopático iria me fazer mal. Nessa concentração, a beladona não tem mais efeito nenhum. Mas eu só percebi isso muito depois. Na época, com onze anos e meio, os comprimidos homeopáticos eram apenas mais dois na pilha de comprimidos diários. Eu estava tomando pelo menos seis por dia e fazendo zero perguntas.

Por eu não poder mais deixar a casa, eu não podia mais ir para a escola: e por não poder mais ir à escola, minha mãe tinha um problema em mãos. Ela não podia se dar ao luxo de parar de trabalhar, mas eu era jovem demais e doente demais para ser deixado sozinho. Uma babá em tempo integral também estava fora de questão. Minha mãe me queria perto para que ela pudesse estar aqui no segundo que eu tivesse minha próxima crise, e trabalho e casa eram separados por dez minutos de carro.

Nossa casa era (e é) localizada em Lower Godley, uma cidadezinha cerca de nove quilômetros a nordeste de Glastonbury. Você pode nunca ter ouvido falar, mas tudo bem. Lower Godley é uma cidade bem pequena.

É basicamente apenas uma longa rua reta com casas dos dois lados, campos além das casas e uma pequena elevação no meio onde há uma loja, uma igreja e um correio. Tem uma população de 412 habitantes e um serviço de ônibus bem pouco frequente. A única coisa interessante que posso pensar em dizer sobre Lower Godley é o seguinte: Lower Godley, ou Baixa Godley, implica a existência de uma Upper Godley, ou Alta Godley, mas (por alguma razão que ninguém desta cidade sabe) não há uma Upper Godley. Se já existiu, não existe mais. Também é possível que quem quer que tenha dado o nome à nossa cidade achou que Godley sozinho era um nome idiota para um lugar, então acrescentou o "Lower" mais ou menos como uma extravagância. Sei lá. Mas, por qualquer que seja o motivo, a cidade terminou com esse prefixo errôneo, e isso de longe é seu ponto mais interessante.

Enfim, para voltar à questão, nossa casa em Lower Godley era longe demais do trabalho da minha mãe para que eu ficasse lá durante o dia sem que ela se preocupasse, e por isso terminamos trocando de casa com Justine e Sam. Minha mãe, devo dizer, era dona do apartamento sobre a loja assim como da loja em si. Ela havia comprado ambos com o dinheiro de sua herança, que ela recebeu quando meu avô (o pai dela) morreu de ataque cardíaco ao descobrir que ela estava grávida de mim.

Sam e Justine não se importaram de trocar de casa por várias razões: primeira, nossa casa em Lower Godley era bem maior e mais legal do que o apartamento acima da loja; segunda, tinha um jardim cheio de uma interessante vida selvagem; terceira, elas ficaram felizes em ajudar. Elas também não se importavam de cuidar da Lucy. Lucy não podia vir com a gente porque o apartamento era muito pequeno e estava cercado de ruas não familiares, então não seria seguro instalar uma portinhola para gatos. E já que Lucy sempre foi uma gata que saía na rua, minha mãe não achava que ela iria gostar de ficar confinada.

"Pelo menos isso evitaria que ela procriasse", eu disse a ela, bem emburrado.

Eu estava chateado porque também não estava louco de vontade de ficar confinado também. Mas depois que nos mudamos percebi que o apartamento não era realmente grande o suficiente para acomodar o gato. Mal era grande o suficiente para minha mãe e para mim. Aparentemente, nós conseguimos viver lá antes, até eu ter uns três anos de idade, mas não me lembro bem disso. E eu era muito menor na época, então provavelmente eu não me sentia tão apertado.

Os cinco cômodos do apartamento variavam de pequeno a extremamente pequeno, numa hierarquia que descia gradualmente, como aquelas bonecas russas. O quarto da minha mãe era o único cômodo que se aproximava de um tamanho normal. Depois disso, a cozinha era um pouco menor, e a sala ainda menor. O banheiro era tão pequeno que você podia usar a pia, o chuveiro e a privada ao mesmo tempo, porém com consequências. E finalmente – no fim da lista, a menor bonequinha do conjunto – havia a "caixa". Sam conseguiu enfiar uma mesa e uma cadeira lá, para poder usar como escritório para sei lá o que ela fazia. Porém eu consegui enfiar uma cama inteira. Isso deixava um corredor de meio metro de espaço no chão e uma porta que não podia ser aberta totalmente.

Originalmente, minha mãe insistiu que não era possível encaixar uma cama no quarto-caixa e disse que teríamos de dividir, mas ela havia subestimado o quanto eu valorizava minha privacidade. Possível ou não, eu estava determinado de que minha cama iria entrar naquele quarto e, depois que eu tirei as rodas da base e tirei o acabamento da moldura da porta, ela deslizou como um bloco de Tetris. Então, depois de muito me questionar, eu decidi sacrificar a faixa do quarto na qual eu poderia andar por uma estante de livros bem fininha. Na estante coloquei um abajur e meu meteorito. Isso deixou apenas um canto no meu quarto onde eu podia ficar de pé – um espaço consideravelmente menor do que a parte interna de uma cabine telefônica.

Todas as minhas roupas tiveram de viver num baú na sala, mas na maioria das vezes eu ficava só de pijama.

Meu mundo se tornou muito pequeno, e ficou assim por um longo, longo tempo.

Depois de um período, tudo pode se tornar rotina – até ataques. Eu me acostumei com eles, e uma hora minha mãe se acostumou também. Como o Dr. Enderby nos explicou num estágio bem inicial, ataques epiléticos parecem bem mais assustadores do que são. Eles não podem realmente machucá-lo a não ser que você caia e bata a cabeça ou morda sua língua enquanto está inconsciente. Ferimentos graves são raros, especialmente em episódios breves, e minhas crises nunca duraram mais do que alguns minutos.

Eu aprendi a reconhecer os primeiros estágios das minhas crises muitos meses antes de aprender como deter seu progresso. Os primeiros avisos que algumas pessoas recebem antes de um ataque geralmente são chamados de "aura", e geralmente se manifestam como uma sensação ou emoção muito específica – um zumbido nas orelhas, uma perda de equilíbrio, uma sensação repentina de déjà vu. No meu caso, a aura era sempre a mesma – um cheiro repentino e poderoso. Isso pode soar estranho, mas não é. O Dr. Enderby me disse que várias pessoas com epilepsia do lobo temporal experimentam estranhas alucinações olfativas – relacionadas a cheiros. A aura que eu experimentava dizia a ele que minhas crises se originavam do meu córtex olfativo antes de se espalharem para outras partes do lobo temporal – as partes responsáveis pela memória, emoção e por aí vai.

Quando me tornei capaz de reconhecer minha aura e entender a progressão dos meus ataques, eles se tornaram muito menos desorientadores. Às vezes quando eu vivenciava crises parciais sem perder consciência, não era diferente de cair no sono – no estágio em que você ainda está meio acordado e pequenas imagens meio que aparecem e somem da sua cabeça como cenas de filme. Essas visões ainda eram estranhas, mas, quando eu soube o que estava acontecendo, elas raramente eram perturbadoras.

Minha mãe me comprou um livro sobre epilepsia que o Dr. Enderby havia recomendado, e nesse livro dizia que as pessoas que sofrem crises do lobo temporal frequentemente vivenciam profundas visões religiosas. A natureza dessas visões depende da base religiosa e da criação do paciente, e as pessoas relataram ver todo tipo de alucinações curiosas: anjos, demônios, luzes brancas rodopiantes, portões perolados, homens barbudos, elefantes de vários braços, a Virgem Maria, Jesus tocando trombeta – esse tipo de coisa.

Na minha visão mais recorrente, eu via um mendigo esquelético, sujo, pelado, pendurado numa árvore pelos pés.

– É o Enforcado – minha mãe cochichou quando eu disse a ela.

– Eu sei que é o Enforcado! – retruquei. E percebi na hora que não devia ter contado a ela. Agora ela queria fazer grande caso disso.

– Em geral significa inércia, uma vida mantida em suspensão – minha mãe apontou.

– Eu sei o que o Enforcado significa – assegurei.

– Você vai me dizer se vir outra coisa, não vai? – ela perguntou.

Eu decidi naquele momento que eu provavelmente *não deveria* contar a ela se eu visse qualquer outra coisa. Eu sabia no que ela estava pensando. Eu podia ver as engrenagens girando. Apesar de tudo que o Dr. Enderby nos contou, ela ainda achava que eu havia herdado o "dom de família". Ela achava que meu cérebro havia começado a fazer previsões ou no mínimo prever o presente.

O período do meu confinamento também foi o período no qual desenvolvi um apetite insaciável por leitura. Ler, como se mostrou, era uma das coisas que eu *podia* fazer. Eu não podia ir a lugar nenhum, e não gostava de ver TV a não ser que estivesse passando um filme do James Bond. Um dos únicos programas que eu gostava de ver regularmente era *Os Simpsons*. Às vezes minha mãe assistia comigo depois de fechar a loja. Mas a maioria das vezes ver TV de pijama me fazia sentir um inválido.

Ler, por outro lado, nunca me fez sentir um inválido. Eu percebi que a concentração silenciosa necessária de fato me ajudava a reduzir o número de crises diárias. Me colocava num estado mental que era bom para mim.

Depois de ler meu livro de epilepsia algumas vezes, eu pedi que minha mãe encomendasse alguns livros da mesma biblioteca móvel, além de um guia introdutório ao cérebro e à neurologia, chamado *The Brain for Dummies*. Eu também li e reli o livro sobre meteoros e meteoritos que a Dra. Weir me mandou. Era de um cara chamado Martin Beech que viveu em Wiltshire, logo ao lado de Sommerset. Meu capítulo favorito era aquele no qual o Sr. Beech discute a probabilidade de ser atingido diretamente por um meteoro mais pesado do que um grama, o que, se você viveu uma centena de anos, era de cerca de uma em dois bilhões. O Sr. Beech (que escreveu esse livro antes do Impacto Woods) disse que apesar de ter havido várias escapatórias por pouco houve um caso bem documentado de uma pessoa ser seriamente atingida por um ataque de meteoro. A pessoa em questão foi a Sra. Annie Hodges de Sylacauga, Alabama, EUA, que foi atingida na barriga por um meteoro de quatro quilos em 28 de novembro de 1954. Ela estava descansando no sofá na hora. O meteoro dela, como o meu, explodiu pelo telhado, mas ela não se feriu muito pelo fato de a barriga poder absorver um golpe melhor do que a cabeça.

Martin Beech incluiu uma foto da Sra. Hodges no livro. A foto a mostrava de pé abaixo do buraco no teto com o prefeito de Sylacauga e o delegado de polícia. O prefeito e o delegado estão sorrindo para a câmera, mas a Sra. Hodges não está. Ela está olhando intensamente para seu meteorito de quatro quilos, que ela segura nas mãos. Ela parece meio de saco cheio.

Isso é o que Martin Beech escreveu sobre a Sra. Hodges e seu ferimento de meteoro: "Essa história nos faz lembrar que mesmo eventos de baixa probabilidade podem ocorrer, e de fato ocorrem." Eu gostei bem dessa frase. Eu a sublinhei com esferográfica preta.

Porém, eu não lia apenas sobre cérebro e meteoros – meus interesses eram ligeiramente mais amplos do que isso. Eu também li *Alice no País das Maravilhas* e *Alice através do espelho*. (Meu livro de epilepsia dizia que Lewis Carroll também tinha epilepsia do lobo temporal, que foi provavelmente uma das razões pelas quais ele tinha uma imaginação tão estranha.) Depois, quando terminei Lewis Carroll, comecei a ler muito mais livros de fantasia, a maioria dos quais Sam me emprestou. Eu li *O Hobbit* duas vezes. Daí li *O senhor dos anéis* duas vezes. Depois li *Fronteiras do universo* duas vezes. Eu li todos esses livros duas vezes porque gostava tanto deles que logo que os terminava queria imediatamente voltar ao começo e reler novamente. Quando me lembro do ano que passei na caixa, penso que foram esses livros que evitaram que sentisse pena de mim mesmo e me fizeram pensar que, no todo, minha vida não era tão terrível. Quando lia esses livros, eu não me sentia mais como se estivesse confinado a um mundo minúsculo. Eu não me sentia mais preso em casa e na cama. Sério, eu disse a mim mesmo que só estava preso ao meu *cérebro*, e que isso não era um estado tão triste das coisas. Meu cérebro, com uma ajudazinha do cérebro de outras pessoas, podia me levar a lugares bem interessantes e criar todo tipo de coisas maravilhosas. Apesar dos meus fracassos, meu cérebro, eu decidi, não era o pior lugar do mundo para se estar.

Minha correspondência com a Dra. Weir começou depois que eu recebi alta do hospital e continua até o momento presente. Agora eu acrescento cópias de carbono da carta que enviei do quarto-caixa (2005) e a resposta que eu recebi:

Querida Dra. Weir,
Obrigado pelo cartão de Natal. Júpiter é um planeta bem bonito, mas não tão bonito quanto a Terra. Eu fiquei bem surpreso de ouvir que a Grande Mancha Vermelha é três vezes maior do que toda a Terra. Deve ser uma tempestade bem impressionante. Júpiter é ainda maior do que eu achei que era. Se você tiver mais fotos dos planetas, eu gostaria muito de vê-las. Geralmente eu procurava no Google, mas infelizmente não tenho acesso à internet no momento.

Desculpe não ter escrito para agradecer antes, mas eu tenho sofrido ataques epilépticos. Caso não saiba, um ataque epiléptico é quando a eletricidade do seu cérebro fica hiperativa e causa convulsões e alucinações etc. Eu fui diagnosticado com epilepsia do lobo temporal (ELT) pouco depois do Natal, quando caí inconsciente na cozinha. Mas acho que estou começando a melhorar agora. O Dr. Enderby, meu neurologista, é bem bacana. Ele prescreveu carbamazepina, que é uma droga antiepiléptica. Costumava me deixar bem cansado e enjoado, mas, agora que me acostumei a ela, não é tão ruim.

Infelizmente, eu não posso ir para a escola há vários meses porque minhas crises têm sido muito frequentes e severas. O Dr. Enderby diz que estresse é um dos gatilhos principais no momento, mas há coisas que posso aprender para lidar com isso. O bom em não ir para a escola é que pelo menos eu posso ler bastante. Eu li o livro de meteoros do Martin Beech pelo menos cinco vezes, e também muitos livros sobre o cérebro. O Dr. Enderby diz que é bom que eu saiba sobre minha condição e que eu curta aprender sobre meus lobos temporais e neurônios, sinapses e tudo mais. Eu nunca havia percebido que o cérebro

é tão complicado. O Dr. Enderby me disse que é a coleção de átomos mais complicada do universo. Isso me deixou louco! Acho que quando eu crescer talvez eu possa querer ser um neurologista, a não ser que eu decida ser um astrofísico. ☺
Enfim, apesar de todo o aprendizado que tenho feito sozinho, a secretaria de educação local ainda escreveu para minha mãe dizendo que, se eu não posso frequentar a escola, eles vão ter de mandar um professor particular para me dar aulas. Mas por sorte nós não vamos ter de pagar nada a mais por isso. Está tudo incluído nos impostos da minha mãe.

Obrigado novamente pelo cartão e pelo livro de meteoritos de Martin Beech. Espero que você esteja bem e que sua pesquisa vá bem e os outros astrofísicos a tenham perdoado por ser a primeira a examinar meu meteorito de ferro-níquel. Eu ainda planejo doar a um museu um dia, mas por enquanto ainda gosto de olhar para ele regularmente. Está na minha estante ao lado da minha cama; então é a primeira coisa que vejo quando acordo, o que é legal.

Atenciosamente,
Alex Woods

Querido Alex [resposta da Dra. Weir]
Que lindo saber de você novamente, apesar de eu me sentir muito mal por saber que você anda tão doente. Eu sei que epilepsia pode ser um problema muito difícil de se lidar, mas procurei o Dr. Enderby no Google e devo dizer que parece que você está em ótimas mãos. Mantenha o pensamento positivo e tenho certeza de que você vai continuar a melhorar.

Estou empolgada que tenha tanto interesse na ciência! Você parece já saber muito sobre o cérebro; então tenho certeza de que dará um maravilhoso neurologista (e, se decidir se tornar um astrônomo, melhor ainda!).
Já que você gostou tanto do livro de meteoritos de Martin Beech, acho que vai gostar de The Universe: A Beginner's Guide [em anexo]. Veja como um presente de melhoras! Tem muita informação sobre as estrelas e os planetas e o Cinturão de Asteroides, assim como umas fotos soberbas do telescópio espacial Hubble.
Escreva de novo em breve. Vou ficar ansiosa em ouvir como você está indo — especialmente com toda a leitura!
Felicidades.
(Dra.) Monica Weir
P.s.: Por favor, mande lembranças para sua mãe também.

Nos meses seguintes, eu fiquei cada vez mais acostumado a cuidar da minha condição. O Dr. Enderby me ensinou vários exercícios criados para ajudar a deter minhas crises logo nos primeiros estágios – assim que fiquei ciente da minha aura. Esses exercícios eram todos baseados em ficar calmo, alerta e focado – em tirar minha atenção de pensamentos e sentimentos indesejados e concentrar-me em algum tipo de âncora.

Eu observava minha respiração. Contava até cinquenta. Dava nome a cada um dos planetas e grandes luas em torno, começando com o Sol e indo até o Cinturão de Kuiper. Listava cada personagem de *Os Simpsons* que eu podia pensar. Permanecia calmo e alerta e bania qualquer distração para um canto separado da minha mente e focava minha atenção como um laser. Era uma experiência bem estranha. Eu disse ao Dr. Enderby que me sentia como um Jedi treinando. O Dr. Enderby respondeu que *era* como um Jedi treinando. Era uma forma de meditação – uma forma de ajudar meu cérebro a ficar equilibrado e pacífico.

Música foi outra âncora que eu tentei. O Dr. Enderby disse que pesquisas haviam demonstrado que, para muitas pessoas, escutar música podia ajudar a desacelerar ou parar a progressão de uma crise. Mas você tinha de escutar *realmente*, e alguns tipos de música tendem a funcionar melhor do que outros. O ideal é a música ser calma e ter uma estrutura razoavelmente intrincada. Música clássica instrumental provou-se funcionar melhor na maioria dos casos. Infelizmente, minha mãe não tinha nenhuma música clássica instrumental. Havia só cinco CDs no apartamento. Quatro eram de "música para relaxar" – baleias, golfinhos, flautas de bambu e por aí vai – e o outro era uma coletânea bizarra dos anos 1980. A primeira faixa dele era "Enola Gay", uma música antiga sobre o bombardeio atômico em Hiroshima da Orchestral Manoueuvres in the Dark. A segunda era "Neunundneunzig Luftballons", da Nena, que também tinha algo a ver com aniquilação nuclear. Esse era um tema popular nos anos 1980 porque Ronald Reagan era presidente dos Estados Unidos e todo mundo temia o pior – mas isso é algo que eu só fui entender mais tarde, depois de falar longamente com o Sr. Peterson.

Depois de testar um pouco, percebi que os golfinhos não tinham efeito nenhum, as flautas de bambu funcionavam bem, e "Enola Gay" tornava minhas crises consideravelmente piores.

* * *

A professora particular enviada pela secretaria de educação local chamava-se Sra. Sullivan. Ela era bem legal, mas só era paga para ir três horas por semana, e a maior parte disso era gasta passando por coisas que eu já sabia. A Sra. Sullivan disse que o mais importante no momento era se certificar de que eu estava atualizado com tudo que iria vir nos testes do nível básico 2, que eu deveria ter feito há vários meses. Ela não iria me ensinar nada de novo – nada daquelas coisas do ensino secundário que eu *deveria* estar aprendendo naquela idade.

"Uma coisa de cada vez, Alex", ela insistia.

Isso, infelizmente, tornou nossas aulas bem entediantes. Minha atenção vagava bastante, eu decidi que gostava mais de aprender quando eu podia fazer isso de pijama na privacidade do quarto-caixa.

Quando finalmente permitiram que eu fizesse meu teste de avaliação, eu passei sem problema nenhum. Naquela época, eu já estava um ano atrás de todo mundo da minha idade, e a secretaria de educação local decretou que quando eu começasse o secundário eu estaria um ano atrás. Eu não sabia o suficiente para pular um ano.

Eu gostaria de ter salientado para quem quer que tomou a decisão final que na verdade eu sabia bastante coisa – coisas que alguns meninos de doze anos *não* sabem. Eu sabia surpreendentemente muito sobre anatomia e fisiologia do cérebro. Eu sabia a diferença entre meteoroides, meteoros e meteoritos. Eu conhecia palavras como acondrite, olfatório e cerebelo. Mas não acho que isso teria feito muita diferença. Meu autodidatismo havia sido de guerrilha, no máximo, e a maioria do conhecimento na minha cabeça era do tipo errado de conhecimento. Eu não sabia metade das coisas que eu *deveria* saber com doze anos.

Eu sabia que o irídio-193 era um dos dois isótopos estáveis do irídio, um metal muito raro, muito denso, mas eu não sabia nem que a tabela periódica existia.

Eu sabia quantos zeros havia num quintilhão, mas achava que a álgebra era uma coisa que vivia nos lagos.

Eu pegava algumas palavras em latim e sabia um pouco da língua dos elfos, mas meu francês era nulo.

Eu lia mais de um livro ou mais de mil páginas (mais de uma vez), mas não era capaz de identificar uma metáfora se ela caísse no meu olho.

Pelos padrões do ensino secundário, eu era uma besta.

BEM-VINDO À CASA DOS MACACOS

Caso você não saiba, no ensino secundário – especialmente nos primeiros anos – a diversidade não é vista com bons olhos. Em uma escola secundária, ser diferente é o pior crime que se pode cometer. Na verdade, ser diferente é basicamente o *único* crime que se pode cometer. A maioria das coisas que as Nações Unidas consideram crime não são consideradas crime no ensino secundário. Ser cruel é legal. Ser violento é legal. Ser nefasto é legal. Ser superficial também. Ter atos explosivos de violência é legal. Ter prazer em humilhar os outros. Em segurar a cabeça de alguém na privada (e quanto mais fraco o outro, e mais suja a privada, mais legal é). Nenhuma dessas coisas vai prejudicar sua posição social. Mas ser diferente – isso é imperdoável. Ser diferente é o caminho mais rápido para a Cidade dos Párias. Um pária é alguém excluído da sociedade dominante. E, se você sabe disso aos doze anos de idade, provavelmente você é um habitante da Cidade dos Párias.

Ser diferente soa como um conceito simples, mas na verdade é bem complexo. Para começar, há alguns tipos de diferença – uma pequena seleção – que são aceitáveis e ninguém vai jogar lama e pedras na sua cara por causa disso. Por exemplo, se você é diferente porque sua família é excepcionalmente rica (desde que seja o tipo certo de rico) e tem três carros (o tipo certo de carro), então você está dentro. Segundo, há algumas combinações de diferenças que podem cancelar umas às outras. Por exemplo, se você for anormalmente burro em quase qualquer área, mas por acaso também for anormalmente bom na coordenação de mãos ou pés – isto é, se for anormalmente bom em esportes –, então definitivamente você está dentro.

O crime de ser diferente é na verdade um crime de ser *ofensivamente* diferente, e isso pode ser dividido em vários subcrimes.

1) **Ser pobre**: Este é o pior crime que você pode cometer, mas, novamente, não é tão simples como soa. Ser "pobre" realmente significa não ter as coisas certas – tênis Nike, uma quantidade apropriada de dinheiro para gastar, um Playstation ou Xbox, um celular, uma TV de tela plana e um computador no seu quarto e por aí vai. Não importa se você não tem essas coisas por motivos além da pobreza. Você ainda é pobre.

2) **Ser fisicamente diferente**: Pequeno demais, alto demais, com espinhas demais, dentuço, aparelho (para não ficar dentuço), magro demais, gordo demais (igual a *muito* gordo), peludo demais, sem pelos suficientes, excessivamente feio, gago ou fanho, ter um tom inaceitável de voz, um sotaque inaceitável, um odor inaceitável, membros ou traços desproporcionais, vesgo, esbugalhado, olhos caídos, enxergar mal/ser fundo de garrafa, ter bundão, protuberâncias ou corcunda, sardas demais, verrugas grandes visíveis, cor ou tom de pele inaceitável, ser doente, aleijado, ter estrutura óssea inaceitável, cabelo ruivo.

3) **Ser mentalmente diferente**: inteligente demais, idiota demais, estudioso demais, gostar de ler, ser nerd, ter hobbies e interesses esquisitos, apenas ser esquisito, ter um senso de humor incorreto.

4) **Ter amigos ou parentes inaceitáveis:** Associar-se a pessoas que cometem crimes listados acima e abaixo também é um crime – mesmo que você viva na casa deles e tenha pouca escolha na questão. Ter pais que não deixam você fazer todas as coisas que você deveria poder fazer – as coisas que todo mundo aparentemente está fazendo – também é inaceitável.

5) **Ser gay**: Isso tem surpreendentemente pouco a ver com o que você faz com suas partes íntimas (ou mais precisamente o que você *gostaria* de fazer com suas partes íntimas). Ser gay é mais um estado de espírito, ou às vezes, com menos frequência, um estado de corpo. Você quase pode incluí-lo como um subcrime em 2) e 3), mas sério, vai além de ambas as categorias. E, pelo número de vezes que aparece como uma acusação específica, definitivamente merece uma categoria especial. Mas a melhor forma de explicar o que significa "ser gay" é dizer a você algumas das coisas que são gays.

Se você é menino, qualquer manifestação de sensibilidade é gay. Compaixão é gay. Chorar é supergay. Ler geralmente é gay. Certas músicas e tipos de músicas são gays. "Enola Gay" certamente seria visto como gay. Músicas de amor são gays. O amor em si é *incrivelmente* gay, como quaisquer outras emoções de coração. Cantar é gay, mas cantarolar não é. Disputas de punheta não são gays. Nem é gay toda essa pegação masculina durante períodos especialmente reservados em partidas de futebol ou banhos comunitários em seguida. (Eu não inventei as regras de ser gay – só estou dizendo quais são.)

As meninas também podem ser gays, mas é muito mais difícil para elas. E as meninas não tendem a chamar umas às outras de gays tanto quanto os meninos. Quando uma menina é gay, ela é chamada de sapatão. Razões para ser um sapatão incluem ter membros grossos, cabelo ruim ou sapatos sem salto.

Geralmente você tem de cometer vários desses crimes (ou um subcrime bem sério) para receber uma residência permanente na Cidade dos Párias. Mas como você provavelmente já percebeu cometi crimes em todas as categorias.

1) Eu era pobre – apesar da minha mãe ter um negócio bem-sucedido, uma casa, um apartamento e um carro. Comparado com muitas mães solteiras, minha mãe era uma magnata; mas, como eu expliquei, pobreza e ser pobre não são a mesma coisa na escola secundária. Eu poderia levar cópias dos extratos bancários da minha mãe e isso não teria mudado a opinião de ninguém. A evidência contra mim era flagrante demais. Eu não tinha as coisas certas, e por isso eu era pobre.

2) e 3) Minha epilepsia significava que eu era tanto física quanto mentalmente diferente em qualquer forma óbvia – eu era doente do corpo *e* da mente. Eu também era bem baixinho e demorei para me desenvolver, mas isso foi meio compensado por eu ter ficado um ano para trás – apesar de que, de modo geral, ficar um ano para trás definitivamente *não* foi uma vantagem. Essa circunstância mostrou mais evidências de que eu provavelmente era retardado – mesmo que eu soubesse muitas coisas estranhas (não as coisas certas) e também era CDF. Eu podia ser único por ser a única pessoa que parecia simultaneamente ser inteligente demais *e* burro demais.

4) Você já sabe sobre minha mãe.

5) A maior parte dos meus traços e todas as coisas de que eu gostava eram supergays.
    Nem preciso dizer que os primeiros anos do ensino secundário não foram uma época feliz para mim.

* * *

Meu colégio chamava-se Asquith Academy. Minha mãe escolheu-o para mim porque tinha bons resultados nos exames, excelentes recursos e promovia valores "atemporais". (Era assim que a Asquith Academy se descrevia no folheto e no seu website: "Uma escola moderna com valores atemporais.") Era o tipo de escola que *ela* teria odiado se tivesse sido forçada a ir. Mas, como eu já mencionei, havia regras diferentes em relação ao que era certo para ela e o que era certo para mim. O mais importante para ela era ser livre para se expressar e livre para seguir suas próprias crenças fantásticas para onde quer que elas a levassem, independentemente de quaisquer buracos lógicos no caminho. O mais importante para mim era que eu tivesse excelentes resultados nos exames para que eu pudesse ter a oportunidade de fazer o que eu decidisse *mais tarde*. Isso era especialmente importante agora que eu tinha epilepsia. Minha mãe estava determinada que eu não ficasse para trás, e era inflexível que alguma escola na região me recusasse. Não importa quão limitados os espaços eram: teria sido discriminação se eles não me aceitassem.

A Asquith Academy recebeu seu nome de Robert Asquith, o cara que pagou para tê-la construída e continuou a pagar por uma significativa proporção de seus custos. Robert Asquith, como todos aprendemos no primeiro ano, era um milionário que se fez sozinho, o que é uma das melhores coisas que você pode ser. Sua empresa começou fazendo bolinhas para mouses de computador, e, por um longo tempo, as dele eram as melhores bolinhas do planeta. Então, quando uma nova empresa começou a fazer bolas melhores, Robert Asquith usou alguns de seus milhões para adquirir e eliminar seu concorrente mais jovem. Isso se chamava livre mercado. Então ele mudou suas operações para a China, onde a maioria das pessoas eram camponeses e ficavam felizes de trabalhar por salários muito menores do que as pessoas do Reino Unido. Isso se chamava globalização. Finalmente, por causa do laser, muitos mouses não precisaram mais de bolinhas, então as empresas na China tiveram de fechar, e acho que os camponeses chineses perderam seus empregos malpagos, assim como todos os trabalhadores ingleses perderam seus trabalhos quando a operação se mudou para a China. Mas desta vez Robert Asquith investiu seus milhões em software, eletrônica, consultoria e soluções em TI etc. e tal.

Isso significa que, apesar da história de Robert Asquith incorporar muitas provações e atribulações, no final era estimulante. A moral é trabalhe duro e nunca desista.

A Asquith Academy seguia o modelo de algum liceu antigo perto de Shepton Mallet onde Robert Asquith estudou dos onze aos dezoito anos e que virou pedacinhos numa catastrófica explosão de caldeiras nos anos 1980. Por sorte a explosão aconteceu bem cedinho, e ninguém morreu além do zelador.

Havia pouca chance de a Asquith Academy explodir, já que tinha aquecimento central subterrâneo de primeira. Também tinha um lema em latim, que aparecia num pequeno estandarte em todas suas assinaturas e cabeçalhos. Era o mesmo lema do liceu de Robert Asquith que explodiu: *Ex Veritas Vires*.

Traduzindo, significa: "Bem-Vindo à Casa dos Macacos."

Brincadeira. É o que o lema *deveria* ser.

Ex Veritas Vires de fato significa: "Da Verdade, a Força!"

Esses eram nobres sentimentos, mas não estou certo de quão bem eles se aplicavam ao espírito geral da nossa escola.

Na Asquith Academy, o aprendizado era "orientado para o resultado". Isso significava que você aprendia a como ir bem nas provas, e por isso os resultados dos exames eram sempre tão bons. Tudo fazia muito sentido. Se não era provável que algo caísse numa prova, não valia a pena saber – esta era a política da Asquith. Se precisássemos de inspiração extra, tínhamos a lenda do nosso fundador super-rico. A educação não era uma recompensa em si. A educação trazia recompensas na vida mais tarde. Se nos esforçássemos muito, passássemos nos nossos exames e nunca desistíssemos, um dia seríamos tão ricos quanto Robert Asquith.

O aprendizado "orientado para o resultado" também significava que as aulas eram quase sempre muito didáticas, o que significava que você tinha de aprender vários fatos e tinha de aprender o que você deveria pensar sobre esses fatos. Claro, eu não achava ruim aprender os fatos – eu *gostava* de aprender os fatos –, mas teria sido bom saber um contexto também. Por exemplo, em física, eles nos ensinavam a gravidade, que f = ma e as Leis de Newton – que tínhamos de aprender palavra por palavra –, mas não ensinavam nada sobre Newton em si. Quando procurei por ele na internet, descobri que Newton era um cara bem esquisito e interessante. Por acaso ele veio com a gravidade e suas leis de movimento quando não tinha mais nada a fazer porque estava trancado em casa, escondendo-se da peste – preso ao cérebro. *Isso* era bem interessante. Também acontece que ele inventou um novo tipo de telescópio e passou muito do seu tempo livre tentando transformar metais básicos em ouro. Essas coisas eram bem interessantes também. Depois descobri que ele tinha olhos arregalados de maluco, cabelos grisalhos num penteado esquisito e um arqui-inimigo chamado Robert Hooke, que pode ter sido corcunda. Tudo isso era *bem* interessante. Por acaso a Ciência tinha ótimas histórias e personagens, mas você nunca escutava sobre isso na aula de ciências. Não estou dizendo que deveríamos passar horas e horas aprendendo sobre a biografia de Newton, mas cinco minutos seriam bacanas. Saber um pouco sobre Newton torna f = ma muito mais inspirador. Mas, infelizmente, saber sobre Newton não caía na prova – era irrelevante.

Como você pode ter imaginado, o espírito oficial da Asquith Academy era meio asfixiante. Os professores tinham de ser chamados de "senhor", as professoras, de "senhora" e, sempre que um adulto entrava na sala, todos tinham de ficar de pé em sinal de respeito. E havia uma forma correta de fazer tudo, e tudo tinha de ser feito corretamente. Havia uma forma correta de ficar de pé, uma forma correta de se sentar, uma forma correta de apertar as mãos, uma forma correta de fazer o nó da gravata e uma forma correta de falar. Falar corretamente era particularmente importante.

O Sr. Treadstone, meu professor de gramática dos sete aos onze anos, que também era vice-diretor, era o principal policial a cargo de garantir que o nosso idioma jamais fosse violado – nem na escrita nem em conversas informais. O Sr. Treadstone queria que pronunciássemos tudo corretamente e de preferência sem sotaque – sem o "tom fanhoso de caipira". Ele também insistia que empregássemos a palavra correta e inteira, não derivações de segunda classe: "olá" em vez de "oi"; "sim" em vez de "é", "tá", "hum" ou "uh". No meu caso, o Sr. Treadstone rapidamente identificou uma área específica com problemas, que era minha tendência a usar coloquialismos vagos e redundantes, especialmente quando eu tentava explicar algo. Eu dizia "tipo" demais, e raramente num contexto apropriado. Eu dizia "bem" quando queria dizer "muito". Dizia "sabe" como um tipo de percussão sem sentido no meio da frase. (Ele *não* sabia – por isso eu estava contando a ele.) E o pior era minha aparente incapacidade de falar um parágrafo de três frases sem usar "meio que" como modificador. Essa expressão não tinha lugar na língua. Se eu precisava de um modificador, ele me sugeriu "aproximadamente", "ligeiramente", "relativamente" ou "geralmente". Qualquer um desses seria preferível ao infeliz tique verbal.

Apesar de não usar tanto mais, eu decidi, cinco anos depois, que o veredito do Sr. Treadstone sobre "meio que" foi meio que injusto. Obviamente essa expressão pode ser redundante ou redutiva, ou apenas idiota em algumas frases, mas não em *todas* as frases. Eu não diria, por exemplo, uma frase como "A Antártica é meio que fria" ou "Hitler era meio que malvado". Mas às vezes as coisas não são preto ou branco. Por exemplo, quando eu digo que minha mãe era meio que peculiar, não consigo pensar numa forma melhor de colocar isso.

Entretanto, para o Sr. Treadstone, "meio que" – o fator indesejável da expressão em si – era simplesmente a parte mais irritante de um problema maior. Idealmente, ele dizia, eu deveria tentar lidar com minha confiança nos modificadores num nível mais fundamental. O Sr. Treadstone acreditava que havia *sempre* uma palavra adequada. A nossa língua, afinal, era a mais rica do mundo. Se você não podia encontrar a palavra adequada, se você via sua linguagem escorrendo no lodo da obscuridade e imprecisão, significava que você precisava trabalhar o seu vocabulário. Porque a palavra adequada certamente existia – e estava ansiosa para que você a conhecesse.

Nos primeiros anos na Asquith, eu estava constantemente tentando aperfeiçoar meu vocabulário e desde então eu li tanto – especialmente tratados médicos e científicos obscuros – que com frequência encontrava palavras que ninguém mais conhecia. Mas eu ainda percebia que quando eu falava – quando tentava explicar as coisas em tempo real – lutava para encontrar a palavra adequada. Mais tarde, sempre que tentava encontrar a palavra ou expressão corretas, desenvolvi o hábito de tentar imaginar o que o Sr. Peterson poderia dizer naquela situação. O Sr. Peterson tinha um jeito de ir direto ao assunto. Ele teria dito "larga de merda e vamos ao que interessa".

Quanto ao Sr. Treadstone, isso é o que eu acho que o Sr. Peterson teria dito sobre ele: o Sr. Treadstone era um cu de ferro de marca maior.

* * *

A Asquith Academy era realmente uma escola cheia de estranhas contradições. Era um prédio ultramoderno – de apenas cinco ou seis anos quando eu comecei lá –, mas tinha um antigo lema em latim. Tinha quadriláteros construídos de aço e ferro. Nas aulas, você aprendia como passar nos exames, a se comportar e ter postura. A Asquith Academy estava constantemente tentando elevar a moral e os valores de seus pupilos, mas em muitos casos lutava uma guerra impossível de se vencer. Como já deixei claro, muitos dos alunos que iam para a Asquith não eram exatamente brilhantes. Alguns deles mal eram *evoluídos*. Eram extremamente duas-caras. Aprendiam como se comportar corretamente numa sociedade supervisionada e se comportavam como gorilas em qualquer outro lugar.

No meu ano, a maioria dos gorilas tinha apelidos sintomáticos. Tinha o Jamie Ascot, que todo mundo, amigos ou inimigos, chamava de "Jamie Asbo" – a sigla de comportamento antissocial – por conta do que ele foi pego fazendo na piscina de seu vizinho. Daí tinha o Ryan Goodwin, conhecido como "Garanhim", ou "Garanha", não por causa de seu sucesso com as meninas ou a qualidade de seu genoma (que era questionável), mas por causa de uma entrada cavalar no futebol americano que hospitalizou Peter Dove. E havia o Declan Mackenzie, que a maioria dos colegas chamava de "Decker". Isso era uma simples abreviação. O fato de ele gostar de bater nas pessoas era uma feliz coincidência. Asbo, Garanhim e Decker formavam uma formidável aliança de brutamontes. Havia também vários outros encrenqueiros na escola, mas eu mencionei esses três em particular porque por acaso todos moravam perto de mim. Pegávamos o mesmo ônibus para a escola, eram eles que mais me atormentavam e têm um papel importante na minha história.

Decker Mackenzie era o líder. Não que ele fosse o mais forte – Garanhim, cujos ombros eram quase metade maiores do que os de qualquer um, podia ter aniquilado com ele numa luta. E ele não era exatamente o cara mais esperto do planeta – Jamie Asbo tinha uma esperteza muito mais cruel e afiada. Decker Mackenzie era simplesmente o mais barulhento e agressivo dos três. Não tenho certeza de como as coisas funcionam no mundo selvagem, mas, na hierarquia do playground, Decker Mackenzie era o macho alfa através da pura força de vontade – através de suas crenças inabaláveis no seu próprio direito de dominar. Garanhim e Asbo eram seus subalternos, seus leais escudeiros.

Do outro lado da escada social, as vítimas deles também costumavam receber apelidos (a maioria criados por Jamie Asbo): Ian Calça-Suja Stainfield), Gyppo Johnson, Brian Lixão Beresford (cuja mãe insistia em remendar suas roupas em vez de comprar novas), George Meleca Friedman e assim por diante. Quanto a mim, eu me vi recebendo vários apelidos. Por um tempo, eu fui "Ally Twatter" (uma versão tosca de Harry Potter, baseado no fato de que eu tinha uma cicatriz visível, uma bruxa como mãe, era propenso a crises e era presumidamente um babaca). Mais tarde virou Weirdo Woods, depois Wanker Woods – com um punhado de variantes óbvias e chulas (Wankshaft, Wankstain, Wankface). Mas felizmente nenhum desses apelidos ganhou popularidade. A maioria do tempo eu era apenas Woods, e não desejava ser mais simples do que meu sobrenome – frequente, esquecível, comum.

7

CREOSOTO

Há duas ideias em que quero que você pense neste momento.
1) Na vida, não há um verdadeiro começo ou fim. Os acontecimentos fluem uns nos outros e quanto mais se tenta isolá-los num contêiner, mais eles derramam pelas laterais, como água de um canal penetrando nas suas margens artificiais. Um ponto flagrante é que as coisas que rotulamos de "começo" ou "fim" em geral são indistinguíveis. São uma coisa só. Essa é uma das coisas que a carta da Morte simboliza no tarô – um fim que também é um novo começo.

Só nas histórias encontramos começo e fim claramente marcados, e estes foram escolhidos num poço bem fundo de possibilidades. Eu podia começar minha história contando sobre minha concepção, ou a adolescência da minha mãe, ou a formação do sistema solar – o nascimento do Sol e dos planetas e o Cinto dos Asteroides quatro milhões e meio de anos atrás – e nenhum desses seria um lugar razoável para começar, assim como o lugar em que eu finalmente comecei.

2) O universo é ao mesmo tempo muito ordenado e muito desordenado.

Há um determinismo mecânico de larga escala – as Leis de Movimento de Newton, a gravidade, as bolas de sinuca, a balística, as órbitas de corpos celestes. Há a Teoria do Caos, que ainda é uma forma de determinismo, só que impossivelmente complexa – sistemas que são muito difíceis de entender ou prever por causa de sua extrema sensibilidade a pequenas variações e ocorrências aleatórias (o Efeito Borboleta). E há a aleatoriedade quântica em escala subatômica – incerteza, desconhecimento, jogos de sorte, probabilidade no lugar da clássica previsibilidade. E também pode haver o livre arbítrio a se jogar na mistura.

É possível encontrar ordem no caos, e é igualmente possível encontrar caos sob uma ordem aparente. Ordem e caos são conceitos fugidios. São como pares de gêmeos que gostam de trocar de roupa de tempos em tempos. Ordem e caos frequentemente se misturam e se sobrepõem, o mesmo ocorre com começos e finais. As coisas em geral são mais complicadas ou mais simples do que parecem. Frequentemente dependem da nossa perspectiva.

Acho que contar uma história é uma forma de tentar tornar a complexidade da vida mais compreensível. É uma forma de tentar separar ordem do caos, padrões do pandemônio. Outras formas são o tarô e a ciência.

O momento que estou prestes a descrever culmina com um conjunto de circunstâncias caóticas e o ponto de partida para outro. É um momento que me faz pensar em como a vida pode ser vista como altamente ordenada e altamente caótica ao mesmo tempo. É um fim e um novo começo.

Foi em 14 de abril de 2007, um sábado. Três dias depois da morte de Kurt Vonnegut, mas eu não sabia isso. Descobriria mais tarde. Eu ainda não tinha ouvido falar de Kurt Vonnegut na época.

Eu passara na loja da cidade para pegar alguns itens essenciais e agora estava tomando a pitoresca rota para casa – por trás da igreja, passando pelo lago de patos, depois a escadaria, a trilha para cavalos, os lotes e casas, saindo da trilha em Horton Lane, passando pelo portão dos beijos até o cruzamento e depois uma rápida caminhada até minha casa. Eu carregava uma bolsa de compras da minha mãe que tinha uma frase pintada em tinta verde: *Reduza, Reutilize, Recicle*. Não era uma bolsa de marca aceitável para ser visto com ela, e eu sabia disso muito bem; mas já que eu só estava indo para a loja e voltando, e já que Lower Godley não era exatamente Milão, achei que tudo bem. Como se provou, eu estava errado.

– Bela bolsa, Woods!

Era Decker Mackenzie. Estava sentado no muro da igreja – que Deus havia construído aproximadamente à altura da bunda – bebendo uma lata de Red Bull, um energético feito de cafeína e taurina e muito, muito açúcar. Estava acompanhado, como sempre, de Garanhim e Asbo. Garanhim tinha seu boné da Nike enfiado tão baixo na testa que a maior parte de seu rosto estava invisível. Ele segurava um galho grosso, que provavelmente havia caído de um dos carvalhos ou plátanos, e estava cutucando a terra como algum tipo de neandertal que acabou de descobrir os polegares opositores. Asbo enrolava um cigarro. Asbo estava *sempre* enrolando um cigarro. Nenhum moleque de doze anos poderia fumar tantos cigarros quanto Asbo conseguia enrolar. Não havia tantas horas não supervisionadas no dia. É possível que Asbo passasse muito de seu tempo particular *des*enrolando cigarros. Sei lá. Eu entrei bem no território deles sem notar. A razão pela qual não notei foi que eu estava absorto na capa da minha revista, que agora eu enfiei na bolsa inaceitável da minha mãe. Isso se mostrou ser uma ação bem idiota – atraiu atenção para a revista e mais atenção para a bolsa.

– O que tem aí, Woods?

Mantive meus olhos abaixados e continuei caminhando. Essa era a única política sensata. Alguns momentos e eu teria passado em segurança por eles no meu caminho.

– O que tem na bolsa, Woods? – Decker rangeu os dentes.
– Se é que se pode chamar isso de bolsa – Asbo acrescentou.
– Mais tipo um saco de merda – Decker elaborou. – O que tem aí?
– Não é nada – eu disse, baixinho e nada convincente.

O que de fato havia na bolsa: a última edição da revista *Sky at Night*, que, antes de eu ter minha assinatura, eu costumava encomendar na loja da cidade todo mês; uma caixa de petiscos de gato para Lucy – que novamente estava comendo por vários; e meio cacho de uvas, com as quais eu planejava alimentar os patinhos, que só tinham algumas semanas de idade. Não havia item nesse inventário que valia a pena divulgar. Especialmente não as uvas. Não preciso dizer que alimentar patos era das coisas mais gays imagináveis.

Eu tentei passar por eles, mas Garanhim levantou seu braço de ogro para bloquear minha passagem.

– Vamos lá, Woods – zombou Jamie Asbo. – Não seja tímido.
– São apenas compras – eu murmurei.
– Hummm – Decker refletiu. – *Apenas compras*. Soa suspeito.
– Ele esmagou a lata de Red Bull com a mão e jogou por sobre o ombro no terreno da igreja. Ela quicou num túmulo antes de aterrissar no lugar final de descanso de Ernest Shuttleworth, marido e pai dedicado, assustando um melro no caminho.
– Meu Deus! – Decker disse, alto e repentinamente, como se atingido por um raio de inspiração. – Não é *pornô*, é, Woods?
– Pornô gay – Asbo esclareceu.
– *Obviamente* pornô gay – Decker concordou.
– Tsk tsk tsk – Garanhim me repreendeu. (E me deixe dizer, para Garanhim isso foi uma coisa articulada demais.)
– É pornô, não é? – Decker repetiu.

Claramente não havia resposta correta para essa pergunta. Era feita para não poder ser respondida. Se eu dissesse "sim", eles iriam me chamar de pervertido e iriam esvaziar minha sacola na rua. Se dissesse "não", eles diriam que eu não tinha pau e esvaziariam minha sacola. Eu deveria ficar com minha política de não dizer nada. Em vez disso, fui para a malfadada opção três: tentar enfrentar imbecilidade com lógica.

– Não pode ser pornô, porque eles não vendem pornô na lojinha da cidade. Seja gay ou de outro tipo.

Isso provocou assobios, gritos e risadas.

– É, e disso você entende bem, não é, Woods? – perguntou Declan Mackenzie. Garanhim começara a esfregar seu galho sugestivamente. Creio que deveria ser sugestivo. Mas ele podia estar tentando fazer fogo.

– Vou pra casa agora – eu disse. E saí para rua, longe o suficiente para estar fora do alcance do galho de Garanhim, e comecei a andar rapidamente rua abaixo.

Infelizmente, a vítima não decide quando já teve o bastante – e qualquer esforço para usurpar essa decisão vai inevitavelmente encontrar represálias. Percebi logo que eles haviam deixado o muro e agora estavam me seguindo, poucos metros atrás.

– Não vá pra casa ainda, Woods. Ainda demora horas pra escurecer. Tenho certeza de que sua mãe não vai se importar.

– A mãe dele provavelmente saiu com a vassoura.

Eu rangi os dentes e acelerei o passo. A vassoura da minha mãe era puramente ornamental.

– Woods, por que não gosta da gente? Por que não quer ser nosso amigo?

Não preciso dizer que isso era sarcasmo, o que Oscar Wilde chamava de a forma mais baixa de espirituosidade. Mas Oscar Wilde certamente nunca ouvira falar de tacar fogo nos próprios peidos, que também era uma forma popular de humor na minha escola.

Eu fiquei calmo e continuei andando. Vi minha respiração subindo e descendo no meu peito. Algo me acertou no ombro. Senti meus dedos. Lama. (Pelo menos eu esperava que fosse lama.) Fiquei calmo. Comecei a contar até dez, visualizando cada número em itálicos dourados. *Um, dois, três, quatro...* Outro projétil passou pela minha orelha direita. Onde diabos estavam todas as pessoas? As que passeavam com os cachorros? As que faziam cooper? O carteiro? Era um dia tranquilo de verão. Por que toda a rua estava vazia? Eu estava vivenciando a perdição dos pesadelos, e não tinha ideia do que iria fazer. O que eu *podia* fazer? (Saltar o muro da igreja, correr pelos túmulos, martelar a porta fechada de carvalho e gritar: SANTUÁRIO?!)

Apressei mais o passo e virei a esquina. Eu podia ver a escadaria à frente, mas ainda nenhuma pessoa. Tentei calcular se eu podia vencer meus perseguidores correndo. Parecia pouco provável. Apesar de as coisas terem melhorado, até certo ponto eu ainda estava enfrentando a "gordurinha localizada", resultado de um ano passado de pijama. Em contraste, meus perseguidores estavam todos no time de futebol. Mas, até aí, eles também fumavam. Com sorte o Sr. Banks, nosso professor de biologia, não estava mentindo para nós e fumar *realmente* diminuía nossa capacidade pulmonar. Parecia plausível. Apesar de a alegação de que atrofiava o crescimento ser claramente invenção.

Outro pedaço de algo me atingiu nas costas, com comemorações. Foi nesse ponto que a calma foi pras cucuias. Minha mente entrou em frenéticos círculos perdidos; depois minhas pernas e minha espinha decidiram fazer um *coup d'état*. Sem tempo para decisões executivas: vamos correr.

Como muitas decisões que contornam o córtex, essa se mostrou ser fraca. Havia uma boa chance de que meus perseguidores ficassem logo entediados – desde que eu não respondesse. É por isso que animais caçados se fazem de mortos. Mas, logo que eu comecei a correr, o instinto de predador se acionou. Eu corria, eles perseguiam, e estávamos todos, nós quatro, presos a um mesmo destino. Além disso, o jogo havia se elevado. Agora, quando eles me pegassem, eles seriam *obrigados* a tomar providências. Eles não poderiam me deixar ir. Não poderiam recuar e me deixar ir só com outra agressão verbal. Eu seria capturado, cuspido, provavelmente despido, então jogado no arbusto de urtigas mais próximo. A humilhação havia acabado e agora a dor estava prestes a começar.

Eu ignorei a virada para o lago de patos (por enquanto, os patinhos teriam de se virar sozinhos; morto eu não seria útil para eles) e continuei em frente, correndo a toda. Eu tinha o suficiente de vantagem para chegar até a escadaria sem problemas – um obstáculo que era um problema maior para meus perseguidores, que teriam de se coordenar e seguir um de cada vez. Mas minha vantagem não iria durar muito. Como todas as presas, eu tinha o incentivo maior na busca, mas os predadores, eu começava a suspeitar, tinham mais resistência. E eu também estava sobrecarregado com uma sacola de compras. Não era pesada, mas ainda era um atraso. Os petiscos da Lucy batiam com um chacoalhar regular de uma bateria militar. E meu coração estava acelerado também, e o sangue subindo às minhas orelhas, e minha respiração vinha pesada e áspera. E ainda não havia uma alma à vista.

Um arriscado olhar sobre meu ombro, consumindo tempo, revelou que a distância não havia nem diminuído nem aumentado. Eles ainda estavam a uma boa distância atrás de mim, mas não davam sinal de desacelerar. Isso era apenas esporte para eles – não era diferente de treinar futebol. Não havia dúvida na minha mente de que alguma parte de mim – minhas pernas, meus pulmões – iriam ceder antes que ficassem cansados o suficiente para terminar a busca. Eu não tinha chance de superá-los no espaço aberto. Eu saí da trilha por um campo vazio enlameado em direção a uma cerca viva distante que eu esperava que marcasse o limite de volta à civilização. O chão estava irregular e difícil. Meus pés doíam, minhas pernas doíam, meu peito doía, minha cabeça doía. Havia uma canal de drenagem à frente, um canal estreito de água marrom-esverdeada me separando do meu objetivo. Eu mal desacelerei. Deslizei perto da margem mais próxima, saltei, escalei a margem mais distante e cheguei à cerca em poucos pulos trêmulos. Olhei ao redor. Os meus três perseguidores haviam chegado à margem oposta do canal, e eu cheguei ao ponto onde não podia mais correr. A cerca era minha única opção – pouco promissora como parecia. Era feita de coníferas maduras, grossas, plantadas juntinhas para formar um muro escuro emaranhado – denso o suficiente para fazer qualquer criatura sã de tamanho moderado pensar duas vezes antes de tentar uma incursão. Mas *esta* criatura de tamanho moderado havia deixado sua sanidade na rua atrás da igreja. Eu segurei a sacola da minha mãe no meu peito e me lancei entre dois robustos abetos. Fui engolido pela escuridão úmida. Algo se partiu. Galhos se lascaram e se esfregaram no meu rosto. Ramos furaram minhas mãos. Eu fechei os olhos, abaixei a cabeça e me impulsionei à frente como um touro arrancando. Então eu estava livre. Eu caí à frente na luz ofuscante do sol. Algo se quebrou aos meus pés – uma pequena planta ou arbusto. Eu podia ouvir gritos através das coníferas, então uma salva de gravetos, pedras e lama começou a chover por todos os lados.

Eu rapidamente olhei minhas cercanias – o longo e estreito jardim de alguém. A casa estava completamente obscurecida por árvores e grades. Havia uma cabana à minha esquerda e uma estufa à direita, e cercas altas marcando o perímetro além. Escutei um farfalhar atrás de mim, mas minhas pernas estavam derrotadas. Agora que havia parado, eu não poderia começar a correr novamente. Eu só pude mancar até a cabana. A porta não estava trancada – minha primeira e única sorte. Dentro, meus olhos buscaram algo que eu pudesse usar. Vasos velhos, um pedaço de mangueira, uns pedaços de bambu, um par de luvas de jardinagem, um ancinho enferrujado. Então, com o restinho da minha pobre quota de força, eu consegui arrastar um saco pesado de estrume para trás da porta fechada. Então me sentei no saco, minhas costas contra a porta e minhas pernas fincadas e meu corpo todo rígido como átomos num nanotubo de carbono.

Um segundo depois, alguém forçou a porta. A pressão aumentou. Algumas batidas fracas na madeira. Mas estava claro que a porta não ia abrir. Havia muita força contra a base.

Houve muitos gritos e palavrões lá fora. Então ouvi o som de vidros quebrando e mais gritos. Então tudo ficou em silêncio.

Eu contei até cem.

Quando espiei lá fora. Não havia ninguém à vista. Mas pela quantidade de vidro que brilhava no sol parecia que metade da estufa havia sido demolida. Mais tarde descobri que só sete vidros foram quebrados. Mas, na hora, eu estava muito confuso para ver os detalhes. Agora que a perseguição havia acabado e eu não estava mais focado na necessidade da autopreservação, minha mente começou a girar numa dança familiar, vibrando. Eu sabia que tinha de me acalmar novamente, eu tinha de me sentar, me concentrar e esperar que aquilo passasse.

Voltei para a cabana escura, meu refúgio da destruição lá dentro, e me sentei no chão contra a parede mais distante com minha cabeça entre as mãos. Eu estava extremamente desorientado naquele momento. Tentei me concentrar, mas o lugar todo tinha cheiro de marzipã e creosoto, e isso impedia que minha mente se fixasse. Porém era tarde demais para eu me mover. Nesse ponto, o movimento só tornaria as coisas piores. Eu tinha de me sentar imóvel e resolver através de exercícios. Eu podia ver carruagens e cavalos desgovernados. Tentei respirar. Comecei a listar números primos. Eu podia ver melros circulando. Eu me sentia extremamente exausto.

Não tenho ideia de quanto tempo passou, mas, quando saí do meu sonho, a atmosfera havia mudado. Algo havia me despertado. Havia uma corrente de ar cortando o creosoto; a porta da cabana havia sido totalmente aberta e na porta havia uma figura – uma silhueta recortada contra o sol que se punha.

Era um homem. Havia um homem parado na porta, e estava apontando para mim com um graveto – um graveto longo e cilíndrico. Reluzia na escuridão. Meu coração saltou pela boca.

O homem apontava uma arma para mim.

8
PENITÊNCIA

– Não atire! – Eu saltei, erguendo as mãos sobre a cabeça. – Sou epilético! – acrescentei. Não sei por que adicionei essa segunda parte. Poderia ter sido alguma tentativa delirante de explicação; pode ter sido um apelo para leniência.

A arma de tambor único permaneceu apontada.

Eu senti gelo cristalizando nos meus intestinos. Olhos lacrimejando, borrando detalhes de forma que eu só via os leves contornos da minha condenação iminente. Então um círculo laranja mais brilhante de repente irrompeu do fundo escuro. Eu esperei um estouro e uma bala, o cheiro polvoroso de fogos de artifício. Em vez disso, houve um leve estalo e um cheiro bem parecido com salsinha. Achei que outro ataque estava vindo.

– Então – meu executor perguntou – você quer me dizer o que em nome de Jesus F. Cristo você está fazendo na minha cabana?

Não fiquei surpreso em descobrir que ele falava com um lento sotaque americano. Na febre do sonho minha mente girava – o que devia tanto a Hollywood quanto ao pânico cego –, parecia razoável que eu estivesse prestes a ser morto por um caubói. E certamente não havia tempo para esclarecer o mistério da inicial do meio de Jesus.

– Bem? – a voz pressionou. – Qual é o problema? O gato comeu sua língua?

– Descansando! – gritei. – Estava só descansando!

Isso provocou um bufar curto e forte, como o rosnado de aviso de um cachorro bravo. – Bem, acho que destruir a estufa de alguém deve ter mesmo acabado com você, hein?

Eu não disse nada. Meu cérebro não é confiável numa crise.

– Então, terminou de descansar, moleque? Está pronto para sair e podermos começar ou devo voltar mais tarde?

Pesei minhas opções e decidi que preferia morrer de pé à luz do sol do que encolhido no escuro. Mas então, quando tentei ficar de pé, minhas pernas cederam sob mim. Eu desisti e coloquei a cabeça entre as mãos.

– Se vai me matar, prefiro que faça rápido – implorei.

– Que diabos está falando, moleque? – O caubói deu outra tragada no seu cigarro de salsinha. – Que está havendo aqui? Você é pirado da cabeça ou algo assim?

Eu assenti vigorosamente.

– Vamos, levanta!

O caubói recuou à luz do sol para dar espaço para eu sair, e ao mesmo tempo ele abaixou a arma que se transformou no que havia sido o tempo todo. Um metro de alumínio leve. Alça de plástico cinza. Uma muleta.

O gelo derreteu. Sensações correram de volta para meus membros e com uma respiração que trouxe alívio a cada célula do meu corpo me levantei e cambaleei para a luz, renascido e pronto para encarar qualquer castigo que esperasse por mim.

O medo distorce o mundo. O medo vê demônios onde apenas sombras habitam. Essa foi a lição que eu acabei aprendendo.

Meu captor não era a ameaça sombria que minha imaginação o tornou. Ele se apoiava pesadamente na muleta, mancando pronunciadamente da perna direita. Era magrelo e fraco. Seu rosto pálido, cansado e com uma barba por fazer grisalha. Ainda tinha umas áreas esparsas de cabelo nas têmporas, mas pouco restava em cima. Era velho. A única coisa nele que mantinha o tipo de autoridade que eu havia projetado na escuridão eram seus olhos, que eram de um cinza agudo e duro, e sua voz, que era forte e incisiva.

– Você não vai fugir de mim, vai, moleque? – ele perguntou.

Eu balancei a cabeça.

– Promete?

Eu assenti, ainda sem poder falar.

Ele apontou para mim com a muleta.

– Tem alguma coisa que não pertence a você aí?

Eu fiquei parado feito bobo.

– A sacola, moleque. O que tem na sacola?

Abaixei os olhos. Ainda estava segurando a sacola da minha mãe. Estava apertando protetoramente contra meu peito. Minha língua se soltou. – Biscoitos para gato! – desabafei. – Biscoitos para gatos, uma revista e meio cacho de uvas. São meus. Não sou ladrão!

– Só um vândalo, não é?

O velho olhou para mim intensamente, depois balançou a cabeça e jogou o cigarro no chão. Amassou com o pé esquerdo.

– Sabe, já vi uns crimes bem idiotas na minha época, mas este é provavelmente o mais idiota. Eu sei que apetite por destruição e inteligência nem sempre andam de mãos dadas, mas, seja qual for o nível, isso aqui é enigmático pra danar. – Ele apontou novamente com a muleta, primeiro para a estufa, depois para a cabana. – Provavelmente estou perdendo tempo em perguntar, mas você não teria uma explicação para tudo isso?

– Não fui eu – expliquei.

– Sei. Então quem foi?
– Uns outros moleques.
– Que outros moleques?
Eu engoli em seco. – Só uns moleques aí. Estavam atrás de mim.
– Sei. E onde estão agora?
– Não sei.
– Acho que eles simplesmente desapareceram, né?
– Acho que eles devem ter passado de volta pela cerca.
Nós dois olhamos na direção da cerca. Era um muro cinzaesverdeado impenetrável.
– Seus amigos devem ser grandes mágicos – o homem disse.
– Não são meus amigos! – respondi.
Ele olhou para mim por um longo tempo, e aí balançou a cabeça novamente.
– Você tem nome, moleque?
– Alex – eu disse bem baixinho.
– Só Alex?
– É abreviação de Alexander – elaborei.
Meu captor estalou a língua e falou bravo:
– Quem é seu pai, moleque?
– Não tenho pai.
– Entendi: concepção imaculada!
Felizmente, eu sabia o que isso queria dizer. Era muito sarcasmo. Significava que eu era como Jesus – que não foi resultado de uma relação sexual, o que, na Bíblia, era um pecado terrível.
– Não é o que eu quis dizer. Eu tive um pai, mas minha mãe não tem muita certeza de quem ele era. Fui concebido do jeito normal. Em algum lugar próximo de Stonehenge – acrescentei.
– Sua mãe parece ser da pesada.
– Ela é celibatária agora.

– Tudo bem. Isso tudo é muito fascinante, mas largue de merda. Me diga quem é sua mãe, moleque. Quero o nome dela. O nome completo dela.

– Rowena Woods – eu disse.

Isso provocou muitas piscadas, seguida por outro bufar, uma risada como um latido.

– Meu Deus todo-poderoso, porra! Você é *aquele* garoto?

Devo observar que, tirando o expletivo, essa não era uma reação incomum quando um estranho descobria quem eu era.

O velho virou sua cabeça e eu podia ver que ele estava espiando bem de perto para a linha branca na minha têmpora direita, onde meu cabelo ainda se recusava a crescer.

Eu esperei pacientemente.

O velho suspirou e balançou a cabeça novamente.

– Onde está sua mãe agora? – ele perguntou. – Está em casa?

– Está trabalhando.

– Tá. Me diga a que horas ela chega em casa.

Eu vi o vidro quebrado amontoado no chão e mordi meu lábio.

Devo explicar algo neste ponto.

Há duas coisas que eu não poderia contar à minha mãe sobre aquele sábado. E infelizmente essas eram as duas coisas – as únicas duas – que poderiam ter salvado minha história de ter caído nessa bagunça sem sentido.

Primeira, eu não podia contar a ela o nome dos meus perseguidores. Isso seria suicídio. Eu estava certo de que meu silêncio – junto da possibilidade sustentada de que eu poderia, em algum ponto, se pressionado, quebrar esse silêncio – era a única coisa que poderia garantir minha segurança nas próximas semanas. Tendo se safado com danos criminosos, eu achava que meu trio de atormentadores não iria querer abusar da sorte. Por enquanto, e com sorte por muitos meses, eles teriam de encontrar outra pessoa para traumatizar.

Segunda, eu não podia mencionar minha crise. Do jeito que as coisas estavam, eu já estava em grave perigo de perder toda minha liberdade conquistada a duras penas. Se minha mãe nem *suspeitasse* de que minha epilepsia estava voltando a sua antiga severidade, eu iria direto de volta para as amarras da supervisão em tempo integral. Eu perderia meus sábados. Perderia meus domingos. Perderia minhas tardes pós-escola. Eu duvidava de que eu pudesse persuadi-la de que esse fora um caso isolado – com o qual, apesar das evidências contrárias, eu estava lidando perfeitamente no meu regime severo de remédios e meditação.

Então minha defesa foi esfarrapada desde o princípio. Tudo o que permanecia eram fatos inegáveis: invasão, uma estufa quebrada e um leve remorso – ou uma alegre estupidez – de eu não ter nem me dado ao trabalho de fugir da cena do crime.

Minha mãe ficou chocada.

– Lex, como você *pôde*?

– Já disse, não fui eu!

– Eu não te criei para ser o tipo de menino que tem prazer em atos de vandalismo leviano. Eu te criei para ter princípios! Eu te criei para ser bom, educado e amoroso! E honesto.

– Eu *tenho* princípios.

– Seus atos dizem o contrário!

– Mas não foram meus atos!

– Sim. É o que você diz. E eu adoraria acreditar nisso, Lex, de verdade. Mas você não me dá razões para acreditar.

– É porque você não está me escutando!

– Me diga quem foram seus cúmplices. *Daí* eu posso começar a escutar.

– Eles não foram meus cúmplices. Não sou responsável pelo que eles fizeram.

– Se você continua a protegê-los, isso te torna um cúmplice! Torna você tão culpado quando eles.

Eu fechei a cara para o chão e tentei pensar numa forma de retrucar a lógica desse argumento.

– Me diga quem eles são – minha mãe repetiu.

– Já disse. Eram só uns meninos da cidade.

– Nomes, Lex. Quero nomes.

– Os nomes deles não importam. O importante é que a culpa é deles, não minha.

– Lex, isso é bem simples. Se você não me disser quais de seus amigos fizeram isso, então toda a culpa vai cair em você.

– Eles não são meus amigos! Que parte da história você não entendeu?

– Não dê uma de espertinho comigo! Apenas me diga quem são eles.

– Por que você não pergunta às cartas? – eu disse, emburrado.

Minha mãe ficou em silêncio e olhou para mim por um longo tempo. Eu não podia aguentar a forma como ela olhava para mim. Ela não parecia mais brava. Só parecia magoada.

Eu abaixei os olhos. De alguma forma, depois de uma discussão de cinco minutos com minha mãe, eu não me sentia mais inocente. Eu me sentia *cúmplice*.

– Me deixe te dizer uma coisa, Lex – minha mãe acabou falando. – E não estou certa se isso significa alguma coisa para você, mas quero que escute. E quero que pense com muito cuidado antes de decidir dizer qualquer outra coisa.

"Isaac Peterson não está bem. Ele é velho e fraco. E também está sozinho no mundo. Pode imaginar como ele se sentiria?"

Eu sabia exatamente o que minha mãe estava fazendo aqui: estava me mandando numa viagem de culpa. O Sr. Peterson não era *tão* frágil. O fato de ele mancar só o deixava incrivelmente lerdo, não fraco. E quanto à sua idade – bem, ele *tinha* quase o dobro da de minha mãe, mas não era nem de perto tão velho quanto o Sr. Stapleton, por exemplo, que tinha aproximadamente cem anos. O único fato indiscutível na avaliação da minha mãe era que ele estava sozinho no mundo, e era isso que fazia minha suposta destruição da estufa dele tão pavorosa.

Caso você não viva numa cidade pequena, eu devo te dizer o seguinte: numa cidade pequena, todo mundo sabe pelo menos três coisas sobre todo mundo. Não importa o quão recluso você tente ser. As três coisas que todo mundo da cidade sabia sobre o Sr. Peterson eram as seguintes:

1) Ele teve uma das suas pernas feitas em picadinho na guerra do Vietnã, que foi uma guerra entre os Estados Unidos e o Vietnã do Norte e Vietnã do Sul nos anos 1960 e 1970.

2) Sua esposa, Rebecca Peterson, uma inglesa, morrera três anos antes, depois de uma batalha prolongada contra um câncer pancreático.

3) Por causa dos fatos 1) e 2) ele não vivia no seu juízo perfeito.

Quando minha mãe me contou os dois primeiros fatos – o terceiro eu tive de inferir –, meus últimos pensamentos de autopreservação viraram pó. Graças à situação desafortunada do Sr. Peterson, não havia chance de escapar com um tapinha na mão. Alguém tinha de se responsabilizar pela destruição leviana de sua estufa, e aquele alguém evidentemente era eu.

Tudo o que sobrou para resolver foram os termos precisos da minha pena.

* * *

A casa do Sr. Peterson era uma boa casa para um recluso. Era enfiada numa ruazinha estreita e sinuosa – pelo menos a cem metros afastada da rua principal – e tinha uma grande entrada ladeada por álamos de cinquenta anos de idade, que ficavam como sentinelas guardando a única entrada e saída. Dentro da área principal, havia mais árvores e cercas vivas que puderam crescer alguns metros acima da altura da cabeça, e perto da porta da frente havia uma grande janela projetada que revelava nada além de que alguns centímetros do sombrio peitoril. As cortinas ficavam fechadas. Estavam fechadas ontem também. Não pareciam ser nunca abertas. Faixas de poeira e sujeira eram visíveis nas dobras escuras do tecido. Eu torci o nariz. Minha mãe me deu um cutucão nas costas.

– Ai! – protestei.

– Não arraste os pés, Lex.

– Eu não estava arrastando!

– Adiar isso não vai tornar mais fácil.

– Mas e se ele não quiser ser perturbado?

– Não seja covarde.

– Só estou dizendo que talvez devêssemos tocar a campainha primeiro.

– Não precisamos tocar. Você vai fazer isso *agora*.

Mais alguns passos e estávamos na varanda triangular.

– Vá em frente – minha mãe insistiu. – Esta responsabilidade é *sua*.

Eu bati na porta, com toda a força de uma mosca.

Um momento passou sem eu respirar.

Minha mãe olhou para mim, revirou os olhos e bateu de novo, por mim – intempestuosamente.

Houve um imediato surto de latidos de dentro. Eu saltei quase meio metro no ar.

– Lex, fique calmo! É só um cachorro!

Isso serviu pouco para me confortar. Eu me sentia desconfortável com cachorros. Sempre fomos uma família de gatos. Por sorte, aconteceu de o cachorro do Sr. Peterson ser ainda mais covarde do que eu. Ele só latia quando era acordado inesperadamente de um sono profundo, e era um latido de pânico abjeto – instintivo e frenético, completamente desprovido de agressão. Mas eu não sabia disso na época. Não sabia que dez segundos de latidos seriam inevitavelmente seguidos de um rápido recuo para trás do sofá mais próximo. Achava que era o Cão dos Baskerville em busca de sangue.

Veio uma luz, visível através de um pedaço estreito de vidro fosco sobre a porta. Senti as mãos úmidas da minha mãe nos meus ombros. Minha fibra moral ainda era bem questionável.

A porta se abriu.

Os olhos fugidios do Sr. Peterson me examinaram com seus óculos de leitura, passaram brevemente para a minha mãe e então voltaram a meu rosto. Ele não parecia surpreso. Também não parecia feliz.

Senti outro cutucão, esse no fim da minha espinha.

– Estou aqui para me desculpar e para oferecer reparos – falei num impulso. Soava ensaiado. *Foi* ensaiado, mas não era essa a questão. A questão era que eu tinha de fazer soar sincero. Se eu usasse o tom errado, não ajudaria no meu caso.

O Sr. Peterson ergueu as sobrancelhas, então meio que torceu um pouco o rosto.

Eu esperei.

Ele batucou os dedos na moldura da porta.

Eu esperei mais um pouquinho.

– Tá bom, moleque – ele colocou. – Então se desculpe. Desembucha.

Olhei para minha mãe em dúvida.

– É uma figura de linguagem – minha mãe disse. – Significa que você deve continuar falando.

– Ah.

Eu pigarreei. O Sr. Peterson se remexeu. Parecia tão ansioso em terminar com aquilo quanto eu estava. Isso me dava uma pontada de esperança.

– Desculpe pela estufa e por invadir sua propriedade – eu disse. Senti outro cutucão nas costas. – E... eu gostaria de recompensá-lo de alguma forma. Por exemplo, eu ficaria feliz em me oferecer para qualquer biscate de que o senhor precise.

– Biscates?

Eu podia ver que não era uma ideia bem-vinda. O Sr. Peterson parecia ter dor de dentes. Eu avancei mesmo assim, dando o resto do discurso no tapetinho de entrada.

– Eu podia limpar suas janelas. Ou cortar a grama do jardim ou ir buscar coisas de que o senhor precise.

– Pode envidraçar minha estufa?

Achei que isso provavelmente fosse sarcasmo. Decidi não responder e segui outro caminho.

– Além disso, percebi que seu carro não é lavado há um tempo, então talv... Ai!

Tomei essa última cutucada como um sinal de que eu deveria me ater ao roteiro e não tentar improvisar.

– Enfim – concluí –, por eu não poder reparar sua estufa, estou me oferecendo para me colocar a seus serviços até o senhor considerar que o dano foi totalmente pago. É uma penalidade – eu acrescentei, levantando o olhar do capacho.

O Sr. Peterson franziu a testa, pigarreou e depois a franziu novamente.

– Olha, moleque. Não estou certo de que essa seja uma boa ideia. O que quero dizer é que talvez seja melhor se eu apenas aceitar suas desculpas e damos por encerrado.
– Sim, também é...
Nesse ponto minha mãe se adiantou:
– Desculpe-me, Sr. Peterson, posso? – Ela não fez uma pausa para ouvir se podia ou não. – É muito gentil da sua parte... extremamente gentil... mas não acho que um simples pedido de desculpas seja o suficiente neste caso, dada a não gravidade do crime.
Eu deixei minha pontada de esperança faiscar e morrer.
O rosto do Sr. Peterson ainda estava fixo numa careta desconfortável.
– O senhor concorda que esta seja uma questão séria? – minha mãe estimulou. – Porque ontem tive a impressão de que estava disposto a ver Alex devidamente punido.
– Bem, sim, isso é fato, mas...
– Pode sugerir uma punição *mais* adequada?
– Talvez não. Mas isso não é exatamente o que eu tinha em mente. Quero dizer, para ser franco, Sra. Woods, não acho mesmo que seja da minha conta...
– Sr. Peterson, é uma questão de princípios – minha mãe insistiu. – Alex tem de aprender uma lição aqui. Ele precisa entender que seus atos têm consequências.
– Tá, eu concordo. E olhe, a última coisa que quero fazer é estragar qualquer lição que você esteja tentando ensinar a seu filho, mas...
– Excelente! Estou feliz que tenhamos a mesma opinião. Porque eu lhe asseguro: Alex e eu discutimos essa questão longamente, e ambos concordamos que, se ele quer recompensar de qualquer forma significativa, ele tem de reparar a dívida que tem com o senhor, não comigo. É a única forma de seguirmos em frente com isso.

O Sr. Peterson me mandou um olhar que dizia: "Socorro!" Eu joguei a ele um olhar de volta que dizia que nada disso era *minha* culpa e que contra minha mãe eu não podia fazer nada. Ele balançou os braços um pouco, então xingou para si mesmo. Minha mãe fingiu não ter ouvido. Eu sabia que a batalha já estava perdida. Havia sido perdida no momento em que ele abriu a porta.

– Ah, diabos! – O Sr. Peterson esfregou as têmporas.

Minha mãe esperou expectativa.

– Claro, ótimo. Por que não? Vou encontrar tarefas a se fazer, ele vai aprender a lição, e vamos seguir com nossas vidas. Maravilha.

O sarcasmo se perdeu para minha mãe.

– Ótimo – ela disse. – Então vamos marcar uma hora. Pensei que o próximo sábado seria conveniente?

– Bem conveniente.

– Excelente! Então está marcado.

O Sr. Peterson olhou para mim, seus olhos vagamente confusos. Dei um pequeno jogar de ombros – pequeno demais para minha mãe notar.

– Venha, Alex – minha mãe disse dando um cutucão final nas minhas costelas. – Acho que você já gastou demais o tempo do Sr. Peterson para um final de semana.

Acho que esta última frase deve ter feito sentido na cabeça da minha mãe, mas, tendo em vista o acordo que ela intermediou, a lógica se perdeu para mim.

9
METANO

Estava chovendo quando eu segui rua abaixo e passei pelos álamos no sábado seguinte. Uma garoa maçante, enevoada, que parecia com pregos e alfinetes. Eu esperava não ter de limpar o jardim, cuidar da grama ou arrumar as coisas lá fora; e, quanto mais eu olhava para o céu carregado, mais ficava certo de que isso ou outra coisa similarmente miserável seria meu destino. Mas, como se mostrou, o Sr. Peterson tinha planos diferentes para mim.

– Sabe dirigir? – ele perguntou. Foi a primeira coisa que ele disse para mim ao destrancar a porta.

– Só tenho treze anos – argumentei.

O Sr. Peterson olhou para mim de maneira crítica, como se esse fosse exatamente o tipo de atitude de "não posso fazer" que ele esperava. – Então você não sabe dirigir *mesmo*?

– Não.

– Não estou falando de uma viagem de cento e cinquenta quilômetros daqui, moleque. Só preciso de algumas coisas da loja. – Ele olhou para o céu. – Minhas pernas não são muito boas nesta chuva.

– Só tenho treze anos – repeti me desculpando. Por algum motivo eu não podia evitar de me sentir parcialmente responsável pela dor na perna do Sr. Peterson.

– Sabe, tenho certeza de que eu dirigia o caminhão do meu pai quando eu tinha a sua idade.

– Eu não tenho pai – lembrei a ele. – Fui concebido imaculadamente – acrescentei.

Isso era uma piada. Ele não sorriu.

– Eu podia lavar seu carro – sugeri.

Ele reagiu vociferando sem humor. – Com essa chuva? Acho que meu carro vai receber toda a água de que precisa hoje, não acha?

– É, acho que sim – reconheci. Eu sentia o peso formidável da minha inutilidade sobre os ombros.

– Enfim – o Sr. Peterson continuou –, trabalho físico na chuva é muito bom, mas não tenho certeza do que sua mãe acharia de eu te devolver a ela com pneumonia.

– Tenho certeza de que ela colocaria a culpa em mim, não no senhor – eu disse.

O Sr. Peterson pigarreou da forma que as pessoas fazem quando estão tentando ganhar tempo para resolver uma situação traiçoeira. – Bem, eu tinha algo um pouco mais instrutivo em mente. Sua mãe parece querer muito que você aprenda algo aqui, não acha?

Eu assenti fracamente. Minha mãe e o Sr. Peterson queriam que eu aprendesse que a destruição leviana da estufa era errada. Eu já sabia disso. Minha pena era uma charada lamentável, mas necessária, feita para deixar todos os envolvidos se sentindo melhor com o que aconteceu. E eu dizia a mim mesmo que, realmente, eu não tinha direito de me ressentir com o estado das coisas. Mas eu certamente não esperava aprender nada.

Ao que parecia, eu estava subestimando a noção de instrução moral do Sr. Peterson.

– Sabe datilografar? – ele perguntou.

– Sim – respondi.

– Como é sua ortografia?

– É boa.

– Porque se não souber escrever, então, francamente, esse vai ser um senhor pé no saco.

– Minha ortografia é no geral satisfatória – eu lhe assegurei. – E o Sr. Treadstone, meu professor de gramática, diz que tenho um vocabulário razoável para minha idade. Apesar de sempre haver espaço para um aperfeiçoamento. O que o senhor quer que eu escreva?

– Vamos escrever umas cartas – o Sr. Peterson disse.

A primeira coisa que aprendi naquele dia foi isso: o que pensamos que sabemos de uma pessoa é apenas uma fração da história.

Como eu disse, em Lower Godley, todo mundo achava que sabia todas as coisas (geralmente não mais do que três) que valiam a pena saber sobre todo mundo. Todo mundo sabia que o Sr. Peterson era um recluso veterano do Vietnã cuja esposa havia morrido de câncer pancreático. Todo mundo sabia que minha mãe era uma clarividente e mãe solteira com opiniões engraçadas e cabelo engraçado. E todo mundo sabia que eu havia sido atingido por um meteoro e não estava bem da cabeça e era sujeito a convulsões.

Essas coisas eram todas verdades. Mas não eram as únicas verdades.

A casa do Sr. Peterson não era suja e empoeirada como eu esperava. No fundo, tudo era arrumado e limpo, e, apesar de o dia estar cinza, a sala ainda estava cheia da luz entrando pela janela que dava para o jardim. Havia também duas lâmpadas padronizadas e estantes altas de livros e reproduções de arte na parede. E havia uma grande almofada no chão onde o cachorro do Sr. Peterson estava dormindo. Ele levantou o olhar e farejou curioso quando eu entrei, depois fechou os olhos e voltou a dormir. Ele estava bem velho. Então passava muito tempo dormindo. Mais tarde eu descobriria que ele havia sido resgatado de um abrigo para animais alguns anos antes – motivo por que não tinha parte da orelha direita – e chamava-se Kurt, abreviação de Kurt Vonnegut Jr., o nome do autor favorito do Sr. Peterson, que havia morrido há dez dias. O Sr. Peterson não ligou de ter resgatado um cachorro velho, porque cachorros velhos não precisam de muito exercício e ficam felizes só de ter um lugar quentinho para dormir. Quando perguntei qual era a raça de Kurt, o Sr. Peterson me disse que era um vira-lata.

A poucos centímetros de Kurt estava a coisa que mais me surpreendeu, um computador bem, bem, bem novinho e brilhante sobre uma mesa perto de um grande monitor de tela plana. Por algum motivo, eu imaginei que usaria alguma máquina de escrever antiga. Mas às vezes as pessoas têm casas e bens que você não espera, e hobbies que você nem pode imaginar.

Por acaso o hobby do Sr. Peterson era escrever cartas para políticos e, ocasionalmente, prisioneiros. Ele fazia parte de um clube especial de correspondência. Você tinha de pagar uma mensalidade e recebia a revista do clube, que estava cheia de nomes e endereços de gente do mundo todo para quem você poderia escrever, mesmo que a maioria nunca escrevesse de volta. Os políticos geralmente estavam ocupados demais ou não se importavam com correspondência pessoal, e os prisioneiros às vezes não tinham permissão de responder suas cartas. Tinham muita sorte de poder *receber* cartas. O clube de correspondência do Sr. Peterson chamava-se Anistia Internacional.

Inicialmente, fiquei em dúvida se minha mãe concordaria que escrever cartas a prisioneiros fosse moralmente instrutivo, mas o Sr. Peterson, que era extremamente louco, insistiu que era. Ele me disse que a maioria dos prisioneiros para quem escreveríamos não deveriam ter sido colocados na prisão, para começo de conversa. Eram boas pessoas que foram trancadas e tiveram negados seus direitos humanos mais básicos. Não tinham permissão para agir de acordo com suas consciências ou mesmo expressar suas opiniões sem medo ou perseguição ou represálias físicas – apesar de o Sr. Peterson duvidar que eu pudesse imaginar como era isso. Eu disse ao Sr. Peterson que, já que eu frequentava a escola secundária, eu achava que podia imaginar muito bem. E quanto ao fato de a maioria dos prisioneiros ter sido presa erroneamente – por acusações espúrias, sem julgamento justo, ou por crimes que não cometeram –, bem, isso era outra coisa com que eu podia me solidarizar.

Eu digitava enquanto o Sr. Peterson ditava, soletrando os nomes e lugares que eu tinha dificuldade para escrever. Mas, depois de um tempo, ele me disse que minha digitação soava como um cavalo galopando sobre paralelepípedos, então ele colocou uma música que ele disse que era um quinteto de sherbet. Eu não sabia o que isso significava, e não perguntei. Mas a música era bem legal, e não tinha ninguém cantando, então não afetava minha concentração.

Devemos ter escrito umas cinco ou seis cartas naquela tarde. Acontece que havia muita gente no mundo que tinha seus direitos humanos básicos negados. Escrevemos para nosso membro do parlamento local perguntando se ele podia levar a esse parlamento o assunto de prisioneiros britânicos que estavam sendo mantidos sem julgamento numa prisão americana em Cuba, que era a maior ilha do Caribe, governada por comunistas. Escrevemos para um juiz na China pedindo a soltura imediata de cinco homens e mulheres que haviam sido presos por protestarem porque suas casas foram destruídas para abrir espaço para um estádio olímpico. E escrevemos ao governador de Nebraska para perguntar se ele consideraria não executar um dos prisioneiros do estado, que foi condenado por matar um policial quando tinha dezoito anos. Ele agora tinha trinta e dois e não havia evidência física ligando-o ao crime, apenas o depoimento de duas testemunhas que posteriormente mudaram suas histórias. O estado planejava matá-lo com eletricidade em seu corpo até seu coração parar de bater. Era uma forma bem dramática, e meio suja, de acabar com a vida de alguém. A maioria dos outros estados – até o Texas – já tinha parado de usar a cadeira elétrica como método padrão de execução, mas o Nebraska mantinha os curiosos valores dos velhos tempos.

O Sr. Peterson, como se mostrou, era contra os possivelmente inocentes sendo mortos pelo Estado. E também era contra os definitivamente culpados sendo mortos pelo Estado. Era um pacifista, o que significa que era contra a violência, *ponto*. Essa informação (que poderia ter sido extremamente útil uma semana antes) levantou várias questões na minha cabeça.

– Mas e se tivermos de matar alguém para evitar que ele mate outras pessoas? – perguntei. – E se for em legítima defesa?

– Acho difícil que matar um homem atrás das grades conte como legítima defesa, e você?

– Não, mas em geral... se for mesmo legítima defesa? E se alguém estivesse tentando matar *você*?

– Acho que eu teria de morrer com minha moral elevada.

Achei que isso era provavelmente uma piada, mas não tinha certeza.

– Eu gostaria de pensar que não sou mais capaz de violência – o Sr. Peterson esclareceu –, não importam as circunstâncias.

– É por causa do que aconteceu no Vietnã? – perguntei. – Por sua perna e tudo mais?

– Que inferno, moleque! Você faz muita pergunta.

– O senhor queria que eu aprendesse algumas coisas – apontei.

– Sua mãe nunca te disse que há algumas perguntas que é falta de educação fazer?

– É – admiti. – Ela me disse isso.

– Bem, eu diria que *esta* é uma dessas perguntas, você não?

– É, acho que sim. Todas as perguntas interessantes pareciam cair nessa categoria.

– Sr. Peterson – eu disse depois de um tempo. – Acho que eu poderia provavelmente ser um pacifista também. Quero dizer, não acho que as pessoas deviam lutar, não em 99,99% das circunstâncias, enfim.

– Bom pra você, moleque. É importante ter princípios.

– Também porque acho que não sou muito bom de briga – confessei.

– Está certo também. Não é crime *não* ser capaz de brigar.

– Ah.

Isso era uma grande novidade para mim. Na escola, ser bom de briga era geralmente visto como um atributo positivo, como ser bom nos esportes.

– Mas acho que poderia lutar se não houvesse absolutamente outro jeito – acrescentei. – Sabe, se alguém estivesse atacando a Lucy.

– Não sei quem é essa.

– Lucy é nossa gata.

– Que nome fofo.

– É abreviação de Lúcifer.

– Claro que é. Por que alguém iria querer atacar sua gata?

– É hipotético. Isso significa que é só um exemplo.

– Sei o que quer dizer hipotético, moleque.

– Ah. Bem, enfim. Lucy está grávida no momento, então ela não poderia correr muito rápido se tivesse de correr de um inimigo. E ela não é muito boa em se esconder porque é toda branca. Ela é meio luminosa, mesmo de noite. Foi de onde veio seu nome. Lúcifer significa "aquele que traz a luz".

– Eu sei. Também é o nome do diabo. Você sabe disso, não é?

– Sim, sei. Mas minha mãe tem muita simpatia pelo diabo. Ela acha que ele é mal-compreendido. Ela diz que há um certo equilíbrio na ordem cósmica e que a criação e destruição são apenas dois lados da mesma moeda.

– Vou ser franco, moleque: a visão de mundo da sua mãe é de foder a cabeça. Não tenho certeza se quero passar muito tempo tentando entendê-la.

Notei que o Sr. Peterson não era de vigiar a língua.

– Ela também diz que *às vezes* é bom ser rebelde – eu disse. – Ela não acha que Deus soe como um grande chefão. Não da forma como ele é apresentado na Bíblia, ao menos. Ela acha que, se ela fosse um anjo, ela provavelmente teria se demitido também.

– Melhor governar no inferno do que servir no céu.

– Sim – eu disse. – Na verdade é uma ótima forma de colocar, apesar de minha mãe não ser muito a fim de governar também. Ela não gosta de hierarquias, exceto na nossa família, onde as coisas são diferentes. Mas, enfim, a questão é que Lucy não é má. Ela é só uma gata. E se, *hipoteticamente*, alguém quisesse atacá-la, então eu provavelmente teria de entrar. Acho que tudo bem lutar se está defendendo alguém que está em perigo e não pode defender a si mesmo, não é?

– Há uma exceção para toda regra.

– Então o senhor deixaria de ser pacifista por um último recurso?

O Sr. Peterson franziu as sobrancelhas por um tempo. – Escute, moleque, a moralidade não é branca ou preta. Há grandes áreas cinzentas. Acho que, pelo que você está me dizendo, talvez sua mãe concorde com isso também.

– Entendi – eu disse.

E, na verdade, eu posso ser culpado de juntar várias conversas aqui. É difícil me lembrar quando e como tudo foi dito. Mas a realidade não é tão importante. O importante é que no curso do dia, contra todas as minhas expectativas, minha pena deixou de parecer uma pena. Mesmo que ele fosse louco, conversar com o Sr. Peterson parecia fazer muito mais sentido do que conversar com minha mãe.

Mais tarde, depois que terminamos de escrever nossa correspondência e o Sr. Peterson saiu para fumar um cigarro de ervas, eu passei um tempinho olhando o arquivo de cartas no computador dele, que era bem grande. Isso não era xeretar, porque o Sr. Peterson disse que eu devia salvar e arquivar as cartas que havíamos escrito e me direcionou até a pasta de documentos, e eu imaginei que, se não quisesse que eu olhasse, então ele obviamente não teria feito isso. Além disso, achei que seria moralmente instrutivo.

Então verifiquei quantas cartas havia no total – havia centenas, todas separadas em diferentes pastas por ano e mês – li um punhado que tinha títulos interessantes, fechei a pasta de documentos e desliguei o monitor. Depois verifiquei embaixo do mouse, como era meu hábito sempre que eu usava um novo computador. Era um modelo recente, com laser em vez de bolinha, então não havia chance de ter sido feito pelos camponeses chineses de Robert Asquith.

Então passei a rodear na cadeira giratória um pouquinho.

No meio de um giro, notei uma foto na parede, perto de uma das estantes altas. Era a única foto na sala. Até onde eu podia ver, podia ser a única foto em toda a casa. Aproximei-me para ver melhor. Isso também não era xeretar. Eu só estava curioso.

A foto mostrava uma mulher que parecia alguns anos mais jovem do que minha mãe – devia ter uns trinta no máximo. Seu cabelo era curto e ela usava uma boina preta. Tinha a cabeça virada e estava sorrindo de forma travessa para a câmera.

– É sua filha? – perguntei educadamente quando o Sr. Peterson voltou à sala. Pelo menos eu *achei* que estava sendo educado. Mas por acaso não foi uma boa pergunta a se fazer. Eu pude ver imediatamente. Criou-se todo um clima.

Devo explicar aqui que apesar de a minha mãe ter dito que o Sr. Peterson estava sozinho no mundo, eu pensei que ela se referia apenas ao fato de morar sozinho e à morte recente de sua esposa. Eu não sabia que ele literalmente não tinha mais família em nenhum lugar. Eu sempre soube que era normal as pessoas (as outras pessoas) terem várias gerações de parentes espalhados pelo estado e o país, e frequentemente fora também. E a razão pela qual eu não associei a mulher na foto com a *Sra. Peterson* era que ela estava um milhão de quilômetros longe da minha imagem mental de como deveria ser a Sra. Peterson. Não havia me ocorrido que o Sr. e a Sra. Peterson foram jovens um dia. Além disso, a foto não parecia mesmo uma foto antiga para mim. Com o cabelo curto e a cabeça virada, a Sra. Peterson tinha um visual estranhamente moderno.

Mas, pelo visto, a foto havia sido tirada em 1970, numa manifestação contra a guerra em Washington, D.C. Isso foi alguns anos depois que o Sr. Peterson voltou do Vietnã com sua perna aleijada e um Coração Púrpura, a medalha concedida a soldados americanos feridos em combate, e que o Sr. Peterson não tinha mais em sua posse, já que a havia jogado no oceano Pacífico do alto de um penhasco no Oregon. A Sra. Peterson, que não era de fato Sra. Peterson na época, estava nos Estados Unidos com um visto de estudante. Foi deportada em 1971, e o Sr. Peterson decidiu ir embora com ela. Ele já havia tido o suficiente daquele país na época.

A razão pela qual ele quis manter aquela foto – e *apenas* aquela foto – à vista era essa: aquela imagem era o oposto exato de sua última lembrança da mulher – quando havia perdido todo o cabelo e metade do peso corporal e morria num hospital. Aquela foto era como ele preferia se lembrar dela.

Enquanto explico aqui a história deles, devo acrescentar que a Sra. Peterson não podia ter filhos devido a um problema nas trompas de Falópio, que foi outro dos vários motivos por que minha pergunta original sobre a fotografia foi tão ruim. Mas, é claro, todas essas coisas eu descobri muito depois. Na época, o Sr. Peterson apenas me disse que a fotografia era de sua esposa, e houve um tipo de silêncio constrangedor durante o qual eu mexi meus pés e não soube o que dizer.

Esta é a razão pela qual terminei puxando um livro da estante. Eu sentia que precisava de algo para ocupar minhas mãos e olhos.

Infelizmente, minhas mãos e olhos em si confrontaram três pares de peitos de três mulheres quase peladas. Estavam usando camisolas brancas bem finas, bem transparentes. Eu fiquei quase da cor de uma beterraba. Minha mãe sempre me dizia que quando se tratava da forma humana nua não havia nada a ter medo ou vergonha. Mas eu não tinha tanta certeza. Dava para ver os *mamilos*.

Eu desviei os olhos só uns dez centímetros ao norte. O livro intitulava-se *The Sirens of Titan*. Era um dos livros de Kurt Vonnegut do Sr. Peterson, tirado da terceira prateleira da estante, onde havia pelo menos quinze ou vinte outros, todos alinhados de uma forma arrumadinha e ordenada.

– É um nome engraçado para um livro – eu disse, engolindo em seco. – Essas mulheres vão ser presas?

O Sr. Peterson não entendeu de que diabos eu estava falando.

– Não estão usando muita roupa – apontei.

– O que quer dizer? – ele perguntou.

– É que achei que talvez as sirenes fossem para elas.

O Sr. Peterson franziu a testa.

– Acho que a polícia pode prender a gente por usar muito pouca roupa – expliquei.
A compreensão se mostrou no rosto do Sr. Peterson. – Não, moleque. Não é *siren* de sirene da polícia. No caso significa sereia, como em Homero.
Eu franzi a testa.
– Homero, autor de *A Odisseia* – ele concluiu.
Olhei para ele ainda perdido. Em algum ponto nos últimos trinta segundos deixamos de falar a mesma língua.
O Sr. Peterson suspirou e esfregou a testa enrugada.
– *A Odisseia* é uma história grega bem antiga de um grego bem antigo chamado Homero. E na *Odisseia* há essas belas mulheres chamadas *sirenas,* ou sereias, que vivem numa ilha no Mediterrâneo e causam naufrágios. Elas cantam uma música encantadora que atrai os marinheiros para seu fim.
– Oh, então essas mulheres *são* as sereias? E é por isso que não usam muita roupa?
– Isso. Só que nos livros de Kurt Vonnegut as sereias não vivem no Mediterrâneo. Vivem em Titã, uma das luas de Saturno.
– Sim, *disso* eu sei – eu disse. (Eu não queria que o Sr. Peterson achasse que eu era um idiota.) – É a segunda maior lua do sistema solar, depois de Ganimedes, a maior lua de Júpiter. Na verdade é maior do que Mercúrio, apesar de nem chegar perto em densidade.
O Sr. Peterson franziu a testa novamente e balançou a cabeça.
– Acho que a escola hoje em dia coloca muito mais ênfase em ciência do que nas artes, hein?
– Na verdade, não. A escola coloca mais ênfase nas perguntas do exame. As sereias respiram metano?
– Metano... Que diabos está falando, moleque?
– Elas respiram metano, as sereias? É que a atmosfera mais baixa de Titã é principalmente uma mistura de nitrogênio e metano,

então alguns cientistas acharem que, se há vida em Titã, alguém teria de viver de metano em vez de oxigênio ou, mais especificamente, do hidrogênio no metano. Não poderia viver de nitrogênio porque o nitrogênio é inerte.

– Não acho que a natureza do ar seja discutida.

– Ah. – Eu conferi a orelha. – Diz aqui que foi publicado pela primeira vez em 1959, mas as missões *Pioneer* e *Voyager* só chegaram a Saturno no final dos anos 1970, começo dos 1980, então acho que o Kurt Vonnegut não sabe muito sobre o metano.

– O metano não é importante. O livro não é sobre isso. É uma história, pelo amor de Deus!

– Tá. – Eu esperei alguns segundos. – Então a história é sobre o quê?

O Sr. Peterson bufou lentamente através dos dentes. – É sobre um homem muito rico que vai para Marte, Mercúrio e Titã.

– Entendi. É um explorador?

– Não, é vítima de uma série de acidentes.

Minha testa franzida de concentração se aprofundou. – Isso não tem muita lógica. Não acho que dá para visitar esses planetas acidentalmente.

– Ele acidentalmente se junta ao exército marciano, depois naufraga, duas vezes. Primeiro em Mercúrio, depois em Titã.

– Como ele se junta *acidentalmente* ao exército marciano? Isso soa um pouco ilógico também.

– Não importa se é ilógico. A questão não é essa. É uma sátira. Por favor me diga que você sabe o que é uma sátira?

– É tipo sarcasmo, só que mais inteligente?

– Não, não é bem isso. Olha: essa conversa poderia durar para sempre. Talvez você devesse apenas ler a droga do livro?

– Vai me emprestar?

– Daí depende. Vai cuidar bem dele?
– Eu cuido bem de todos os meus livros – eu o assegurei.
– Então pode levar. Diabos, vai ser bem mais fácil do que ficar aqui respondendo perguntas o dia todo!
– Eu me interesso muito pelo espaço – reconheci.
– Não brinca! Só não fica dando um nó na cabeça por causa da química.

Olhei para o sul.
– Suspenda sua descrença por algumas horas. Você entende o que isso significa?

Pensei por alguns segundos. – Esqueça o metano?
– Certo. Esqueça o metano!

E foi como eu acabei pegando meu primeiro livro de Kurt Vonnegut. Foi mais ou menos um acidente.

Apesar de minha mãe ficar muito à vontade com a forma humana pelada, eu ainda não tinha certeza se ela aprovaria a capa do livro de Kurt Vonnegut. Algo me dizia que essa era capaz de ser uma das ocasiões onde eu *achava* que entendia as regras dela, mas elas se mostravam mais complicadas do que pareceram inicialmente. Dois mamilos poderiam ter passado pelo exame dela sem comentários, mas eu não tinha muita certeza sobre seis. Pelo menos, eu sabia que qualquer livro trazendo tantas mamas certamente iria levar a alguma conversa embaraçosa. Você provavelmente entende por que eu decidi não mencionar. Em vez disso, eu me escondi no meu quarto e passei grande parte da noite e do dia seguinte lendo.

Eu agora me vejo confrontado com o mesmo problema que provavelmente confrontou o Sr. Peterson um pouco antes: qualquer sinopse do enredo do livro está fadada a soar insana. Mesmo assim, vamos lá...

Enquanto voavam na sua espaçonave para Marte, Winston Niles Rumfoord e seu cachorro, Kazak, são sugados num infundíbulo cronossinclástico, que os expele metade da galáxia além, numa longa onda espiralada de energia que se estende do Sol até Betelgeuse, a estrela supergigante vermelha que fica no ombro direito de Órion (supondo que ele esteja voltado para nós). Apesar da massa de Rumfoord ter sido aparentemente convertida em pura energia, ele se rematerializa periodicamente – na Terra, Mercúrio e Titã – para discutir a natureza de Deus (indiferente) e fazer previsões sobre a humanidade. Uma dessas previsões é de que o homem mais rico da Terra, Malachi Constant, vai para Marte, depois Mercúrio, depois Titã, onde vai engravidar a ex-esposa semiviúva de Rumfoord. Essas coisas acontecem pontualmente. Há também subtramas envolvendo um minúsculo robô alienígena, pássaros azuis gigantes e as próprias sereias, que se mostram não ser tudo o que prometem. No final, Malachi Constant morre enquanto tem uma prazerosa alucinação, e Winston Niles Rumfoord e seu cachorro explodem em diferentes direções pelo cosmo.

Mais ou menos pela metade, eu achei ter entendido provavelmente qual era a sátira. Achei que era quando você fala sobre coisas importantes de uma forma disfarçada de engraçada. Mas em vez de obscurecer a importância, a sátira tornava mais clara de certa forma – mais pura e fácil de entender. Então, por exemplo, em *The Sirens of Titan*, todos os soldados do exército marciano têm pequeninas antenas de rádio implantadas em suas cabeças para que os generais possam controlar seus pensamentos e lançar comandos de uma longa distância. Quando voltei ao livro, no sábado seguinte, perguntei ao Sr. Peterson se eu estava certo em pensar que esse era um exemplo de sátira.

– Bingo – o Sr. Peterson disse.

– É uma imagem bem engraçada – observei.

– É uma imagem até bem *precisa* – o Sr. Peterson respondeu. – É basicamente a essência de ser um soldado de infantaria no exército transformado numa arma remotamente controlada para seu país.

– Não acha que é bom servir o seu país? – perguntei.

– Não, não acho – o Sr. Peterson disse. – Acho que é bom servir seus princípios. E no exército você não pode escolher suas batalhas de acordo com sua consciência. Você mata sob ordens. Jamais ceda seus direitos de tomar suas próprias decisões morais, moleque.

– Vou tentar – eu disse.

Eu gostava bastante de conversar com o Sr. Peterson e, estranhamente, ele parecia gostar de conversar comigo também. Quero dizer, ele estava sempre resmungando sobre isso e dizendo que eu fazia perguntas demais – muitas delas idiotas – e me dizendo que eu era "esquisito além das palavras", mas, apesar de tudo, ele ainda me deixava vir todo sábado e alguns domingos para ajudar com a escrita das cartas e passear com o cachorro. Oficialmente, isso era parte da minha pena, que, conforme concordamos, não terminaria até que o Sr. Peterson decidisse que a destruição da estufa havia sido paga em sua totalidade. Mas esse momento nunca veio. Após algumas semanas, não havia mais discussão em relação a minha "servidão" em curso; eu apenas aparecia todo sábado às dez e encontrava a porta já destrancada.

Claro, a outra justificativa para eu vir toda semana era que, tendo curtido tanto as sereias de Titã, eu decidi que queria seguir com o resto da biblioteca do Sr. Peterson do Kurt Vonnegut. Entre nós dois, concordamos que isso seria bom para minha educação moral.

Então, após conhecer as sereias e a sátira, continuei com *Cama de gato*, que é sobre um gelo transformado em arma que destrói o mundo. Depois li *Matadouro 5*, que é sobre viagens no tempo e a queima de cem mil alemães em Dresden, um fato real que Kurt Vonnegut testemunhou durante a Segunda Guerra Mundial. E depois disso comecei a ler *Café da manhã dos campeões*, que provavelmente era o livro mais valorizado da biblioteca do Sr. Peterson. Era uma primeira edição e um antigo presente de sua esposa. Na guarda da capa havia uma inscrição: *Acho que você vai curtir esta história, e ainda mais as ilustrações. Com todo amor, R.*

– Acho que não preciso te dizer para tomar um cuidado especial com esse, preciso? – o Sr. Peterson perguntou.

– Não, não precisa – concordei.

Eu entendi imediatamente o significado de o Sr. Peterson me emprestar aquele livro. Apesar de ele nunca dizer nada, eu sabia que ele havia me perdoado pela estufa.

Mais tarde, quando coloquei o livro na minha mochila, eu carreguei com tanto cuidado como se fosse um dos gatinhos recém-nascidos da Lucy.

10

SARS

Uma vez que minha mãe trabalhava, e meu pai era um fantasma, eu dependia do ônibus escolar para voltar para casa todos os dias. O ônibus escolar não era especificamente um ônibus *escolar*; era um ônibus público operado pela Somerset and Avon Rural Stagecoach, a empresa que cuidava da maior parte dos ônibus locais. Mas porque era marcado para passar na Asquith Academy todo dia, às 15:45, a maioria dos passageiros eram alunos da escola. Era também, sem dúvida, o pior veículo da frota SARS. Isso pode ter sido uma coincidência, mas parecia infinitamente mais provável que alguém, em algum lugar, tivesse um medo bem racional de mandar um veículo devidamente estofado para fazer o circuito escolar. O 15:45 da Asquith não era devidamente estofado. Nem era (incluindo seu motorista regular) particularmente estável. Era um troço enferrujado e bambo que, como o ônibus espacial, havia servido em mais missões do que seus engenheiros poderiam ter previsto ou indicado. No sinal vermelho, ele guinchava e tremia como um ciborgue asmático gigante. Quando acelerava ou brecava, toda sua carcaça grunhia e chacoalhava ameaçadoramente. Esses tremores mortais eram piores no fundo do primeiro andar, perto do motor, mas podiam ser sentidos em toda a estrutura, não importa onde você escolhesse sentar. Essa era uma das razões pelas quais tentar ler no ônibus escolar não era recomendado. A outra era que ler por prazer, como eu mencionei, era estupendamente gay e, como tal, era melhor manter como um vício particular.

Em quatro de cinco dias, eu nem *sonharia* em tentar ler no ônibus escolar. Minha estratégia costumeira para o ônibus escolar era tentar encontrar um assento no primeiro andar entre o público em geral – que nunca se aventurava ao segundo andar – e ficar o mais perto possível do motorista, que parecia o tipo de homem propenso a explodir no segundo em que sua duvidosa autoridade fosse colocada em cheque. Quando essa estratégia fracassava – porque o primeiro andar quase sempre estava cheio de cidadãos com carrinhos de bebê e compras, deixando a anarquia estridente do segundo andar como única opção –, era melhor encontrar um assento o mais perto da frente possível e passar toda a viagem olhando para o chão, sem dizer nada e não fazendo movimentos bruscos. Eu passava a maior parte das viagens no ônibus dessa maneira, olhando silenciosamente para meus pés. Quando me sentia excepcionalmente corajoso, olhava pela janela.

As tardes de quarta ofereciam uma trégua – a ilha de tranquilidade num mar barulhento e turbulento. E eu tinha de agradecer aos esportes. Pela tradição que era mantida, apesar de aparentemente não inventada pelo antigo liceu de Robert Asquith, as tardes de quarta eram sempre dedicadas ao esporte. As tardes de quarta significavam treino de futebol, e treino de futebol significava um ônibus muito mais silencioso e feliz.

Essa era a razão pela qual minha guarda estava baixa naquele dia.

Às 15:40 o segundo andar estava semivazio. Eu tinha um assento bem na frente, o mais longe possível do motor sacolejante e de todos os passageiros, e não planejava passar os próximos vinte minutos olhando para o chão. Eu planejava ler um pouco.

Eu estava no segundo terço de *Café da manhã dos campeões*, que falava de uma feira de arte em Ohio, de um autor de ficção científica pobre e velho chamado Kilgore Trout e de um vendedor de carros rico chamado Dwayne Hoover, que fica louco e decide que todo mundo no planeta Terra é um robô – projetado de forma convincente, porém sem sentimentos, imaginação, livre-arbítrio e todos os outros ingredientes que formam uma alma. Dwayne Hoover tira essa ideia lendo uma das histórias de ficção científica do Sr. Trout. Daí ele entra num estado de violência. Como em vários livros de Kurt Vonnegut, a trama é meio louca e irrelevante. Você pode rasgar o livro, mudar as páginas e reuni-las de forma aleatória sem provocar muito dano à sua experiência de leitura. Ainda assim o livro funciona. Isso porque toda página – quase todo parágrafo – é uma estranha unidade brilhantemente independente.

O que eu gostei mesmo de *Café da manhã dos campeões* foi isso: diferentemente da maioria dos livros, este não pressupunha que o leitor soubesse muito sobre tudo – nem sobre seres humanos nem seus costumes ou o planeta que habitavam. Era escrito como se o leitor fosse provavelmente de outro planeta, como um alienígena de uma galáxia distante, o que diz que ele explicava *tudo*, desde ervilhas a castores – frequentemente em detalhes bem excêntricos, em geral acompanhados de figuras e diagramas. Explicava todas essas coisas que todo outro livro parecia achar óbvias demais para precisar de explicação. E quanto mais eu lia, mais eu percebia que a maioria dessas coisas *não eram* óbvias afinal. A maioria era decididamente estranha.

Creio que eu deveria estar profundamente absorto na escrita do Sr. Vonnegut naquele dia, porque levei um longo tempo para notar que algo estava acontecendo. Enquanto se afastava dos portões da escola, o ônibus estava muito mais barulhento, mais cheio do que deveria estar. Uma leve e persistente irritação começou a se estabelecer. Então algo atingiu minha orelha. Um pedaço de papel amassado. Claro que isso não faz sentido. Era quarta-feira, o dia de alívio – o dia de folga de Alex Woods. Eu me virei no meu banco, ainda mais confuso do que alarmado naquele ponto.

Fiquei confrontado com a visão extremamente indesejável de Decker, Garanhim e Asbo. Estavam sentados algumas fileiras atrás, com alguns membros do time, mesmo sendo quarta-feira. Eu fiquei tão estupefato por essa cruel e ilógica mudança nos acontecimentos que acidentalmente iniciei uma conversa. Isso era *mesmo* procurar encrenca.

– Vocês deveriam estar no treino de futebol – apontei.

– O Sr. Hale está na merda – disse Declan Mackenzie.

O Sr. Hale está na merda. Soava como o título de uma peça. Uma peça de mérito duvidoso. Ou isso ou aquelas frases em código que espiões usam para confirmar suas identidades. Não era nenhuma das duas, obviamente. Decker estava tentando me dizer algo literal e profundo.

– O Sr. Hale está *doente*? – perguntei.

– Na merda – Decker repetiu. – Foi para casa depois do almoço.

O Sr. Hale era o técnico de futebol. Sem ele, não haveria treino. As coisas estavam começando a se encaixar. Quanto à precisão do diagnóstico médico de Declan Mackenzie, não posso confirmar, mas também não ia questionar. Apesar de ser objetivo na fala, não propenso a embelezar sua linguagem com ornamentação desnecessária, parecia pouco provável que o Sr. Hale iria escolher divulgar a natureza de seu infortúnio com tamanha franqueza. Mas tais notícias tinham uma tendência a se espalhar, quaisquer que fossem as intenções do sujeito. E não teria sido um choque para mim encontrar minhas mais sombrias suspeitas em relação à cantina da escola tão enfaticamente confirmadas.

– Sinto muito por isso – eu disse, após uma curta pausa para pensar.

Declan Mackenzie olhou para mim com profundo desdém, como se me tivesse como responsável pessoal pelo estado dos intestinos do Sr. Hale. Ele se sentia beligerante, dava para ver. Privado de seu futebol, seus instintos combativos requeriam um escape alternativo. – Está *lendo* algo, Woods?

– Estava tentando – eu disse. Foi uma coisa idiota a se dizer, mas mudanças inesperadas na minha rotina sempre me deixavam desequilibrado.

Decker Mackenzie cuspiu no chão.

Eu virei de volta em meu assento, o mais calmo e casual possível.

Foi nesse momento que eu deveria ter devolvido o livro – o livro que a esposa morta do Sr. Peterson havia dado a ele – para a relativa segurança da minha mochila. Mas o retrospecto nos torna todos gênios. Naquela hora eu tive medo de provocar mais interesse. Eles já haviam visto o livro, e eu achei que qualquer tentativa de escondê-lo só iria ser recebida com raiva e desconfiança. Então, em vez disso, olhei resolutamente para as páginas abertas, sem absorver nada, só querendo que meus agressores perdessem o interesse.

E, milagrosamente, pareceu funcionar. Cessaram os insultos ou mísseis. Eu senti meus músculos relaxarem. Contei até sessenta para assegurar a mim mesmo que o perigo havia passado. Contei até cento e vinte para estar duplamente seguro. Então comecei a ler de novo, bem lentamente, me concentrando ao máximo para acalmar minha mente.

Cinco minutos depois, senti meu coração saltar para a boca. Rápido e silencioso como uma barata, Declan Mackenzie espreitou atrás de mim e surrupiou o livro das minhas mãos.

Eu gritei frustrado. Garanhim e Asbo riram curtindo.

– Me devolve! – berrei. Não havia autoridade na minha voz. Saiu como era: um guincho de um ratinho aterrorizado.

– Divida as coisas com seus coleguinhas – Declan Mackenzie entoou como um idiota.

– Por favor! – implorei. – O livro não é meu!

– Se não é seu livro – disse Decker –, então não preciso devolver. – A lógica inexpugnável de um valentão. Ele abriu a primeira página, seu dedão apertou com força a lombada, suas mãos sujas e desleixadas.

– Por favor! Você vai estragar!

Os olhos de Mackenzie se esbugalharam com um prazer perverso. Ele encontrou a dedicatória. *Acho que você vai curtir esta história*, ele recitou num falsete resmungado; *e ainda mais as ilustrações. Com todo amor, R.*

História, ilustrações, amor – cada palavra reverberava sobre o motor estridente, cada palavra mais daninha do que a última.

Garanhim gargalhou. Asbo também uivou de prazer. Houve ondas de risadinhas até o fim do ônibus. Isso, aparentemente, era o tipo de linchamento verbal que todo mundo curtia.

Eu me encontrei de pé, meu rosto vermelho pela zombaria pública. Mas minha humilhação agora era uma preocupação secundária. A prioridade, eu sabia, tinha de ser o resgate do livro do Sr. Peterson. Eu avancei para ele; Declan Mackenzie me empurrou de volta tão facilmente como se tivesse arrancado as pernas de uma varejeira.

– Por favor! – implorei (pelo que seria a última vez).

Decker abrira o livro em algum lugar no meio, buscando mais munição. Não ficou decepcionado. Abriu numa página contendo um retrato desenhado à mão de um grande estegossauro, e leu a legenda que acompanhava:

– "Um dinossauro era um réptil grande como um trem choo-choo."

Houve mais risadas. Era uma frase engraçada, mas duvidava de que fosse esse o motivo.

– Que porra, Woods! – berrou Decker. – Você é *mesmo* retardado! – ou ele berrou algo similar. Eu não estava mais escutando. Ele agora segurava o livro para cima e o balançava como o macaco com o osso no começo de *2001: uma odisseia no espaço*.

Foi nesse ponto que eu decidi que não queria mais ser um pacifista. Decidi que, se já houve uma guerra justa, ela era assim.

Como eu já disse, eu mantive por algum tempo a suspeita não comprovada de que eu não seria grande coisa numa briga. Esse mostrou ser o caso. O pouco que eu sabia sobre luta eu havia tirado de filmes de James Bond e de assistir ocasionalmente às altercações entre Lucy e os outros gatos da vizinhança cujos avanços não eram *sempre* bem-vindos. Nenhuma dessas fontes se mostrou uma boa base na realidade do combate corpo a corpo.

O que eu tinha do meu lado era um elemento de surpresa e um completo desconhecimento das regras de luta – isso e um conhecimento decente da física de corpos em movimento. Pegando emprestado um pouco de energia cinética do ônibus em aceleração, eu avancei para Declan Mackenzie e enfiei minhas garras no seu rosto, abrindo vários arranhões fundos, os melhores dos quais se estenderam do canto externo de seu olho esquerdo até o lábio inferior revirado. Houve um uivo, misto de descrença e dor, sangue vibrante e um único braço erguido defensivamente, e tarde demais, para sua bochecha mutilada. Isso eu achei ser minha abertura. Eu abandonei meu ataque selvagem e insustentável e tentei agarrar o livro. Infelizmente, meu plano – se é que posso chamar de plano – falhou em reconhecer o aperto reflexo do meu inimigo em resposta à dor repentina e inesperada. Meus dedos puxaram e escorregaram. Então meu braço falhou a partir do ombro. Eu caí à frente num desses estranhos abraços de boxeador. Houve muitos gritos, e o clamor geral do povo subindo e descendo no ônibus para dar espaço à briga ou arrumar um assento mais próximo ao ringue. Eu agarrei novamente o rosto do meu oponente, mas me vi segurando e depois puxando um tufo de cabelo. Houve um muxoxo geral e grunhidos, mesmo das meninas; minhas táticas não estavam conquistando o público. Então todo ar deixou meus pulmões. Houve menos dor do que eu esperava – Declan Mackenzie não tivera espaço suficiente para dar um golpe e me levar a nocaute –, mas eu ainda me encontrei caindo para trás na estrutura de metal do banco mais próximo. Fiquei orgulhoso de não ter *caído* no chão; apesar de que o chão foi onde eu inevitavelmente acabei. Ainda incapaz de respirar corretamente, eu me afastei da frente do ônibus e então, com uma dignidade silenciosa, sentei no corredor. Declan Mackenzie logo estava sobre mim novamente, seu pé erguido curiosamente no ar, como se não pudesse decidir se me chutava ou pisava em mim. Eu não me importava com a opção que ele escolhesse – minha estratégia defensiva foi inalterada. Eu levantei os joelhos o mais alto que pude, segurei as pernas com ambas as mãos e recuei a cabeça, como uma tartaruga voltando para o casco. Uma bota tímida atingiu minha coxa externa, mas na verdade não doeu muito. Na escuridão morna e úmida da minha posição quase fetal, eu sentia que não era mais um alvo atraente para violência física. Seria necessário um ataque prolongado, com propósito, para causar qualquer dano significativo, e isso não havia acontecido ainda, não *iria* acontecer.

Acontece que Declan Mackenzie tinha uma conclusão melhor em sua mente. Ele recuou, abriu a janela mais próxima e arremessou o livro do Sr. Peterson do segundo andar do ônibus em movimento. Depois ele cuspiu em mim e voltou para seu assento.

Ninguém se mexeu para me deter ou me ajudar quando coloquei minha mochila nos ombros e me afastei meio que rastejando e rolando escada abaixo para o primeiro andar. Meu corpo estava detonado, mas minha mente estava surpreendemente clara. Eu só iria passar por outra crise inevitável horas depois, na privacidade do meu próprio quarto, apertando meu meteorito de ferro-níquel no peito.

– Você tem de parar o ônibus! – falei ao motorista.

Essa era a primeira vez que eu falava com o motorista do ônibus, que não se apresentou como o tipo de homem que apreciava a iniciativa. Mesmo sob circunstâncias normais, o motorista do ônibus borbulhava com uma raiva incontida. Sua expressão facial sugeria uma impaciência furiosa por aposentadoria ou morte – o que viesse mais rápido. Ele tinha o que minha mãe teria identificado como uma aura retinta, e era um diagnóstico que nenhum cético teria contestado.

Ao abordá-lo, o motorista começou a grunhir incompreensivelmente.

– Desculpe – interrompi –, mas você não está falando claramente e eu não tenho tempo a perder. Isso é uma emergência. Pare o ônibus.

– Não vejo um ponto, você vê?

– É uma emergência! Você tem de parar o ônibus!

– Eu não *tenho* de fazer nada – o motorista grunhiu.

Eu podia ver que não dava para argumentar com ele. Nenhuma palavra minha iria persuadi-lo a fazer uma parada não marcada no meio da B3136. Estava chuviscando lá fora; uma ação imediata era essencial. Sem pensar muito nas consequências prováveis, virei para a porta e puxei a alavanca de emergência. Houve várias arfadas, simultaneamente com o guincho de freios e um repentino salto à frente. Meu braço foi arrancado da barra vertical de apoio. Algo acertou meu ombro; algo machucou minhas nádegas. Mas, milagrosamente, eu fiquei de pé.

Eu saí do ônibus no segundo em que ele parou. Mais tarde fiquei sabendo que o motorista passou os próximos cinco minutos balançando os braços na rua, incandescente de raiva e completamente perdido do que ele deveria fazer em seguida; não havia protocolo ou precedente para um incidente desses. Mas na hora eu estava mais ou menos alheio ao drama externo. Nem me importei de olhar para trás. Eu corri como um maníaco, com meu passo nunca afrouxando. Minha mente estava totalmente focada no seu objetivo. Eu estava determinado, de alguma forma, a voltar o relógio para trás.

Todo problema tem uma solução matemática, eu disse a mim mesmo. Meu problema era que eu não tinha ideia de em qual ponto da B3136 o livro do Sr. Peterson havia deixado o ônibus escolar. Eu estive no chão o tempo todo.

Então o que eu *sabia*?

Eu sabia que a B3136 era uma rua com vento e sabia que o ônibus escolar era velho, pesado e desajeitado. Portanto, parecia pouco provável que o ônibus estivesse viajando muito rápido. Uma velocidade média de quarenta e cinco quilômetros por hora era minha estimativa – e, sério, isso era ser generoso. Esses quarenta e cinco quilômetros por hora, pensei, estavam provavelmente próximos do limite máximo de que o ônibus escolar era capaz.

Então quanto tempo havia passado entre o livro ter saído pela janela e o ônibus ter parado? Já que eu não tive a presença de espírito de verificar no relógio, essa era uma estimativa mais difícil. Eu tinha de confiar numa subjetividade vaga. Quanto tempo levou para recuperar meu fôlego, agarrar a mochila, descer as escadas, discutir com o motorista e forçar o ônibus a parar? Eu decidi que tudo deve ter levado pelo menos dois minutos, mas não mais do que três.

Quarenta e cinco quilômetros por hora são iguais a setenta e cinco metros por minuto. Distância igual à velocidade multiplicada por tempo. Eu deduzi que o livro do Sr. Peterson estava entre um quilômetro e meio e dois quilômetros de distância. Então, quão rápido eu poderia correr? Eu sabia que correr um quilômetro em seis minutos era considerado uma conquista atlética impressionante. Eu estava cheio de adrenalina, mas certamente não era um atleta. Eu me permiti mais seis minutos de corrida. Então comecei a procurar.

Procurei pela grama molhada e arbustos por mais de uma hora. Encontrei latas de bebida, pacotes de salgadinho e envelopes de chocolate suficientes para encher vários sacos de lixo. Encontrei papel higiênico e vidro quebrado e pacotes de fast-food e uma caixa de cereal. Encontrei todo tipo de itens perdidos ou jogado dos carros: um coelhinho macio de brinquedo, um espelhinho retrovisor, uma lâmina de limpador de para-brisa. Encontrei algumas esquisitices inexplicáveis: uma pá de pedreiro, um par de chinelos de tartã, raquete de tênis, cueca.

Perto de uma vaga encontrei um preservativo, um preservativo *usado*. Estava colocado arrumadinho numa pedrinha cinza. Naquele ponto, eu comecei a chorar. Me sentei na sarjeta – a uns bons metros da camisinha usada – e olhei meus sapatos molhados e enlameados e chorei. Estava me sentindo muito desgostoso com o estado do universo. Não era simplesmente porque as pessoas estavam tendo relações na beira da B3136. Acho que isso era válido no grande esquema das coisas, já que elas pelo menos tomavam precauções para não trazer mais crianças ao mundo. Eu já havia concluído que o mundo não era lugar de criança. Mas, ainda assim, essas pessoas obviamente não se importavam muito com mais ninguém. E também não se importavam com a natureza. Ninguém se preocupava. Quanto mais você passava o tempo enraizado naquela rua, mais você tinha de aceitar esse fato. A camisinha não era biodegradável – obviamente. Provavelmente ficaria lá por uma era. Provavelmente viveria mais do que as árvores e os pássaros, e todos os livros que existiam.

Quanto ao *Café da manhã dos campeões*, já era uma causa perdida. Minha matemática havia sido ridícula desde o princípio. Havia muitas suposições, e muitas variáveis, e eu não sabia nada sobre a trajetória provável de um livro arremessado do segundo andar de um ônibus em movimento. Podia acabar em qualquer lugar. Podia ter navegado sobre a cerca e terminado num campo além, fora da vista e fora de alcance. E, mesmo se eu o encontrasse, o livro estaria arruinado. Uma hora de chuva leve teria encharcado todas as folhas. Eu também estava encharcado. Tinha minha capa de chuva na minha mochila, mas não me importei em colocá-la. Eu não havia notado que estava ficando molhado até abandonar minha busca.

Depois de um tempo, parei de chorar e fiquei de pé e segui de volta pela rua. Achei que provavelmente eu levaria uma hora e meia para chegar em casa. Com sorte, talvez conseguisse chegar antes de minha mãe. Eu não queria que ela soubesse o que havia acontecido. Naquele momento, eu ainda achava que podia me esconder dela.

Eu havia andado meia hora além do ponto onde o ônibus parava (que eu reconheci pelas faias e as marcas de pneu) quando outro carro parou. As pessoas estavam parando a cada cinco minutos na última hora para verificar se eu estava bem. Acho que eu não *parecia* bem. Não havia bom motivo para eu estar andando pela B3136 na chuva.

Dessa vez, era alguém que eu conhecia. Era a Sra. Griffith, que trabalhava no correio e falava fluentemente a língua dos elfos.

A Sra. Griffith sabia que eu gostava de *O senhor dos anéis*, então sempre que eu ia ao correio ela me cumprimentava em quenya, a língua dos Altos Elfos. A Sra. Griffith gostava muito de línguas. Ela não gostava tanto de trabalhar no correio, mas, infelizmente, falar fluentemente a língua dos elfos não era um talento vendável. Ela não me cumprimentou em elfês naquele dia. Quando o vidro elétrico baixou, eu pude ver que os lábios dela faziam um biquinho preocupado.

– Olá, Alex – ela disse.
– Oi – eu respondi.
– Está tudo bem com você? – ela perguntou.
– Sim, estou bem.
– Por que está andando na rua?
– Perdi o ônibus – eu menti. Eu não gostava de mentir, especialmente não para alguém como a Sra. Griffith, mas achei que era o caso, talvez fosse melhor assim.

A Sra. Griffith franziu a testa e balançou a cabeça.

– Você está indo pra casa *a pé*?
– Sim, achei que seria mais rápido do que esperar pelo próximo ônibus. – (Essa mentira era mais plausível. Os SARS faziam um serviço irregular de ônibus.)
– É longe pra burro – a Sra. Griffith apontou.
– É, eu sei – disse eu.
– E está chovendo – ela acrescentou.
– É, está – concordei.
– Acho que sua mãe não iria querer você andando tanto na chuva.
– Não, talvez não. Pode ser melhor a senhora não comentar isso. Não espero fazer de novo. É muito longe.
– Posso te dar uma carona?
– Sim, isso seria muito útil. Obrigado.

– Entre então.

Eu molhei a mão na minha capa de chuva e limpei a marca de bota que Declan Mackenzie havia deixado na perna da minha calça. Então entrei.

Cheguei em casa vinte minutos antes da minha mãe, o que me deu tempo suficiente para alimentar Lucy e trocar minhas roupas molhadas.

11
A PALAVRA CERTA

Eu fui chamado à sala do Sr. Treadstone às dez da manhã seguinte. O motorista do ônibus havia me delatado, claro, assim como vários passageiros do primeiro andar. Quando você mora numa cidade pequena (e foi atingido por um meteoro), a maioria das pessoas conhece seu rosto e nome. Em retrospecto, eu nunca tive chance.

Quando se tratava de disciplina – quando se tratava da maior parte das coisas –, o Sr. Treadstone tinha uma atenção meticulosa para detalhes. Às dez da manhã, com uma hora de investigação formal, ele já havia reunido uma abundância de informações sobre o "incidente" do dia anterior. Ele havia falado com o motorista do ônibus (uma conversa curta e frustrante, imagino) e reuniu declarações de duas pessoas que haviam ligado para a escola para registrar suas reclamações. Dois dos meus colegas mais maleáveis também haviam sido chamados para o interrogatório: Amy Jones, cujo pai era professor da escola, e Paul Hart, cuja mãe lecionava artes. Dessas entrevistas, o Sr. Treadstone sabia tudo da luta. Ele sabia que eu tentei arrancar o rosto de Declan Mackenzie com as garras, e sabia que, na luta que se deu, uma propriedade minha foi arremessada para fora do ônibus. Os fatos do conflito eram fáceis de se estabelecer. Apenas os motivos permaneciam desconhecidos, e esses logo seriam descobertos. O Sr. Treadstone fazia questão de descobrir os motivos. Ele dizia que a única forma de matar uma erva daninha é pela raiz.

Erva daninha era uma metáfora para desvio moral. Como em qualquer julgamento que tenha acontecido no gabinete do Sr. Treadstone, o nosso foi um caso rápido sem papo furado. Já que o trabalho de campo havia sido feito, e o veredito já era conhecido, havia pouco que pudesse atrasar a afiada espada da justiça. Acusações seriam apresentadas, declarações lidas, explicações exigidas e rejeitadas, e punições distribuídas. Esses procedimentos acelerados seriam apoiados pelos longos sermões pré e pós-julgamento que o Sr. Treadstone acreditava ser a parte mais crucial de qualquer audiência disciplinar. Esses sermões traziam uma oportunidade de se certificar de que todos entendiam a natureza da erva daninha e se comprometiam integralmente com o fim de sua proliferação.

Estranhamente, a visão do Sr. Treadstone sobre crime e castigo não era diferente da de minha mãe – apesar de que, em todas as outras formas, eles eram tão diferentes quanto duas pessoas podiam ser. Criminalidade, impropriedade, desmazelo, má dicção – o Sr. Treadstone tratava dessas coisas como se fossem um tipo de desordem cósmica, um desarranjo cósmico que *tinha* de ser retificado. E punição em números nunca era o bastante. Os livros tinham de ser equilibrados da maneira apropriada. O Sr. Treadstone também acreditava muito em punições adequadas e demonstrações públicas de arrependimento. Quando, por exemplo, foi descoberto que Scott Sizewell estava fazendo um gesto obsceno na fotografia da escola (um crime excepcionalmente bobo), o Sr. Treadstone o chamou numa assembleia para fazer um dramático pedido de desculpas diante de todos os seus seiscentos colegas pupilos. E isso não foi um simples "desculpe". O discurso de Scott Sizewell – preparado sob estrita supervisão – durou quatro minutos e parecia mais com declarações feitas por políticos caídos em desonra. Em se tratando de brigas de soco, o Sr. Treadstone acreditava que só havia uma resolução satisfatória para tal infração. Cada parte tinha de se desculpar – primeiro com o Sr. Treadstone, depois um com o outro – com o que parecia ser um grau adequado de sinceridade, então tinham de apertar as mãos (firmemente, olho no olho; isso era *sempre* a forma correta de cumprimentar alguém). Era um ritual solene que deveria significar um final definitivo para as hostilidades – um retorno à civilidade e ao domínio da lei.

Civilidade também foi um grande tema de nosso sermão prejulgamento, que começou prontamente às 10:02.

– Vivemos numa sociedade civilizada – disse o Sr. Treadstone.

– E numa sociedade civilizada nós resolvemos nossas diferenças de maneira civilizada. *Não* resolvemos nossos problemas com violência.

O Sr. Treadstone estava falando hipoteticamente, é claro – sobre ideais em vez de realidade. Ou eu imaginei que ele estava falando hipoteticamente. De outra forma, isso teria sido, como o Sr. Peterson diria, uma Titica de Galinha de Nível A. No mesmo momento, nós, o mundo civilizado, estamos espelhados em duas grandes guerras no deserto, e, pelo que eu vejo na televisão, os homens lutando essas guerras são amplamente tomados como heróis. Temos submarinos nucleares armados com bombas que poderiam arrasar cidades, e muitas pessoas civilizadas concordam que isso é prudência – visto o quão são considerados *não* civilizados muitos outros países (e todos os seus habitantes).

Eu deveria dizer a você que eu tive muita histeria contida esta manhã. Eu passei a maior parte da noite anterior acordado. Ao amanhecer, já tinha sofrido três crises – duas parciais, uma convulsiva; todas mantidas em segredo da minha mãe – e me sentia física e psicologicamente esgotado. Sem desejar ser muito dramático, minha mente parecia uma frigideira cheia de cobras se contorcendo, e a única forma de eu manter a tampa era através de vigilância firme, obcecada. Toda minha meditação bem construída e técnicas de distração foram usadas. Não havia esperança de cultivar meu costumeiro clima de calma. Então mirei por um tipo de anestesia desapegada – camada após camada de grosso isolamento para me proteger de mais ferimentos. E, por um tempo, isso funcionou razoavelmente bem. Houve apenas um ou dois momentos quando eu senti vontade de rir ou chorar ou ambos.

– Vocês são embaixadores da escola! – o Sr. Treadsotone entoou. – Quando vocês estão na comunidade local, quando viajam indo e vindo para a escola, vocês ainda carregam a bandeira da escola, e vocês *vão* se comportar de acordo.

Eu olhei solenemente para o chão e contei até cinquenta em numerais romanos. Isso era uma postura aceitável dadas as circunstâncias. O Sr. Treadstone só esperava olho no olho quando estava se dirigindo diretamente a você, por nome ou uma pergunta não retórica; quando o Sr. Treadstone se dirigia a nós naquele dia, minha mente estava totalmente em outro lugar. (Eu pensava em Kurt Vonnegut no seu frigorífico enquanto Dresden queimava acima dele.) Sua exigência por uma resposta parecia vir do nada.

– Bem? – ele perguntou. – O que vocês têm a dizer em sua defesa?

Minha mente buscou um pensamento. Declan Mackenzie reagiu com os reflexos aguçados de uma doninha encurralada.

– Senhor – ele disse. – Eu sei que brigar é errado. E geralmente ninguém desgosta mais de violência do que mim...

– Do que *eu* – o Sr. Tredstone corrigiu.

– Ninguém desgosta mais de violência do que eu – Declan Mackenzie concordou –, mas isso foi legítima defesa. Pergunte a qualquer um. *Ele* me atacou.

Ele tocou sua bochecha esquerda nesse momento. Prova A: três ou quatro ferimentos raivosos. Os arranhões agora estavam de uma cor amarelo-avermelhada, e seu olho esquerdo estava inchado e roxo. Os ferimentos eram razoavelmente impressionantes, mas eu suspeitava que eram bem superficiais. Em contraste, apesar de muito dos meus ferimentos serem severos, estavam em lugares como minhas coxas e nádegas – lugares que eu não iria mostrar em público. E acho que sob julgamento eu teria sido forçado a admitir que a maioria desses ferimentos foram *tecnicamente* autoprovocados, tendo sido acumulados enquanto eu caía pela escada ou girando pela porta quando o ônibus fez sua parada de emergência. Visualmente Declan Mackenzie tinha uma grande vantagem. Ele também tinha o fato de que seu discurso bagaceiro não gramatical pelo menos *soava* sincero. Quando tentei contra-argumentar, meu discurso tinha o tom monótono dos clinicamente deprimidos.

– Sim – admiti –, eu ataquei primeiro. Mas isso é bem irrelevante. – Os lábios do Sr. Treadstone se franziram, talvez por causa da minha escolha de modificador, talvez por causa da minha presunção em dizer a ele o que era ou não era relevante. Eu não estava certo. – Não é relevante – continuei monotonamente – porque ele começou. Ele provocou. Isso foi culpa dele, não minha.

– Quando um não quer, dois não brigam – o Sr. Treadstone observou.

É uma daquelas declarações que soam verdadeiras, mas não parecem verdadeiras. Eu estava surpreso em notar um pequeno toque de divergência no meu âmago. Mas meu âmago, tristemente, não estava discursando. O que quer que eu quisesse expressar deslizou das minhas mãos. Eu só conseguia me repetir, a um átomo de ser robótico. – Isso é culpa dele. Ele que começou.

– Não comecei não! – Declan Mackenzie protestou. – Eu só estava brincando. Não é minha culpa se ele não sabe brincar!

– Roubo não é brincadeira – eu disse.

Eu tinha certeza de que o Sr. Treadstone iria me apoiar nesse aspecto. Ele não apoiou. Naquele ponto já havia perdido a paciência.

– Já chega – ele disse, erguendo as mãos. – Isso é decepcionante, muito decepcionante... Posso ver que nenhum de vocês dois está disposto a aceitar que vocês dividem a responsabilidade do trágico acontecimento de ontem. Mas *vou* chegar à raiz do problema.

O Sr. Treadstone pegou um banco em sua cadeira de encosto alto para mostrar que estava preparado para esperar o quanto fosse necessário.

– Não estou interessado em desculpas – ele disse. – Quero respostas. Respostas diretas. Woods! – Seu dedo indicador apontou dramaticamente na minha direção. – Por que atacou o Sr. Mackenzie?

– Ele roubou meu livro. Jogou pela janela.

– Mackenzie?

– Eu estava chateado. Ele me atacou! – Ele tocou sua bochecha de novo, próximo a seu olho inchado. – Ele podia ter me cegado!

– Na verdade é bem difícil cegar alguém – apontei.

– Ele veio pra cima de mim com as *unhas*!

O Sr. Treadstone franziu a testa, o que era a única resposta possível para uma revelação dessas.

– Isso foi depois que você roubou meu livro – esclareci.

– Woods: você vai responder às minhas perguntas e falar apenas quando eu perguntar, não antes. Mackenzie, por que pegou o livro do Sr. Woods?

Declan Mackenzie olhou emburrado para o chão.

O Sr. Treadstone estalou a língua.

– Woods: por que Mackenzie pegou seu livro?

– Acho que o senhor tem de perguntar a *ele* – eu disse.

– Eu perguntei a ele. Agora estou perguntando a você.

Fiquei em silêncio, mas logo ficou claro que o Sr. Treadstone não iria deixar esse assunto para trás. Ele estava bem determinado a descobrir os motivos. – Bem – ele disse. – Espero uma resposta, Woods. Por que o Sr. Mackenzie pegou seu livro?

Na minha defesa essa era uma pergunta muito idiota para se fazer; e certamente era a pergunta errada para se fazer a *mim*. Eu não era psicólogo. Os motivos de Declan Mackenzie sempre foram um perfeito mistério para mim. Como eu poderia dar uma resposta razoável quando eu duvidava que tal coisa até existisse? Quem sabia *o quê* se passava na cabeça de Declan Mackenzie? Ele não era exatamente o mais racional membro da espécie. Minha intuição mais vaga era de que, se ele tinha um motivo, provavelmente tinha a ver com humilhação – com algum tipo de necessidade de fazer outras pessoas se sentirem como algo que o gato arrastou. Mas quanto mais eu pensava *nisso*, mais incompreensível me parecia.

Eu passei o que pareceu ser vários minutos lutando com esse bloqueio mental, minha histeria bloqueada aumentando e despencando no fundo de minha mente. O Sr. Treadstone levantou as sobrancelhas e bateu na mesa com a ponta dos dedos.

– Quer saber por que ele fez isso? – perguntei. – Por que ele pegou meu livro?

– Sim, Sr. Woods. Como estabelecemos já há algum tempo. Não vou me repetir. Quero que você responda minha pergunta de forma clara.

A palavra exata havia agora encontrado seu caminho bem na ponta da minha língua e, chegando lá, eu tinha pouca chance de pegá-la de volta.

– Porque ele é uma buçanha – eu disse.

A palavra meio que ficou lá no ar por um tempo, como se de alguma forma eu tivesse conseguido pronunciá-la naqueles balões de quadrinhos. Ninguém reagiu. Ninguém esperava por isso, eu menos ainda.

Então o balão estourou.

O Sr. Treadstone ficou da cor de um hematoma. Declan Mackenzie ficou da cor de sorvete de menta. E acho que eu provavelmente consegui ficar na minha cor normal. Mas por dentro, por dentro, algo havia mudado.

Me deixe dizer: há um estado mental que os médicos chamam de "euforia". Alguns epiléticos do lobo temporal podem vivenciá-lo durante uma crise, quando os centros emocionais do cérebro de repente são sobrecarregados com eletricidade e começam a pifar. Pessoas normais às vezes podem ter isso também, quando acham que conquistaram algo magnífico ou estão drogadas. Bem, enfim: estou bem certo de que euforia era o que eu estava vivenciando no momento, e por um tempo eu achei que as convulsões eram iminentes. Havia a mesma sensação de irrealidade, a mesma sensação de levitação – quase como se eu não tivesse peso. Mas, ao mesmo tempo, minha aura estava ausente. Não havia distrações, nenhuma alucinação. Eu sentia como se estivesse me erguendo, como se saísse de uma neblina densa para céus limpos e a luz dourada do sol. Minha visão estava aguçada, e minha cabeça estava clara, e eu sentia uma calma que ia muito além da calma normal.

– O quê? – perguntou o Sr. Treadstone. Não "perdão?" ou "como?" ou qualquer alternativa mais educada com que ele nos martelava diariamente; e eu sabia por sua cor que ele ouvira muito bem da primeira vez. Por alguma razão, ele estava me dando a chance de reconsiderar.

Eu não queria reconsiderar.

Minhas palavras agora me ocorriam como sendo as únicas palavras significativas que haviam sido proferidas a manhã toda. Eu não as pegaria de volta nem por todo dinheiro na conta de Robert Asquith. Declan Mackenzie era precisamente o que eu disse que ele era, e eu não tinha pudores por isso ter sido colocado. Não era como se algo ruim pudesse acontecer comigo agora – ou nada pior do que acontecera antes. O Sr. Treadstone podia me expulsar, creio – mas isso não seria uma consequência tão terrível. (Eu teria aulas particulares de novo, que era uma forma mais eficiente de aprender.) Declan Mackenzie poderia me bater de novo – mas isso dificilmente tornaria o termo *menos* verdadeiro. Percebi nesse ponto que eu não tinha mais medo de Declan Mackenzie. Sentado lá com seu rosto verde e seu olho inchado e sua evasão covarde, ele me parecia uma figura insignificante. Então, com a oportunidade que me era oferecida, decidi repetir minha asserção, acrescentando nada além do lema da escola, *Ex Verita Vires*, que eu achei que formava um desfecho interessante.

O queixo de Declan Mackenzie veio ao chão. O Sr. Treadstone levantou de sua cadeira como um rojão.

– Mackenzie: para fora! AGORA! Woods: nem mais uma palavra. Nem mais um RESPIRO.

O sermão que se seguiu foi extremamente animado, mas também longo demais e repetitivo para eu relatar aqui. Quando terminou, o Sr. Treadstone ligou para minha mãe no trabalho, e minha mãe implorou por clemência baseada nas circunstâncias atenuantes da minha doença e meu registro previamente positivo. Eles acabaram concordando que uma semana de suspensão – com disciplina adicional que eu enfrentaria em casa – seria a punição mínima pela coisa terrível que eu dissera. Declan Mackenzie, em contraste, recebeu suspensão de apenas um dia. Meu crime em usar *aquela* palavra foi considerado cinco vezes pior do que qualquer coisa que ele poderia ter feito a mim.

De noite, qualquer sensação de euforia não era nada mais do que lembrança. Eu me sentia exausto e péssimo, e mais uma vez sem palavras.

Eu não havia tido tempo o suficiente para ensaiar o que diria para o Sr. Peterson. Eu tinha apenas uma janela de duas horas antes que minha mãe fosse para casa – naquele ponto eu estava certo de ficar de castigo no próximo mês (acabou sendo dois meses). E, enfim, quanto mais pensava nisso, mais percebia que havia pouco que eu *pudesse dizer*. Eu podia colocar todos os fatos, dar minhas desculpas, dar uma relato detalhado e eloquente de todo o tormento que sofri desde então – e nada disso mudaria droga nenhuma. O resultado final seria tão terrível quanto.

Quando eu estava passando pelas sentinelas de álamo, meu coração estava na boca. E, quando a porta se abriu, qualquer sonho de eloquência havia descido pelo ralo.

– Receio ter perdido seu livro – soltei. E foi uma frase tão terrível e inadequada. Mas o que mais eu poderia ter dito? Eu não tinha a perspicácia de minha mãe para dar más notícias. Eu só queria dizer logo, antes que minha coragem me abandonasse totalmente.

O Sr. Peterson pareceu chocado. – Você perdeu?

Eu assenti. Minha voz estava paralisada.

– Você *perdeu*?

– Sim, eu...

– Você *sabia* o que aquele livro significava pra mim! – O Sr. Peterson segurava sua cabeça como se tivesse enxaqueca.

– Não foi minha culpa! – implorei. – Eu estava no ônibus escolar e...

– O ônibus escolar! Você o levou para o ônibus escolar? Eu podia ver na hora o quão irresponsável isso foi. Desisti de tentar fingir que isso era culpa de qualquer outro além de mim.

– Sinto muito, mesmo – eu disse. – E sei que não é bom o suficiente. Eu sei que não posso substituí-lo...

– Não, não pode! Jesus! Eu devo ser um *idiota*!

Eu não sabia o que dizer.

– Vá pra casa, moleque – o Sr. Peterson acabou dizendo. – Não quero olhar pra você agora.

Eu não pensava em ficar – em explicar devidamente as coisas. Eu me virei e corri. Não parei de correr até chegar em casa.

12

PIERCING

Pelas próximas oito semanas, até minhas férias de verão, eu me encontrei mais uma vez sob o pior tipo de prisão domiciliar – o tipo idealizado por minha mãe. Tendo recebido três golpes em rápida sucessão (vandalismo, briga, xingamento), eu não era mais confiado a poder me responsabilizar por minha própria punição. Eu mal podia sair da vista da minha mãe. Toda manhã ela me levava para os portões da escola, e toda tarde eu era buscado no mesmo ponto. Geralmente era minha mãe que me buscava também, mas às vezes Justine era enviada em seu lugar e, uma ou duas vezes, até Sam era chamada para cobrir o turno da escola. Era muito inconveniente para todos os envolvidos. Não que Justine ou Sam reclamassem – elas eram sempre muito pacientes comigo –, mas eu podia ver que ficavam ansiosas em me ver "de volta aos trilhos" o mais rápido possível. E, quando se tratava do assunto dos meus vários crimes e contravenções, eu encarava uma frente unida.

– Você sabe que brigar raramente resolve alguma coisa – Justine disse. – Geralmente só piora as coisas.

– Sim, eu sei – eu disse.

– E a palavra que você usou – Justine acrescentou, torcendo o nariz. – Essa palavra é *extremamente* ofensiva. Especialmente para mulheres. (E, pela veemência em sua voz, eu sabia que o que era verdade para mulheres em geral era duplamente verdade para lésbicas – apesar de a lógica disso estar a anos-luz da minha compreensão.)

Minha mãe, é claro, já tinha me dado um longo sermão sobre o pavor *daquela* palavra. Sam também, e geralmente ela era mais moderada quando se tratava dessas coisas.

– É uma palavra vulgar e ofensiva do machismo – Sam disse, o que me confundiu por certo tempo.

– Por que é uma palavra *machista*? – perguntei.

Sam olhou para mim por alguns momentos para entender se eu estava ou não sendo deliberadamente idiota, então disse:

– Você sabe o que significa, não sabe?

– Claro que eu sei o que significa! – Eu busquei meu dicionário mental, tirei todas as alternativas, e aí disse: – Refere-se à parte das mulheres de onde vêm os bebês.

– Exato! E você consegue ver por que isso é degradante, não consegue? Pode ver por que é *tão* ofensivo?

Eu pensei por um tempo.

– Não, na verdade não – concluí. – Quer dizer, eu não estava usando naquele contexto. Além disso, com certeza o que é tão ofensivo é que a palavra é tão ofensiva, mais do que a palavra em si?

Sam me fez repetir essa frase, então me disse que eu estava sendo pedante e perpetuando uma mentalidade sexista. Eu fiquei bem ressentido com isso.

– Não fui *eu* que criei a pior palavra do mundo – eu disse.

Depois que fui pego na escola, eu não pude ir para casa sem supervisão. Em vez disso, eu tinha de passar duas horas toda tarde (e mais nove aos sábados) na loja, que era uma inconveniência a mais para todos os envolvidos. Isso foi na época em que Justine e Sam estavam tendo seus primeiros "problemas", cuja natureza não era da minha conta. Tudo o que minha mãe me dizia era que elas estavam passando por uma "fase turbulenta", e era por isso que Justine frequentemente parecia tão mal-humorada – um fato que não deixei de perceber. Muitas das vezes Justine parecia tão distante que eu tinha certeza de que ela havia passado para um dos outros planos de existência da minha mãe; e em geral, quando ela voltava de uma dessas ausências, seus olhos estavam inchados e vermelhos. Sério, era o pior tempo possível para eu ficar debaixo da asa dela – uma verdade que não perdi tempo em apontar para minha mãe.

"Sim, é sim", ela concordou. E não disse mais nada sobre o assunto.

Então Justine estava de mau humor, minha mãe estava de mau humor, Sam estava de mau humor e, claro, eu também estava de mau humor. Nos primeiros dias fiquei extremamente emburrado, e depois disso fiquei apenas entediado. Minha mãe tentou encontrar pequenas tarefas para me ocupar – verificar estoques e tal –, mas com frequência havia pouco a fazer para ocupar meu tempo. Na maior parte eu ficava sentado no cantinho atrás do balcão – o mais no canto que eu poderia me enfiar – e espiava o ir e vir dos clientes.

Não preciso dizer que a loja da minha mãe era frequentada por *muita* gente estranha. Eu estimaria que menos de um terço da clientela dela podia ser classificado de qualquer outra forma – apenas os turistas e um ocasional grupo de meninas da escola, da minha idade ou um pouco mais velhas. Algumas delas eu reconhecia da Asquith, mas, se alguma delas alguma vez me reconheceu, nenhuma chegou a ponto de confirmar que eu existo. Isso não era particularmente estranho; eu estava acostumado a não ter minha existência reconhecida pelas meninas. Porém, o que *era* estranho era que minha mãe decidiu que grupos de meninas da escola eram a única amostra demográfica que oferecia um sério risco de furto, e como tal requeria "monitoramento especial" do momento que entravam ao momento que saíam.

– Fique de olho nessas meninas – ela me dizia.
– Por que eu? – eu implorava. – Fique *você* de olho nelas!
– Não seja bobo! – ela dizia num cochicho enfurecedor. – Tenho certeza de que não é *tanto* para pedir a você.
– Elas vão achar que estou encarando!
– E daí? Isso não parece te incomodar na maior parte do tempo.
– Isso é diferente. É constrangedor! E se me pegarem? E se levantarem o olhar e virem que estou de olho nelas?

Isso provocou uma alegre risada abafada.

– Bem, você podia tentar sorrir, Lex. Provavelmente você vai descobrir que elas não são tão assustadoras como você imagina!

Isso me irritou muito. Para começar, eu não achava que minha mãe fosse a pessoa ideal para se colocar como administradora de relacionamentos. Além disso, a verdade era que eu realmente ficava muito mais à vontade com meninas do que com meninos – sempre fiquei. Eram só os grupos de meninas que me intimidavam. Porque em grupos as meninas *eram* assustadoras. Estavam sempre cochichando e rindo e trocando olhares em código. Era injusto esperar que eu lidasse com isso. Mas, como sempre, não tinha como discutir com minha mãe. Sobrou para mim ficar vigiando, me torcer e corar, e posteriormente relatar qualquer atividade que pudesse ser considerada "suspeita".

Essa tarefa era praticamente impossível por duas razões principais. Primeira: grupos de meninas *sempre* parecem suspeitos. Segunda: a maioria dos outros clientes da minha mãe parecia tão suspeita quanto. Na loja da minha mãe, a suspeita era um conceito tão relativo que era um termo basicamente sem sentido. Eu me lembro, por exemplo, de um homem vestindo sobretudo de couro e um chapéu de couro de aba larga que passou um tempão olhando para os animais nos potes – talvez uns quarenta e cinco minutos. Então ele se virou e saiu sem dizer uma palavra. E comportamentos como esse não eram incomuns. A única razão pela qual eu me lembro desse homem em particular era que eu sempre presto uma atenção extra em homens desse tipo – lobos solitários de uma certa idade que ficam à espreita com uma aparente falta de propósito. Isso remete a uma fantasia recorrente da minha primeira infância, na qual um desses homens anônimos de repente se anuncia como meu pai fantasma. Em algumas versões dessa fantasia, o homem em questão vem propositadamente para me observar em segredo antes de resolver se revelar. Em outras versões, ele está lá por pura coincidência; é só quando ele levanta o olhar de sua compra que ele *me* nota ou às vezes minha mãe – ou ela o nota, de repente, sempre com uma dramática pausa na respiração.

Foi só quando fiquei um pouquinho mais velho que eu notei os vários problemas e improbabilidades envolvidos nesse sonho. Para começar, parecia extremamente improvável que meu pai soubesse da minha existência ou mesmo suspeitasse. Eu também tinha motivos para duvidar de que após tantos anos meus pais seriam capazes de reconhecer um ao outro. Quando perguntei à minha mãe informações sobre o relacionamento deles, ela respondeu com palavras como "breve" e "funcional". Mais especificamente, eu consegui me certificar de que o caso deles não durou mais do que as horas do dia de solstício de inverno, e pelo lado da minha mãe havia sido uma procriação e nada mais. Tudo o que ela pôde dizer sobre meu pai era que ele era saudável (ou parecia) e sexualmente competente (evidentemente) – e, ao colocar esses fatos, tudo mais pareceu bem irrelevante. Ela não havia prestado lá muita atenção para nada tão abstrato quanto aparência e o caráter em geral, e nada permaneceu na memória dela. Sem desejar soar demasiadamente crítico à minha mãe, quando eu nasci, eu não acho que ela teria sido capaz de apontar meu pai numa fila com três homens.

Ainda assim, mesmo depois que minhas fantasias de infância perderam muito de seu brilho, a *ideia* do meu pai ainda permanecia presa à minha imaginação. Eu ainda tinha uma imagem, baseada em quase nada, de como meu pai poderia ser e agir. Eu o imaginava como algum tipo de Tom Bombadil, de botas e barba, com um profundo amor pelo mato e sem histórico de emprego. Grande parte dos homens solitários vagamente suspeitos que vinham à loja da minha mãe parecia se encaixar nesse perfil, mas, mesmo assim, a chegada de tais espécimes era uma relativa raridade. Eu tinha sorte quando vinham mais de dois numa semana, e, depois que eles iam embora, o tédio rapidamente se reestabelecia.

Infelizmente, não havia chance de negociar uma redução da minha pena, não sem admissão de culpa seguida por uma amostra devidamente convincente e elaborada de remorso. Minha mãe queria que eu escrevesse cartas de desculpas ao Sr. Treadstone e a Declan Mackenzie (e provavelmente para aquele rabugento motorista de ônibus também), mesmo *depois* de eu ter dado a ela um relato (quase) completo das circunstâncias que me levaram a agir e falar como eu falei. Tínhamos a mesma discussão seguidamente. Eu dizia à minha mãe que eu não me sentia culpado porque minhas palavras e atos (por mais desagradáveis que fossem) eram justificados pelas circunstâncias, e por esse motivo eu não estava disposto a me desculpar com *ninguém*. Eu preferia morrer. Minha mãe insistia que, se eu fosse capaz de compreender a gravidade pavorosa do que eu havia feito, então eu me desculparia num piscar de olhos. Eu teria de me desculpar. Nesse meio-tempo, eu só permanecia obstinado e deliberadamente ignorante.

– Não acho que você entenda quão ofensiva aquela palavra é – minha mãe me disse uma tarde, discutindo sobre um tema familiar. – Se você soubesse, jamais a teria usado.

– Eu sei o quão ofensiva é – assegurei.

– Não, não sabe! Obviamente não sabe. Honestamente, Lex. Não sei o que é pior: você tê-la pronunciado ou a sua recusa em perceber quão horrível ela é!

– Eu sei quão horrível é! É a pior palavra da língua, todo mundo sabe disso. É por isso que eu escolhi. Eu não peguei aleatoriamente.

– Você não devia chamar ninguém assim, nunca. Eu não me importo com o quanto você *pensa* que foi provocado.

– Ele mereceu!

– Não, ele não mereceu, ninguém merece esse tipo de ofensa.

– Ninguém?

– Não, ninguém!

Eu esperei por alguns segundos. – E Hitler? – perguntei. Estava pensando em jogar a carta do Hitler havia algum tempo, mesmo sabendo que era pouco provável que reforçasse meu argumento – o contra-ataque da minha mãe foi óbvio demais.

– Ai, Lex, fala sério. – Ela colocou as mãos na cintura. – Não acredito no que estou ouvindo! E você está seriamente comparando o menino Mackenzie com *Hitler*?

– Bem... não sei. Acho que não. Mas, até aí, Declan Mackenzie não teve muito tempo para desenvolver sua maldade. Ele não teve acesso aos mesmos recursos. Tenho certeza de que quando Hitler era criança ninguém percebia como *ele* era mau também.

– Lex, isso é mais do que ridículo! É ofensivamente idiota!

– Só estou dizendo que é um pouco cedo para afirmar. Mas tenho certeza de que, se você colocar Declan Mackenzie no comando de um país, as coisas vão começar a ir ladeira abaixo bem rapidinho.

– Lex, preste atenção: Declan Mackenzie *não* é mau. Ele pode ser agressivo, imaturo, bravo, desagradável e tudo mais que você diz que ele é, mas não significa que você deva demonizá-lo. Você não

sabe tudo sobre ele. Certamente você não tem direito de dizer o que disse. De outra forma, por que você seria melhor do que ele? Hein?
— Ele mereceu! Ele não é só desagradável, ele é cruel. Ele tem prazer em humilhar as pessoas!
— Ah, é mesmo?
— É, mesmo!
— E o que exatamente você acha que *você* estava fazendo quando o chamou daquilo?

Fiquei em silêncio.
— Não, sério, Lex: eu queria saber. Você certamente o humilhou. Como isso faz *você* se sentir?
— Isso foi diferente — murmurei. — Ele mereceu.
— Não estamos mais falando se ele mereceu ou não. Estamos falando em como fez você se sentir.
— Isso não é relevante — eu disse. — É completamente diferente.

De alguma forma, apesar de todas as minhas resoluções, minha mãe encontrou uma maneira de macular qualquer breve vitória que eu tive. Qualquer sentimento de triunfo em relação ao incidente com Declan Mackenzie agora estava minguando.
— Ainda não retiro o que eu disse — respondi, petulante.

Minha mãe deu de ombros. — Não posso te obrigar.

Mas o que ela realmente queria dizer era que não sentia mais que tinha de fazer isso. Ela levou pelo menos um aspecto da minha rebelião ao descrédito, e, ao fazer isso, desnudou a pureza do todo. Havia sido uma vitória pequena, mas ainda uma vitória. Mesmo que eu ficasse com minhas armas e cumprisse o resto da sentença em silêncio emburrado, nós dois saberíamos que ela havia ganho.

Eu havia me acostumado a andar dois circuitos completos no campo da escola toda hora do almoço — uma caminhada que preenchia uma hora e me levava o mais longe das outras pessoas que eu poderia esperar estar. Não preciso dizer que essa não era a caminhada mais inspiradora de Somerset, mas esse período, com minhas noites e finais de semana perdidos, era o melhor disponível para mim; e em alguns lugares não era totalmente sem graça. Já que o único encarregado da manutenção contratado pela escola tinha seu trabalho restrito aos quadriláteros e campos centrais de futebol e todas essas zonas anteriores que eram visíveis a visitantes e passantes, o perímetro do campo da escola, delimitado por altas cercas, era sempre uma área negligenciada, e no verão ficava particularmente descuidada. No verão, a grama ao redor do perímetro era grossa, emaranhada e com um cheiro fresco, e havia áreas de ervas e flores silvestres que atraíam abelhas e vários tipos de borboletas. Ocasionalmente, se você tivesse sorte, você também veria um rato silvestre correndo pela vegetação ou um esquilo saltando da árvore mais próxima; e, como regra geral, quanto mais você se afastava dos prédios da escola, mais selvagem ficava a vida, e havia menos pessoas propensas a estragar isso. Em direção aos pontos mais distantes dos campos de treino, você tinha muito mais chance de ver uma pega ou uma família de tentilhões do que qualquer ser humano (descontando a Sra. Matthews, professora de música, que era uma entusiasmada ornitologista).

Eu andei os mesmos dois circuitos todo dia por várias semanas – qualquer que fosse o clima, não variando em nada além da direção – e, em todo esse tempo, eu nunca tive de falar uma única palavra com ninguém. Deixado sozinho com meus pensamentos, essa era de longe a hora mais prazerosa do dia, e eu torcia para – e esperava – preservá-la como tal. Mas então, numa tarde nublada sem nada de incomum, tudo mudou. Foi a tarde em que conheci Ellie. Ela me seguiu de propósito, numa época em que todo mundo estava feliz em me ignorar, mas, pensando bem hoje, isso foi típico da Ellie. Ela era uma garota completamente diferente.

Eu já a conhecia vagamente – ou sabia dela – mesmo que ela fosse catorze meses e três anos escolares inteiros mais velha do que eu. Seu nome completo era Elizabeth Fitzmaurice e era notória em arrumar problemas. Com mais frequência do que não, tinha a ver com seu flagrante desprezo para com o código de vestimenta da escola. Ela preferia se vestir com algo entre o emo e o gótico. Você provavelmente já sabe sobre os góticos, e deve saber sobre os emos também, mas caso não saiba vou explicar um pouco, já que ambos são familiares da loja da minha mãe.

Góticos gostam de usar maquiagem preta dramática e roupas pretas dramáticas (longas botas cravejadas e espartilhos, correntes e coleiras e por aí vai). Os emos têm um gosto parecido para o preto, mas tendem a ser menos teatrais e com uma aparência mais geek-chique (que é bem diferente de apenas geek). Suas roupas geralmente são bem elegantes, mas também excessivamente justas, especialmente as calças. Góticos curtem vampiros, satanismo, música alta e demonstrações públicas de personalidade, enquanto os emos, em geral, têm um desespero mais profundo, intrínseco e curtem mais coisas como ironia e autoflagelação.

Ellie juntava as duas categorias: ela tinha muito desespero, mas não era tímida em expressá-lo, e acho que, nas ocasiões em que ela se feriu, isso foi uma grande questão de má interpretação. Ela usava *muito* lápis e sombra nos olhos, e seu cabelo era preto como as asas de um corvo. Sua franja era longa a ponto de ser impraticável e era tipicamente jogada no lado esquerdo do rosto, o que a deixava tipicamente um ciclope.

– Woods! – ela disse sem fôlego a uns dez metros de mim. – Espere!

Até esse ponto, eu estava fazendo todo esforço para ignorá-la, mas quando ela me chamou fiquei sem opções a que recorrer. Eu podia ou correr ou parar. Eu parei.

– Jesus! – Ellie disse, e parou um tempinho, respirando pesadamente. – Deus do Céu, Woods! Por que anda rápido assim?

A pergunta não exigia uma resposta.

– Oi, Elizabeth – eu disse, e imediatamente a vi fazendo um biquinho.

Acontece que Ellie era extremamente suscetível com seu nome. Ela mais tarde me diria que recebeu esse nome por causa da "mãe da porra do João Batista". A porra do João Batista e sua mãe eram personagens da Bíblia.

– É Ellie ou nada! – Ellie me disse.

– Eu não queria bancar o íntimo – expliquei.

Ellie me olhou sem expressão.

– Estava tentando ser educado.

Isso provocou uma curta risadinha. – Educado!

– Sim.

– Porra, Woods, logo você! Desde quando você se importa em ser *educado*? Todo mundo sabe que você é o mais boca-suja da escola toda!

– Foi só uma vez – eu disse a ela. – E tinha razões extremamente boas para dizer o que eu disse.

Ellie tirou novamente a franja dos olhos, dobrou os braços embaixo de seus pequenos mas intimidadores seios, então me olhou por um tempinho – e eu tinha certeza de que cada estágio desse processo foi criado para me deixar desconfortável.

– Tá bom então, Sr. Educadinho – ela disse. – Então por que você disse aquilo?

Pensei por um tempo, tentando pensar na melhor maneira de verbalizar, e foi com isso que eu vim:

– Porque dar nome a algo tira seu poder.

Ellie olhou para mim, depois revirou os olhos. Ellie estava sempre fazendo isso. Pelo número de vezes que revirou os olhos na

nossa conversa você pensaria que ela inventou e patenteou a manobra. – Deus, você é esquisito! – ela disse.
– Sim, eu sei – admiti.
– Não é um insulto – ela acrescentou. – É só... bem, há coisas piores para ser.
– Obrigado. – Para mim, não ser ofendido era tão bom quanto um elogio. – Agora *eu* posso fazer uma pergunta? – perguntei.
– Desde que seja *educadinha* – disse Ellie.
– Bem... não, não exatamente. É sobre o que estávamos falando. Sobre a palavra com B.
– Pergunta logo.
– Bem – comecei pigarreando. – Desde que eu disse isso, as pessoas basicamente têm se enfileirado para me dizer quão terrível é, como é a pior palavra do mundo, e como é *especialmente* ofensiva para as mulheres. E, bem, acho que esta última coisa é o que quero perguntar a você...
– Quer minha opinião?
– Sim.
– Como *mulher*?
– Sim.
Ellie rolou os olhos novamente.
– O que é que tem? É só uma palavra.
– É.
– Buçanha, buçanha, buçanha, buçanha! – Ellie acrescentou, para enfatizar seu argumento. (Ellie não gosta de deixar nada ambíguo.)
Como um todo, eu me sentia bem justificado pela resposta dela. – Obrigado – eu disse. – Isso foi muito interessante.
Eu comecei a andar novamente. Ela agarrou meu braço.
– Espere aí! – Ellie disse. – Pare de ser esquisito por um segundo. Há mais uma coisa que preciso te perguntar. A não ser, é claro,

que você precise mesmo ir a algum lugar – ela acrescentou sarcasticamente.

– Bem, eu *esperava* dar outra volta no campo – eu disse.

Ellie fechou a cara. – Pra quê? Ah, deixa pra lá! Vou andar com você. Só me dá um segundo.

Ela tirou um maço de cigarros da bolsa e acendeu um. Eu olhei em volta nervoso.

– Ai, relaxa! – Ellie me repreendeu. – Ninguém está olhando.

– Não estamos um pouco... expostos? – acrescentei.

– Confie em mim – Ellie disse. – Aqui fora é o melhor lugar pra fumar. Ninguém espera isso. Todos esses lugares onde as pessoas geralmente fumam, sabe, atrás do pavilhão e na lateral do prédio de artes... – eu não sabia, mas a deixei continuar – ... bom, todos esses lugares são completamente retardados. São os lugares onde as pessoas são pegas. Você teria de ser um pamonha pra fumar em qualquer um desses lugares. Mas aqui, bem, há zero chances de ser pego aqui fora. Dá pra ver qualquer um se aproximando a mais de um quilômetro.

– E eles podem te ver – eu disse.

– Sim, mas precisam da porra de um telescópio pra ver o que você está fazendo.

– A Sra. Matthews tem binóculos – observei.

– A Sra. Matthews é uma medrosa! – disse Ellie. – É o tipo de mulher que daria meia-volta e se borraria antes de arriscar qualquer tipo de confronto.

– Sei.

– Acho que não preciso oferecer um pra você?

– Não, não precisa.

Depois disso, ela acompanhou meu passo e falou longamente sobre seu piercing. Ao que parece, como um presente antecipado de quinze anos para si mesma, Ellie decidiu colocar um piercing na sobrancelha. Isso explicava o misterioso curativo sobre seu olho direito que eu tentava não olhar. Não tão bem explicada foi sua presunção de que ela poderia se safar com seu piercing facial a longo prazo.

– Achei que seria igual como aconteceu com o meu cabelo – ela me disse. – Um dia eu saí e tingi o cabelo, e é permanente, então, sério, meus pais não tiveram outra escolha a não ser aceitar. O que mais eles poderiam fazer? Quer dizer, eles gritaram e reclamaram por semanas, mas valeu a pena.

"Enfim, achei que isso seria igual. Mas quando voltei pra casa no sábado, os dois ficaram completamente loucos. Sinceramente, parecia que eu estava *grávida* ou algo assim."

Eu fiquei quieto. Achei que não tinha muito a dizer sobre isso.

– Bom – Ellie continuou –, acontece que eu não posso nem ir pra escola com minha sobrancelha furada. Pode acreditar nisso?

– Posso – eu disse.

– É contra o código de vestimenta! Inacreditável, porra! – Ela deu uma tragada raivosa no cigarro. – Enfim, então meus pais gritaram comigo por um gazilhão de anos, e finalmente eles me forçaram a tirar, e agora eu tenho de usar esse curativo idiota até o buraco fechar.

– Ah – eu disse. – É, é uma infelicidade.

Passou-se um silêncio desconfortável. Ellie espiou furtivamente para a esquerda e a direita. – Ainda está aqui – ela cochichou.

Eu senti algo perto de um tremor involuntário.

– Na sobrancelha?

– É. Minha mãe confiscou o brinco que colocaram, mas eu comprei um pequeno barbell também. Ela não sabia disso. Eu imaginei que não dava pra ver mesmo por baixo do curativo, então qual é a diferença?

Eu pensei que esse plano tinha uma falha óbvia.

– Sim, eu sei aquilo em que você está pensando – Ellie disse. – Mas tenho um plano. Imaginei que iriam fazer um grande estardalhaço por ter de usar esse curativo idiota pelos próximos dias, então eu refiz meu cabelo pra que ficasse caído pra esquerda e assim sobre ele. – Ela apontou vagamente com a mão que não fumava. – É meio um saco porque meu lado direito é o melhor, obviamente, mas não vai parecer tão suspeito porque vou passar muito tempo resmungando sobre como todo mundo fica olhando pro meu curativo. Então, quando for hora de tirar, em algumas semanas, eu simplesmente mantenho o penteado, e voilà! Problema resolvido.

– Esse é seu plano? – perguntei. – Pentear o cabelo sobre o piercing e mantê-lo lá para sempre?

– Não, não *para sempre*. Só por um ano, mais ou menos. Acho que vou ter de comprar muito spray de cabelo. Quer ver? Minha sobrancelha?

Ela não queria uma resposta. Pisou apagando o cigarro, então cuidadosamente tirou o curativo e o jogou nos arbustos.

– Sabe, você não devia jogar lixo na rua – apontei.

– Nossa, Woods. Você é uma comédia.

– Estou falando sério.

– É, eu sei. Por isso é engraçado.

O "barbell" da Ellie era visível como duas esferas azuis minúsculas – como pesinhos de exercício grudados no rosto dela, uma sobre a outra em cada lado dos pelos negros finos que constituíam a extremidade externa de sua sobrancelha. A pele ao redor estava vermelha e inflamada. – Bem bacana, hein? – perguntou Ellie. Então novamente, sem esperar uma resposta, ela tirou outro curativo de sua bolsa e colocou na sobrancelha.

Continuamos a caminhar e Ellie acendeu outro cigarro e finalmente chegou ao assunto que a trouxe até mim.

– Eu queria perguntar à sua mãe se ela me daria um emprego – Ellie me disse.

Eu não sei o que eu estava esperando, mas não era isso. – Um emprego? – repeti como bobo.
– Sim, um emprego. Finais de semana, noites, férias de verão, o que seja. Eu preciso de dinheiro. Minha mesada foi cortada, e acho que não vai voltar tão cedo.
Eu também achava que não.
– Acho que se eu *tenho* de arrumar um emprego, então trabalhar pra sua mãe pode ser divertido – disse Ellie.
Eu franzi a testa. Não podia imaginar *ninguém* achando que trabalhar para minha mãe pudesse ser divertido. Além disso, eu não podia imaginar que os parentes de Ellie consentiriam com esse esquema, e me senti obrigado a colocar isso.
Ellie rolou os olhos. – Óbvio que não vou contar a eles! Vou contar que estou trabalhando na porra da Topshop ou sei lá.
– Ah – eu disse. Então pensei um pouquinho. – Não estou certo de que seja totalmente legal para minha mãe empregar você – continuei. – Não sem seus pais concordarem.
Ellie deu de ombros.
– Sua mãe se importaria de fato com uma coisa assim?
– Não, talvez não – confessei. Eu não tinha escolha. Não sou um bom mentiroso, especialmente sob pressão.
– Então você poderia ao menos *perguntar*? Talvez falar bem de mim?
– Sim, acho que sim – eu disse.
Para dizer a verdade, não era uma ideia que me empolgava. Mas com o verão sendo a estação turística, e Justine deslizando para outro plano de existência, achei que minha mãe poderia procurar funcionários extras. E suspeito que Ellie fosse *exatamente* o tipo de menina que ela escolheria empregar. Também suspeitei que estar perto de Ellie por mais de dez minutos seguidos seria uma verdadeira dor de cabeça. Mas eu podia ver que teria ao menos de perguntar – havia pouca esperança de eu me safar disso agora.

– Woods, isso foi emocionante – Ellie disse, apagando seu segundo cigarro. – Sério, deveríamos fazer de novo qualquer dia.

Isso era sarcasmo, ou ironia, ou *algo*. Eu ignorei.

– Você fala com sua mãe pra mim? – ela perguntou de novo, me fixando com um olhar que me fez sentir que não seria inteligente recusar.

– Sim, eu pergunto a ela – prometi.

– Maravilha.

Ellie removeu algum tipo de spray corporal da sua bolsa, fechou os olhos e se borrifou da cabeça aos pés. Então disse adeus, virou nos calcanhares e correu direto em direção aos prédios da escola.

Eu não aproveitei o resto da caminhada.

Alguns dias depois chegou um pacote. Minha mãe estava estacionando o carro na garagem (o que costuma levar um tempo devido a sua má noção espacial) então, como de costume, eu fui o primeiro a passar pela porta da frente e o primeiro a pegar a correspondência. Mas alguns momentos depois notei um pacote endereçado a mim. Eu não estava acostumado a receber correspondência e, na verdade, apenas uma pessoa alguma vez na vida me mandou um pacote. Essa pessoa era a Dra. Weir. Ela, como você pode lembrar, me enviou o livro de meteoros de Martin Beech: *O universo: guia para iniciantes*. Achei que este pacote também era do tamanho e forma certos para ser um livro, mas a caligrafia na frente certamente *não* era da Dra. Weir. A Dra. Weir escrevia como uma médica: era um rabisco elegante e quase ilegível – cheio de laços e floreios elaborados. A caligrafia no pacote eram maiúsculas angulares. Coloquei um pouco de comida para Lucy, então levei o pacote para o meu quarto e abri.

O que caiu na minha mesa era uma nova edição em brochura de *Café da manhã dos campeões*. Não havia um bilhete, mas quando o abri encontrei esta inscrição:

Imaginei que você quisesse descobrir como termina. Venha me contar o que achou quando acabar de ler.

Depois de olhar para aquilo por alguns minutos, levei a caneta ao papel e escrevi a seguinte resposta que eu postei no dia seguinte.

Querido Sr. Peterson,
Obrigado pelo livro. Foi bem inesperado. Eu achei que o senhor ficaria bravo comigo para sempre, dado o que aconteceu, e dado que eu fui pavoroso na explicação do que aconteceu. Vou tentar explicar agora, o melhor que eu posso, mas pode haver pedaços que não farão muito sentido para o senhor, visto que estou certo de que a escola era muito diferente na sua época e as pessoas provavelmente agiam com mais decência e menos como chimpanzés.

[Aqui seguiu um relato conciso dos acontecimentos que me levaram a perder o exemplar original do livro do Sr. Peterson.]

Desculpe por não ter lhe contado isso antes, mas eu também estava muito traumatizado pelo acontecido, e também não queria que o senhor pensasse que eu estava vindo com desculpas ou fugindo da minha responsabilidade. Eu me sinto responsável pelo que aconteceu porque aconteceu sob meus cuidados e hoje acho que agi de forma muito negligente. Decidi me tornar um pacifista novamente, não apenas porque sou muito ruim de briga, e nem quero ser bom mesmo, mas também porque agora percebo que, mesmo como último recurso, brigar traz resultados bem ruins.

Enfim, apesar do fato de que meus atos possam ter tornado uma situação ruim ainda pior, eu espero que o senhor possa ver que a culpa não é totalmente minha. Eu posso ter agido de forma idiota, mas agi com boas intenções e acho que o senhor pode concordar que isso conta alguma coisa.

Infelizmente, não vou poder ir contar ao senhor o que eu acho sobre o Café da Manhã dos Campeões no futuro imediato porque me encontro em prisão domiciliar — pelo incidente da briga descrita acima e também por um outro incidente onde usei a pior palavra da nossa língua na frente do vice-diretor. (O senhor deve saber de que palavra estou falando, então não vou colocar aqui.) No entanto, eu certamente devo passar aí quando (ou se) minha mãe decidir que eu aprendi a lição e minha liberdade for restaurada.

Obrigado novamente.

Sinceramente,

Alex Woods

Devo dizer que, após escrever esta carta, fiquei desnorteado por não ter pensado em escrevê-la antes. Explicar as coisas por escrito, quando tenho tempo e espaço para pensar, e dizer o que eu realmente queria, era tão melhor do que tentar me comunicar no tempo real.

Eu queria poder me comunicar *sempre* por escrito. Isso eu achava que tornaria a vida muito mais fácil.

Finalmente, é claro, minha prisão domiciliar terminou, e eu fui sem ser anunciado à casa do Sr. Peterson no sábado seguinte e o encontrei na entrada. Ele estava saindo, levando Kurt para uma caminhada "curta" – que devo esclarecer que significa curta em termos de distância, não de tempo. Com a idade de Kurt e a perna do Sr. Peterson, todos os passeios deles eram "curtos", mas nenhum era breve. Ainda assim, agora era alto verão, e o dia estava seco e claro, e, como você sabe, eu agora estava acostumado a pelo menos uma hora de caminhada a cada dia, cinco dias por semana.

Fiquei feliz de seguir junto, não importando o longo tempo que a curta caminhada acabasse levando.

Desde minha carta, eu tive mais várias semanas para me dedicar ao completo e devido pedido de desculpas que eu ainda sentia ser necessário, mas, tendo escrito, reescrito, memorizado e ensaiado esse discurso, eu descobri que o Sr. Peterson não iria me deixar passar da primeira frase (elaborada). Por alguma razão que eu ainda não podia identificar, ele parecia pensar que estava mais em falta nessa questão do que eu estava, e, para ser franco, isso era meio esquisito. Eu me senti compelido a apontar, por pelo menos a terceira vez, que a primeira edição rara de *Café da manhã dos campeões* assinada pela Sra. Peterson tinha sido destruída sob os meus cuidados – e como resultado dos *meus* atos.

– Sabe o que a Sra. Peterson teria dito sobre isso? – o Sr. Peterson me perguntou.

Eu pensei por um tempinho. – Acho que, para começar, ela diria que o senhor nunca deveria ter me emprestado o livro, que isso foi pedir encrenca. – Na verdade, acho que isso era mais algo que minha mãe teria dito, mas eu não tinha outro ponto de comparação.

O Sr. Peterson torceu levemente o rosto, o que interpretei como minha versão de um sorriso.

– Não, ela não diria isso. É a última coisa que diria. Ela diria que um livro é uma grande forma de dividir ideias, mas, além disso, é apenas uma pasta de árvores. Ela diria que eu me comportei como um maldito idiota. Você entende o que estou dizendo?

Pensei nisso por um longo tempo também.

– Não tenho certeza – eu finalmente disse. – Acho que está dizendo que o livro não é importante, porque as ideias dentro dele é que são importantes. Só que eu sei que o livro *era* importante, porque foi um presente e não pode ser substi...

– Não estou dizendo que o livro não era importante. Estou dizendo que há coisas *mais* importantes. Estou dizendo que todas as coisas eram importantes no livro... bem, elas não tinham realmente a ver com o livro. Estão mais aqui... – o Sr. Peterson deu um tapinha na cabeça, perto das têmporas. – E elas não foram para nenhum lugar. *Agora* você entende?

– Acho que sim.

– Muito bem. Então, por favor, chega de desculpas.

– Tá.

– Pelo que você me contou, não é tanto sua culpa mesmo. Alguns caras da sua escola parecem ser uns merdinhas de primeira.

– É – eu concordei. – Posso imaginar alguns deles ganhando prêmios nesse departamento.

Então passei um tempinho tentando explicar ao Sr. Peterson sobre as regras e leis complicadas que governam o comportamento apropriado no playground – sobre como se esperava que todo mundo pensasse e agisse da mesma forma, e, se você não agisse, você seria geralmente tratado como algum tipo de leproso. Minha mãe sempre me disse que as coisas ficariam mais fáceis com o tempo, que as pessoas se tornariam mais tolerantes e todos esses "problemas" de repente pareceriam bem triviais, mas o Sr. Peterson disse que isso era só metade da verdade.

– Sua mãe não é exatamente normal – ele me disse.

– Não – concordei.

– E ela pode achar muito fácil ser assim, mas para a maioria das pessoas não é. É sempre mais fácil seguir o que todo mundo pensa. Mas ter princípios significa fazer o que é direito, não o que é fácil. Significa ter alguma integridade, e é algo que *você* controla. Ninguém mais pode controlar isso.

Integridade. Eu experimentei a palavra na minha cabeça e fiz uma anotação especial sobre ela para futura referência. Porque logo que o Sr. Peterson disse, eu pensei que realmente *era* a palavra exata. Me ocorreu que isso era uma ideia na qual eu andava pensando, ou tentando pensar, em todas as últimas semanas.

– Sr. Peterson – eu disse – acho que, de certa forma, eu estava tentando dizer algo a ver com integridade quando usei aquela palavra que usei. O senhor sabe que palavra?

– Sim, sei que palavra você quer dizer – o Sr. Peterson confirmou.

– Bem, eu não fui realmente capaz de explicar isso a ninguém, porque todo mundo concorda que a palavra é proibida, e não pode ser usada em nenhuma circunstância, mas eu acho que precisava ser dita. E, quando eu disse, não parecia que eu estava fazendo algo de errado. Eu senti como se estivesse fazendo algo... *íntegro*. Foi quando senti que tinha mais integridade. Isso soa idiota?

– Não, não soa. Acho que a integridade pode se mostrar de várias formas, e às vezes você pode quebrar as regras e ainda agir com integridade. Às vezes você apenas tem de fazer isso. Só não espere que muita gente aceite.

– Não espero – eu disse. – Apesar de, em circunstâncias normais, eu não ser muito de quebrar as regras ou de ser mal-educado. Eu sempre fui muito bem na escola. Na verdade, é uma das razões pelas quais meus colegas não gostam muito de mim. Você não deve se empolgar em aprender. É errado se interessar por isso. As pessoas ficam bem desconfiadas se você gosta demais de ler, de matemática, essas coisas. Mas acho que pode parecer um pouco estranho para o senhor. Tenho certeza de que era bem diferente no seu tempo.

O Sr. Peterson bufou. – Moleque, sou americano. Desconfiamos dos intelectuais há centenas de anos. Quando eu era da sua idade, no começo dos anos 1950, pensar demais era visto como não patriótico, e as coisas não mudaram muito desde então. Apenas olhe para alguns dos pamonhas que tornamos presidentes. Bush! A porra do Ray Gun!

Eu sabia quem era o Bush, claro. Ele estava sempre na televisão por causa do Iraque e outras coisas. Estava tendo uma relação especial com Tony Blair, o primeiro-ministro, e parecia um pouco com um macaco. Pelo que eu entendia, a maioria das pessoas não gostava muito dele. O Sr. Peterson dizia que ele mal chegava a ser bípede. Mas, quanto a "Ray Gun", eu não tinha ideia do que ele queria dizer. Suspeitava que fosse algum tipo de apelido, mas achei que era melhor verificar.

– Rea-gan! – o Sr. Peterson explicou. – Foi o quadragésimo presidente americano. Antes foi governador da Califórnia, e antes foi um ator de filmes B, um ator bem fraco de filmes B. Honestamente, se você o viu nessas porcarias de filmes dos anos 1950, você juraria que não haveria um trabalho no planeta em que ele poderia ser pior. Não até ele virar presidente. Foi presidente pela maior parte dos anos 1980.

– Eu não tinha nascido nos anos 1980.

– Considere-se sortudo. Foi basicamente a década do Satanás, em qualquer lado do mar de Atlas que você se encontrasse.

– Ah. – Eu fiz uma anotação mental para verificar esses fatos mais tarde na Wikipédia e também procurar no Google "filme B" e "mar de Atlas".

Às vezes nossas conversas exigiam muita pesquisa adicional, mas eu fiquei bem feliz de o Sr. Peterson e eu ficarmos amigos novamente.

13

MORTE

Um ano se passou. Foi um ano de fortalecimento e consolidação. Na escola, eu não tive mais problemas – ou poucos que valham a pena contar. Havia um xingamento ou outro feito por Declan Mackenzie e sua irmandade de babuínos, mas, num todo, seus poderes foram bem desgastados, e não foram páreo para minha integridade recém-descoberta, que me envolvia como um manto protetor. Nas aulas, voltei ao meu comportamento normal. Estudava muito, levantava a mão e fazia perguntas. Passava muito tempo pesquisando e melhorando meus deveres de casa – mais tempo, eu imaginava, do que qualquer outro garoto de catorze anos do planeta. Criei o hábito de passar duas horas toda semana na Biblioteca de Glastonbury, e frequentemente várias outras no final de semana, e consegui conhecer todos os bibliotecários muito bem. Eu gostava dos bibliotecários porque eram extremamente calmos, organizados e silenciosos – e prestativos também. Logo descobri que, se você queria um livro que eles não tinham, eles ficavam felizes em encomendar um exemplar – sem custo. A biblioteca pagava porque achava que ler era bom para a alma, e queria encorajar isso de qualquer maneira que pudesse. Achei que deve ser muito satisfatório trabalhar para uma instituição com ideais tão elevados, e decidi que, depois de ser neurologista e astrônomo, ser bibliotecário provavelmente era minha terceira opção de trabalho.

Enquanto eu me enterrava num estudo silencioso, Ellie, por sua vez, continuava a arrumar encrenca pelo menos três ou quatro vezes toda semana. Primeiro, é claro, havia seu malfadado esquema da sobrancelha. Como previsto, não havia quantidade de spray de cabelo que pudesse esconder a verdade indefinidamente. Realmente, acho que, alguns dias depois de conversarmos pela primeira vez, o barbell da sobrancelha da Ellie foi descoberto, pego e entregue ao lixo. A mãe de Ellie então foi a todo joalheiro e tatuador num raio de quinze quilômetros, levando fotos tamanho A4 de sua filha. Sobre a foto estavam a data de nascimento de Ellie e o número de telefone da casa, e abaixo – caso alguém não tivesse entendido – havia a seguinte legenda: *NÃO perfure essa criança!!* Além do uso das maiúsculas e da exclamação dupla, a Sra. Fitzmaurice também usou tinta vermelha. A Sra. Fitzmaurice não confiava nadinha nos joalheiros e tatuadores de Glastonbury.

Então houve um segundo cataclismo (igualmente humilhante) alguns meses depois, quando os pais de Ellie finalmente descobriram que sua filha não estava trabalhando na Topshop como foram levados a acreditar. Eu tive o infortúnio de testemunhar a altercação que se seguiu. O Sr. Fitzmaurice veio a nossa casa para deixar bem claro que ele *não* aprovava a loja da minha mãe e não iria permitir que sua filha trabalhasse em tal ambiente. Isso levou a minha mãe a fazer um sermão bem longo e extremamente entediante na porta de casa sobre os fundamentos da bruxaria: crescimento espiritual, comunhão com a natureza, harmonia dos elementos internos e externos, projeção astral, os sete reinos da sabedoria e do ser... "Magia negra", ela observou, era apenas uma pequena parte de um quadro maior, e muito mal compreendida pelos leigos. Na maior parte, não era mais assustadora do que milagres atribuídos a Jesus: caminhar sobre as águas, ressuscitar dos mortos e por aí vai. Nesse ponto, o Sr. Fitzmaurice ameaçou chamar seu advogado, e finalmente minha mãe aceitou não continuar a empregar Ellie em face de oposição tão obstinada.

Infelizmente, esse foi um contratempo apenas temporário. Ellie voltou a trabalhar para minha mãe logo que fez dezesseis anos, pouco depois de seus resultados de conclusão do ensino médio (os quais nunca poderiam ser discutidos numa conversa educada); e logo depois disso (tendo decidido que a vida com seus pais era insuportável), ela se mudou para o apartamento sobre a loja. Nessa época, é claro, Sam já havia se mudado e Justine tinha ido para a Índia para "se encontrar".

Como eu havia previsto, estar perto de Ellie – nesses primeiros tempos – sempre trazia estresse. Não apenas você tinha de se debater com a nuvem pesada de crise existencial que normalmente a envolvia, como além disso havia também a provocação gentil ou não tão gentil, o perpétuo rolar de olhos, o autoritário sarcasmo e maquiagem. Então, com frequência, e completamente do nada, ela ficava doce e fraternal – com sorrisinhos e soquinhos e cutucões de brincadeira. Isso era ainda pior. Pelo menos com a sarcástica Ellie de cara feia eu tinha um retrato claro de onde eu estava. A Ellie sorridente me confundia. Várias vezes apenas uma meditação paciente na sala de estoque me salvava de ter uma crise.

Foi por volta dessa época que comecei a ter um controle muito maior da minha condição. Eu ainda tinha encontros com o Dr. Enderby duas vezes ao ano, e, depois que fiz catorze anos, minha mãe relutantemente concordou que eu deveria ter permissão para fazer essas consultas sozinho. Afinal, era meio chato ter de sair do trabalho num sábado para me levar para Bristol, e o Dr. Enderby dizia que não tinha motivo para eu não poder ir ao hospital sozinho. Ele achou que era uma decisão muito positiva porque significava que eu estava "tomando conta" da situação. Eu pegava o ônibus 376, que passava de hora em hora na Glastonbury High Street e me levava até Bristol Central, que ficava a apenas cinco minutos de caminhada do hospital.

Quando comecei a ir sozinho para minhas consultas, eu estava passando por uma ou duas crises generalizadas por mês, e o Dr. Enderby duvidava que aumentar minha medicação iria baixar essa base em algum nível significativo. Como já havíamos estabelecido que minhas crises tendem a ter gatilhos claros e previsíveis – estresse, ansiedade e falta de sono – nós concordamos que faria mais sentido se eu continuasse a trabalhar nas minhas estratégias para "lidar com adversidades", com a terapia cognitivo-comportamental e por aí vai. Em particular, o Dr. Enderby estava preocupado que eu estivesse aplicando meus exercícios de meditação muito irregularmente e tarde demais, que eu estivesse me apoiando nessas técnicas como "controle de crise", quando idealmente elas deveriam ser vistas como um exercício preventivo a longo prazo. Ele me deu uma analogia para explicar o que estava indo errado.

– É como se você estivesse tentando tirar água de um barco vazando no meio de uma tempestade – o Dr. Enderby me explicou.

– Há água vindo de todas as direções, das rachaduras, das ondas e da chuva, e ao mesmo tempo você tem de lidar com meia dúzia de outras distrações: trovões, o vento, o fundo do barco balançando sob você. Nessas circunstâncias, permanecer flutuando é quase impossível. O que você precisa se certificar é de que seu barco esteja sempre em boas condições: daí, quando a tempestade vier, você estará preparado para ela. Entende o que quero dizer?

– Sim, acho que sim – eu disse a ele. – Meu cérebro é o barco em más condições de navegabilidade, e a tempestade é o estresse ou a adversidade. E acho que meus exercícios de meditação são o martelo, os pregos, as tábuas, o marujo etc., que vou usar para consertar os vazamentos antes de sair navegando.

O Dr. Enderby sorriu. – Sim, isso mesmo, apesar de que eu não descreveria seu cérebro como em más condições de navegabilidade. Não exatamente. Mas você tem a ideia geral: você precisa praticar seus exercícios regularmente, todo dia se puder, para se dar a melhor chance possível de ficar na superfície.

Então foi quando meu regime de meditação começou para valer – e é um regime que continuei desde então; nos últimos quatro anos, houve apenas uma ocasião ou duas ocasiões em que eu não comecei o dia com uma meditação de meia hora. Percebi desde o princípio que de manhã cedinho era melhor, já que era o momento em que minha cabeça estava clara e livre de distrações. Geralmente eu acordava entre seis e meia e sete e começava minha prática logo que estava totalmente desperto. Sob conselho do Dr. Enderby, eu construí um pequeno "templo" no canto do quarto. Ele tinha um tapetinho macio e almofadas, uma luminária com três ajustes de intensidade de luz e um pequeno espaço reservado para livros e CDs. Eu nunca escutava música durante minha meditação, já que me distraía muito, mas, depois disso, eu gostava de passar quinze minutos ouvindo um dos álbuns de música clássica que eu pegava emprestado da biblioteca do Sr. Peterson. Em termos de relaxamento, descobri que os noturnos de Chopin tinham efeito.

Na privacidade da minha própria cabeça, por razões que agora são óbvias, eu rotulei meu novo regime de "trabalhando no meu barco", e esta metáfora se mostrou tão convincente que logo eu encontrei um jeito de incorporá-la nas minhas meditações em forma de um exercício de visualização. Eu começava visualizando meu barco de forma idealizada – uma embarcação pequena mas forte com um calado raso e seu nome (*Serenidade*) pintado na lateral com letras turquesa – e o imaginei flutuando alto num mar plano sob um céu fechado. Lentamente eu introduzia pequenas ondas na cena, depois vento, chuva e relâmpagos, aumentando a força de cada um até que uma completa tempestade uivante estivesse em curso. Meu barco subia e descia entre essa tempestade, sendo balançado, jogado e batido nas ondas, mas mesmo assim aguentando – com sua integridade impenetrável. Então, finalmente o mar se tornava silencioso. O vento diminuía, as ondas se acalmavam, as nuvens se dispersavam e tudo se tornava azul e tranquilo. Eu via meu barco no centro de um oceano brilhante, iluminado pelo sol, um horizonte perfeitamente plano estendendo-se em cada direção.

Essa era uma imagem a qual eu retornava sempre que minha serenidade era ameaçada (por minha mãe, por Ellie) e logo eu descobri que estava lidando bem melhor com meus estresses do dia a dia. Eu dormia melhor. Eu tinha menos crises. Minha mente sentia-se geralmente mais limpa. Mas eu ainda tinha de encarar um teste sério.

Até o dia que agora vou descrever para você, eu não tinha como saber quão forte meu barco havia se tornado.

Aconteceu não muito longe do correio. Eu esqueci a data precisa, mas deve ter sido começo do verão de 2008. Era sábado, pouco depois do almoço – talvez duas ou três da tarde.

Nós havíamos voltado à rua principal de uma trilhazinha, razão pela qual Kurt não estava na coleira. Mais um minuto, mais trinta segundos e tenho certeza de que ele estaria preso em segurança mais uma vez. Como em todos os acidentes, foi uma confluência ao acaso de várias circunstâncias, e se qualquer uma dessas tivesse sido apenas um pouco diferente nunca teria acontecido.

Eu me lembro vagamente do Golf da Sra. Griffith se aproximando enquanto o Sr. Peterson e eu passávamos pela alta cerca viva de alfena que cercava o jardim da frente do Sr. Lloyd. Ela não poderia estar dirigindo muito rápido – certamente não mais do que quarenta e cinco quilômetros por hora –, mas na hora eu fui lento para reconhecê-la. O Sr. Peterson a viu primeiro, e foi o primeiro a erguer a mão quando o carro dela se aproximou. A Sra. Griffith, devo dizer, era das poucas pessoas na cidade com quem o Sr. Peterson falava meio regularmente (graças a todos os selos que ele tinha de comprar todo mês). Mesmo assim, eu acho que ambas as nossas ondas estavam bem mecânicas naquele dia. Acho que estávamos conversando na hora, então estávamos parcialmente distraídos do nosso entorno. Não que isso teria feito muita diferença. Não houve tempo de reagir e tudo acabou no mesmo instante que foi registrado.

O ruído, posteriormente descobrimos, foi uma motosserra ganhando vida. O Sr. Lloyd havia escolhido aquela tarde para consertar sua cerca. Mas na hora, como ele estava escondido de nossa vista, não havia forma de saber isso e não havia chance de se preparar. Houve simplesmente a explosão de som um pouco à nossa direita e, no mesmo momento, Kurt saltou instintivamente na direção oposta para a rua e direto ao encontro do carro da Sra. Griffith que estava vindo. Ela não teve tempo de reagir e, quando pisou no freio, o impacto já havia acontecido. Houve um golpe surdo, um guincho metálico, o cheiro de borracha queimada. O carro da Sra. Griffith veio parar cerca de vinte metros ou mais rua abaixo, e um segundo depois tudo ficou parado e em silêncio. A motosserra evidentemente foi desligada com o som do acidente.

Kurt estava caído imóvel a um metro da cerca mais distante, e sangue já começava a se reunir ao redor de suas patas traseiras. Foi só quando chegamos até ele que ficou aparente que ainda estava respirando.

Quando a Sra. Griffith se juntou a nós na rua, ela estava tremendo com o rosto branco como um giz. Estava com a ponta dos dedos nos lábios e só ficava repetindo as mesmas frases: "E-e-eu não o vi! Ele correu na minha frente!"

O Sr. Lloyd estava parado na entrada de sua casa, boquiaberto, ainda com um par de luvas grossas de jardinagem e aparentemente tão perdido e deslocado como um peixe fora d'água; e por alguns longos momentos eu fui tão útil quanto ele. Eu não sabia o que fazer ou dizer. Minha mente virou gelo sólido. O Sr. Peterson, por sua vez, estava tentando cuidar de Kurt e confortar a Sra. Griffith ao mesmo tempo.

– Não é sua culpa – ele disse a ela –, mas precisamos levá-lo a um veterinário, agora mesmo. Pode nos levar?

A Sra. Griffith não pareceu entender a pergunta. O Sr. Peterson teve de repetir duas vezes antes de ela começar a assentir, e depois uma vez mais antes de fazê-la se mexer. Ele se virou para mim enquanto ela dava ré paralela a nós. – Vou precisar de ajuda para levantá-lo, moleque. Pode me ajudar?

Tentei falar, mas nenhuma palavra veio. O sangramento da pata machucada do Kurt parecia estar piorando, e o quadril estava tremendo de poucos em poucos segundos. Eu não havia visto muito sangue antes. Mas creio que o Sr. Peterson havia visto ferimentos bem piores. Ele ficou totalmente calmo e concentrado.

– Tudo bem, moleque – ele disse. – Você vai ficar bem. Só precisamos levá-lo até o carro. Fazemos isso juntos.

Ele tirou seu paletó e o enrolou na traseira de Kurt. Então ele apontou para mim. – Você só precisa apoiar a cabeça dele e as patas da frente. Levantamos no três.

– Acho que eu não consigo – confessei.

– Sim, consegue. Você vai ficar bem. Tudo vai acabar em meio minuto. Só preciso que você fique comigo nesse tempo. Tá?

Eu fechei meus olhos e respirei várias vezes.

– Alex? Abra seus olhos. Fique comigo.

Abri meus olhos.

– Você vai ficar bem. Só segure comigo mais alguns minutos. No três...

Kurt ganiu alto quando o levantamos e, por um segundo, meu sangue ficou gelado. Mas depois ele ficou em silêncio, e o pior havia passado. Foi desajeitado manobrá-lo, mas ele não pesava muito e em um minuto o colocamos no banco traseiro do Golf da Sra. Griffith. O Sr. Peterson entrou atrás com ele, e eu fui no banco do passageiro da frente. Quinze minutos depois, nós chegamos ao hospital veterinário.

Depois que Kurt foi sedado e uma de suas patas traseiras foi enfaixada, a veterinária nos chamou de volta à sala de tratamento. Kurt ainda estava estendido numa mesa de aço inoxidável no centro da sala. Ele parecia bastante em paz, como se estivesse num sono profundo sem sonhos.

– O sangramento não foi tão grave quanto pareceu a princípio – a veterinária nos disse seriamente –, mas a pata está quebrada em dois lugares. Quando passar o sedativo, ele vai sentir muita dor.

– Mas ele vai ficar bem? – perguntei. – Quero dizer, ele vai viver?

A veterinária olhou para o Sr. Peterson, e algo pareceu passar entre eles. – Todos os ferimentos dele são tratáveis. Mas você precisa entender que Kurt é um cachorro muito velho. As chances de ele fazer uma recuperação *completa* são pequenas. Mesmo no melhor dos casos, é difícil que ele seja capaz de andar com aquela pata novamente, não sem sentir muita dor.

O Sr. Peterson assentiu, mas não disse nada.

– Mas ele vai viver? – insisti.

A veterinária olhou para mim, depois olhou de volta para o Sr. Peterson. – O senhor gostaria de que eu desse alguns minutinhos para vocês?

– Sim, se puder – disse o Sr. Peterson.

– Alguns minutos para quê? – perguntei, e naquele momento eu honestamente não sabia a resposta. Eu nunca havia sido exposto a circunstâncias assim antes. Fora do ambiente bem incomum da loja da minha mãe, não tinha experiência de como as pessoas falavam, ou não falavam, sobre a morte.

A Sra. Griffith tirou um lenço da sua bolsa e estava enxugando os olhos novamente. O Sr. Peterson parecia bem pessimista e determinado. – Moleque, sinto muito. A veterinária vai colocar Kurt para dormir. Não há nada mais que possamos fazer.

Meu estômago revirou. – A veterinária disse que é só a pata dele! Ela diz que dá para tratar!

A Sra. Griffith colocou a mão no meu ombro.

– Alex – ela disse suavemente. – Acho que você não entendeu o que a veterinária quis dizer. Ela disse que os ferimentos são tratáveis, não que *deveriam* ser tratados.

– Mas, se são tratáveis, então é claro que deveriam ser tratados. Ela não *tinha* de dizer isso. É óbvio!

– Não seria bom – o Sr. Peterson disse. – Você tem de entender isso.

– A veterinária pode salvá-lo!

– Não seria salvá-lo, não realmente. Eu sei que é difícil, mas você precisa tentar entender. Quando acordar, ele vai estar com muita dor, e não é o tipo de dor que vai passar. Ele vai ter de viver com isso o tempo todo, pelo que lhe restar. É disso que temos de salvá-lo.

– Não podemos simplesmente deixá-lo morrer!

A Sra. Griffith apertou meu ombro.

O Sr. Peterson olhou para mim por um tempo, e então disse:
– Lamento, moleque. Mas *vamos* deixá-lo morrer.
Nesse ponto eu comecei a chorar. A expressão do Sr. Peterson nunca mudou.
– Ele não vai sofrer – ele me disse. – Ele vai apenas partir pacificamente. É a única coisa que podemos fazer por ele agora. Você sabe, não sabe?
Ficamos em silêncio por um tempo.
– O que vai acontecer depois? – perguntei finalmente. – Depois que ele for colocado para dormir?
– Não sei se entendi o que você quer dizer – o Sr. Peterson disse.
– Podemos enterrá-lo?
– Acha que é algo que pode ajudar você?
– Sim.
– Tudo bem. Então nós o enterramos.

O lugar que escolhemos era basicamente o único lugar disponível – um grande canteiro de flores perto da cerca oeste nos fundos do jardim, passando a cabana e a estufa. Os moradores anteriores haviam sido alguns botões de rosa que sucumbiram à doença um ano atrás, mais ou menos. O Sr. Peterson pretendia substituí-los desde então, mas foi só depois do enterro que ele finalmente o fez.
 Levou um longo tempo para cavar o buraco. Terminou sendo de 1,5 metro de comprimento, meio metro de largura e um de profundidade. Foi 0,85 metro cúbico de terra que tive de cavar, mais ou menos sozinho. O Sr. Peterson ajudou um pouquinho, mas eu logo vi que ele estava cansado e, bem, eu sabia que esse projeto era minha responsabilidade, não dele. Eu que insisti nisso, afinal. Então, depois de alguns minutos, eu disse a ele que eu não me importava em cavar tudo sozinho. De todo modo, não havia mesmo muito espaço para duas pessoas manobrarem lá dentro. Ele fumou

um de seus cigarrinhos de maconha e me observou por um tempo. Então ele voltou para dentro. Acho que ele entendeu que cavar essa cova era algo que eu tinha de fazer sozinho.

Como eu já disse, essa foi a primeira vez que vi a morte como algo mais do que um conceito abstrato numa carta de tarô, e talvez isso explique a força da minha reação. Em retrospecto, eu suspeito que deve ter parecido cada vez mais absurdo à medida que eu cavava aquele buraco no antigo jardim de rosas do Sr. Peterson. Quando terminei, eu estava até a cintura afundado no chão, cansado nos ossos e coberto de terra. Tudo o que posso dizer é que na época eu não sentia nem um pouco absurdo. Eu me sentia necessário. Eu sabia que meu empenho não iria mudar nada, e certamente não iria fazer nenhuma diferença para Kurt, mas acho que é sempre assim nos funerais. Funerais não são para os mortos. São para os vivos.

Eu não fiz nenhuma parada, na verdade. Continuei desbravando com minha pá. Com quase meio metro de profundidade, as coisas ficaram bem mais difíceis. O solo era mais compacto, havia mais pedras e raízes velhas para lidar e, claro, quanto mais fundo eu cavava, mais eu tinha de remexer o solo. Quando terminei, os músculos nos meus braços, pernas e costas estavam doloridos e eu tinha bolhas nas mãos. Mas esse desconforto físico me fez sentir de certa forma melhor.

Meu buraco era bem impressionante de se olhar, e bem arrumadinho, com todos os planos alisados nos ângulos certos, ou o mais próximo dos ângulos certos que eu poderia fazer. Eu achava que o Sr. Peterson ficaria satisfeito por eu ter cavado um buraco tão regular. Senti como se tivesse conquistado algo importante.

Voltando para dentro, telefonei para minha mãe para contar a ela o que havia acontecido e que eu chegaria tarde em casa, depois telefonei para a Sra. Griffith e perguntei se ela gostaria de vir para o enterro. Isso parecia a coisa certa a fazer. Afinal, ela passou por um mau bocado naquele dia também. Achei que estar lá no enterro poderia ajudá-la, e ela concordou. Ela disse que já estava indo.

Naquele momento me ocorreu que, já que eu me encarreguei de organizar um funeral, também poderia ser minha responsabilidade dizer algumas palavras antes de colocar Kurt na terra. Claro, eu nunca havia ido a um enterro antes, e não havia tido exatamente uma criação religiosa, mas havia visto televisão o suficiente para saber o formato apropriado que um enterro deve seguir. Há palavras que você deve dizer: "Das cinzas às cinzas, do pó ao pó" e por aí vai. Mas eu achei que não seria muito apropriado que eu dissesse qualquer coisa assim. Soaria muito grandioso, e eu não estava nem 100% certo de que você pode fazer esse tipo de enterro formal a não ser que você seja um sacerdote, o que eu não era. No final, eu decidi que seria melhor se eu ficasse com uma leitura curta. Algo do homônimo de Kurt parecia mais apropriado, então eu peguei o exemplar do Sr. Peterson de *Sirens*, onde eu parecia lembrar que havia várias passagens pertinentes sobre cachorros e morte. O trecho que eu tinha em mente eu encontrei na página 206, mas era muito mais árido do que eu me lembrava:

> Uma explosão no Sol separou homem e cão. Um universo feito de misericórdia teria mantido homem e cachorro juntos.
> O universo habitado por Winston Niles Rumfoord e seu cachorro não foi feito de misericórdia. Kazak fora enviado antes de seu dono numa grande missão para o nada e o lugar algum.
> Kazak foi deixado a uivar numa baforada de ozônio e luz fluorescente, num zumbido como um enxame de abelhas.
> Rumfoord deixou a corrente vazia escorregar por entre seus dedos. A corrente expressava a morte, fazia sons sem forma e uma pilha sem forma, era uma escrava sem alma da gravidade, nascida com a espinha partida.

Por mais poético e apropriado que fosse, era simplesmente árido *demais* para ser lido num enterro. Em vez disso, fiquei com o discurso de despedida de Rumfoord na página 207, que começa assim: "Não estou morrendo. Estou simplesmente deixando o sistema solar", e termina assim: "Eu estarei sempre aqui. Estarei sempre onde quer que estive."

Eram cerca de oito horas da noite quando o enterramos, mas ainda havia muita luz do sol no jardim dos fundos, então fazer minha leitura não foi problema. Depois disso, o Sr. Peterson me ajudou a preencher o buraco. Havia apenas duas pás, então a Sra. Griffith não podia ajudar, mas acho que ela ficou satisfeita só em olhar, e colocar terra de volta no buraco era muito mais fácil do que tirar. Em poucos minutos o canteiro de flores estava basicamente de volta ao seu estado original.

Um pouco depois, enquanto o Sr. Peterson fumava outro de seus cigarros, a Sra. Griffith me disse que gostou muito da minha leitura.

– Era Kurt Vonnegut – eu disse. – Foi de quem Kurt recebeu o nome.

– Entendi – disse a Sra. Griffith. – Bem, foi mesmo uma leitura adorável.

Ainda mais tarde, depois que a Sra. Griffith partiu, quando o sol havia descido atrás da cerca e o céu se transformou num pastel violeta, o Sr. Peterson voltou da casa e disse que achava melhor eu voltar logo para casa, antes que minha mãe começasse a se preocupar.

– Tá bom – eu disse. – Posso ter mais alguns momentos primeiro?

– Tudo bem. Quer que eu espere?

– Sim, por favor. Não vai demorar muito.

Eu estava envolvido nos meus pensamentos e tinha perdido a noção do tempo, mas devo dizer que não me sentia mais triste –

não mesmo. Nem me sentia agitado. Não havia nada do tumulto que eu vinha a esperar no desdobramento silencioso de um evento estressante. Foi muito tranquilo lá fora no jardim, com o céu escurecendo e nenhum som além do vento nas árvores. Se eu fechasse os olhos, me sentiria como se eu vagasse na cena final da minha meditação, sem nada ao meu redor além do suave brilho do sol e o azul do mar profundo.

– Sr. Peterson? – perguntei depois de um tempo. – O que acha que acontece quando a gente morre?

Ele olhou para mim por alguns segundos, como se tentasse avaliar algo em mim. Então ele disse:

– Acho que não acontece nada quando a gente morre.

Pensei nisso por alguns momentos. – Também acho – eu disse.

Era a primeira vez que eu contava isso a alguém. Era talvez a primeira vez que eu reconhecia isso a mim mesmo. Parecia uma grande admissão a se fazer, mas, ainda assim, fiquei feliz em dizer. Era uma coisa importante a se dizer.

Depois disso, nós nos afastamos do canteiro e caminhamos de volta para casa.

14

MEIO MÊS DE DOMINGOS

Nas semanas que se seguiram, eu fiquei cada vez mais preocupado com o estado mental do Sr. Peterson. Como espero ter deixado claro, acho que lidei com a morte de Kurt o melhor que podia ser esperado – considerando tudo. Após o choque inicial, fiquei de luto, afundei no meu buraco, e saí um pouco mais forte do outro lado. Mas quanto ao Sr. Peterson, bem, com ele houve um tipo de parede em branco, uma sequência silenciosa de erros. Eu não tinha certeza de que a reação dele era saudável.

Uma coisa que notei foi que ele parecia estar fumando muito mais maconha, e apesar de eu saber agora que ele a cultivava no sótão debaixo de duas fileiras de lâmpadas de sódio de alta pressão, o que havia acalmado minha preocupação inicial de que suas drogas pudessem estar financiando o terrorismo, eu ainda tinha minha preocupação sobre os efeitos psicológicos de seu hábito. Elevava o ânimo dele, acho, mas só temporariamente. Depois o fazia moroso e introspectivo. Deixava-o mais lento. Várias vezes eu disse a ele que achava que estava fumando demais. Eis a resposta:

– Jesus, moleque, você não parece com nenhum outro moleque de quinze anos neste planeta!

Eu só teria quinze anos dali a alguns meses, mas deixei esse detalhe de lado. O Sr. Peterson nunca parecia ter certeza da minha idade de um minuto para o outro, e, pelos seus padrões, isso era uma estimativa excelente.

– Estou preocupado com o que possa estar fazendo com seu cérebro – eu disse a ele, de forma bem sensata. – Não sei se tem ciência disso, mas as células cerebrais não são como as da pele ou do fígado. Elas não se regeneram. Gente com cérebro perfeitamente saudável sempre dá um jeito de estragá-lo, e, para lhe dizer a verdade, isso me irrita muito.

– Moleque, eu fumo maconha há quarenta anos. Não vou largar agora só porque você colocou na cabeça que é algum tipo terrível de vício.

– Eu não disse que é um vício – retruquei. – Eu disse que não acho bom para o senhor.

– Meu Deus! Nada que é divertido é bom pra você! Não no sentido que você quer dizer, de qualquer forma. Para alguém que sabe tanto sobre o cérebro, você com certeza não sabe nada sobre a mente.

– Eu *sei* sobre a mente – insisti. – E sei que uma mente saudável requer um cérebro saudável.

– Bem, sua visão de um cérebro saudável é restrita pra caramba – o Sr. Peterson me contradisse. – Todos nós precisamos das nossas muletas.

Eu não iria tentar converter o Sr. Peterson às maravilhas da meditação. Eu tentei antes e fracassei. Ele pareceu não entender nada da analogia do barco. Mas era óbvio para mim que ele precisava de algo além da maconha para preencher o buraco que a morte de Kurt havia deixado.

As poucas vezes que levantei a ideia, ele foi intransigente sobre pegar outro cachorro – não no futuro próximo, de qualquer modo – e acho que era isso, mais do que tudo, que me deixava preocupado.

Achei que talvez a morte de Kurt o tivesse acertado mais forte do que deixava transparecer. Afinal, Kurt havia sido mais ou menos a *única* companhia que ele teve por uns bons três anos. Parece muito cruel colocar as coisas assim, mas o fato era verdade e não dava para fugir disso. Sem Kurt, eu não podia imaginá-lo saindo da casa com frequência. Ele só voltaria a ser um ermitão.

Apesar de não parecer óbvio a um observador externo, passear com o cachorro é uma atividade bem sociável no interior. Numa caminhada de uma a duas horas você provavelmente conhece uma dúzia de pessoas, e a presença de um animal ou dois tende a lubrificar as engrenagens de uma conversa amigável como poucas outras coisas. No mínimo, as pessoas sorriem e dizem: "Oi" ou "Que cachorro bonzinho!" E essas pessoas que você vê mais de uma vez vão geralmente parar para conversar e dizer coisas do tipo "Como vai?" ou "Não me lembro de termos um agosto assim tão chuvoso!" e por aí vai. Acho que o Sr. Peterson deveria sentir falta de todas essas pequenas interações, mesmo que não percebesse.

Ele ainda tinha toda a correspondência que fazia para a Anistia Internacional, acho – e às vezes as pessoas até escreviam de volta –, mas isso não era a mesma atividade do que interagir com gente cara a cara. Não era o mesmo que ter uma comunidade.

Houve várias ocasiões em que me pegava pensando que era uma vergonha que fôssemos ateus. De outra forma, poderíamos ir à igreja, o que eu imaginava que era uma atividade sociável também, e teria trazido saídas regulares para os domingos, quando a loja e o correio – as únicas outras atrações de Lower Godley – estavam fechados. Claro, eu não sabia ao certo o que se passava na igreja, mas tinha a vaga noção de que eles passavam muito tempo falando sobre moralidade e o estado do universo, o que me atraía bastante. A única coisa que não me atraía era o supernaturalismo – isso e o fato de que eles liam apenas a Bíblia, o que, pelo que vi, não era exatamente um livro que se tinha vontade de devorar.

Achava que se pudéssemos tratar desses assuntos teríamos o tipo de comunidade de que seria bom fazer parte. E foi desse pensamento que a igreja secular nasceu.

Quando a mencionei ao Sr. Peterson pela primeira vez, a ideia já borbulhava por um tempo. Parecia ser a solução de um monte dos meus problemas.

Desde que terminei de ler *Um homem sem pátria*, alguns meses antes, andei pensando que gostaria de reler todos os livros de Kurt Vonnegut. Imaginei que eu provavelmente tiraria mais deles numa segunda vez, agora que eu era uns 10% mais velho do que quando peguei o primeiro. Além disso, percebi que aquilo não tinha de ser uma busca solitária.

Buscas na Biblioteca de Glastonbury eram encorajadoras. Fiona Fitton, a bibliotecária-chefe, me disse que ela achou que montar um grupo de leitura era uma ótima ideia. Eles tinham um quadro de avisos especial na entrada onde coisas como essas eram divulgadas.

– *Você* estaria interessada em participar? – perguntei.

– Sim, Alex – ela disse. – Eu participaria.

– Não digo hipoteticamente – esclareci. – Quer dizer, quando eu decidir todos os detalhes, devo inscrevê-la?

Essa frase pareceu impressioná-la – fez várias linhas de sorriso aparecerem no canto dos seus olhos. "Linhas de sorriso" era uma expressão que Fiona Fitton havia cunhado para se referir a suas várias rugas transitórias. Ela costumava usá-la para expressar o quanto algo que leu ou ouviu a agradou. "Fez todas as minhas linhas de sorriso aparecerem!", ela dizia. Ela era alguns anos mais velha do que minha mãe – devia ter quarenta mais ou menos – e seu cabelo era louro-morango, ficando cada vez mais cor de morango perto das raízes. Há algum tempo eu dizia que ela deveria *definitivamente* ler Kurt Vonnegut. Achei que várias das frases dele iriam trazer à tona as suas linhas de sorriso.

– Alex, você pode me inscrever! – ela disse. – Não hipoteticamente. Apenas pegue um dia em que eu não esteja trabalhando.

– Acho que aos domingos seria mais conveniente para a maioria das pessoas – eu disse.

– Sim, nos domingos seria perfeito – ela concordou.

Com essa primeira pedra fundamental colocada, comecei a pensar em outros leitores que eu conhecia que poderiam estar interessados em se juntar a meu clube do livro de Kurt Vonnegut. Havia a Sra. Griffith, para começar. Desde o funeral, quando ela disse que gostou da minha leitura, eu vinha pensando em deixar um exemplar de *Sirens* no correio. (Não era como o *O senhor dos anéis*, mas, pela minha experiência, eu sabia que era perfeitamente possível gostar dos dois.) Havia o Dr. Enderby. Ele já sabia um pouco sobre Kurt Vonnegut porque falamos sobre ele em várias consultas. O Dr. Enderby havia lido *Matadouro 5* na faculdade, três décadas atrás, e disse que se lembrava de ser muito engraçado e muito triste. Mas ele não havia lido mais nada de Kurt Vonnegut desde então. O Dr. Enderby disse que ultimamente era difícil encontrar tempo para ler qualquer outra coisa além de publicações médicas (que eram essenciais) ou poemas de Emily Dickinson (que eram curtinhos).

Pessoalmente, eu achei que o Dr. Enderby precisava *arrumar* tempo para ler, o que eu disse a ele na nossa consulta seguinte. Também disse que ele deveria ver aquilo da mesma forma como via sua meditação. Ler regularmente nos tornava mais calmos, mais sábios. Era bom para o nosso barco.

Não preciso dizer que foi uma tática convincente.

– Um clube do livro? – o Sr. Peterson perguntou.

– Sim, isso mesmo. Mas só de livros de Kurt Vonnegut. Vamos ler todos eles, do começo ao fim. Nada mais.

Eu não podia olhar para ver a expressão dele, mas eu tinha a impressão de que o Sr. Peterson estava franzindo a testa. A razão pela qual não podia olhar era que eu estava dirigindo na hora e tinha de manter os olhos na rua. O único motivo pelo qual você deve *alguma vez* tirar os olhos da rua quando está dirigindo é para verificar seus espelhos, o que deve fazer com rapidez e frequência, especialmente quando virar ou parar num cruzamento. Claro, como eu ainda não tinha quinze anos na época, minha direção se limitava à rua do Sr. Peterson (que geralmente estava vazia) e sua entrada particular (que estava sempre vazia), mas era melhor ficar vigilante o tempo todo. Tecnicamente, eu não deveria estar dirigindo nunca. Não apenas eu era dois anos e pouco novo demais, como também era epiléptico demais para ter uma carteira. Você só tem permissão de dirigir se não teve crises por um ano. Minhas crises eram cada vez menos frequentes, mas não haviam parado completamente.

– Mas você *sabe* quando você vai ter uma crise – o Sr. Peterson observou (no meio das nossas aulas). – Você tem aquele sexto sentido estranho, não é?

– Sim – reconheci. – Eu sempre sei. Tenho uma aura bem forte antes de qualquer crise forte.

– Ótimo. Então se for ter uma crise, só me diga e pare o carro. Diabos, você não vai fazer mais de trinta, 35 quilômetros por hora mesmo. Não acho que será um perigo iminente.

O Sr. Peterson pensou que seria melhor para mim aprender a dirigir o mais cedo possível, não apenas porque seria útil, mas também porque achava que seria bom para minha confiança; e, em retrospecto, acho que ele estava certo. Fiquei surpreso em descobrir que dirigir veio bem naturalmente para mim. Eu era um motorista cuidadoso, mas nunca fiquei nervoso, e nunca me senti em risco de uma crise enquanto estava na direção. Na verdade, eu sentia que a concentração silenciosa que dirigir exigia me mantinha extremamente calmo e controlado.

Depois de algumas aulas de meia hora, eu sabia como parar e dar partida no carro, como verificar meu ponto cego e controlar os espelhos. Logo eu dominei a embreagem: eu conseguia sair sem o carro morrer e trocar primeira, segunda e terceira marchas. (Nunca havia necessidade de uma quarta.) E depois de mais algumas aulas, eu senti que minhas manobras reversa e paralela para estacionar eram bem elegantes. O Sr. Peterson não tinha garagem, mas usamos duas filas de vasos para construir uma vaga de estacionamento de tamanho padrão. Nenhum desses vasos jamais foi quebrado.

Enfim, já que eu estava tendo outra aula de direção na época da nossa conversa, eu não podia olhar para verificar que o Sr. Peterson estava franzindo a testa, mas havia certamente muito ceticismo evidente em sua voz.

– Um clube do livro que *só* lê Kurt Vonnegut? – ele perguntou.

– É, isso aí.

– Não tenho certeza se você vai ter uma procura louca com essa ideia – o Sr. Peterson previu.

Eu estava preparado para isso, é claro. – Na verdade eu já encontrei algumas pessoas que disseram estar muito interessadas: a Sra. Griffith, o Dr. Enderby, meu neurologista, e Fiona Fitton, que trabalha na Biblioteca de Glastonbury. Ela até disse que talvez possamos ter de pedir vários exemplares dos livros de que precisamos, caso haja pessoas que queiram participar mas não tenham dinheiro. A biblioteca paga porque acha que ler é bom para a alma.

– Sei.

– Estou feliz em organizar isso tudo. Mas precisamos de algum lugar para fazer os encontros, obviamente.

– Certo. E que lugar você tem em mente?

— Bem, sua casa parece a escolha óbvia. Acho que podemos apertar um bom número de pessoas na sala da frente até ficar cheio demais. E há todo esse espaço para estacionar. — Eu apontei com minha mão esquerda. Estávamos parando na casa nesse momento.

— Fique com as duas mãos na direção, moleque — o Sr. Peterson avisou.

Eu voltei minhas mãos às dez para as duas e trouxe o carro para uma parada suave na frente da janela saliente. — Eu já pensei num nome incisivo — eu disse. — Acho que um grupo de leitura deve ter um nome incisivo para atrair membros, não é?

O Sr. Peterson não perguntou qual era o meu nome incisivo, mas eu podia ver que a curiosidade dele estava atiçada.

— Igreja Secular de Kurt Vonnegut — eu disse.

— Jesus, puta que pariu — disse o Sr. Peterson.

— Seria como uma igreja normal, mas sem cantoria ou reza, e com histórias melhores. Podemos nos encontrar todo domingo.

— *Todo* domingo?

— Sim. Um livro por semana.

— Moleque, a maioria das pessoas não lê tão rápido assim.

— São só de vinte a quarenta páginas por dia. Não são livros grandes.

— Acredite em mim. Um livro por mês é mais realista. A maioria das pessoas tem vidas ocupadas.

— Ah. — Eu fechei a cara. — Bom, acho que um domingo por mês está bom então. Isso significa que vai levar mais de um ano se ficarmos com os catorze romances ou cerca de dezoito meses se incluirmos os contos, ensaios e jornalismo também.

O Sr. Peterson estava definitivamente de cara fechada nesse ponto. — Moleque, você está perdendo o foco. O que exatamente vamos fazer nessa *igreja*?

— Acho que vamos discutir moralidade e coisas assim.

— Moralidade?

– Bom, é. Afinal *é* um tema importante nos livros. Mas há várias outras coisas lá também. Sátira, viagem no tempo, guerra, genocídio, piadas, extraterrestres. O que acha?
– Acho que vou acabar com um bando de loucos na minha casa.
– Quer dizer que não vai querer fazer aqui? – perguntei.
O Sr. Peterson mordeu o lábio por um tempo.
– Tá bom, moleque – ele acabou dizendo. – Ache o número suficiente de pessoas e eu deixo fazer aqui.
– Quantas pessoas é o "suficiente"?
– Meia dúzia, tirando a gente. Claro que não há chance neste mundo de você *encontrar* tanta gente. Não num mês de domingos. É só por isso que estou concordando.
– Entendi – eu disse.

Aquela noite, animado com nossa conversa, eu criei e imprimi meu cartaz para a Biblioteca de Glastonbury, que ficou assim:

JÁ SE PERGUNTOU POR QUE ESTAMOS AQUI?

PARA ONDE VAMOS?

QUAL É O SENTIDO?

PREOCUPADO COM O ESTADO DO UNIVERSO EM GERAL??

A IGREJA SECULAR DE KURT VONNEGUT

Um clube do livro para pessoas interessadas em algumas ou em todas as coisas a seguir:

Moralidade, ecologia, viagem no tempo, vida extraterrestre, história do século XX, humanismo, humor etc.

Telefone para Alex Woods: **** *** ***

Os asteriscos, como você provavelmente já percebeu, eram os dígitos do telefone da minha casa, que não vou revelar para evitar ligações desagradáveis.

Uma semana depois, eu tive minha primeira resposta – ou par de respostas de John e Barbara Blessed. O sobrenome pronunciava-se Bless-ed, em duas sílabas, como na frase bíblica "Blessed are the meek..." – "Bem-aventurados os mansos". Considerando o nome do meu grupo de leitura, esse sobrenome era curiosamente adequado, como Barbara Blessed, com quem falei ao telefone, foi rápida em apontar.

John e Barbara Blessed eram ambos professores, mas não da Asquith. John Blessed se mostrou um homem discreto, de fala mansa, que lecionava física num curso preparatório em Wells. Barbara Blessed era cinco centímetros mais alta do que o marido, lecionava matemática, sofria de insônia crônica e sabia o π até a uma centena de casas decimais. Como você deve saber, π é o número igual à circunferência de um círculo dividida por seu diâmetro, que é aproximadamente 3,14159. É um número que você não consegue escrever inteiro porque segue literalmente para sempre. A maioria das pessoas conta carneirinhos quando não consegue dormir, mas Barbara Blessed recitava o π.

Tanto John quanto Barbara Blessed eram interessados em viagens no tempo. John Blessed colecionava textos de pesquisa sobre o tema e posteriormente explicaria para mim que numa escala subatômica a viagem no tempo era na verdade um fenômeno bem comum. Mas quando se tratava de objetos macroscópicos, como seres humanos e espaçonaves, a maioria dos físicos concordava que as leis da natureza provavelmente conspiravam para tornar a viagem no tempo uma impossibilidade prática, se não física. Pessoalmente, John Blessed era da opinião que "o que quer que seja o tempo, não é o que achamos que seja". Era uma opinião compartilhada não apenas por Kurt Vonnegut, mas também por Stephen Hawking. John Blessed disse que, quando os físicos criaram a Teoria de Tudo, conceitos como os de espaço e tempo podem não ser mais sustentáveis no nível fundamental, apesar de ainda serem úteis para propósitos do dia a dia, como agendar compromissos e ir ao supermercado.

Claro, a maior parte disso não veio naquela primeira conversa ao telefone, na qual falei com John Blessed apenas indiretamente, através de sua esposa. Isso foi o que ela disse: – Perdoe-me, Sr. Woods, mas meu marido tem falado nisso desde que vimos seu anúncio, e acho mesmo que preciso tirá-lo de seu sofrimento. Ele quer saber se você é *o* Alex Woods.

Isso me confundiu por apenas alguns segundos.

– Acho que há uma boa chance de eu ser *o* Alex Woods – admiti cautelosamente. – Mas obviamente depende de qual Alex Woods seu marido tem em mente.

Barbara Blessed pigarreou.

– É ridículo, na verdade, mas meu marido tem na cabeça que Alex Woods era o nome do menino que foi acertado por um fragmento do meteoro de Wells. Você provavelmente se lembra da história: ficou nos jornais por semanas. Enfim, eu disse a ele que mesmo que ele *tivesse* se lembrado do nome corretamente...

– Sim, fui eu – confirmei.

O telefone ficou em silêncio por um tempo. Eu podia ouvir os Blessed fazendo uma conferência no fundo. Então a Sra. Blessed voltou à linha. – Espero que você não ache falta de educação que eu pergunte, mas quantos anos você tem, Alex?

– Tenho quase quinze, mas minha idade de leitura é superior.

Isso não era uma piada, mas mesmo assim fez Barbara Blessed rir como uma hiena.

Depois disso, eu peguei o e-mail de Barbara Blessed e disse a ela que eu a contataria quando marcasse uma data para nosso encontro inaugural. Também prometi levar meu fragmento de meteoro de ferro-níquel.

Na Biblioteca de Glastonbury, alguns dias depois, eu recrutei minha segunda bibliotecária, Sophie Haynes. Tinha cinquenta e cinco anos e era a mais serena das bibliotecárias de Glastonbury. Seu cabelo era da cor de grafite e estava sempre usando saias no comprimento do tornozelo ou vestidos no lugar de calças, que fazia seu caminhar mais como um pairar. Ela gostava de palavras cruzadas enigmáticas e de William Blake, o que eu descobri uma tarde enquanto ela estava num intervalo tomando chá, e eu estava sentado numa das poltronas da área de leitura, pesquisando Emily Dickinson. William Blake também era um poeta falecido, que escreveu um poema bem famoso sobre tigres:

> Tygre! Tygre! que flamejas
> Nas florestas da noite,
> Que mão, que olho imortal
> Pôde plasmar tua terrível simetria?

Apesar da ortografia dele, eu gostava bastante do poema de William Blake. Quando Sophie Haynes mostrou-o para mim, eu disse a ela que, apesar de eu não entender toda a imagem imediatamente, ler fazia meu coração bater um pouquinho mais rápido, e ela disse que isso provavelmente queria dizer que eu entendia bem o suficiente. O tigre tinha garras e dentes que podiam rasgar a pele humana tão fácil como eu poderia descascar uma banana e, para William Blake, era difícil reconciliar a existência de tal criação com seu criador benevolente. Sophie Haynes dirigiu minha atenção para a penúltima estrofe:

> Quando os astros seus raios lançaram,
> E com lágrimas os céus inundaram,
> Sorriu ele ao ver sua obra?
> Quem deu vida ao Cordeiro também te criou?

Isso eu entendia. Eu conduzi Sophie Haynes à página 159 do *Café da manhã de campeões*, onde Kurt Vonnegut expressou preocupações similares cara a cara com a cascavel: "O Criador do Universo colocou um chocalho em sua cauda. O Criador também deu seus dentes da frente que são seringas hipodérmicas repletas de veneno mortal... Às vezes eu me pergunto sobre o Criador do Universo."

Por causa dessa conversa anterior, eu sabia que era a parte "secular" do meu grupo de leitura que iria atrair, em particular, a Sophie Haynes. Ela, na verdade, era uma humanista secular, o que significava que achava que Deus e o diabo, o céu e o inferno eram todos produtos da imaginação, mas isso não importava porque era possível (e preferível) ter um sistema ético baseado em valores humanos compartilhados e questionamento racional em vez de uma escritura sobrenatural. Kurt Vonnegut também era um humanista secular, e eu também, apesar de eu não perceber totalmente isso até eu ter enterrado o cachorro do Sr. Peterson. Antes disso, eu não sabia o que eu era. Em contraste, Sophie Haynes era uma convertida. Ela havia sido criada como cristã, mas perdeu sua fé depois que seu apêndice estourou em seu aniversário de vinte e um anos. O apêndice humano era outra coisa que nenhum designer são, bondoso e competente teria criado.

* * *

Com a bola agora quicando, me ocorreu que havia muitos detalhes que eu teria de cuidar. Por exemplo, eu sabia que iríamos ler todos os romances de Kurt Vonnegut, catorze livros em catorze meses, mas não sabia em qual ordem iríamos lê-los. Era um problema simples que me trouxe certa dificuldade.

Originalmente, eu acreditei que iríamos passar por eles em ordem cronológica, começando com *Player Piano* e terminando com *Timequake*. Mas, quanto mais eu pensava sobre isso, mais percebia que isso poderia não ser a forma mais interessante de colocar a questão. *Timequake* era um bom livro para terminar, mas *Player Piano* não era o melhor lugar para começar. Era convencional demais, com muita trama e descrição, sem humor e digressão suficientes. Dos livros de Kurt Vonnegut, era o mais atípico.

No final, eu decidi que a melhor coisa seria misturar nossa bibliografia de forma mais ou menos aleatória, indo e voltando no tempo se necessário. Isso parecia como a forma que Kurt Vonnegut aprovaria. Mas então, pensando um pouco mais, eu percebi que não havia motivo pelo qual uma ordem cronológica tinha de ser uma ordem *aleatória*. Deveria ter algum tipo de fluxo lógico. Então eu me sentei com catorze fitinhas nas quais escrevi os nomes dos catorze romances de Kurt Vonnegut e passei meia hora embaralhando-os numa ordem perfeitamente não cronológica, levando em conta coisas como tema, forma e personagem.

O Sr. Peterson disse que parecia que eu estava planejando uma tese de doutorado, não um clube do livro. Mas, além disso, ele se recusava a dar qualquer conselho construtivo. Ele disse que esse era *meu* projeto, e eu teria de descobrir a melhor forma de ele decolar.

Esse era um pensamento preocupante.

Provavelmente soa idiota, mas antes disso, mesmo com todo o planejamento e recrutamento que eu já havia feito, não havia ocorrido a mim que esse era *meu* projeto ou que eu o teria de "fazer decolar". Antes, eu meio que apenas supus que poderia decolar sozinho, que, quando eu colocasse as coisas em movimento, elas encontrariam sua própria vida e trajetória. Mas agora eu podia ver que isso poderia não ser o caso, era possível que, quando eu reunisse meu clube do livro, ainda iria requerer certo planejamento e estrutura para mantê-lo no ar. Eu precisaria de uma estratégia para fazer as coisas funcionarem.

Meu progresso veio uma manhã depois que esvaziei a cabeça com uma meditação especialmente longa e pacífica. Era uma ideia simples que surgiu na minha cabeça espontaneamente e que eu incluí no meu primeiro e-mail de grupo: enquanto lia o livro do mês, todo mundo deveria anotar as frases e parágrafos que achavam especialmente agradáveis, pegar um favorito e trazer para nossa primeira reunião.

Isso, eu pensei, era um plano extremamente prático, com Kurt Vonnegut sendo tão citável. Também era extremamente democrático e iria trazer nove trampolins separados que iriam lançar ideias.

Nove era o número de pessoas com que meu clube do livro iria acabar ficando.

Meu último recruta foi Gregory Adelmann, que também viu meu cartaz na biblioteca. Ele estava lendo outro aviso antes – um anúncio de um clube de pudim, que é um clube onde um bando de pessoas se juntam periodicamente para experimentar novos pudins – mas disse que meu cartaz roubou sua atenção por causa do grande número de interrogações e tamanho pouco convencional etc.

Gregory Adelmann tinha trinta e dois anos e era um jornalista freelance de gastronomia. Isso significava que a maior parte de seu trabalho envolvia comer em restaurantes e falar o que ele achou da comida. Ele comia em restaurantes por todo o oeste da Inglaterra – às vezes chegando até Exeter. Porém, infelizmente, Greg Adelmann sofria de uma enorme deficiência para um crítico culinário: ele achava muito difícil escrever resenhas negativas. Isso porque sua mãe sempre ensinou a ele que, se você não tem nada de bom a dizer, melhor não dizer nada. Ela também ensinou que não era bom ser esnobe com comida – não quando tanta gente no mundo é subnutrida. Então, em alguns aspectos, Gregory Adelmann havia feito uma escolha esquisita de carreira.

Sempre dava para ver quando Gregory Adelmann realmente não gostava da comida porque ele passava a maior parte da sua avaliação falando sobre a decoração do restaurante, a sua localização ou o estacionamento. Ele também criou um sistema alternativo de classificação para contornar sua aversão a dizer coisas desagradáveis. O sistema usava uma escala de dez pontos onde cinco era a pontuação mais baixa possível. Cinco na escala de Greg Adelmann equivalia a um na escala de qualquer outro. Quatro era o equivalente a intoxicação alimentar.

Gregory Adelmann era arrumado, educado, ligeiramente cheinho e, de acordo com o Sr. Peterson, tão gay quanto uma noite venusiana é longa (mil quatrocentas e uma horas). Mas eu só tinha a palavra dele para confiar. E você deve entender, por causa de toda informação errada com que fui bombardeado na escola, que eu não tinha um bichômetro muito bom.

Deixe-me dizer: é uma experiência muito estranha observar algo que você criou – algo que você conjurou do ar, nascido do cérebro – tomar forma como uma entidade viva, respirando, interagindo.

E foi com o que eu imaginei ser um sentimento de conquista de um inventor que eu observei os eventos se desdobrando naquele primeiro domingo em outubro, no sol baixo da manhã da sala da frente do Sr. Peterson. Dois sofás e quatro cadeiras menores foram dispostos num par de semicírculos, um contra a janela projetada, o outro, de frente para a parede. Havia café, chá e Coca Diet na mesa de jantar desdobrada (de que eu havia tirado o pó – acho que não era desdobrada há alguns anos). Todo mundo parecia estar se dando bem. O Dr. Enderby estava numa conversa profunda com Sophie Haynes. Fiona Fitton ria de algo que Barbara Blessed havia dito, suas linhas de sorriso aparecendo a toda. A Sra. Griffth havia feito panquecas e as estava tirando de uma bandeja de alumínio.

Eu fiquei alguns passos atrás, segurando meu meteorito de ferro-níquel. Como sempre, segurar aquele pedaço de asteroide muito frio e muito denso de quatro bilhões e meio de anos me fez sentir seguro, ancorado por algo consideravelmente maior do que eu mesmo. O Sr. Peterson ficou ao meu lado. O olhar de vago espanto que adornava seu rosto por grande parte da última meia hora já havia sumido de volta para sua careta característica. Acho que ele não acreditava que alguém iria mesmo aparecer até ouvir a primeira batida na porta. Mais tarde ele me disse que não tinha ideia de como eu consegui persuadir tanta gente a se inscrever num clube do livro tão exótico, mas ele achou que deveria ter algo a ver com ingenuidade. Era preciso *muita* ingenuidade para entusiasmar tanta gente. Por um longo tempo eu não tive ideia do que ele queria dizer com aquilo.

A Igreja Secular de Kurt Vonnegut seguiu com sucesso pelos próximos treze meses, mas em relação àquela primeira reunião e às doze outras que se seguiram há pouco a dizer. A única reunião sobre a qual eu realmente preciso contar é a última, por razões que vão se tornar extremamente óbvias. Mas eu vou chegar lá na hora certa. Por enquanto, tudo o que você precisa saber é que as coisas começaram de maneira auspiciosa. Minutos depois que a última pessoa chegou, o Sr. Peterson bateu sua muleta três vezes no chão, todos os outros ruídos se dispersaram como fumaça num exaustor, e eu comecei a agradecer a todos por terem vindo. Eu nunca havia feito um discurso antes, mas fiquei surpreso em ver que não fiquei nem um pouco nervoso. Eu me senti em casa.

15

MICROFRATURAS

Para: m.z.weir@imperial.ac.uk
De: a.m.woods.193@gmail.com
Data: Sexta-feira, 15 de maio de 2009 17.05
Assunto: Meteorito

Querida Dra. Weir,
    Espero que esteja bem e que seu texto recente sobre a concentração de elementos raros da terra no palasito de Omolon tenha sido bem recebido. Eu agora estou com uma saúde bem melhor. Não tenho uma crise grave há vários meses. O Dr. Enderby está muito feliz com meu progresso e diz que eu posso até chegar a parar com a carbamazepina – apesar de o tempo hipotético ainda estar um pouco longe. Para falar a verdade, não estou muito preocupado mesmo. Tomar meu comprimido toda manhã se tornou tão rotineiro que é como escovar os dentes. Se eu não tiver de fazer, será uma coisa a menos para me preocupar, mas realmente não é muito trabalho. Quanto à minha meditação diária, eu não planejo parar, seja o que for que aconteça com minha epilepsia. Estou muito mais sereno agora.

O principal motivo pelo qual lhe escrevo hoje é o seguinte. Como tenho certeza de que a senhora sabe, em apenas um mês – no sábado, 20 de junho – fará cinco anos que o meteoro me atingiu. E no domingo, 21 de junho, fará cinco anos que a senhora veio pegar o fragmento que quebrou o teto do nosso banheiro e me colocou em coma por duas semanas.

Já faz algum tempo que ando pensando que eu provavelmente fiquei com aquele fragmento tempo o suficiente. Quando a senhora me visitou no hospital, eu me lembro de que me disse que há várias pessoas que gostariam de ver meu meteorito pessoalmente, e tenho certeza de que está certa. É difícil precisar exatamente o porquê, mas parece a hora certa para eu dizer adeus. Acho que não sinto mais que eu realmente *preciso* guardar meu meteorito para mim mesmo. Talvez seja porque me sinto bem melhor.

Enfim, acho que a senhora é a pessoa mais indicada para me dizer como devo proceder nessa questão. Eu ficaria feliz de lhe passar a custódia do meteorito no Imperial College se fosse ajudar na pesquisa ou tivesse um lar adequado para ele lá, mas, como eu disse, eu gostaria de doar para algum tipo de museu ou galeria onde o máximo de gente possível pudesse ver e aproveitar. Se puder sugerir algum lugar, eu ficaria grato.

Atenciosamente,
Alex Woods

Para: a.m.woods.193@gmail.com
De: m.z.weir@imperial.ac.uk
Data: Sábado, 16 de maio de 2009 10:32
Assunto: Re: Meteorito

Querido Alex,

Estou muito bem (obrigada por perguntar) e adorei saber que você está se sentindo tão melhor.

Com relação ao seu meteorito, essa é uma oferta extremamente generosa (e muito bem-vinda), mas preciso saber se é mesmo o que você quer. Você não deve se sentir pressionado ou obrigado a fazê-lo. Ninguém iria contestar seu direito de ficar com seu meteorito, e certamente ninguém iria pensar mal de você por isso.

Tendo dito isso, é um espécime maravilhoso, e dada sua importância histórica única sei que há milhares de pessoas que adorariam a oportunidade de vê-lo pessoalmente (como havia). De todo modo, essa decisão é sua, e você deveria estar 100% seguro antes de decidir.

Se quiser prosseguir, então sugiro que não haveria melhor lar para seu meteorito do que o Museu de História Natural. Eles já têm uma seleção maravilhosa de meteoritos de todo o mundo, e eu sei que ficariam muito empolgados de acrescentar o seu à coleção. No entanto, devo alertá-lo de que o museu vai querer divulgar sua doação, e é provável que atraia a mídia também. No mínimo, tenho certeza de que eles vão querer que você entregue pessoalmente o meteorito ao museu para que eles possam conhecer você e ouvir sua história pessoalmente.

Apesar de aguardar sua resposta com ansiedade, aconselho que pense por alguns dias antes de decidir. Isso não é algo que você deva fazer com pressa. E também sinto que seria negligência da minha parte permitir que você o doasse sem antes me certificar de que entende o valor monetário do seu meteorito, que é considerável. Como deve saber, um meteorito de metal costuma ser vendido por 1 libra o grama no mercado aberto, mas espécimes grandes, e aqueles valorizados por sua importância histórica ou científica, em geral recebem muito, muito mais. Dada a importância do *seu* meteorito, eu acho que pode facilmente acrescentar um zero no final do preço normal de mercado. Então, por favor, pense por algum tempo! Se você ainda decidir prosseguir, eu ficarei feliz em entrar em contato com o museu da sua parte e fazer todos os preparativos necessários. E se tiver perguntas nesse meio-tempo, por favor me mande um e-mail ou me telefone no trabalho e eu entro em contato assim que possível.

Minhas calorosas saudações,
Monica Weir

Para: m.z.weir@imperial.ac.uk
De: a.m.woods.193@gmail.com
Data: Sábado, 19 de maio de 2009, 15:15
Assunto: RE: RE: Meteorito

Querida Dra. Weir,

Obrigado pelas suas sugestões. A senhora pode ligar para o Museu de História Natural agora mesmo e fazer quaisquer arranjos que forem necessários. Agradeço por pensar que eu deveria levar alguns dias para pensar nas coisas, mas, como eu disse, eu já pensei bem na questão nos últimos meses, e estou bem certo de que é isso o que quero fazer. É a hora certa para mim.

Quanto ao que pode valer meu meteorito, isso não importa tanto, já que eu sei que nunca poderia chegar a vendê-lo. Seria como uma traição, se é que isso faz sentido. A melhor analogia que posso fazer é que eu nunca, jamais, venderia minha gata também – mas eu poderia deixá-la ir livremente para um bom lar se fosse a melhor coisa para ela, especialmente se eu pudesse visitá-la de vez em quando. Espero que isso esclareça as coisas satisfatoriamente para a senhora.

Quanto a ir para Londres para entregar o meteorito pessoalmente – eu gostaria muito de visitar o museu porque nunca fui lá. (Eu fui no site depois do seu e-mail, claro, e parece um lugar fascinante.) No entanto, eu preferiria que não houvesse publicidade ou mídia, pelo menos não durante minha visita. Se o museu quiser colocar algo no site, tudo bem, mas talvez isso pudesse ficar para depois de eu ter ido e voltado?

Como eu mencionei, a data que eu tinha em mente era 20 de junho. Parece propícia. E, já que é um sábado, não vou precisar faltar à escola. Pode perguntar ao museu se essa data é boa para eles? E claro que eu gostaria que a senhora estivesse lá também, contanto que seja conveniente.

O único problema que posso ver para mim mesmo é que é muito improvável que minha mãe possa me levar a Londres. Sábado é sempre um dia extremamente ocupado para ela, especialmente no verão. Além disso, ela tem de levantar antes de amanhecer no dia seguinte pelo solstício. No entanto, tenho certeza de que alguém pode me dar uma carona para Bristol Temple Mead, e de lá é só uma hora e quarenta e cinco minutos para o metrô de Paddington. Mas acho que alguém teria de me encontrar lá, já que nunca fui a Londres e não sei o caminho. Estou olhando nos mapas do metrô, mas não sei se entendo 100% como funciona. Talvez a senhora pudesse me mandar instruções? Os fóruns em que entrei não foram muito úteis.

Espero ansioso sua resposta.

Atenciosamente,

Alex Woods

O UNIVERSO CONTRA ALEX WOODS 221

* * *

Seguindo as instruções da Dra. Weir, eu peguei uma série de escadas rolantes descendo a Paddington Tube Station – que realmente *tinha* o formato de um tubo –, daí peguei um trem para o sul na linha Circle e saí na South Kensington. Como ela prometera, os museus – o Museu de Ciências e o Museu de História Natural – eram claramente sinalizados nos túneis, e quando saí de baixo da terra, identifiquei rapidamente o de História Natural como o prédio à minha direita. Era um retângulo bem grande, cor de areia – aproximadamente do mesmo tom de um ovo de galinha – com várias janelas e arcos decorativos e duas torres se erguendo ao longe. Parecia bem grande e austero na luz cinza da manhã, bem diferente de qualquer museu que eu já tenha conhecido. Para dizer a verdade, o prédio que ele mais me lembrava era da Catedral de Wells, e essa impressão não diminuiu quando eu entrei. Havia algo similarmente solene e reverente na atmosfera de corredores e saguões amplos – especialmente logo que entrei, quando o museu estava silencioso e vazio.

A Dra. Weir arranjou para que eu pudesse entrar meia hora antes da abertura oficial, para que eu pudesse conhecer o diretor de Ciência do museu e ver a galeria onde meu meteorito seria exibido. Como prometido, ela esperava por mim às 9:20 no final dos grandes degraus de pedra que levavam à entrada principal na Cromwell Road. Eu não a via há cinco anos, mas a reconheci imediatamente. Ela ainda se vestia como se sua mente estivesse focada em coisas maiores. Nesse dia ela usava um sobretudo bem longo de tweed, calças pretas elegantes e botas de caminhada. Eu usava jeans, tênis novos e meu moletom com capuz mais novinho.

A Dra. Weir sorriu solenemente e estendeu sua mão quando me aproximei. Eu senti o peso do meteorito se mexer na minha mochila quando toquei sua mão.

- Oi, Alex. Que bom ver você de novo.
- Oi, Dra. Weir.
- Você cresceu!
- É – reconheci.
- Me desculpa, que coisa mais besta de se dizer, eu sei.
- Tudo bem. Acho que *estou* cinquenta por cento mais velho do que a última vez que me viu. Eu devo parecer bem diferente.
- É, parece sim.
- Exceto pela minha cicatriz, claro.
- Sim, é bem marcante.
- O lugar do impacto.

A Dra. Weir assentiu pensativamente.

- Eu ouvi que provavelmente ia desaparecer com o tempo, mas claro que não desapareceu, ainda não. E por alguma razão meu cabelo não quer mais crescer aqui. Eu terminei com essa linhazinha branca.
- Sim, entendo. Mas nem todas as cicatrizes são ruins, Alex. Algumas valem a pena ficar, se entende o que eu digo.
- Sim, acho que sim. Ou, pelo menos, acho que eu sentiria falta dessa se não estivesse aqui.
- Sim, precisamente. Bem, vamos entrar? O diretor quer muito conhecer você.
- Quero muito conhecer o diretor – respondi.

O diretor de Ciência era um cavalheiro alto, grisalho com um terno sem gravata e a voz de um locutor jornalístico da BBC dos anos 1950 – o tipo que você encontraria narrando nas imagens de arquivo da visita pós-órbita de Yuri Gagarin à Grã-Bretanha, por exemplo. Ele era outro doutor, claro – Dr. Marcus Lean. Fiz questão de pesquisá-lo na internet alguns dias antes. Ele outrora foi um eminente biólogo em Cambridge, onde passou vários anos estudando extremófilos, que são organismos minúsculos que vivem e se reproduzem em ambientes extremamente hostis – ao redor das saídas de vulcões submarinos, em soluções ácidas concentradas ou sob dez metros de gelo no polo Sul e por aí vai. Sua pesquisa se mostrou de grande interesse para astrobiólogos que acreditam que, se a vida extraterreste fosse descoberta no sistema solar, ela seria mais provavelmente de uma forma similar – micróbios que poderiam sobreviver em mares sem sol da Europa ou nos lagos congelados de metano de Titã.

Dada a eminência do Dr. Lean como cientista, eu queria muito causar uma boa impressão, mas infelizmente não foi o caso. No momento em que o encontrei, minha atenção foi desviada pelo esqueleto do diplodoco visível sobre meu ombro esquerdo, que era grande como um ônibus e montado sobre um plinto retangular enorme. Ainda que meu queixo não tenha caído no chão, minha boca certamente ficou aberta e, com minha atenção voltada para outro lugar, meu aperto de mão foi bem frouxo e sem vida, e desacompanhado por qualquer tentativa séria de fazer um contato visual. É uma pena, já que geralmente meu aperto de mão é um dos meus pontos fortes. Felizmente, o Dr. Lean perdoou a minha gafe. Ele disse que ficaria feliz em me mostrar as principais exposições quando estivéssemos no Vault – o Cofre –, que era o nome da galeria onde todos os meteoritos e outras pedras preciosas eram exibidos.

– Se puder me acompanhar – o Dr. Lean disse. – Fica no mezanino. Subindo a escadaria principal e à direita de Darwin.

Darwin, é claro, era Charles Darwin. Colocado no alto da grande escadaria na forma de uma estátua de mármore de duas toneladas, ele parecia observar o hall de entrada com seus graves olhos sábios. Ele parecia com o que sempre parece, como um médico prestes a dar más notícias, estranhamente posado em seu terno vitoriano amarrotado e sem grande apreço pelos holofotes. Para dizer a verdade, ele parecia preferir estar escavando minhocas no jardim dos fundos – apesar de eu imaginar que seria difícil esculpir uma estátua assim.

O Vault, bem no final da galeria de minerais, era um espaço fascinante – todas as colunas de pedra e arcos e gabinetes baixos de carvalho cheios de joias brilhantes: ouro e safira e esmeraldas, e um diamante grande como uma bola de golfe. Entre essa companhia, os meteoritos eram, a princípio, facilmente desprezados. Eram de todos os tipos de formas irregulares e tamanhos, e variavam em cor de negro carvão para caramelo mosqueado. Talvez o mais inócuo de todos fosse o meteorito Nakhla, que parecia um pedaço deformado de barro chamuscado. O Dr. Lean me disse que esse era na verdade um pedaço de Marte. O meteoroide original provavelmente foi jogado no espaço por um grande impacto na superfície do Planeta Vermelho. Havia caído na Terra em 1911, queimando alto nos céus do Egito, de onde os fragmentos remanescentes foram posteriormente resgatados. A maior parte dos outros meteoritos, aqueles que não foram observados caindo, foi encontrada em lugares como Antártica e o deserto australiano – paisagens uniformes, intocadas pelo desenvolvimento humano, onde eles se ressaltavam como aberrações geológicas, mesmo para olhos não treinados. Claro, já que a Terra havia sido vítima de cerca de quatro bilhões e meio de anos de bombardeamento constante, havia na verdade meteoritos espalhados por diversos cantos do globo – só que na maior parte dos ambientes permanecem despercebidos.

– Não é todo dia que entram pelo teto de alguém – o Dr. Lean concluiu.

Meu meteorito seria exibido num cubículo de meio metro de espaço aberto na extrema direita de um dos gabinetes montados na parede. O Dr. Lean explicou que a equipe de pesquisa do museu também selecionou um artigo de jornal para incluir como parte da exposição, que era necessário para informar ou lembrar o público em geral da "importância histórica" do meteorito. O artigo, que eu também tinha guardado num caderno, era da primeira página do *The Times* e mostrava uma foto bem dramática do buraco que foi aberto no teto do nosso banheiro, tirada por um helicóptero. A manchete dizia:

GAROTO DE SOMERSET ATINGIDO POR METEORO.

– Foi o artigo menos sensacionalista que pudemos encontrar – o Dr. Lean me disse.

Naquele ponto, achei que eu não podia adiar mais. Peguei meu meteorito de ferro-níquel da minha mochila, onde foi enrolado em segurança em duas camadas de plástico bolha, e passei o pacote para o Dr. Lean desembrulhar.

"Minha palavra", ele disse. Ele imediatamente pareceu ter vinte anos menos, eu pensei, enquanto passava os olhos sobre aquela superfície chamuscada e esburacada. Eu segui seu olhar pelas protuberâncias, fendas e vales familiares, pelas microfraturas que corriam pelo corte transversal parcialmente exposto. E eu deveria dizer a você que não tive uma sensação de perda quando aqueles segundos se desdobraram. Tendo visto o Vault, com sua valiosa coleção de gemas e minerais, eu sabia que esse seria um lar melhor para meu meteorito do que em cima da minha estante, onde ele havia morado nos últimos cinco anos. O que eu senti no lugar da perda foi a mais estranha sensação do tempo voltando atrás, uma sensação de significado, quase igual a um déjà vu. É difícil explicar, mas acho que o que realmente me ocorreu naquele momento expandido foi a impressão do que poderia ter sido, se o meteorito nunca tivesse aparecido na minha vida. Um tipo de universo paralelo sombrio.

Sem o meteorito, eu seria uma pessoa completamente diferente. Eu teria um cérebro diferente – conexões diferentes, funções diferentes. E não estaria contando a você agora esta história. Eu não teria uma história para contar.

Minha mãe diria que tudo acontece por um motivo, mas eu não concordo com isso – não no sentido que ela quer dizer. A maioria das coisas acontece por puro acaso. Mesmo assim, eu tenho de admitir que há certos momentos que, pensando bem agora, parecem dispor o curso das nossas vidas num grau notável. Há acontecimentos específicos que mudam tudo; e é de uma curiosidade estranha, no mínimo, que o dia que estou descrevendo agora, o aniversário de cinco anos da queda do meteoro, estivesse destinado a trazer outro.

Na hora do almoço, o Dr. Lead nos levou para a delicatéssen do museu perto da entrada da Exhibition Road e avisou a mulher no caixa que a Dra. Weir e eu poderíamos pedir o que quiséssemos do cardápio, de graça. Então ele me cumprimentou novamente e me disse que havia sido um prazer e que ele se encarregaria de me guardar um lugar na lista de convidados para todas as exposições do museu e eventos especiais. Eu só tinha de mandar um e-mail a ele para dizer se eu vinha e ele prepararia tudo.

– Obrigado, Dr. Lead – eu disse. E desta vez, quando eu cumprimentei sua mão, eu me encarreguei de que o aperto fosse sólido. Talvez um pouco demais, mas achei melhor exagerar por precaução. Eu queria me certificar de que ele sabia que o aperto da manhã havia sido uma anomalia.

Para o almoço, eu comi uma torta de espinafre com ricota, salada de folhas sortidas e três Cocas Diet. A Dra. Weir comeu um sanduíche de carne e uma taça de vinho tinto, e também um café que ela bebericou lentamente enquanto eu lhe contava meus pensamentos sobre o museu até então.

– Acho que de certa forma eu prefiro exposições menores – eu disse. – Os meteoritos, claro, mas também os minerais e os pequenos insetos. Quer dizer, os dinossauros são muito impressionantes, mas são muito excessivos também. Há muito para absorver, e muitas distrações. As exposições menos espetaculares são um pouco mais... – A Dra. Weir esperou pacientemente enquanto eu lutava pela palavra. Eu queria dizer "íntimas", mas não estava certo de que era o contexto correto. Achei que seria um pequeno desastre se eu usasse a palavra errada. Então no final eu fui para uma explicação mais longa. – Acho que o que eu quero dizer é que as exposições menores te dão mais espaço para pensar. Você pode se perder nelas. Pode ouvir o som de seus passos nos corredores e imaginar exatamente como o museu deveria ser cem anos atrás.

A Dra. Weir assentiu.

– Gosto das borboletas por motivos similares.

Houve um pequeno silêncio.

– Como está na escola agora? – a Dra. Weir perguntou.

– Melhor – eu disse. – Apesar de achar que nunca vou me encaixar muito bem. Mas meio que sou aceito agora. Eu gosto de parte da escola, das aulas em si.

A Dra. Weir assentiu e bebericou o café novamente.

– Acho que, se eu pudesse passar todas as seis horas da escola resolvendo problemas de álgebra, eu ficaria bem feliz. Mas claro, não é exatamente normal. É a parte que todo mundo detesta. A maioria dos outros meninos mal pode esperar pelo intervalo para que possam sair e jogar futebol. E, para mim, isso é bem frustrante. Parece uma perda de tempo e de energia. Não nos diz nada sobre o mundo. Não acrescenta ou muda nada. Eu não entendo a graça.

A Dra. Weir fez algumas órbitas na sua xícara de café com seu dedo indicador direito; então disse: – Bem, de um ponto de vista evolucionário, isso se deve muito a antigos rituais de caça. Como a maioria dos esportes, tem a ver com encontrar alvos, desenvolver a coordenação das mãos ou dos pés, vencer um oponente e por aí vai. E, claro, há um nível alto de tribalismo também. É verdade em todos os esportes de equipe. Um prazer nesse tipo de atividade provavelmente está bem entranhado na psique humana, na psique masculina especialmente, apesar de que em diversos níveis, é claro.

– Não sou um grande fã de rituais de caça e ponto final – eu disse.

A Dra. Weir sorriu. – Não. Mas essas coisas se manifestam de muitas formas. Por exemplo, muitos cientistas acreditam que algumas das nossas habilidades matemáticas têm sua origem no tipo de habilidades especiais que nossos ancestrais precisavam para caçar presas e enganar predadores: entender trajetórias e forças, aceleração e desaceleração, mecânica em geral. Nosso cérebro desenvolveu um programa excelente para compreender as leis naturais. Então quando você se senta e resolve problemas matemáticos por seis horas, talvez a satisfação da experiência não seja *totalmente* diferente do prazer que outros encontram nos esportes. Eles podem ter uma fonte em comum. É um pensamento interessante.

– Não acho que o time de futebol compraria essa ideia – eu disse.

– Não, talvez não. Mas realmente, Alex, não há nada de errado em ser cerebral. Acho que você vai ver que em alguns anos as coisas vão ficar muito mais fáceis para você.

– Sim, espero que sim.

– Você ainda quer ser um neurologista?

Eu gostei da forma como a Dra. Weir fez a pergunta. Eu estava dizendo às pessoas que eu provavelmente queria ser neurologista desde que tinha uns onze anos de idade, e por algum motivo raramente era levado a sério. As pessoas ou achavam engraçado ou peculiar e espantoso. Mas a Dra. Weir levava a ideia muito a sério – apesar de ultimamente eu ter começado a ter minhas dúvidas, como eu expliquei.

– Acho que estou voltando a querer ser um físico novamente – eu disse.

A Dra. Weir sorriu.

– Ainda estou muito interessado em neurologia, mas... bom, acho que sou mais atraído pela simplicidade da física. Eu gosto da ideia de que podemos explicar esses fenômenos extremamente complicados usando leis incrivelmente simples. Tipo $e = mc^2$. Para dizer a verdade, acho que não há nada tão maravilhoso como isso. Elas nos dizem como as estrelas funcionam. Você não tem esse tipo de perfeição em nenhum outro lugar da vida. Eu duvido que a neurologia possa ser *tão* perfeita. Acho que podemos passar mil anos estudando o cérebro e ainda não seria mais fácil que as pessoas entendessem.

– Talvez não – a Dra. Weir disse com uma risadinha. – Mas seja o que for que você termine fazendo, espero que considere vir para a Imperial. Você sabe que neste país não há nenhum lugar melhor para estudar ciência.

– Sim, acho que eu gostaria disso, apesar de eu não estar certo sobre a vida em Londres em si. Quer dizer, é extremamente populosa. Não sei como eu me sentiria morando numa cidade tão grande.

– Sim, posso entender isso também – a Dra. Weir disse. – Sabe, eu também não nasci em Londres, Alex. Eu cresci no interior, como você. Na Cornualha, na verdade. Mas acho que eu não poderia viver mais em nenhum lugar tão remoto. Eu gosto de ter tudo ao meu redor, todos os museus e bibliotecas. O único lado negativo é a poluição. Na maioria das noites em Londres você mal consegue visualizar Polaris, e tudo acima da magnitude dois fica quase impossível.

Pensei nisso um pouquinho. Tentei me visualizar estudando ciências em Londres, mas, por alguma razão, a imagem não cristalizava bem.

– Dra. Weir? – perguntei. – Que notas eu preciso para entrar na Imperial?

– Vai precisar de três As, Alex. E pelo menos dois deles em ciências ou matemática.

Pensei um pouco mais. – Acho que vou tentar quatro – eu disse. – Os três de ciências *e* matemática. Sabe, só pra me garantir.

O Sr. Peterson me pegou em Bristol Temple Meads pouco depois das 8:30 e depois passei a próxima meia hora contando a ele sobre Londres. Não havia cronologia. Eu disse a ele quão insanamente cheio o metrô estava voltando para casa, quão incrivelmente grande e cheio de gente Londres era em geral (eu estimei que eu podia encaixar pelo menos quinze Bristols dentro dela), como a Dra. Weir dissera que eu provavelmente poderia entrar na Imperial se eu continuasse a ter notas altas na escola, como eu cheguei à conclusão de que eu provavelmente queria ser um físico em vez de um neurologista porque eu queria ajudar a pensar numa TDT – Teoria de Tudo – que era o nível mais alto de cosmologia e iria finalmente solucionar o problema de como o universo *funciona*. O Sr. Peterson disse que isso era um bom objetivo a se buscar. Mas foi tudo o que ele disse. Sem prática, ele achava dirigir na cidade – mesmo fora da hora de pico – extremamente estressante, e não era muito bom em realizar várias tarefas ao mesmo tempo. Em retrospecto, eu deveria ter ficado quieto e o deixado se concentrar. (Eu estava hiperestimulado: bebi Coca Diet demais naquele dia.)

Mas sair da cidade não era o problema. Nós pegamos a sinuosa estrada de volta a Glastonbury e Wells sem erros. O Sr. Peterson relaxou e finalmente eu parei de falar e voltei a sonhar com meus futuros feitos científicos.

O carro estava quentinho e a estrada, silenciosa. O sol descia como uma chama se apagando no espelho retrovisor e eu me vi caindo num cochilo confortável.

A próxima coisa de que me lembro era a van branca vindo para cima da gente. Mesmo semiacordado, eu vi tão claro como o dia. O Sr. Peterson não. Ele saiu da rotatória bem calmamente, como se estivesse manobrando numa vaga vazia de estacionamento. A van estava a uns cinco metros, vindo direto para nós.

– A van! Freie! – gritei. Foi tudo o que tive tempo de gritar. Senti o impacto oblíquo como uma pequena detonação que mandou uma onda de choque pelos meus membros superiores. O mundo virou quarenta e cinco graus para a direita; então tremeu até parar. Ficamos parados encarando a rotatória num ângulo oblíquo. A van havia parado alguns metros à frente, na via inteira da rotatória.

– Puta merda! – disse o Sr. Peterson. – Você está bem, moleque?

Eu assenti. Meu coração estava acelerando a cerca de cento e oitenta batidas por minuto, mas fiquei surpreso em ver que minha cabeça estava perfeitamente clara. Eu sentia como se tivesse sido jogado em água congelada.

Quando saímos do carro para inspecionar os danos, tudo parecia estranhamente claro e bem definido. Havia dois metros de marcas de pneu na estrada e um pouco de vidro e plástico do farol do lado do motorista, e o capô havia sido entortado levemente e os painéis juntos ao para-choque e arco da roda estavam rachados e raspados, mas não havia nenhum dano *sério* no carro do Sr. Peterson. Quanto à van, parecia que não havia sofrido nada pior do que uma pequena pressão entre seu para-choque e a roda esquerda da frente, mas isso não era visível do nosso ângulo. Eu podia ver apenas que era uma van branca, evidentemente um veículo de trabalho. A placa na lateral dizia: O DESENTUPIDOR SOLITÁRIO. Eu supus que o motorista fosse algum tipo de encanador. Eu podia vê-lo através da janela do passageiro. Ele estava fazendo gestos bravos apontando em direção à estradinha que saía da rotatória imediatamente à nossa esquerda. O Sr. Peterson e eu assentimos. Então o Desentupidor ligou o motor, deu seta, saiu rápido da rotatória e estacionou a uns dez metros à frente. O Sr. Peterson e eu voltamos ao carro e seguimos.

O Desentupidor Solitário bateu sua porta com força e, depois de várias tentativas frustradas, acendeu um cigarro. Suspeito que estava furioso demais para usar direito o isqueiro, mesmo que o acidente não tivesse sido sério e o dano a seu veículo menos ainda. Ele era um homem baixinho, quase todo careca com um rosto vermelho de uma lagosta cozida. Usava uma camisa xadrez vermelha e preta, enormes botas de segurança pretas e jeans sujos. Eu tive muito tempo para avaliá-lo, porque ele não fazia contato visual. Ele comprimia os olhos para seu para-choque e murmurava consigo mesmo. Ele não parece nada feliz. O Sr. Peterson teve a mesma opinião.

– Puta merda – ele disse baixinho para mim. – Isso vai ser um saco.

– Será que chamamos a polícia? – perguntei.

O Sr. Peterson bufou.

– Não é preciso chamar a polícia quando há um acidente? – insisti.

– Não num acidente assim, moleque – o Sr. Peterson me disse. – Isso dificilmente se classifica como um acidente. Só temos de trocar números. Daí meu seguro pode pagar por isso.

— Seu seguro?

— Sim, meu seguro.

— Porque foi sua culpa?

O Sr. Peterson rangeu os dentes.

— Sim, foi minha culpa. Obviamente. Eu não o vi.

— Não o *viu*? — A improbabilidade disso já estava pairando grande em minha mente. — Como não viu?

— Não sei. Apenas não vi.

— Mas ele estava lá, claro como o dia.

— Moleque, eu não o vi! Se tivesse visto, eu não teria saído!

— É preciso prestar atenção extra em cruzamentos — eu disse.

— Eu *estava* prestando atenção — o Sr. Peterson disse. — Eu apenas não o vi. Não posso explicar melhor do que isso. Não sou infalível.

— O senhor não está chapado, está?

— Meu Deus, moleque! Que tipo de pergunta é essa? Claro que não estou chapado! Pareço chapado pra você?

— Acho que não — eu disse. Achei que, se o Sr. Peterson estivesse chapado, ele não teria vindo me pegar. Ele provavelmente teria esquecido.

— O Desentupidor Solitário parece bem irritado — apontei.

— Moleque, quer fazer o favor de calar essa maldita boca por um segundo e me passar minha bengala? Tenho certeza de que o Desentupidor vai se acalmar logo. Deixe que eu falo.

Eu peguei a bengala do Sr. Peterson do banco traseiro e passei para ele. Quando chegamos à van, o Desentupidor Solitário havia parado de olhar o para-choque e olhava direto para nós. Ainda estava murmurando e balançando a cabeça. O Sr. Peterson estendeu a mão.

— Isaac Peterson — ele disse.

O Desentupidor soltou uma baforada de fumaça.

O Sr. Peterson pigarreou. – Escute, sinto muito. Não tenho certeza do que aconteceu lá atrás. Tudo bem com sua van?

O Desentupidor Solitário cuspiu no chão. – Você sabe que eu podia ter *matado* você – ele disse. Veio mais como um arrependimento do que uma observação. – Que diabos está pensando? Você saiu bem na minha frente! Porra, você é *cego*?

O Sr. Peterson bufou entre os dentes e contou até três. Então ele disse: – Tá. Foi minha culpa. Não estou contestando isso. Mas acho que devemos agradecer por não ter sido sério. Ninguém se feriu. Não há grandes danos. Podia ter sido bem pior.

– É a porra de um milagre que não foi pior – o Desentupidor Solitário pontuou seu sentimento, acendendo o cigarro na ponta.

– Sabe, tem um pouco de risco de fogo – apontei.

– Deixe que eu falo – o Sr. Peterson disse.

– Seu avô não devia estar na porra dessa estrada – o Desentupidor me disse.

– Meu avô está morto – eu disse ao Desentupidor. – O que eu conheci – acrescentei.

O Desentupidor decidiu que não valia mais a pena falar comigo. – Você obviamente não tem condições de dirigir – ele disse ao Sr. Peterson. – Parece que mal pode andar, caralho.

– Jesus! – disse o Sr. Peterson. – Você desentope ralo com o quê, sua *boca*? – Isso foi direto para a cabeça do Desentupidor, o que eu achei que foi melhor. – Olha, colega, já me desculpei uma vez. Não vou me desculpar de novo. Você pode ficar parado aqui reclamando o quanto quiser. Enquanto isso, vou te escrever o número da minha seguradora e quando você tirar aquele risquinho do tamanho de uma ervilha do seu para-choque, você pode me mandar a conta. Vamos, moleque. Acho que terminamos aqui.

O Sr. Peterson começou a se afastar. Eu o segui.

– Você precisa consultar a merda de um oculista! – o Desentupidor Solitário gritou para nós.

– Não é a toa que ele trabalha sozinho – o Sr. Peterson disse para mim.

– O senhor está bem? – perguntei.

– Claro que estou bem. Ele é só um idiota. O mundo está cheio deles.

– É. Eu sei – concordei.

– Vamos apenas dar o número a ele e cair fora daqui.

– Quer que eu dê o número pra ele? – ofereci.

– Vamos *nós dois* dar o número.

– Fique de olho na porra do caminho de volta pra casa – o Desentupidor avisou o Sr. Peterson enquanto eles trocavam números.

– Tente não provocar mais acidentes hoje.

– Foi um prazer falar com você – o Sr. Peterson disse.

Eu não disse nada.

O Desentupidor Solitário cuspiu novamente, voltou para sua van, bateu a porta, fez uma volta vacilante em U e saiu guinchando numa nuvem de fumaça e poeira. Eu torci o nariz.

– Babaca – disse o Sr. Peterson.

Ainda que eu concordasse que a habilidade interpessoal do Desentupidor Solitário deixava muito a desejar, ele havia levantado pelo menos um ponto válido. Não havia modo de o Sr. Peterson não ter visto a van. Não parecia humanamente possível.

– Tem certeza de que não quer que eu dirija o resto do caminho? – perguntei quando ele voltou para o carro estacionado. – Acho que pode ser sensato, visto o que aconteceu.

– Sensato? Inferno, passamos por pouco hoje. Não vou arriscar mais nada. Você sabe o que vai acontecer se os tiras nos pararem com o carro todo batido e você dirigindo? Vou ser eu que vou acabar vendo o sol nascer quadrado.

– Eu estava pensando no que seria mais seguro – eu disse. – Acho que isso deveria ser a prioridade, sério.

– Sou perfeitamente seguro! Só divaguei por um segundo. Não estou acostumado a dirigir mais esse tipo de distância.

– O senhor não disse que "divagou" – apontei. – Disse que nem *viu* a van. É o que me preocupa.

– Eu não sei *o que* aconteceu. Foi tudo um borrão.

– No sentido literal ou figurado?

– Jesus! Foi um aviso, tá bom? Vou prestar atenção extra. É o suficiente para relaxá-lo?

– Não – eu disse.

O Sr. Peterson me ignorou. Deu a partida, fez uma volta cuidadosa e voltou para a rotatória.

Depois de alguns minutos, eu disse:

– Sr. Peterson, concordamos que o Desentupidor Solitário era um babaca. Isso não se discute. Mas talvez o senhor *devesse* ir a um oftalmologista. Só pra se certificar.

O Sr. Peterson não disse nada. Seus olhos estavam fixos na estrada à frente.

Um pensamento me ocorreu. – Sr. Peterson? – perguntei. – Esta é a primeira vez que algo assim aconteceu, não é? Quer dizer, o senhor não teve problemas assim antes, dirigindo?

– Claro que não tive! – o Sr. Peterson disse. Mas disse rápido demais pro meu gosto.

Eu fiquei preocupado.

16

TIMEQUAKE

O oftalmologista inicialmente ficou confuso. Afinal, não havia nada de errado com os olhos do Sr. Peterson em si. Pareciam saudáveis para sua idade. Sua prescrição estava correta. Não havia sinal de catarata ou glaucoma – nada que pudesse explicar o "embaço" e as tonturas que ele sentia intermitentemente nas semanas que se seguiram à batida. O único problema que o oftalmologista podia detectar era que o Sr. Peterson parecia estar passando por problemas inexplicáveis de "focalização visual".

– O problema é bem específico – o oftalmologista disse a ele. – Focalizar objetos fixos obviamente não é problema para o senhor, pois pode seguir horizontalmente. Mas o senhor tem uma pequena dificuldade em seguir objetos móveis pelo eixo vertical, principalmente quando o movimento é para baixo ou do fundo para a frente. Só posso concluir que é isso que está causando sua dificuldade para dirigir e ler. Mas quanto à origem do problema temo que não haja muito que eu possa dizer. Ele pode ser muscular, mas é só uma suposição. O senhor precisa falar com seu clínico geral.

– Talvez o senhor possa perguntar para o Dr. Enderby da próxima vez que o virmos – sugeri mais tarde. O Sr. Peterson não gostava de ir ao médico. Estava adiando.

– Não preciso ver um *neurologista*, moleque. – O Sr. Peterson apontou. – O oftalmologista disse que provavelmente é só muscular. Não estou nem convencido de que é um problema real. Apenas a idade. Todo tipo de coisa começa a acontecer quando se fica velho. Isso é algo que você tem de esperar.

– Não foi o que o oftalmologista disse – retruquei. – Ele disse que o senhor deveria ir a um médico porque ele não sabe exatamente qual é o problema. Mas *há* um problema.

– Um probleminha de nada.

– Quer que eu marque uma consulta pra amanhã? Eu não me importo de ir junto, se isso pode ajudar.

– Não preciso de acompanhante para ir ao médico! Sou capaz de fazer minhas próprias consultas.

– Não estou vendo muitas evidências disso agora – eu disse. Era um tom que aprendi com minha mãe, e funcionava.

O Sr. Peterson foi ao telefone.

No dia seguinte, a clínica repetiu os testes de vista, então pediu ao Sr. Peterson que fizesse algumas tarefas simples envolvendo coordenação de mãos com olhos. Ela concluiu que o problema não era muscular.

– Vou lhe indicar um neurologista – ela disse.

O Sr. Peterson xingou longamente. – Achei que esse era um *probleminha* de nada. Nem me incomoda muito.

– É difícil dizer com certeza qual é o problema nesse estágio – a médica disse a ele. – Mas há certas condições neurológicas com sintomas muito similares ao seu. São raras, mas faz sentido investigar mais. Só para ter certeza.

– Se o senhor vai ao departamento de neurologia em Bristol, eu definitivamente vou também – eu disse ao Sr. Peterson mais tarde, depois que ele me passou as informações. – Afinal, eu já fui muito lá. Vai tornar tudo mais fácil.

– Vai ser uma perda de tempo – o Sr. Peterson previu. – Eu tenho algum troço esquisito no músculo do olho. Não é nem um problema real.

– Acho que deve deixar esse julgamento para os médicos – eu disse.

O Sr. Peterson bufou. Mas ele não ofereceu mais resistência em relação a eu ir na consulta com ele, e na semana seguinte nós encontramos um neurologista chamado Dr. Bradshaw. Ele conhecia o Dr. Enderby, claro, e por acaso também sabia de mim. Descobri isso depois de me apresentar e dizer a ele que estava vendo o Dr. Enderby nos últimos cinco anos por causa da minha ELT. O Dr. Bradshaw disse que estava familiarizado com meu caso – não os detalhes, só por alto. Todo mundo no hospital sabia disso.

O Dr. Bradshaw fez ao Sr. Peterson várias perguntas detalhadas sobre o acidente de carro e depois disso ele quis várias informações sobre os problemas de mobilidade do Sr. Peterson. Então o Sr. Peterson teve de contar a ele sobre sua perna e como ele foi pego pelos destroços de uma mina terrestre vietcongue e ficou com gangrena, o que causou um dano severo e permanente em muitos de seus nervos, deixando-o manco assim.

O Dr. Bradshaw absorveu esses fatos em cinco segundos de silêncio, então disse: – E mais recentemente? Houve alguma piora de sua mobilidade em geral?

– Não que eu tenha notado – o Sr. Peterson respondeu.

– E quanto a seu equilíbrio? – o Dr. Bradshaw perguntou.

– Maravilhoso – o Sr. Peterson disse. – Estou pensando em me tornar ginasta.

– Alguma queda?

– Um esbarrão aqui, outro ali. Nada sério.

– Consegue subir e descer escadas?

– Sempre foi um processo lento. Estou acostumado.

– E quanto a seu ânimo? Notou mudanças repentinas de ânimo? Alguma irritabilidade incomum?
– Nada de irritabilidade incomum – o Sr. Peterson disse.
– Ele quer dizer que ele é *comumente* irritado – esclareci.
O Dr. Bradshaw não sorriu.
Os exames que se seguiram foram extensos. Novamente o Sr. Peterson teve de tentar seguir uma lanterna só com os olhos, depois ele teve de usar uma máquina que mostrava luzes piscantes em diferentes pontos de seu campo visual e apertar um botão cada vez que ele detectava um flash. Depois disso, foram testes envolvendo foco, dilatação da pupila e movimentos involuntários do olho. Finalmente ele foi mandado para a ressonância magnética. Mais tarde, o Dr. Bradshaw nos disse que isso não era essencial para o diagnóstico – o qual já estava claro. Era para certificar-se de até que ponto a doença progredira, então a taxa aproximada de neurodegeneração podia ser descartada nos próximos meses e, com sorte, anos.

Nem o Sr. Peterson nem eu havíamos ouvido falar de paralisia supranuclear progressiva. O Dr. Bradshaw nos disse que era uma doença degenerativa rara que afetava uma área específica da haste do cérebro, causando uma deterioração em certas funções sensoriais e motoras.

– Me desculpe, doutor – eu disse, quando o Dr. Bradshaw terminou de falar. – Não quero lhe dizer como fazer seu trabalho, mas, pelo que disse, acho que o senhor cometeu um erro. Os problemas motores do Sr. Peterson não têm nada a ver com sua haste cerebral. Isso me parece bem óbvio. E, quanto a seus olhos, o oculista disse que nem há problema. É apenas uma pequena dificuldade numa direção.

O Dr. Bradshaw esperou pacientemente por alguns segundos, então disse: – Sei que isso deve ser extremamente difícil para vocês dois, mas não há dúvida quanto ao diagnóstico. É provável que os problemas de mobilidade existentes tenham na verdade mascarado muitos dos sintomas mais óbvios por algum tempo. E quando se trata de sintomas visuais são sutis, mas muito específicos. Com os testes corretos, eles são literalmente inconfundíveis.

– *Literalmente* inconfundíveis?

– Os testes visuais são corroborados pela ressonância. Mostra uma pequena mas evidente atrofia no mesencéfalo. É a área que controla os movimentos oculares.

– Eu sei o que o mesencéfalo faz! – retruquei. Virei para o Sr. Peterson, que não havia falado nada desde o diagnóstico. – Acho definitivamente que precisamos de uma segunda opinião nisso.

O Sr. Peterson ficou em silêncio por mais alguns segundos, então disse: – Alex, quero que você fique calmo e quieto. Não preciso de uma segunda opinião. Preciso de fatos. Doutor, essa doença vai piorar? É o que significa progressivo em termos médicos, certo?

– Sim. Temo que seja correto – o Dr. Bradshaw disse.

– Há algum tratamento?

– Há tratamentos paliativos para ajudar a controlar os sintomas. Fisioterapia costuma ajudar a combater alguns dos problemas motores iniciais. Também podemos experimentar uma droga chamada levodopa.

– E o que ela faz?

– É um precursor da dopamina – eu disse. – É usada para tratar Parkinson. O senhor não tem isso também.

O Sr. Peterson olhou para mim, mas não disse nada.

– Você está certo – o Dr. Bradshaw disse pacientemente. – A levodopa *é* usada para tratar Parkinson, mas também é eficiente em alguns casos de PSP, não em todos. Áreas similares do cérebro são afetadas no Parkinson e na PSP, e alguns sintomas coincidem, apesar do pareamento da função motora não ser tão evidente nos primeiros estágios de PSP.

– Mas nada disso vai ajudar a longo prazo? – o Sr. Peterson perguntou. – Não são curas, certo?

– Não. Não são curas.

– Quanto tempo eu tenho?

– O senhor precisa entender que há um nível alto de variação entre os casos. Há razões para ser positivo. Não é...

– Por favor, doutor. Eu quero saber quanto tempo eu tenho e o que posso esperar em termos de sintomas futuros. Você não precisa amaciar. E deixe de lado o jargão.

O Dr. Bradshaw assentiu. – Em geral pacientes com PSP vivem por mais cinco ou sete anos após os primeiros sintomas. Mas, como eu disse, há motivos para pensar que alguns de seus sintomas motores estão presentes há algum tempo sem diagnóstico. Sintomas visuais geralmente ocorrem num estágio mais avançado. Sem um retrato claro de quando os sintomas começaram é difícil prever quão rapidamente a doença vai avançar.

– Quanto tempo após os primeiros sintomas *visuais* as pessoas geralmente vivem?

– Três anos.

O Sr. Peterson ficou em silêncio por alguns momentos.

– E o que vai acontecer comigo nesses três anos? O que geralmente acontece? Preciso de fatos.

– Temo que sua visão vá continuar a piorar. O senhor vai achar cada vez mais difícil mover seus olhos, e suas outras habilidades motoras também vão deteriorar. Por fim não vai mais ser capaz de andar. Sua fala ficará debilitada e terá considerável dificuldade de engolir. A longo prazo, vai precisar de cuidados em tempo integral. Sinto muito.

O Sr. Peterson assentiu. – Obrigado.

– O senhor precisa saber que há vários mecanismos diferentes de suporte que estarão disponíveis para o senhor. Mas acho melhor não falar em profundidade sobre isso agora. Eu gostaria de

marcar uma consulta de acompanhamento, o ideal seria na próxima semana...
 Eu parei de ouvir.
 – Acho que precisamos falar com o Dr. Enderby – eu disse depois que ele deixou a consulta. – Tenho certeza de que ele será capaz de nos direcionar a alguém um pouco mais...
 O Sr. Peterson levantou a mão.
 – Escute, moleque. Eu sei que você está muito chateado agora, mas isso não está me ajudando, apenas me deixe lidar com isso.
 – Mas...
 – Eu não preciso de uma segunda opinião. O que eu preciso é de tempo e espaço para pensar. E você também.
 Eu não disse nada.
 – Olha, eu sei que é pedir demais, mas neste momento eu queria que você guardasse isso para você. Não quero que as pessoas saibam. Não quero ter de encarar um bombardeio de solidariedade toda vez que for comprar leite na loja. Nos próximos meses vou precisar de alguma normalidade, alguma privacidade, e não vou ter isso se a maldita cidade souber. Se você *tiver* de falar com alguém, fale com sua mãe, mas diga a ela o mesmo que eu te disse. Sei que vai ser difícil, mas você precisa respeitar minha vontade em relação a isso.
 – Claro que vou respeitar sua vontade – eu disse. E eu sabia que seria bem fácil. Afinal, não havia muito para se dizer.
 Quando cheguei em casa, contei para minha mãe a verdade: o hospital não pode nos contar nada de útil. Foram só suposições baseadas em evidências insuficientes. Se *havia* um problema, era obviamente bem trivial.

Lucy estava prenha novamente. Não precisávamos levá-la ao veterinário para saber disso. Já estávamos familiarizados o suficiente com os sinais, todas as mudanças repentinas no humor e comportamento. Eu não tinha mais ideia de qual ninhada seria nesse ponto – talvez a sexta ou sétima. Seu desejo e capacidade por reprodução eram intermitentes e por alguma razão minha mãe parecia ficar mais satisfeita a cada parto. Ela tinha essa teoria de que Lucy sempre concebia em noites de lua cheia, e ela tinha certeza – baseada em sua melhor estimativa de "quanto faltava" para Lucy – que essa última fertilização não trazia mais evidências desse efeito. Eu tive de escutar duas vezes sobre todos os detalhes ridículos dessa teoria, uma vez em casa e outra na loja, onde eles foram contados de novo – com grandes detalhes – para que Ellie soubesse.

Eu estava trabalhando porque queria algo despreocupante para me ocupar, e a loja da minha mãe parecia a melhor opção. Além disso, eu decidi que deveria começar a economizar dinheiro para a faculdade que viria em quatro anos. Eu sabia que a vida em Londres não era barata. E também tinha em mente que, se eu trabalhasse o verão todo, eu poderia ser capaz de guardar dinheiro o suficiente para comprar um telescópio, que parecia ser o primeiro passo necessário para ser um astrofísico. Eu tinha um binóculo de 10X50, que era razoável para a lua e o aglomerado estelar aberto e alguns dos objetos mais claros do céu profundo como Andrômeda e M42, e por aí vai, mas eles não eram poderosos o suficiente para separar binários próximos ou pegar qualquer detalhe planetário. Com esforço, eu podia ver que Saturno era uma mancha alongada em vez de um ponto de luz, mas eu precisava de mais magnitude para visualizar os anéis.

O verão era realmente a única época quando a loja estava ocupada o suficiente para empregar três pessoas – especialmente nos dias em que minha mãe tinha de fazer muitas leituras de tarô. Minha função era sempre trabalhar no caixa. Eu era bom com dinheiro, mas não era muito bom em aconselhar os clientes sobre os diferentes baralhos de tarô, ou qual cristal era a melhor proteção para estresse e períodos de dor ou o que fosse. Minha resposta padrão era que eu tinha certeza de que eles eram todos igualmente eficientes. Quando estava muito movimentado, o trabalho ia rápido. Era dos períodos parados que eu não gostava. Então não havia barreiras entre mim e a incessante tagarelice da minha mãe e Ellie, que estavam constantemente zumbindo como mosquitos. E às vezes – até pior – elas pareciam inexplicavelmente determinadas a me levar para qualquer loucura que estavam discutindo. A conversa sobre a gata era um incidente particularmente ruim nesse atual cenário.

– Ela tem sido uma gata extremamente produtiva – minha mãe observou. – Ela tem por volta de... quantos, Lex?

– Estou tentando ler – eu disse. Eu não tinha vontade de entrar em outro diálogo insano com minha mãe.

– Ele calculou direitinho da última vez, não foi? Algo como 3,7 gatos por litro, não era isso, Lex? Apesar de que ela só teve dois da última vez, ambos machos. Mas ela já não é mais uma gata jovem. Ela ainda está indo muito bem. Vai ser interessante ver quantos ela consegue desta vez.

– Talvez devêssemos fazer um bolão de apostas? – Ellie sugeriu.

– Provavelmente você deveria tê-la castrado – eu disse.

Minha mãe olhou para Ellie e deu de ombros. Ellie rolou os olhos. – Lex, você sabe o que penso disso. Não acho que devemos ser nós que decidimos se Lucy tem filhotes ou não. Ela vai parar quando estiver pronta.

– Mas qual é o sentido? – perguntei. – Você nunca a deixa ficar com eles. Você parece perfeitamente contente em fazer *essa* decisão por ela. Talvez se a deixasse ficar com os gatinhos, ela parasse de engravidar.

Minha mãe me ignorou e dirigiu sua resposta a Ellie. – Você quer um, Ellie? Acho que um gato é o suficiente para nós agora.

Cuidar de filhotinhos e gatos jovens requer tempo e comprometimento. E apesar do que Lex diz, acho que Lucy tende a perder interesse no papel maternal depois de oito semanas. Costuma acontecer com gatos. A maioria deles são criaturas independentes.

– Talvez ela perca interesse porque sabe o que está vindo – eu disse. – Toda forma como você lida com essa gata é completamente inconsistente. Na verdade, é pior do que isso, é cruel.

Minha mãe olhou para mim por alguns segundos, sem dizer nada, então afastou o olhar.

– Ellie, acho que um pouco de ar fresco pode ser uma boa ideia. Por que você e Lex não vão para o poço e pegam um pouco de água para o cooler. Está um pouco vazio. Peguem as duas garrafas de cinco litros. Isso deve dar por um tempinho.

Se eu não mencionei ainda, minha mãe *só* bebe água do poço de Glastonbury. Ela até usa para fazer chá de ervas.

Ellie não pareceu animada. Ela inspirou ostensivamente para mostrar a nós todos, e especialmente para mim, quão paciente estava sendo e que tipo de esforço lhe custava. – Ótimo. Dez litros de água do poço vindo aí. Onde estão as chaves do carro?

– Quero que você ande, Ellie – minha mãe disse. – Só porque você sabe dirigir não significa que precise. Um pouco de exercício não vai fazer mal a nenhum dos dois.

Ellie lançou um olhar (para mim, como se essa saída absurda fosse minha ideia). – Andar? Você quer que a gente *ande* até o poço? Ir e voltar?

Minha mãe assentiu pacientemente.

– O que você acha que eu quis dizer com "ar fresco"?

– Achei que fosse só figura de linguagem.

– Não era. Eu quero que vocês andem. Sem pressa. Aproveitem. Está um dia bonito.

– Não vai estar tão bonito na volta. Você percebe quanto dez litros de água pesa, não é, Rowena? Pesa cerca de uma tonelada!

— Pelo amor de Deus, Ellie — eu me intrometi. — Dez quilos! Não é difícil. Dez litros de água pesam dez quilos.

— Alex, cale a boca! *Não* é hora de matemática! Você não está ajudando.

— E você está perdendo tempo. Ela não vai mudar de ideia.

— Não — concordou minha mãe. — Não vou. Vocês dois são jovens e saudáveis. Tenho certeza de que podem dar conta.

Ellie me lançou um olhar novamente, então jogou as mãos para cima e empurrou o queixo na porta do quarto de estoque. Eu tinha a impressão de que eu iria carregar a maior parte.

Assim que saímos, Ellie acendeu um cigarro e soltou uma baforada com raiva. Fumar lá fora era o mais próximo de ar fresco a que Ellie chegava. — Você sabe que isso é culpa *sua* — ela me disse. — Você foi grosso pra caralho lá. Não havia mesmo necessidade disso.

Eu a ignorei e apertei levemente o passo. Eu não estava preparado para um sermão nesse assunto — especialmente vindo de Ellie.

— Woods, vai devagar! Eu não quero morrer do coração a caminho da porra do poço!

Ellie geralmente voltava a me chamar de "Woods" quando não estávamos na companhia da minha mãe ou quando ela estava particularmente brava. Eu fui mais devagar mesmo assim. Apesar do que minha mãe havia dito, não era lá um dia muito bom para caminhar. Estava quente demais e abafado. Parecia que precisava chover. Eu sabia que deveria guardar um pouco de energia para a caminhada de volta.

— Vai me dizer o que há de errado com você? — Ellie perguntou.

— Não tem nada de errado comigo — eu disse. — Só fiquei cheio porque minha mãe não parava de falar merda.

— Jesus! Ela tem direito de ter a opinião dela, não é?

– É. Só que eu tenho direito de ter a minha.
– Exatamente. Só que não é ela que está toda na defensiva e chatinha.
– A opinião dela não faz sentido. Ela é completamente ilógica.
– Lógica! Que se foda a lógica, Woods! Há coisas mais importantes no mundo do que ser lógico, como ser *legal*, para começar. O coração da sua mãe está no lugar certo. Ela não estava dizendo isso só para te irritar. Até onde eu sei, ela só estava tentando ter uma conversa razoavelmente prazerosa com você.
– Se ela quer uma conversa, então não devia me punir por falar o que eu penso. Não é justo.
– Ela não está punindo você, boboca! Está dando uma chance de esfriar a cabeça. É óbvio pra caralho que você não está no melhor humor hoje, e acho que ela não espera que você vá contar a ela o que está havendo, então você deve contar a mim. Sou eu que estou sendo castigada aqui. Uma caminhada até o poço *não* é minha ideia de diversão.
– Isso não tem nada a ver com você. Você só é um efeito colateral. Confie em mim: minha mãe está tentando me ensinar uma lição. É a forma como a mente dela funciona. Ela está tentando me forçar a aceitar que ela está certa e eu estou errado. Ela odeia quando discordo dela.
– Credo, você teve morte cerebral! – Ellie disse.

Eu a ignorei.

Chegamos ao poço, que estava deserto exceto por uma longa fileira de carros estacionados do lado da estrada. Seus donos obviamente foram para o penhasco. Eu comecei a encher a primeira garrafa d'água. Eu sabia que levaria alguns minutos pelo menos. A água do poço só escorre de sua saída no muro num leve filete, que é especialmente lento quando não chove há um tempo. Mas eu não me importava em esperar. Já havia passado do meio da tarde, então o poço estava sombreado pela barragem e as árvores. Ellie se sentou num dos bancos do outro lado da rua. Ela acendeu outro cigarro.

– Sabe, você não dá o menor crédito à sua mãe – ela disse. – Quando ela já te disse o que pensar?

– Ela me diz o tempo todo.

– Quando?

– O tempo todo!

– Até onde eu posso ver, ela nunca nem sonhou em impor suas crenças a você. Uma coisa de que você *não* pode acusá-la é de te dizer o que fazer ou pensar. Ela respeita sua independência. E isso não é comum nos pais. Você não percebe a sorte que tem.

Voltei para ver a garrafa d'água enchendo. Pensei que era típico de Ellie tentar virar a situação para que ela pudesse fazer um comentário sobre sua infância traumática.

– Você não tem a menor ideia do que está falando – eu disse a ela.

Caminhamos de volta do poço em silêncio.

No meu checkup bianual com o Dr. Enderby, eu contei a ele sobre o Sr. Peterson. Eu não queria dizer nada, mas senti que não tinha mesmo escolha. De outra forma, essas coisas iriam se arrastar para sempre.

O Dr. Enderby não disse nada enquanto eu contava a ele sobre nossa visita recente ao hospital e o diagnóstico errado. Ele apenas olhou para mim bem calmamente, permitindo que eu colocasse os fatos do começo até o fim. Achei que era bom que ele se mantivesse tão equilibrado e não emotivo em face de minhas revelações. Ele não iria interromper ou me questionar até ter chance de assimilar todas as evidências. Então ele saberia exatamente como limpar essa bagunça. Alguns telefonemas, a devida recoleta de dados e com sorte isso terminaria em questão de dias – senão horas.

Mas, quando terminei de falar, ele apenas continuou a olhar para mim por alguns momentos, seu comportamento sem mudança. Então ele disse: – Alex, você sabe que não deveria estar me contando isso, não sabe? Quebrar uma confidência é assunto sério.

Eu me senti corando. – *Estou* quebrando a confidência – admiti. – O Sr. Peterson não quer que eu conte a ninguém. Mas eu não sabia mais o que fazer. Ele está sendo ridiculamente teimoso com isso.

– Eu entendo que você esteja muito chateado agora – o Dr. Enderby disse. – E não duvido que sinta que está agindo com os melhores motivos. Mas em certos casos você precisa respeitar o desejo de uma pessoa. Você não pode forçar Isaac por um caminho que ele não quer seguir, especialmente num momento desses, quando ele sente que provavelmente a maioria das escolhas dele já foram tiradas. Acho que você deve ser capaz de entender isso tão bem quanto qualquer um.

– Entendo isso. Claro que sim. Mas essa é uma circunstância excepcional.

O Dr. Enderby continuou olhando para mim sem mudar a expressão. Algo entrou no lugar.

– Você já sabia! – eu disse.

– Sim – o Dr. Enderby disse. – Já sei há algum tempo.

– Eu não sabia que o Dr. Bradshaw podia contar a você.

– Não podia e não contou. Isaac me telefonou um pouco depois do diagnóstico. E nos falamos algumas vezes desde então.

Eu senti um enorme alívio. – Então tudo bem? Quero dizer, eu sei que eu não devia interferir, mas não pensei que ele iria resolver isso sozinho. Mas tudo bem então. Você já sabe e obviamente vai cuidar disso. Tem alguma nova reavaliação? Ou pode falar sobre isso? Entendo se não puder.

– Alex – o Dr. Enderby disse suavemente –, não vai haver reavaliação. Não há necessidade. O Dr. Bradshaw sabe do que está falando. Ele é especialista nessa área.

– Sim, claro. Não estou questionando as credenciais dele. Mas diagnóstico errado acontece. Eu sei que é raro, mas acontece. Eu estava olhando na internet e...
– Alex, você tem de me ouvir. O diagnóstico é correto, não vai mudar. Sinto muito. Eu queria ter um jeito mais gentil de dizer isso, mas não tem.

Olhei para ele sem expressão. Senti um estranho tremor involuntário na minha mandíbula.

– O que você está sentindo agora é perfeitamente normal – o Dr. Enderby continuou –, mas não pode continuar indefinidamente. Você tem de aceitar a realidade. Isaac tem uma doença terminal. E ele vai precisar do seu apoio.

Eu comecei a chorar. Senti a mão do Dr. Enderby próxima do meu ombro. Se eu tivesse a coordenação, eu a teria empurrado para longe. Eu não a queria lá. Eu me sentia tão traído.

– O que podemos fazer por ele? – acabei perguntando. – O Dr. Bradshaw disse que ele podia tomar levodopa e podia desacelerar a neurodegeneração. Ou pelo menos ajudar com os sintomas.

– Pode sim – o Dr. Enderby disse. – Mas há mais chance de que não ajude. Você tem de ficar preparado para isso. É muito difícil de se tratar PSP eficientemente.

– Tá. Então o que mais temos?

– Simples fisioterapia costuma ter os melhores resultados. Não vai ajudar com os problemas visuais, claro, mas deve enfrentar algumas disfunções locomotoras, pelo menos por um tempo.

– Mas e quanto a um tratamento *real*? Outros remédios...

– Alex, tenho certeza de que o Dr. Bradshaw passou por todas as opções de tratamento com vocês. Temo que eu não possa te dizer nada novo. Não há nenhuma cura milagrosa no horizonte.

– Mas as coisas estão melhorando o tempo todo, não estão? Quer dizer, a neurologia avançou mais nos últimos dez anos do que em todo o século anterior. Você mesmo me disse isso.

– Sim, é verdade. E tenho certeza de que em cinquenta anos, talvez em vinte e cinco, o campo terá mudado quase de forma irreconhecível. Não tenho dúvida de que algum dia todos esses distúrbios neurológicos serão como varíola. Mas ainda não estamos lá. Sinto muito. Sei que não é o que você queria ouvir neste momento.

– Mas você deve saber de *algo*. E quanto a novos tratamentos que ainda estão em desenvolvimento? Drogas em testes? Não importa se ainda não estão confirmadas.

– Alex, você sabe o que eu sei. Se houvesse algo mais, eu te diria.

Eu comecei a tremer novamente. Tentei me concentrar na minha respiração. Não conseguia.

– Alex? – o Dr. Enderby disse. – Alex, quero que olhe para mim.

Eu olhei para ele.

– Você sabe o que vai realmente ajudar Isaac nos próximos meses? Só estar lá com ele. Ser amigo dele. Respeitar e apoiar suas decisões. É o que vai fazer diferença para ele. Sei que é uma posição terrível para se estar, especialmente na sua idade, mas também sei que você vai lidar com isso. Pode não parecer agora, mas você tem muita força dentro de você. Isaac também. Eu só tive alguns telefonemas com ele, mas, honestamente, a mim parece que ele está lidando melhor do que ninguém com essas circunstâncias. Mas ele ainda precisa de sua amizade e apoio. Ele não precisa que você se desdobre em dois procurando uma solução que não existe. Ele aceitou o que está acontecendo, agora você tem de fazer o mesmo.

– Ele já viu muitas coisas terríveis na vida – eu disse.

– Sim, eu sei.

– Acho que é por isso que ele está enfrentando tão bem.

– Sim, você deve estar certo.

– Mas é por isso que é tão injusto também. Ele não deveria passar por isso também.

– Não, não deveria. Ninguém deveria ter de passar por isso. Mas ficar com esse pensamento não vai ajudar em nada. Você sabe disso, não sabe?

– Sim.

– Porque às vezes o acaso e as circunstâncias podem parecer a injustiça mais pavorosa, mas apenas temos de nos adaptar. É só o que podemos fazer.

– Sim, eu sei disso também.

– Sei que você sabe – o Dr. Enderby disse. – Você *deveria* saber. Entender e aceitar que você tem uma doença permanente não significa ser escravo dela. É o primeiro passo que deve tomar para poder continuar com sua vida. E acho que agora é exatamente o que Isaac está tentando fazer. Ele quer aproveitar ao máximo o tempo que ele tem. Precisamos apoiá-lo nisso.

Eu limpei os olhos e assenti.

– Vai contar a ele? – perguntei. – Que eu não fui capaz de manter o segredo?

– Não, Alex. Não vou contar. Mas acho que você deveria. Acho que deveria contar a ele o quanto antes. Apenas seja honesto. Depois disso verá que as coisas começarão a ficar um pouco mais fáceis.

O Dr. Enderby estava certo. O Sr. Peterson estava seguindo impressionantemente bem. Bem demais, na verdade. E não era que ele ficasse negando nem nada assim; a reação dele era exatamente oposta à minha. Em particular, ele era capaz de reconhecer sua doença e o que significava. Ele me dizia como se sentia a cada dia. Ele me mantinha atualizado sobre os sintomas. Ainda eram relativamente pequenos naquele ponto, mas ele era mais capaz – ou mais disposto – a identificar os pequenos sinais que estavam se esgueirando em sua vida há alguns meses. Ficar de pé e se sentar eram às vezes uma provação, assim como comer e pegar a correspondência do chão – qualquer coisa que requeresse certo equilíbrio ou coordenação do olho para a mão. Em geral, os sintomas eram piores logo ao acordar de manhã e tarde da noite. O Sr. Peterson dizia que algumas manhãs, descendo as escadas, ele tinha certeza de que Deus o estava testando. Eu achei bom ele poder fazer piadinhas assim, mas naquele ponto eu não conseguia responder gentilmente. Parecia forçado demais. Se eu conseguia abrir um sorriso fraco, eu já estava indo bem.

Seus problemas visuais ainda eram seus sintomas primários e mais persistentes. Ele descrevia sua dificuldade de "focalização visual" como similar a ter um ponto cego. Agora que ele tinha certeza de que estava lá, ele podia se certificar de que o havia verificado, mas isso exigia um esforço consciente da sua parte. Subir e descer os olhos não parecia mais uma resposta natural e automática. Havia se tornado um ato que requeria foco, planejamento e memória, e, por causa disso, ele ficava cada vez mais feliz em me deixar dirigir quando precisava ir à loja ou ao correio. Minha competência atrás da direção agora era inquestionável – pelo menos nessas pequenas viagens locais – e parecia pouco provável que fôssemos parados na cidade. Um carro de polícia era uma visão rara em Lower Godley. O Sr. Peterson dizia que se, por acaso, a polícia nos parasse, ele alegaria total responsabilidade pela situação. Eu podia alegar ignorância ou coação. Dada a sua condição, ele não achava mais que algum juiz o mandaria para o xadrez e nós dois concordávamos que a segurança deveria vir em primeiro lugar.

Mas, se o Sr. Peterson começava a fazer concessões em dirigir, ele não fazia o mesmo com a leitura. Mesmo com sua visão deficitária (talvez *por causa* de sua visão deficitária) ele ainda estava determinado a seguir nosso clube do livro de Kurt Vonnegut até a conclusão. Ele não queria saber de cancelá-lo. Quando chegamos a *Timequake*, o último romance no itinerário que eu criei catorze meses antes, ele podia ler apenas em explosões curtas de cinco a dez minutos, e apenas em certas horas do dia – geralmente das nove até as doze e das três até as sete. Mais cedo ou mais tarde era uma luta. Ele já tinha de usar o dedo para seguir o texto pela página, como uma criança aprendendo a ler. Mas ele continuava mesmo assim. Levou boa parte do mês, mas, quando tivemos nossa última reunião, ele conseguiu. Ele sabia que seria o último romance que ele leria sozinho.

Claro que ninguém no clube sabia da doença dele – ninguém além de mim e do Dr. Enderby. Ainda éramos as *únicas* pessoas que sabiam. Mesmo depois que saí da fase de negação, eu não via muito sentido em dizer à minha mãe, apesar de o Sr. Peterson ter dito novamente que tudo bem e que não seria quebrar sua confiança. Ele parecia pensar que era importante para mim conversar com ela, mas, sério, isso parecia ir longe demais. Reconhecer a realidade para mim mesmo era uma coisa. Ter de explicar o que estava acontecendo – e o que iria acontecer – para outra pessoa era completamente diferente. Isso tornaria real *demais*. E logo eu vim a me perguntar se isso também era a razão pela qual o Sr. Peterson mantinha a doença tão completamente para si mesmo.

Parecia para mim que depois dos primeiros meses ele acabaria contando a mais algumas pessoas. Ele se dava bem com a Sra. Griffith e com Fiona Fitton. *Havia* pessoas com quem ele poderia ter falado, e eu sabia que elas ajudariam de qualquer maneira que pudessem. Eu também sabia que em algum momento – talvez nem num futuro tão distante – esse tipo de apoio iria ser de máxima importância. Mas o futuro era um assunto proibido. Por causa de todos os seus mecanismos para lidar com isso, o Sr. Peterson ainda se recusava a fazer qualquer plano ou tomar uma decisão prática. Ele ainda não havia se comprometido com nenhuma das opções de tratamento do hospital. O pacote de informações que mandaram para ele, até onde eu podia ver, permaneceu fechado. Ele me disse que naquele momento ele só queria viver um dia após o outro. Estava determinado a ficar com sua rotina normal pelo tempo máximo possível. Quando apontei que coisas como fisioterapia e ajuda em casa vinham com listas de espera – que não dava apenas para se inscrever e esperar ajuda imediata –, ele disse que simplesmente não estava preparado para se preocupar com esses assuntos no momento presente e que não queria que eu me preocupasse também. Mas isso era mais fácil de dizer do que de fazer.

Eu sabia que chegaria um momento em que se prender à "normalidade" não seria mais possível. Mais cedo ou mais tarde a independência do Sr. Peterson começaria a ir por água abaixo; o Dr. Bradshaw foi muito claro nesse ponto. Uma hora ele *teria* de começar a contar às pessoas. Ele necessitaria de apoio médico e prático. A longo prazo, adiar – recusar a tomar decisões – não iria ajudá-lo. Não era uma estratégia sensata. No fundo de minha mente, num canto escuro e distante, eu comecei a questionar se o Sr. Peterson estava lidando com essa situação tão bem quando o Dr. Enderby e eu inicialmente presumimos.

Por algum tempo, cogitei se era bom levantar essa preocupação com o Dr. Enderby quando o vi na nossa reunião final do clube do livro, mas, quando chegamos a ela, eu decidi não falar. (Eu achei que sabia exatamente o que ele iria dizer; que eu teria de respeitar as decisões do Sr. Peterson e seu direito de seguir seu próprio caminho.) Em vez disso, falamos sobre mim. O Dr. Enderby parecia muito preocupado em saber como *eu* estava lidando. Eu disse a verdade a ele: que havia dias bons e dias ruins, mas que na maior parte do tempo eu tentava pensar positiva e construtivamente. Eu esperava o melhor e estava preparado para o pior. O Dr. Enderby disse que essa era sempre uma política sensata.

O que eu não contei a ele era exatamente qual era minha "preparação".

Eu pensava que se o Sr. Peterson tinha algo entre dois e cinco anos de vida, como minha pesquisa indicava, então definitivamente eu teria de me afastar um pouco dos estudos. Isso provavelmente seria entre escola e faculdade ou talvez entre faculdade e universidade, se tudo fosse bem. Como ele não tinha uma família, era óbvio para mim que ninguém seria capaz de cuidar do Sr. Peterson em tempo integral. *Tinha* de ser eu. O único problema era que eu não sabia como ele reagiria à proposta. Eu já previa certa resistência. Mas isso era o bom em sua recusa de fazer planos. Isso me dava muito tempo para pensar nas coisas devidamente, para pensar nas contingências. Quando ele estivesse pronto para enfrentar o que viesse em seguida, eu planejava um arsenal completo de argumentos para usar.

Enquanto se desdobrava esse drama interno, tentei manter um exterior neutro, mas isso não era algo que me vinha naturalmente. Houve várias ocasiões na última reunião da Igreja Secular em que eu me encontrei desejando poder ser como o Dr. Enderby, que, é claro, era muito experiente em manter todo tipo de segredo (sendo médico) e nunca perder a compostura (sendo budista). Mas para mim, na maior parte do tempo, uma calma exterior parecia uma decepção; e, como eu acho que já mencionei, decepção nunca foi meu ponto forte.

A coisa que provavelmente me salvou foi que todo mundo estava agindo meio estranho naquele dia. Acho que era porque tudo estava chegando ao fim, e na minha experiência houve muito excesso de emoção flutuando ao redor da conclusão de projetos de longo prazo, mesmo quando essa conclusão é bem-sucedida. Estava pairando lá no ar, como uma fina neblina, e se parecia distante e contida, provavelmente não era tão notável quanto poderia ser em circunstâncias diferentes. Além disso, devo observar que meu comportamento certamente não era o mais estranho naquele dia. Esse laurel, como se mostrou, iria cair no próprio Sr. Peterson. Numa tarde de comportamento atípico, isso se destacou como *extremamente* atípico. Claro, eu entendia as razões para isso – achava –, mas eu não tinha ideia de por que todo mundo iria querer fazer essa transformação repentina.

O Sr. Peterson não era dado a excessos de sentimentalismo. Nem era de fazer discursos longos e elaborados. Mas, naquele dia, ele deixou bem claro que queria ser a última pessoa a falar e que planejava falar durante certo tempo. Havia alguns temas "filosóficos" de que ele gostava e queria abordar para encerrar o assunto (e o Sr. Peterson certamente não era metido a filosofar). Por um tempinho, conforme falava, eu estava convencido de que ele contaria a todos sobre sua doença. Ele parecia estar se preparando para isso. Mas, no final, ele não disse nada diretamente. Ele ficou mais ou menos no tema e manteve o foco em *Timequake*. Apenas o Dr. Enderby e eu sabíamos que ele estava falando sobre si mesmo, sobre sua própria situação; e nós ainda conseguíamos interpretar errado o que ele *realmente* estava tentando dizer.

– Por vários motivos – o Sr. Peterson começou, de maneira suficientemente inócua – eu levei um longo tempo para ler este livro. Ou para relê-lo, devo dizer, porque é claro que eu o li assim que saiu, cerca de uma década atrás, acho. E me lembro de pensar na época que era provavelmente o livro mais irreverente de Vonnegut. Uma grande leitura, é claro, mas não um livro para se levar muito a sério.

"Bem, tendo lido muito mais lentamente desta vez, eu tenho de dizer que minha impressão original mudou um pouco. Acho que o que me ocorreu foi algo que eu já deveria saber: com Vonnegut, você não pode levar nenhum tipo de irreverência ao pé da letra. Quanto mais engraçada a piada, e mais despreocupado o enfoque, mais sérias as implicações tendem a ser. Ele disse algo nesse sentido, creio eu – várias vezes. Risada, irreverência, absurdo – com mais frequência que não, essas coisas têm suas raízes enterradas fundo no desespero.

"A ideia de que o tempo pode de repente voltar, de forma que toda uma década de acontecimentos é reencenada no piloto automático, é, obviamente, completamente absurda. É uma farsa e se desdobra como uma farsa no romance. É o motor que guia a comédia, mas não algo a ser levado a sério. Ou é o que se pode pensar. Porque, relendo a história desta vez, eu encontrei uma coisa estranha acontecendo. Eu descobri que eu *estava* levando a história a sério. E quanto mais avançava no livro, menos uma farsa ele parecia.

"E se você realmente tivesse de reviver os últimos dez anos da sua vida? Ou até sua vida toda? Acreditem ou não, essa ideia me interessou o suficiente para fazer certa pesquisa de apoio – e eu sei que isso é mais típico do Alex. Mas isso foi o que encontrei.

"Vonnegut certamente não foi o único a sonhar com a ideia de o tempo voltar atrás. Friedrich Nietzsche, o filósofo alemão, na verdade veio com uma ideia quase idêntica em um de seus livros, *Assim falava Zaratustra*, cerca de cem anos antes. Agora, eu nunca fui de filosofia em si. Tendo a pensar que nossa moral vem de dentro, e todo o resto é bom senso ou maquiagem. Um mês atrás, se você dissesse 'Zaratustra' para mim, eu teria suposto que você estava falando de Strauss. Mas acho que estou saindo da questão. Deixem-me dizer o que Nietzsche disse em seu livro. Ele disse que não há vida após a morte no sentido normal, religioso – não há céu, não há inferno, não há purgatório. Mas não há 'nada' também. Em vez disso, depois que morremos, as coisas simplesmente começam de novo do zero. Vivemos nossa vida toda novamente, exatamente como era, nada mudando do nascimento até a morte. Então a mesma coisa acontece novamente, e para sempre. Ele chamava essa ideia de O Eterno Retorno.

"Bem, aparentemente, Nietzsche pode não ter acreditado nisso tudo, não no sentido literal. Mas ele escreveu como um personagem, como se acreditasse em cada palavra. O ponto era formar um tipo de experimento de pensamento. Ele queria que o leitor levasse a ideia a sério, desse crédito a ela, para que então fosse forçado a confrontar a seguinte questão: se é verdade, é uma ideia prazerosa? Ou, colocado de forma diferente: se você tivesse de reviver sua vida exatamente como foi – mesmos sucessos, mesmos fracassos, mesma alegria, mesmo sofrimento, mesma mistura de comédia e tragédia, você iria querer? Valeu a pena? E é a mesma coisa com Vonnegut, penso eu.

"Enfim, se vocês ficarem comigo mais um minuto, acho que há uma segunda parte nesse experimento de pensamento que é igualmente importante. Refere-se ao livre-arbítrio. Para Nietzsche, o Eterno Retorno era também uma forma de pensar sobre livre-arbítrio de uma perspectiva ateia, que, é claro, ainda era uma perspectiva da minoria naquela época. O Eterno Retorno era outra forma de apresentar a ideia de que simplesmente *não* há nada além desta vida. Isso é tudo o que há, e se há qualquer propósito a ser encontrado, então tem de ser encontrado no aqui e no agora, através de nossos esforços e sem ajuda sobrenatural. E acho que para Nietzsche essa ideia era, francamente, um verdadeiro azar. Significava que temos a responsabilidade de fazer as melhores escolhas possíveis, tentar feito condenados não estragar nossa única chance.

"Bem, acho que Vonnegut pode ter seguido a maior parte disso também, mas ele também tinha suas próprias ideias de livre-arbítrio. Porque para Vonnegut livre-arbítrio não é sempre algo certo.

É algo que não valorizamos – ele teria concordado com Nietzsche nisso – mas também é algo que pode desaparecer de repente. Parte do *seu* experimento de pensamento em *Timequake* envolve exatamente essa ideia. As pessoas são forçadas a viver num piloto automático – sabendo muito bem o que vai acontecer nos próximos dez anos e sem forças para mudar até nos menores detalhes. É tratado como o aspecto mais irreverente da história, mas, no fundo, é a ideia menos irreverente. Porque Vonnegut era um homem que sabia exatamente como seria a perda do livre-arbítrio. Como prisioneiro de guerra, ele foi forçado a ver uma cidade inteira queimando até o chão – e não havia droga nenhuma que ele ou Deus ou qualquer um pudesse fazer. Tudo o que ele pôde fazer para ajudar era contar os corpos – todos os cento e trinta mil corpos.

"Então acho que Kurt Vonnegut conhecia o valor do livre-arbítrio tão bem quanto qualquer um, mas ele também entendia suas limitações – como e onde poderiam ser de repente levados embora. E eu gostaria de concluir com a frase que melhor resume sua posição, que é a citação de Vonnegut da Oração da Serenidade, em *Matadouro 5*. Claro, há outras citações em *Timequake* que eu poderia ter escolhido, mas nenhuma delas, penso eu, atinge tão precisamente a cabeça do prego. E é outro fato que, vindo de um ateu, soa muito mais brincalhão do que realmente é.

"Deus, me traga serenidade para aceitar as coisas que não posso mudar, a coragem para mudar as coisas que posso, e sabedoria para sempre reconhecer a diferença.

"Amém."

Houve um momento de silêncio. Eu prendi a respiração. Estava esperando que ele anunciasse o que nunca veio. Em vez disso, o Sr. Peterson pigarreou e disse: – E como um lembrete tão importante, eu gostaria de agradecer a Alex por organizar isso. Se alguém ainda tem a impressão de que eu tive alguma coisa a ver com organizar este grupo, podem ter certeza, não tive. Achei a ideia completamente maluca. Eu disse a ele que ninguém viria. É a única razão pela qual concordei em receber as pessoas.

Houve um surto de risadas. Achei que o Sr. Peterson provavelmente estava esquentando para seu papel como palestrante.

– Mas, falando sério – ele continuou. – Obrigado, Alex. Isso significou muito para mim, e tenho certeza de que não estou sozinho nisso.

E pode ter havido mais, mas, se houve, eu não consegui ouvir. Eu fiquei da cor de uma melancia. Então senti meus olhos começando a queimar.

– Preciso sair um momento – eu disse.

No banheiro, eu comecei a chorar. Lavei bem o rosto antes de voltar para o grupo.

Foi uma hora mais tarde, depois que todo mundo foi embora, que o Sr. Peterson reiterou o que havia dito antes, como se uma vez não tivesse sido suficiente.

– Falei sério – ele repetiu gravemente. – Sou muito grato pelos últimos catorze meses. Quero que você se lembre disso no futuro.

Eu sabia que esse tipo de frase requeria uma resposta sincera e significativa, mas achei que se eu falasse longamente, eu começaria a chorar novamente.

– Tá – eu disse.

Foi muito inadequado.

E foi isso, e só isso que me fez retornar depois. Como eu disse, eu tinha um sentimento geral de que algo estava fora dos padrões naquele dia, mas nada que teria me motivado a dar uma verificada no Sr. Peterson nem nada assim. No máximo, eu fui de certa forma assegurado da última parte do discurso de Kurt Vonnegut. Aquilo me disse que ele finalmente estava preparado para encarar o futuro. Ele estava buscando a serenidade para mudar as coisas que não poderia mudar. Foi como eu o interpretei errado. Eu foquei na parte errada. Foi puro acaso eu ter voltado naquela noite.

Eu não planejava ficar mais do que dois minutos. Pensei que tudo o que eu precisava era aparecer na porta e dizer as coisas que eu deveria ter dito antes: que os últimos catorze meses significaram muito para mim também, e o que quer que acontecesse em seguida, ele não tinha de encarar sozinho. Não era o tipo de coisa que poderia esperar até o dia seguinte.

Mas quando bati na porta da frente não houve resposta. Eu não fiquei surpreso ou preocupado. O Sr. Peterson nem sempre vem para a porta imediatamente, especialmente quando ele andou fumando, como era normal nessa hora da noite, e caiu num cochilo.

Eu bati de novo, então tentei a porta. Estava destrancada. O corredor tinha cheiro de maconha. Isso *era* incomum. Que eu saiba, o Sr. Peterson só fumava lá fora ou na varanda se estivesse chovendo. A Sra. Peterson não gostava do cheiro da erva, não quando podia impregnar a tapeçaria, enfim, e o Sr. Peterson sempre dizia que velhos hábitos não mudam. Mas acho que era um hábito que ele queria manter.

Chamei seu nome, mas não houve resposta. Imaginei que ele havia caído no sono na cadeira e quando entrei na sala vi que eu estava certo. Ele estava caído de um lado, com um cobertor sobre as pernas. O cinzeiro estava ao lado dele na mesinha lateral. Ao lado do cinzeiro havia um copo vazio de água e ao lado do copo uma prancheta. Isso era o que havia escrito, em grandes letras pretas: Por favor não ressuscite.

Eu bati em seu rosto. Não houve resposta, mas sua bochecha estava quente, e pensei que ele ainda estava respirando. Levou apenas alguns segundos para encontrar as embalagens vazias dos comprimidos que ele havia tomado: diazepam, paracetamol e codeína. Eu sabia que essa era uma informação importante.

Eu rasguei a mensagem na sua prancheta e enfiei no bolso. E liguei para a emergência.

17

DESPEDAÇADO

Seu bilhete de suicídio chegou dois dias depois pelo correio. Foi isso o que dizia:

> Não há nada que você poderia ter feito. Foi minha escolha e só minha. Eu queria morrer em paz e com dignidade. Se você não entende isso agora, espero que algum dia entenda. Por favor, me perdoe.

Eu não tinha um ponto real de comparação, mas ainda achei que era uma porcaria de bilhete. Eu o guardei mesmo assim.

Havia sido postada de segunda classe para garantir um atraso suficiente na entrega. Ele havia postado outra carta com a marcação URGENTE, diretamente pela caixa postal do hospital, informando seu médico de suas intenções e pedindo que uma ambulância fosse mandada para pegar seu corpo o quanto antes. Ele também pediu que minha mãe fosse informada para que ela pudesse me contar. Essa parecia ser a melhor forma de fazer as coisas. Minha mãe poderia me contar suavemente quando eu voltasse da escola, quando a ambulância já haveria tido pelo menos sete horas para levá-lo ao necrotério. Ele havia planejado para que tivesse zero chance de ser eu quem encontrasse o corpo. Achei que foi cuidadoso da parte dele.

***

Claro, quando ele acordou, estava furioso. A ambulância nos havia levado para o Hospital de Yeovil. Foi uma repetição da viagem que eu havia feito cinco anos e um terço antes, depois do meteoro. Naquela hora, você sabe, eu fiquei inconsciente por duas semanas e quando acordei achei que estava no céu. O Sr. Peterson só ficou inconsciente por uma noite, e quando acordou ele soube imediatamente que algo havia dado errado. Mesmo estando fora de si, ele não tinha a ilusão de que o Hospital de Yeovil era o além. Tinha muito cheiro de engomado.

Quando ele acordou brevemente, eu havia sido mandado para casa com minha mãe, e na tarde seguinte, quando voltamos, ele adormeceu novamente. Uma das enfermeiras nos disse que era muito improvável que ele ficasse lúcido o suficiente para falar antes de as horas de visita terminarem porque eles deram a ele muita morfina. Não tenho certeza se isso era 100% ortodoxo em termos de procedimentos médicos aprovados, mas podia entender por que fizeram isso. Ele começara a reclamar no momento em que acordou. Ele disse que era como a pior ressaca que alguém tinha de passar, o que não era muito surpreendente. Ele conseguiu se envenenar bem severamente antes de os médicos lavarem seu estômago. Ficou chamando a enfermeira para dizer a ela que essa experiência era pior do que o Vietnã e que, se não iam deixá-lo morrer, pelo menos deveriam colocá-lo para dormir por um tempo. Finalmente um médico foi chamado e concordou que eles não poderiam simplesmente deixar o Sr. Peterson como estava. Não era justo – não com a equipe, e certamente não com outros pacientes da ala. Mas infelizmente, por causa do recente abuso que o fígado e os rins do Sr. Peterson sofreram, administrar qualquer tranquilizante padrão estava fora de questão. Em vez disso, eles lhe deram uma injeção, e repetiram esse procedimento a cada quatro ou seis horas pelas próximas vinte e quatro.

Consequentemente, havia pouco sentido em visitá-lo aquele dia.

Eu disse à minha mãe que, se fosse tudo bem por ela, eu tiraria o resto da semana de folga da escola. Ela concordou que esse era um plano sensato.

Ellie me levou no dia seguinte e insistiu em me acompanhar até a ala. Eu pensei que minha mãe provavelmente havia pedido que ela fizesse isso, mas eu não tinha certeza. Da mesma forma, poderia ter sido curiosidade mórbida. Era difícil dizer em relação a Ellie. De toda forma, eu estava feliz pela carona.

O Sr. Peterson estava magro, não barbeado e mal-humorado. Parecia bem assustador para ser franco, como se tivesse voltado dos mortos – o que eu acho que não era tão surpreendente. Sua expressão não mudou quando sentamos do lado da cama.

– Oi – eu disse.

– Oi.

Sua voz combinava com o rosto.

– Esta é a Ellie. Ela me deu uma carona. Espero que não se importe que ela esteja aqui. Ela só quer ficar tempo o suficiente para se certificar de que estou bem.

– Eu não estou adorando que *nenhum* de vocês esteja aqui – o Sr. Peterson disse. – Mas duvido que eu possa escolher nesse quesito também.

Eu ignorei isso.

– Como está se sentindo?

– Como *acha* que estou me sentindo?

– Acho que deve estar se sentindo péssimo.

– Estou me sentindo péssimo. Você sabe que eles não vão me deixar sair deste lugar. Não num futuro visível. É oficial. Eu fui

internado. Se tentar sair, vão me deter à força com base na Lei de Saúde Mental de 1842 ou numa merda dessas. É uma barbárie! Espero que você esteja satisfeito.
– Estou satisfeito que esteja vivo – admiti.
– Ótimo. Então pelo menos um de nós está.
Eu olhei para Ellie. Ela revirou os olhos para mim. Por alguma razão, o comportamento de Ellie não havia mudado um iota nos últimos dois dias. Ou ela havia decidido que era melhor agir normalmente comigo, ou ela não estava agindo, e a tentativa de suicídio era só mais uma coisa numa longa lista de coisas que não a impressionavam nem um pouquinho.
– Você não tinha direito de fazer o que fez – o Sr. Peterson continuou. – Não era sua escolha!
– Entendo – eu disse. – E o que *o senhor* teria feito se eu estivesse no seu lugar?
– Eu teria respeitado a sua vontade. Eu o teria deixado morrer.
Eu ignorei isso também.
– Eu trouxe algumas coisas de casa – eu disse, apontando para a sacola no chão. – Algumas roupas e livros, coisas assim.
– Livros, que ótimo! Isso torna as coisas melhores. Você sabe que não posso ler porcaria nenhuma agora!
– Tem também música. A quinta de Schubert, a terceira de Mendelssohn, o Concerto para Clarinete de Mozart, a quarta de Mahler...
– Eu prefiro a sexta.
– O senhor não está bem o suficiente para a sexta.
– E quanto a Bach?
– Trago Bach da próxima vez.
– As suítes para violoncelo?
– Qualquer coisa *menos* as suítes para violoncelo.
– Jesus, moleque! Eu não posso nem decidir o que escuto?

– Há uma hora e lugar para as suítes para violoncelo de Bach, e nós sabemos que não é enquanto o senhor está se recuperando no hospital. Estou tentando ajudá-lo.

– Você quer me ajudar?

– Sim, claro que quero ajudá-lo.

– Ótimo. Então me traga outra coisa.

– Eu trago qualquer coisa que quiser, desde que seja razoável.

– Me traga maconha.

– Não vou trazer maconha.

– Vou ficar louco aqui.

– É ridículo. Onde está planejando fumar? No banheiro?

– Se tiver de ser.

– Eles não vão liberá-lo tão cedo se o pegarem fumando maconha.

– Eles me deixaram com heroína nas últimas vinte e quatro horas!

– Não vou trazer maconha.

O Sr. Peterson se virou para Ellie.

– E quanto a você, menina? Você me traz maconha?

Ellie o olhou com franqueza por alguns segundos.

– Acho difícil que maconha o torne *menos* suicida. Não acha?

O Sr. Peterson bufou. – Agradeço sua preocupação, e seu tato, mas não é algo com que você precise se preocupar.

Ellie deu de ombros. – É só minha opinião. Até onde posso ver, você ficaria melhor tomando alguns estimulantes.

O Sr. Peterson se voltou para mim. – Ela é de verdade?

– Não sei – eu disse. – Deve ser.

– "Ela" tem um nome! – Ellie apontou.

– Minha jovem – o Sr. Peterson disse –, é tarde demais para me preocupar em aprender novos nomes. Meu cérebro está virando mingau, como tenho certeza de que Alex te contou. Não é uma coisa agradável de se encarar, e a maconha só torna um pouco mais fácil. Talvez você possa entender isso?

– Me diga meu nome e eu te trago maconha. Que tal esse acordo?

– Sally.

– *Ellie*.

– Ninguém vai trazer maconha nenhuma – eu disse. – Ellie está certa. Não vai te ajudar.

– Sabe, estou ficando cansado pra caralho de as pessoas me dizerem o que *não* vai me ajudar.

– Mesmo se ajudasse, as enfermeiras iriam confiscar em dez segundos depois que acendesse. Não pode ver como está sendo ridículo?

– Essa situação toda é ridícula! E é culpa sua.

– Não é justo.

– Se não está disposto a me ajudar, eu gostaria que fosse embora.

– Está agindo como uma criança.

– Apenas vá.

– Ótimo. Eu volto mais tarde com Bach.

– Se eu fosse você, não me importaria.

– Se continuar assim, talvez eu não volte.

– Neste momento, seria muito bom pra mim. Você me tirou a única escolha que eu tinha. Espero que *você* nunca tenha de descobrir como é.

Eu saí sem olhar para trás.

Ellie me alcançou alguns momentos depois na máquina de Coca.

– Bom, não foi exatamente o que eu esperava – ela disse. – Você sabe, Woods, quanto mais se cava, mais bizarra fica a vida da gente. Ele é sempre assim?

Eu a ignorei. A máquina de Coca não estava aceitando uma das minhas moedas de cinco centavos. Eu ficava colocando e ela continuava devolvendo. Remexi no bolso buscando mais moedas.

– Sinceramente, Woods, você deve ter a paciência de um santo. Você percebe que ele é pirado, certo? – Eu continuei ignorando-a. Ela tocou meu braço. – Sério, Alex. Você está bem?

– Não – eu disse. – Não estou bem. Estou chateado e bravo.

– Você *deveria* estar bravo. Ele não tem direito de dizer o que disse pra você. Aqui, pega. – Ela colocou uma moeda de uma libra na minha mão. A máquina a engoliu sem dar troco. – Não me importo se ele é doente terminal – Ellie continuou. – Algumas coisas que ele disse foram completamente descabidas.

– Talvez.

– Claro que sim!

Eu me sentei numa das cadeiras na frente da máquina de Coca. Ellie se sentou ao meu lado.

– Você *vai* voltar mais tarde? Porque eu não te culparia se decidisse não voltar.

Eu dei de ombros. – Acho que vou voltar amanhã.

Ellie ficou em silêncio por um tempo, rolando a língua na bochecha. Parecia que tentava descobrir como melhor verbalizar alguma coisa. Isso não era comum para ela.

– Tá – ela acabou dizendo. – Mas você deveria estar preparado para o fato de que pode ser outra viagem desperdiçada.

– Não importa se for uma viagem desperdiçada – eu disse. – Ainda tenho de voltar.

– Você não *tem* de voltar.

– Sim, tenho.

– Não tem sentido em ser um mártir. Sério. Eu sei que você tem algumas ideias estranhas sobre moral e tal, mas não pode ajudar alguém que não quer sua ajuda.

– Não seja boba, Ellie. Isso não tem nada a ver com moral. E não estou esperando mudanças milagrosas da noite para o dia. Eu sei que os próximos dias devem ser igualmente ruins.

– Tá. Então, se você sabe disso, por que se importa? Por que tem de voltar já amanhã e passar pela mesmíssima coisa novamente?

– Porque ele é meu amigo e precisa de mim aqui, mesmo que não perceba. Mesmo que passe o tempo todo gritando comigo. Se é isso que ele precisa fazer, eu aguento.

Ellie revirou os olhos numa volta completa. – Meu Deus, Woods! Isso não faz sentido nenhum! Não a parte sobre serem amigos. Quer dizer, é um pouco esquisito, na verdade é bizarro pra caralho, mas, ainda assim, eu entendo. Mas, quanto ao resto, estou perdida. Ele fica puto, você vai pra casa se sentindo uma bosta, como isso ajuda alguém? Dê a ele alguns dias para esfriar.

Eu dei de ombros. – Não espero que isso faça sentido para você. Mas faz sentido para mim. Eu sei como ele é. E agora ele está morrendo de medo. Ele está com medo e não sabe como lidar com isso.

– Então ele desconta em você?

– Exatamente.

– E que... espera que você aguente numa boa?

– Eu *aguento*... Eu tenho de aguentar.

– Nossa, Woods, você é *mesmo* um puta santo.

– Não sou santo. Só estou sendo prático.

Ellie balançou a cabeça.

– Está pronta para ir embora? – perguntei.

– Sim. *Por favor*. Vamos sair daqui. Hospitais me fazem surtar.

– Eu não fiz você vir.

– Não foi o que eu quis dizer. Vamos apenas embora.

Mas logo que saí no estacionamento, Ellie decidiu que ela precisava voltar e usar o "senhoras" porque não iria aguentar a viagem de meia hora de volta a Glastonbury e aparentemente só tinha poderes limitados de previsão. Eu esperei no carrinho abafado pelo que pareceu uma eternidade, querendo ter mais moedas para comprar outra Coca Diet. Fiz uma anotação mental para trazer uma garrafa de dois litros da próxima vez.

– Você demorou demais no banheiro – reclamei quando Ellie voltou.

– Porra, Woods! Isso é coisa que se diga a uma garota?

Ela ligou o carro que logo morreu.

– Você deixou engata...

– Eu sei!

– Além disso, precisa se lembrar das lombadas na saída, porque na vinda você...

– Cala essa boca e me deixa dirigir!

Logo que passamos pela rotatória, ela ligou o som no máximo. Por algum motivo, Ellie e eu nunca podíamos manter uma conversa por mais do que alguns minutos seguidos.

Quando voltei com minha mãe no dia seguinte, fomos informados de que o Sr. Peterson fora transferido para uma acomodação mais adequada de "longo prazo". Esta era a ala psiquiátrica – abreviada para "psicoala", ou simplesmente "psico", quando as enfermeiras conversavam entre si. Achei essa abreviação informal um pouco informal *demais* para meu gosto, mas minha mãe parecia achar que para a maioria das pessoas devia ser mais reconfortante; ela disse que a maioria das pessoas não ficava confortável com polissílabos médicos. Por sua experiência pessoal, ela sabia que uma abreviação similar ocorria na ginecologia, que sempre era abreviada para "gino" – mas isso era uma conversa que eu não quis continuar.

Localizada no penúltimo andar, a "psico" por acaso tinha uma atmosfera surpreendentemente sedada comparada com as alas gerais lá embaixo. Imediatamente me ocorreu que havia muito menos confusão e trânsito de pessoas. Também parecia haver menos funcionários. Posteriormente descobri que havia menos pacientes, e que cada um costumava ter menos visitas. E geralmente os pacientes podiam todos ser vistos e medicados nas mesmas horas marcadas todos os dias, o que ajudava a manter as coisas organizadas e regimentadas. Claro, havia alguns "pacientes problema", mas havia também um número anormalmente grande de quartos particulares na ala, que ficavam prontos para qualquer pessoa cujo comportamento fosse considerado "potencialmente perturbador ou desagradável". A maioria desses eram de psicóticos, o que significava gente passando por psicoses – esquizofrenia e tal –, não gente que era anormalmente brava, como o Sr. Peterson. Ele estava num dos quartos para quatro pessoas. Sua cama ficava no canto esquerdo mais afastado, perto da janela, de onde havia uma vista de um céu cinza ininterrupto. Achei que a menos que o sol saísse era melhor os funcionários manterem as cortinas fechadas.

Minha mãe insistia em "aparecer para dar oi" – como se fosse uma visita social – e falava longamente sobre os gatinhos da Lucy, que (curiosamente) nasceram no meu aniversário, no equinócio de outono. Já que essa era uma ninhada estranhamente grande e felpuda, minha mãe ainda lutava para encontrar lares para eles. Eu duvido que isso fosse de grande interesse para o Sr. Peterson naquele momento, mas ele assentia de tempos em tempos para mostrar que estava escutando (por alguma razão, ele sempre mostrava um nível não característico de paciência com minha mãe) antes de recusar educadamente a sugestão dela de que talvez ele "quisesse ficar com um". Eu não sei no que ela estava pensando, mas não era piada, já que minha mãe não faz piadas. Ou era uma forma de resolver um problema na pressa, ou ela pensou bem na questão e chegou à conclusão inconcebível de que a situação do Sr. Peterson pedia um gatinho. Qualquer que tenha sido o caso, eu me desculpei por ela depois que ela se foi.

– Sua mãe é sua mãe – o Sr. Peterson disse. – Tenho certeza de que as intenções dela foram sinceras.

– Sim, pode ser – concordei. – Mas ela ainda está insana. Ela é que deveria estar na psicoala.

O Sr. Peterson deu de ombros.

– Eu trouxe as *Variações Goldberg* e mais pilhas AA – eu disse.

– Obrigado.

– Devo perguntar se está se sentindo um pouco melhor?

– Não estou me sentindo pior.

– Já é alguma coisa, acho.

– Eles me mandaram para um psiquiatra ontem. Ele me deu Prozac. Prozac! Ele acha que estou deprimido.

– E não está deprimido?

– Eu não estava deprimido.

– O senhor tentou se matar.

– Sim. Foi o que ele disse também. Aparentemente é um sintoma clássico. Não é visto como um plano *são* de ação para alguém na minha situação.

– Tenho certeza de que ele sabe o que está fazendo.

– Você confia demais nos médicos, moleque. Eles fazem as perguntas mais cretinas que a gente já ouviu. Estou me sentindo desesperançado ou apático em relação ao futuro? Acabo achando que nem se deram ao trabalho de ler minha ficha.

– Tenho certeza de que está exagerando.

– Fique por aí e julgue por si mesmo. Um ou mais deles vão voltar depois para a ronda da ala.

– Quer que eu fique aqui?

– Por que não? Mais tarde vocês podem se reunir todos e discutir o que é melhor pra mim.

Eu não disse nada, mas também não afastei o olhar. Só esperei. Achei que o Sr. Peterson ficou vermelho aos poucos.

– Sabe, aquela menina voltou pra me ver – ele disse. – Depois que você foi embora.

– Que menina?

– Não seja idiota. Você sabe que menina. A menina da franja.

Levou um tempo para eu perceber que o Sr. Peterson estava falando da franja de Ellie.

– Então, você e ela estão...

– Não!

– Por que não? Acho que ela gosta de você.

– Não, acho que não. E certamente não desse jeito. Até onde eu sei, ela só gosta de idiotas. Idiotas mais velhos.

– Tenho certeza de que ela vai passar dessa fase.

– Não estou confortável com essa conversa.

O Sr. Peterson deu de ombros. – Ótimo. Estou só dizendo que, para alguém que não gosta de você, ela certamente pareceu bem puta quando achou que eu o havia chateado.

– É só o jeito dela. Ela está sempre puta.

– Ela estava *extremamente* puta. Ela me disse que eu estava sendo babaca e que não merecia nenhuma solidariedade.

– É, soa como o tipo de coisa que ela diria – reconheci. – Ela é bem direta.

– Sim, ela é. Mas neste caso ela também estava certa. Eu estava sendo um babaca.

– É.

– Desculpe.

Eu dei de ombros.

– Mas você tem de entender *por que* me desculpo.

– Tá. Então me diz.

– Me desculpe pelo que você teve de passar. Sei que deve ter sido horrível.

– Sim. Foi.

– Mas não me desculpo pelo que fiz, e não vou fingir o contrário. Eu tenho de ser franco com isso. Apenas não era para ser assim. Achei que eu havia planejado de forma que não *pudesse* ser assim. Eu não tinha como saber que você ia voltar. E daria tudo para que não tivesse voltado.

– Obrigado – eu disse. – É uma bela desculpa. Sabe, mesmo se eu não tivesse voltado, ainda não há garantia de que as coisas teriam acontecido de forma diferente. Seu planejamento foi uma porcaria. Tomou tantos comprimidos que era tão provável que vomitasse quanto morresse. E quanto à codeína, só Deus sabe o que o senhor estava pensando!

– Eu estava pensando que eram os analgésicos mais fortes que eu tinha e que seriam mais fáceis de ter overdose.

– Não funciona assim. Codeína é o analgésico mais difícil de se ter uma overdose, especialmente se alguém está acostumado a tomar.

– Eu não sabia disso.

– Obviamente! Então pode tirar da cabeça que *eu* sou o culpado pela sua situação agora. Seu plano foi uma porcaria!

– Ótimo, entendi! Acho que da próxima vez vou pesquisar melhor. Um silêncio pesado se estabeleceu por um minuto. Eu joguei o *Variações Goldberg* na mesinha ao lado da cama e fui dar uma caminhada.

O Dr. Bedford, psiquiatra do Sr. Peterson, era um cara grande com mãos enormes de pianista, mas uma voz surpreendentemente suave. Mais tarde, o Sr. Peterson me disse que isso não era nada surpreendente, já que todos os psiquiatras eram treinados para falar assim e tinham de aperfeiçoar "a voz" antes de poderem exercer seu tipo particular de medicina. Eu concluí que isso era uma bobagem.

– Como está se sentindo hoje? – o Dr. Bedford perguntou.

– Estou me sentindo bem – o Sr. Peterson disse.

– É importante o senhor responder essas perguntas de forma mais franca possível – o Dr. Bedford lembrou.

– Estou cansado deste lugar e quero sair – o Sr. Peterson disse. Não estava claro se ele estava se referindo à ala psiquiátrica ou ao universo. O Dr. Bedford, de forma otimista, optou pela primeira hipótese.

– Sabe que agora não é possível – ele disse suavemente. – Acho que seria bem melhor se colocasse na sua mente e se esforçasse para levar um dia de cada vez. Vamos dar alta no momento em que estiver bem o suficiente, não antes disso.

O Sr. Peterson xingou alto.

– Doutor, você *leu* minha ficha? Você sabe o que vai acontecer comigo num futuro não muito distante?

O Dr. Bedford assentiu solenemente. – Sim, eu sei.

– Meus olhos vão ficar muito piores, e minhas pernas também. Até que eu não vou conseguir andar nada. Vou ficar numa cadeira de rodas. Não vou poder ir ao banheiro sem ajuda. Não vou conseguir falar ou engolir comida sólida. É bem possível que eu morra engasgado no meu próprio vômito.

– Entendo por que se sente assim.

– Se entendesse, nós não estaríamos tendo esta conversa. As coisas não vão ficar melhores pra mim.

– Pode parecer assim agora. Isso não significa...

– Alex! – O Sr. Peterson virou o rosto para mim. – Já que o Dr. Bedford parece estar tendo algum tipo de bloqueio mental quando se trata da minha voz, talvez *você* pudesse fazer o favor de dizer a ele que não sou maluco. Que estou pensando bem mais racionalmente sobre isso do que ele.

Senti minhas bochechas corando. – Tenho certeza de que o Dr. Bedford sabe como fazer seu trabalho – eu disse.

O Sr. Peterson grunhiu.

– Ninguém pensa que está maluco – o Dr. Bedford continuou, muito calmamente. – Não é por isso que está aqui. O senhor sabe disso. Eu já lhe disse isso. Está aqui porque oferece um risco significativo para si mesmo se for liberado.

– Sim, está certo! Para *mim mesmo*.

– Suas ações têm consequências para os outros também. Tenho certeza de que entende isso. Não é só a si mesmo que está ferindo.

O Dr. Bedford olhou em minha direção. Eu fiquei um tom ainda mais vermelho. O Sr. Peterson explodiu.

– Ah, ótimo! Maravilha, caralho! Quando tudo mais falha, há sempre a chantagem emocional! Você acha que eu devo permanecer vivo pelas outras pessoas? Espalhar o sofrimento o máximo de tempo possível?

O Dr. Bedford esperou numa contagem até cinco. – Acho que seria melhor se eu voltasse mais tarde. Tente descansar um pouco.

Então ele saiu.

Um silêncio opressor arrastou seus pés por mais alguns momentos. Então o Sr. Peterson disse:

– Bem, moleque, já que ainda está aqui, você poderia compartilhar seus pensamentos. O que acha disso?

O problema era que meus pensamentos não estavam claros. Muitos nervos haviam sido atingidos. Eu lutei com o que dizer por algum tempo, então dei de ombros ineficazmente.

– Não acho que o senhor vá sair daqui tão cedo – eu disse.

O Sr. Peterson olhou para mim por um tempo como se fosse retrucar, mas apenas assentiu pesarosamente. Ambos estávamos cansados de lutar.

18
PACTO

– "Yossarian estava no hospital com uma dor no fígado que por pouco não era icterícia. Os médicos estavam intrigados com o fato de não ser bem icterícia. Se aquilo se transformasse numa icterícia, eles poderiam tratar. Se não se tornasse icterícia, e fosse embora, eles poderiam liberá-lo. Mas isso de quase ser icterícia os confundia."

Eu parei a leitura.

– Icterícia é aquela doença em que se fica amarelo?

– Isso. Em francês é *jaune*.

– Ah, sim. Claro... eu não sabia que o senhor falava francês.

– Aprendi um pouco aqui e ali.

– No Vietnã? O Vietnã já foi francês, certo?

– Moleque, quer apenas ler o livro? Seria legal pelo menos passar da primeira página antes de o horário de visita acabar.

Eu assenti, pigarreei e continuei:

– "Cada manhã eles vinham, três homens ligeiros e sérios com bocas eficientes e olhos ineficientes, acompanhados pela enfermeira Duckett, uma das enfermeiras da ala, que não gostava de Yossarian. Eles leram a ficha aos pés da cama e perguntaram impacientemente sobre a dor. Pareciam irritados quando ele lhes disse que estava exatamente igual.

"'Ainda sem movimento?', o coronel pedi..."
O Sr. Peterson levantou a mão como se estivesse tentando parar o trânsito.

– Moleque, por favor, *não* tente imitar o sotaque americano.

Eu dobrei o livro com meu dedo indicador ainda dentro, marcando a página.

– Achei que o texto soaria um pouco esquisito num inglês britânico. A coisa toda soa estranha. Eu apenas vou ter de me acostumar a isso. Vai ser muito mais fácil do que tentar me acostumar *àquilo*.

– Soou bem na minha cabeça.

– Não foi bem. Não iria se safar com um sotaque desses em Hicksville, Alabama.

– Oh.

– Apenas leia claramente, com uma voz normal. E fale um pouco mais alto. Não quero ter de forçar a cada palavra.

– Eu não queria perturbar os outros pacientes – confessei.

– Os outros pacientes já são perturbados – resmungou alto o Sr. Peterson. – Não acho que um pouco de leitura vá fazer nenhum mal, você acha?

Eu tinha de admitir que não. Havia dois outros pacientes dividindo o quarto com o Sr. Peterson e parecia improvável que um deles fosse reclamar. O homem na frente, que parecia ter por volta da mesma idade do Sr. Peterson, estava completamente catatônico. Ele nunca se mexia, quanto menos falava. Havia uma mulher que devia ser sua esposa que o visitava por meia hora cada dia, mas nem ela nem os médicos podiam extrair qualquer tipo de reação dele, nem mesmo a menor mudança na direção de seu olhar, que estava congelado na moldura da janela. Ele tinha tubos de alimentação na garganta e um cateter para a urina. Não sei como ou se ele recebia sólidos.

O outro homem, na próxima cama, diagonalmente oposta ao Sr. Peterson, parecia ter cento e cinquenta anos. Nunca dizia nada também, mas isso era mais porque ele estava constantemente rabiscando em um caderno – ou mais precisamente uma sucessão de cadernos. No ritmo em que escrevia, ele devia estar gastando pelo menos um por dia, apesar de ser um mistério quem fornecia seus suprimentos. Ele nunca recebia visitas, então acho que deviam ser as enfermeiras ou psiquiatras. Deviam imaginar que toda aquela escrita era terapêutica.

– Ele deve estar reescrevendo *Guerra e paz* – o Sr. Peterson especulou. – A edição completa.

Eu não havia lido *Guerra e paz*, mas entendi o que o Sr. Peterson quis dizer: *Guerra e paz* era extraordinariamente longo. Por isso que é famoso. Era cerca de doze vezes maior do que *Matadouro 5* e três vezes e meia maior do que *Ardil-22*, que era também um clássico, e o único livro que o Sr. Peterson disse que queria ler em seu atual estado.

Depois de algumas páginas, quando parei de me preocupar com os sotaques e embarquei na leitura, achei que entendi o que ele estava falando. O primeiro capítulo de *Ardil-22* não era particularmente lisonjeiro quando se tratava de equipes médicas, e esta era outra razão pela qual eu estava constrangido com o volume em que o Sr. Peterson esperava que eu lesse. Ele alegou que isso era porque sua cabeça ficava "turva" – um sintoma que ele atribuía ao Prozac –, mas eu tinha cada vez mais suspeitas de que isso era só parte da verdade. Achei que podia ser por causa da enfermeira Holloway, que estava naquele momento cuidando de várias tarefas rotineiras no quarto. Eu senti como se tivesse sido arrastado para algum tipo de protesto petulante contra a carceragem da psicoala.

Ainda assim, se esse era o caso, a enfermeira Holloway não estava mordendo a isca – pelo menos não a princípio. Ela seguiu com seu serviço em silêncio enquanto eu narrava relutantemente todos esses detalhes sobre médicos ineficientes e enfermeiras insensíveis. Foi só quando cheguei à parte onde o texano começa a falar dos "crioulinhos" – "Eles não permitem crioulinhos aqui. Eles têm um lugar especial para crioulos" – que ela parou o que estava fazendo e ergueu as sobrancelhas.

– Tudo bem – assegurei –, é uma sátira.

– É mais questão do personagem – o Sr. Peterson esclareceu.

– Sim, verdade – concordei –, mas estou proibido de fazer os sotaques; então pode não ter sido óbvio.

– Não me importa o *que* seja – a enfermeira Holloway disse. – Não acho que seja adequado para a ala.

– É muito adequado – o Sr. Peterson discutiu.

– Não se vai ofender ou irritar outros pacientes – a enfermeira Holloway retrucou.

– Quem está irritado? – o Sr. Peterson perguntou, apontando para os outros internos. – O Catatônico? O Conde Tolstoi ali?

O Catatônico não se moveu. O Conde Tolstoy continuou a escrever. A enfermeira Holloway plantou as mãos na cintura e disse:

– Só estou pedindo um pouco de consideração. Pode pelo menos ler baixo?

O Sr. Peterson balançou a cabeça.

– Sem chance. O Prozac parece ter fodido com minha audição.

– Vou avisar o Dr. Bedford assim que puder.

– Não quero ver o Dr. Bedford. Não há nada que o Dr. Bedford possa fazer por mim... nada a não ser me tirar essas malditas coisas.

– Suponho que eu possa censurar qualquer palavra considerada inapropriada na ala – sugeri. – Sabe como é, posso dizer: "a palavra com C", "a palavra com B", "FDP", "PQP" etc.

– Não tem nenhum PQP – o Sr. Peterson disse bravo. – É muito cedo pra isso.

– É cedo para qualquer coisa – a enfermeira Holloway disse.
– Por favor, um pouquinho de consideração é tudo o que eu estou pedindo.

Então eu resumi o *Ardil-22* num alto sotaque britânico, agora editando os palavrões conforme eu avançava. Com sorte, não havia muitos, então foi apenas uma leve irritação que o Sr. Peterson teve de aguentar – ou possivelmente não era irritação nenhuma. Ele pode ter ficado vagamente impressionado. Era difícil dizer. Ele ficou bem parado, com os olhos fechados, enquanto eu passava pelo Capítulo Um. Quando terminei, ele não disse nada, então, depois de um gole de Coca Diet, pensei que eu poderia continuar.

Foi só quando terminei o terceiro capítulo que abordei o assunto que eu revirava no fundo da mente há algum tempo. Era algo que o Sr. Peterson e eu não havíamos discutido por alguns dias – pelo menos desde a visita do Sr. Bedford. Acho que ele estava evitando porque a semitrégua em que havíamos caído ainda era muito frágil. Eu, por sinal, não tinha pressa em entrar em outra discussão. Mas agora, tendo passado uma meia hora inteira lendo em voz alta enquanto o Sr. Peterson descansava seus olhos, eu pensei que era pouco provável que eu encontrasse um momento mais oportuno.

– Sr. Peterson – comecei cuidadosamente. Então parei. Percebi que não havia uma boa forma de verbalizar o que eu queria dizer. Eu ensaiei várias versões na minha cabeça e optei pela dura simplicidade. – Sr. Peterson, você realmente *não* me parece muito deprimido. Não mais, pelo menos.

O Sr. Peterson abriu bem os olhos.

– Eu não estava deprimido para começar. Eu te disse isso.

– É. Eu sei.

– Deprimido nunca foi a palavra certa para o que eu tinha... ou sou. É só um rótulo enfiado em mim por algum psiquiatra com qualificações demais e não muito bom senso.

– Mas o senhor está... bem, sabe. Se eles lhe deixarem sair amanhã, quer dizer, o senhor ainda estaria...

O Sr. Peterson teve o suficiente desse interrogatório torto.

– Pelo amor de Deus, moleque, desembucha logo!

– O senhor ainda quer morrer! – soltei.

O Sr. Peterson fechou os olhos novamente. Levou algum tempo para ele responder, e, quando respondeu, sua voz não estava exatamente fria, mas ainda havia um tom pesado nela, como se ele tentasse lidar com dois ou três impulsos diferentes.

– Eu não quero morrer, moleque – ele acabou me dizendo. – Ninguém *quer* morrer. Mas você sabe para onde estou indo daqui a pouco. Meu futuro já está escrito. Se eu não quiser encarar isso, só há uma forma de escapar.

Eu contei minha respiração por alguns momentos, então disse:

– Mas sua vida não é tão ruim no momento. O que quero dizer é que ainda há coisas que pode aproveitar. Ainda há *Ardil-22*. Ainda há a Sinfonia nº 5 de Schubert em si bemol maior. Sua vida não é tão terrível ainda, e pode não ser por algum tempo. O senhor não sabe quanto tempo ainda tem. Pode ser mais dois ou três anos.

– Pode ser – o Sr. Peterson reconheceu, então ficou em silêncio por um tempo. – Você está certo. Eu tenho uma vida que vale a pena viver no momento e posso ainda ter uma vida que valha a pena daqui a seis meses. Até daqui a um ano. Não sei. Mas o que eu *sei* é que mais cedo ou mais tarde a balança vai virar. Mais cedo ou mais tarde vou ter uma vida que não vou poder mais suportar. E nessa hora há uma boa chance de que eu não possa fazer droga nenhuma sobre isso. Eu vou estar em algum tipo de hospício. Não vou ser capaz de ficar de pé e falar, quanto menos dar os passos necessários para terminar com tudo. É *isso* que é insuportável.

– Mas e se não tiver de ser assim? – perguntei baixinho.

– Vai ser assim. Essa é a questão.

– Eu poderia cuidar do senhor.
– Não. Não poderia.
– Poderia. Eu pode...
– Você não poderia. Seria um inferno para nós dois. Ninguém vai poder cuidar de mim. Não da forma que você quer dizer.
– Mas eu *quero*. Sinceramente. Pensei bem nisso. Até lá não vou mais ter de ir pra escola, quer dizer, posso adiar e...
– Moleque, por favor. Confie em mim. Eu sei do que estou falando aqui. Não é uma opção.

Eu esperei e cuidei da minha respiração novamente, desta vez numa contagem bem maior. Eu estava determinado a manter minha voz firme.

– Deve haver algo que eu possa dizer para mudar seu pensamento – acabei dizendo.

– Não há.

A voz dele era como ferro. Eu sabia que havia chegado num impasse.

– Acho melhor eu ir agora – eu disse. – Eu tenho algumas coisas para pensar sozinho. Posso voltar amanhã, mas não sei o que vai acontecer depois disso. Minha mãe quer que eu volte para a escola na segunda.

– Sua mãe está certa: você deveria voltar para a escola.

Eu dei de ombros.

– Acho que ainda vou poder vir nas horas de visita da noite.

O Sr. Peterson olhou como se fosse dizer algo para me dissuadir, mas depois de um tempo sua expressão mudou, e no final ele apenas assentiu.

Na manhã seguinte, eu fui para o apartamento de Ellie com o pretexto de agradecer-lhe por intervir a meu favor com o Sr. Peterson. Na verdade, isso não era totalmente um pretexto. Eu não a havia visto desde aquela tarde, e eu pensava *sim* que deveria agradecer. Mas, mais do que isso, acho, é que eu precisava de alguém para conversar e minhas opções nesse departamento eram limitadas. Revirar as coisas em isolamento me levaram a um certo ponto, mas eu sabia que para ir além eu teria de verbalizar certas ideias, apenas para ver como elas soavam. Mas certamente não fui procurar Ellie esperando algum tipo de sugestão construtiva da parte dela. Era mais porque eu havia chegado a um muro e precisava de alguém para ficar *rondando* o assunto – como quando se chega a um problema que é imune à lógica normal.

Acho que era um pouco depois das 11:30 quando bati na porta externa do apartamento, que ficava nos fundos, subindo as escadas de incêndio de metal. Eu imaginei que era uma hora razoável para aparecer na casa de alguém num domingo, apesar de que para mim isso era uma questão apenas de suposição. Já que eu acordava às seis e meia toda manhã – nos dias de aula e finais de semana – e minha mãe era madrugadora também, eu só tinha uma noção limitada do que podia constituir um horário normal de sono nos finais de semana. Eu pensava ter sido extremamente cauteloso. Ainda assim, tive de bater duas vezes na porta antes de Ellie atender a porta, e quando ela atendeu ficou evidente que ainda que estivesse acordada (óbvio) não estava exatamente "de pé". Ela usava uma camiseta preta e bermuda que era quase uma calcinha, e estava sofrendo de um caso severo de descabelamento. Ela obviamente não teve chance ou vontade de se arrumar ainda. Eu deduzi por seus olhos bravos de panda que sua maquiagem era a de ontem e que ela não ficou feliz em me ver. Eu comecei com o pé esquerdo.

– Porra, Woods! – Ellie grunhiu. – Que horas são?

Eu olhei para o relógio, e aí percebi que quase certamente era uma pergunta retórica.

– Achei que você estaria acordada – eu me desculpei.

– Eu não me levanto no domingo.

— Ah.
— O que você quer?
— Nada. Só estou indo pro hospital e...
— Não posso te dar carona. Não estou com o carro. Achei que seu supercérebro teria imaginado isso. Se está com sua mãe, não está comigo.
— Sim, eu percebi isso. Não era o que eu queria dizer. Estou indo de ônibus, mas pensei que primeiro...
— Woods, pelo amor de Deus! Estou congelando minha bunda aqui fora!
— É, dá pra ver isso. Talvez fosse melhor eu voltar outra...
— Se quer entrar, entre.
— Não quero incomodar se você não está acordada...

Antes de chegar na metade da frase, Ellie já me puxou pela cozinha em direção à sala.

— Você já incomodou, seu idiota. Eu odiaria se fosse por nada. Feche a porta atrás de você. Deve estar menos trinta lá fora.

Era novembro. Eu estimava que a temperatura real devesse estar ao redor de oito ou nove graus positivos. Mas eu não achava que valia a pena levantar esse assunto. Eu entrei, tirei os sapatos e fechei a porta.

Apesar de ter estado no apartamento várias vezes desde que Ellie se mudou, há mais de um ano, essa deve ter sido a primeira vez que estive ali sem minha mãe, e, sob essas novas circunstâncias, me deu uma impressão bem diferente. A maior parte da mobília era a mesma, claro, mas, mesmo assim, a atmosfera geral havia mudado num grau significativo. Essencialmente, havia absorvido várias das características de sua locatária. Era razoavelmente limpo, mas escuro, e bem bagunçado em alguns lugares. As cortinas estavam fechadas, a pilha de louça por lavar estava perigosamente alta e havia lingerie por todo canto. Até onde eu podia ver, estava pendurado em cada aquecedor de cada cômodo, apesar de Ellie me assegurar que isso não era um estilo permanente da decoração. Só era "dia da limpeza". Mas, como você provavelmente pode imaginar, ainda era desconcertante do ponto de vista do visitante. Não havia lugar algum em que você pudesse colocar os olhos sem um pano preto cobrindo sua visão periférica.

Quanto às outras mudanças no apartamento, a principal que eu notei era que o quarto-caixa agora parecia ser um tipo de armário grande, em que se pode entrar. Acho que "closet" seria mais aproximado.

– Você sabe que eu costumava *morar* naquele quarto – eu disse a Ellie quando estávamos sentados na sala, entre uma avalanche de caixas de CDs e xícaras usadas de café. – O quarto-caixa, quero dizer. Eu morei lá por um ano inteiro.

Ellie torceu o nariz. – Que quarto?

– O quarto-caixa – repeti, apontando de volta pela porta.

– O *armário*?

– Costumava ser um escritório – esclareci. – Depois virou meu quarto por um ano, quando minha mãe e eu morávamos aqui.

– Credo, Woods! É a porra de um armário!

– Eu só tinha onze anos na época, então não era tão ruim. Minha mãe não ficou tão empolgada com a ideia, mas não tínhamos muita escolha. Foi quando eu não podia ir para a escola. Eu não podia sair de casa. Minha epilepsia era muito severa.

Ellie balançou a cabeça. – Sua vida parece um conto de fadas de um fodido. Você deveria escrever sua biografia. Seria um sucesso.

– Autobiografia – corrigi.

– O quê?

– Uma biografia é quando você escreve sobre a história de alguém. Quando você escreve a sua própria, chama-se *auto*biografia.

– Foda-se. Quer uma bebida?
– Tem Coca Diet?
– Tenho um refrigerante barato tipo cola na geladeira. Não serve?
– Depende. Tem açúcar?
– Sim, tem açúcar.
– Tudo bem, eu pego uma Coca Diet lá embaixo. Posso beber um genérico se for preciso, mas não com açúcar. Me deixa esquisito.
– Você já é esquisito.

Eu não sabia o que dizer disso, então não disse nada e desci para pegar uma garrafa de Coca Diet do meu cantinho no estoque.

Quando voltei, Ellie não havia colocado mais roupa, mas havia limpado espaço na mesa para minha bebida e deixou a televisão muda, que foi ligada num desses programas bagaceiros de música onde as participantes mulheres estão sempre se virando do avesso e os homens sempre segurando o saco e fazendo golpes de caratê na câmera. A maioria dos clipes são feitos de tal forma que até um orangotango entenderia o que está acontecendo. Enfim, não acho que Ellie estava de fato assistindo, para começar – pelo que eu sabia, ela não curtia esse tipo de música. Porém ela era esse tipo de pessoa que precisava de "algo" acontecendo no fundo para poder funcionar devidamente. Foi provavelmente por isso que ela abaixou o volume em vez de desligar a televisão. Foi outra pequena distração para eu lidar, junto com a lingerie; e isso, combinado com a pequena interrupção, tornou difícil entrar direto no que eu queria falar. Eu optei por voltar à "conversa fiada", pensando que seria uma tática mais fácil.

– Interessante – observei –, uma garrafa padrão de refrigerante de dois litros tem cerca de setenta e cinco colheres de chá de açúcar.

Ellie me deu um olhar como se eu tivesse acabado de contar a ela que eu tinha pés de sapo.

– É o mesmo que um bolo gelado de chocolate de cerca de vinte centímetros de diâmetro – acrescentei.

– Sim, Woods, é realmente a coisa mais fascinante que ouvi o dia todo.

– Eu só estava tentando puxar conversa – eu disse.

– Precisa praticar bem mais. Vamos direto ao assunto, tá? Como está seu amigo? Ainda está louco?

Às vezes, do jeito dela, Ellie era bem azeda.

Eu passei os próximos dez minutos explicando para ela como o Sr. Peterson não estava exatamente "louco" – não de um jeito normal –, mas ele ainda *estava* suicida. E enquanto fosse o caso não haveria chance de ele deixar a ala psiquiátrica.

– Então talvez seja melhor ele ficar lá – Ellie concluiu. – É o que você acha?

– Não, na verdade não – eu disse. – Quer dizer, talvez por agora, mas não a longo prazo.

– Pelo menos no hospital ele tem gente cuidando dele.

– Ele não vê assim.

Ellie deu de ombros.

– Como *você* vê?

– Não sei – respondi. – Está tudo confuso na minha cabeça. É como se as coisas tentassem entrar em foco, mas não conseguissem direito. Mas acho... Bom, eu não vejo as coisas agora como via há uma semana. Tudo está mais... complicado...

Eu me interrompi e tive de pensar por certo tempo antes de voltar.

– Ellie, eu nunca disse isso a ninguém, mas sabe quando eu fiquei em coma por duas semanas? Depois do meteoro?

Achei que ela estava prestes a fazer algum comentário sobre isso, mas não fez. Ela apenas assentiu e acendeu um cigarro.

– Bom – continuei –, estou feliz que eu tenha acordado, obviamente, mas ao mesmo tempo eu me vi pensando que não teria importado se eu não tivesse. Não teria feito a menor diferença para mim. Você entende o que eu quero dizer?

– Não – Ellie disse.

Pensei mais um pouco.

– Tá – eu disse. – Então o que quero dizer é que quando eu estava em coma não tinha nada de ruim. Na verdade, não havia nada mesmo. Não havia sonho. Não havia escuridão. Não havia nem tempo. Até onde eu sei, essas semanas simplesmente não existiram. Elas não aconteceram. E acho que é exatamente a mesma coisa com a morte. A morte não é nada também. Não é nem um vazio, não para a pessoa a quem acontece. Você entende isso?

Ellie soltou uma longa baforada de fumaça, então disse:

– Quando você morre, você morre. Quer dizer, é um pouco deprimente para uma manhã de domingo, mas é o que está tentando dizer, certo?

– Sim, tá certo. Quando você está morto, está morto. É no que eu acredito que o Sr. Peterson acredite também. Mas a questão é, se é verdade, não *deveria* ser deprimente. E certamente não deveria ser assustador. Quer dizer, posso ver por que deveria ser assustador de um ponto de vista evolutivo, obviamente, mas não de um ponto de vista lógico.

– Putz, Woods! É assustador, não é assustador... eu *não* me inscrevi nisso quando abri a porta. Me faça um favor: poupe-me de foder com minha cabeça e apenas me diga o que você está tentando dizer de forma clara.

– Estou dizendo que a morte é a coisa mais fácil do mundo. É só morrer que é terrível.

Ellie fez uma careta e esfregou a cabeça.

– Tá. Esquece isso. A questão que estou tentando deixar clara é essa: por um tempão eu não pude deixar de remoer o fato de que o Sr. Peterson vai morrer, mas agora... Bem, agora algo mudou. Não parece a coisa mais importante nisso tudo. Você pode morrer bem ou pode morrer mal, mas a morte é apenas a morte.

Ellie piscou para mim por alguns momentos.

– Não quero que o Sr. Peterson morra mal – concluí.

– Você quer dizer que não quer que ele morra numa ala para doentes mentais?

– Sim, em parte é. Quer dizer, não sabemos quanto tempo ele tem. Pode ser mais vários anos. Mas não acho que ele deveria passar mais tempo no hospital do que o absolutamente necessário.

Ellie não disse nada. Eu passei um tempinho olhando as cortinas não abertas, então percebi que provavelmente parecia que eu estava olhando a lingerie dela, que estava espalhada por todo o aquecedor abaixo. Eu voltei os olhos para o rosto dela.

– Ele me disse que você voltou para vê-lo no hospital – eu disse. – Você sabe, no outro dia, quando eu esperava no carro. Bem, na verdade ele disse que você voltou para gritar com ele.

– É, quanto a isso: eu sei que ele é seu amigo e tudo mais, e talvez você ache que foi horrível da minha parte agir assim com um moribundo, mas, bem, eu não pude evitar. Ele estava sendo um *saco*.

– É, eu sei. E sei o que você estava tentando fazer. Obrigado. Acho que ajudou.

Ellie não corou exatamente – Ellie *nunca* corava –, mas notei que ela afastou o olhar e começou a mexer no isqueiro. Fiquei com a impressão de que, se eu estivesse sentado a uma distância fácil, ela teria me socado.

– Você sabe, Woods – ela disse depois de um tempinho. – De certa forma, de uma forma bem estranha, do jeito que Rowena foi comigo e tudo mais... bem, você é tipo um irmão pra mim. Um

irmão bem estranho e socialmente retardado, claro, mas um irmão mesmo assim. É meio como eu penso em você.
Eu não disse nada.
– O que quero dizer é que você geralmente me irrita horrores, e na maior parte do tempo eu não consigo nem começar a imaginar o que está acontecendo naquele lugar bizarro que você chama de cérebro, mas ainda assim, apesar de tudo isso, não significa que eu não me sinta como se eu não devesse cuidar de você quando coisas assim acontecem.

Levou algum tempo para peneirar aquela última frase com elogios. Eu estava quase certo de que ela estava tentando dizer algo legal, e que ela esperava que eu dissesse algo legal de volta, mas, antes que eu pudesse começar a pensar no que poderia ser, ela já estava entediada e voltou para a televisão.

– Ellie – terminei dizendo.
– Sim?
– Gosto da sua franja.

Isso foi o melhor que me saiu sob aquelas circunstâncias.

Naquela noite, eu escrevi os fatos, que foram esses:
1) O Sr. Peterson não queria morrer *agorinha*.
2) Mas ele pensa que vai chegar uma hora em que ele não vai mais querer viver.
3) O problema é que, quando a hora chegar, ele pode não ser mais fisicamente capaz de agir de acordo com seus desejos.
4) É por isso que ele tentou se matar; por isso ele vai continuar a ser um perigo para si mesmo se for liberado do hospital.
5) Ele não está deprimido. Está pensando claramente.
6) Ele disse, em seu bilhete, que ele queria morrer pacificamente e com dignidade, o que provavelmente se aplica a todo mundo.
7) Mas ele já provou que não é uma questão simples. O suicídio não é pacífico nem digno. É pouco confiável e desordenado.

Eu olhei para esses fatos por algum tempo e acabei acrescentando um oitavo:

8) Ele quer escolher por si mesmo.

Então, depois de um certo tempo, eu risquei o fato oito e reescrevi o seguinte:

8) Ele deveria ter o direito de escolher por si mesmo.

Essa foi a segunda coisa mais difícil que eu já tive de escrever.

Levei mais três ou quatro dias antes de discutir os "fatos" com o Sr. Peterson. Eu tinha de aceitá-los e internalizá-los primeiro, para que eu pudesse estar 100% preparado para a conversa que viria. Eu sabia que não havia mais espaço para dúvida. Meus argumentos tinham de ser imbatíveis e entregues com absoluta convicção. Era a única forma de proceder.

Escolhi um momento em que a ala estava silenciosa, quando tínhamos menos propensão de sermos incomodados, e mantive minha voz baixa para que nem o Conde Tolstoi nem o Catatônico fossem capazes de ouvir o que era dito.

Comecei falando ao Sr. Peterson que eu tinha algumas coisas a dizer, e que ele só deveria me interromper se tudo que eu dissesse parecesse incorreto para ele. Então eu coloquei os fatos, um ao sete, basicamente como coloquei para vocês: mesmas palavras, mesma ordem, alterando apenas pronomes. Foi aqui que minha preparação recompensou. Eu fui capaz de falar calma e claramente até o fim, sem tropeços e sem hesitação. Eu sabia que nesse momento as emoções não seriam minhas aliadas. Pelo que havia a seguir, eu precisava que o Sr. Peterson entendesse que cada ponto estava claro na minha mente.

Ele não me interrompeu nenhuma vez; eu não esperava que fizesse. Eu sabia o momento em que ele começaria a falar. Seria logo depois de eu dizer o ponto oito: *Você deveria ter o direito de escolher por si mesmo.* No qual acrescentei um desfecho:

– E qualquer que seja a escolha, eu quero apoiá-lo nisso. Se vier a hora em que você não quiser mais viver, quando essa hora chegar, quero ajudá-lo a morrer.

Agora, eu odiaria que você pensasse mal do Sr. Peterson. Fique seguro: ele tentou ao máximo acabar com essa ideia, naquele momento. Minha sugestão o horrorizou – como eu sabia que iria. Mas essa era uma luta que ele não iria vencer. Os fatos já haviam sido discutidos e eram incontestáveis. Ele precisava da minha ajuda. E, quando se tratava de discutir a questão, eu havia tido tempo para ensaiar; ele não.

Ele falou comigo por cerca de dez minutos direto, mas foi completamente sem substância – falas repetitivas, incoerentes, sobre como eu havia compreendido errado seus desejos, como eu não havia pensado bem nas coisas, como eu estava sendo ridiculamente ilógico, esse tipo de coisa.

Eu esperei até ele ficar sem fôlego, então disse:

– Acho que deve ficar bem claro que eu *pensei* nisso profundamente. Passei dias e dias pensando nisso. Se quaisquer um dos fatos que coloquei aqui são incorretos, então me ajude a corrigi-los. Se não puder se lembrar dos fatos, ficarei feliz em repeti-los.

O Sr. Peterson disse que eu deveria esquecer os malditos fatos. Os fatos não eram mais relevantes.

– O único fato que importa – ele disse – é que eu não posso deixá-lo me ajudar. Não desse jeito.

Esperei mais alguns segundos para que eu pudesse ter certeza de que ele havia me ouvido claramente.

– Na verdade, não é sua decisão – eu disse. – Você acha que deveríamos poder escolher o nosso próprio destino, e eu concordo. Cem por cento. Eu só peço que você me ofereça o mesmo privilégio. Eu tomei essa decisão baseado no que eu penso que é certo... baseado na minha consciência. Tirar isso de mim seria imperdoável. Se você me respeita, você *tem* de me deixar escolher.

Não sei quantos minutos se passaram depois disso – talvez dois, talvez cinco. Várias vezes o Sr. Peterson pareceu como se estivesse prestes a dizer algo, mas em cada ocasião ele voltou atrás. Eu não precisei dizer mais nada. Quanto mais tempo o silêncio continuava, mais seguras minhas palavras se tornavam.

Por fim o Sr. Peterson só conseguiu acenar para eu ir embora, implorando que ele precisava de tempo para pensar. Mas eu sabia que a conclusão estava além das dúvidas. Eu podia ver lágrimas em seus olhos. Foi a única vez que eu o vi chorar.

No dia seguinte, foi combinado. O Sr. Peterson perguntou se eu entendia exatamente com o que eu estava concordando, e eu confirmei que sim.

– Não vou mudar de ideia – ele me disse. – Em algum ponto, vou querer que termine.

– Eu sei – eu disse. – Eu só quero que esse ponto seja o mais distante possível.

– Estou me colocando completamente a sua mercê aqui, entende isso?

– Não é bem como eu penso nisso.

– É como você *deveria* pensar nisso. É a forma como é. Eu não posso entrar nisso a não ser que isso fique claro para você.

– Está claro – eu disse.

Daquele momento em diante, não havia volta. Nosso pacto estava selado.

19
A FÁBRICA DE CANNABIS

No começo, a situação era parecida com uma batida de carro. Era cativante, mas também confusa. Apesar de algo ter claramente acontecido – algo traumático e vagamente sinistro – a profunda natureza desse algo era algo difícil de definir. Por algum tempo, ninguém estava certo do que havia dado errado – ou onde, ou por quê – e seria necessário revirar completamente os destroços antes de poder tirar conclusões e apontar culpados.

Sob a lei britânica, vários crimes foram cometidos: isso foi estabelecido cedo e nunca foi contestado. Mas, se esse era o caso, então quem era a vítima e quem era o criminoso? Como tenho certeza de que você sabe, essa era uma questão-chave que preocupou a mídia nas semanas seguintes à minha "prisão" em Dover, e o pensamento mudou por várias fases distintas.

Inicialmente, a maioria dos comentaristas ficaram satisfeitos em jogar toda a culpa nos pés do Sr. Peterson. A opção era atraente por várias razões. Primeira, ele estava morto, e portanto não estava numa posição em que pudesse se defender. Segunda, ele não tinha parentes para ofender ou irritar. Terceira, ele era americano. Quarta, e mais importante, ele era o adulto da situação. Mesmo aqueles que concordavam que ele tinha um direito inexpugnável de terminar com a própria vida se assim escolhesse estavam boquiabertos com a ideia de que ele de alguma forma me envolveu no processo.

Eu era menor – isso era um fato claro a que todo mundo retornava – e, como tal, eu carecia de competência moral para tomar o tipo de decisões que foram imputadas a mim nas declarações preliminares da polícia. Acho que nesse estágio havia apenas dois jornalistas discordantes, que apontaram que eu carecia de "competência moral", carecia apenas por poucos meses. Mas essas objeções foram rapidamente contestadas, porque não era *apenas* porque eu era menor de idade; também era evidente que eu estava numa posição extremamente vulnerável. A polícia me caracterizou como "um jovem inteligente mas extremamente ingênuo e possivelmente perturbado". Eu não tinha pai, não tinha amigos e uma mãe com credenciais e capacidade duvidosa. E havia a pequena questão de meu "dano cerebral". Não havia dúvida de que minha capacidade ética estava comprometida. O fato de que fui eu que dirigi o carro até Zurique se tornou irrelevante. Se eu não fui sequestrado no sentido tradicional, então certamente fui manipulado – provavelmente de todas as formas.

Foi esse último argumento, claro, que abriu as comportas para uma nova onda de especulação, agora tratando da "natureza exata" do relacionamento sob exame. Já sabiam que esse relacionamento estava rolando desde que eu tinha treze anos. Visto que o Sr. Peterson havia sido um feliz e dedicado marido por quase quarenta anos, sem histórico de contatos inapropriados com crianças (ou na verdade *qualquer* contato com crianças), e dada a falta de uma única evidência para sustentar essa suspeita, os tabloides naturalmente cogitaram pedofilia. Não há como difamar os mortos. Então por algumas semanas as acusações voaram – até que bem de repente suas asas ficaram cansadas e a ênfase da história mudou mais uma vez. Não porque todo mundo ficou incomodado pela falta de evidências. A hipótese da pedofilia simplesmente ficou velha.

Então a história mudou e um novo vilão entrou no centro das atenções. Desta vez era aquela clínica na Suíça, e mais especificamente Herr Schäfer, seu ousado fundador e diretor. Afinal, ele era igualmente culpado em permitir que eu fosse ao Suicídio Assistido marcado. Pelo que chegou a ser apurado, ele tinha até *encorajado* minha participação ativa no "procedimento".

Após ignorar essas acusações por vários dias, ele acabou emitindo uma resposta. Se tivesse havido qualquer suspeita de coação ou manipulação – e isso se aplicava a eu ser manipulado também –, o procedimento teria sido imediatamente cancelado.

Mas, quanto à mídia, a necessidade de mais investigações estava além das dúvidas. Minha incompetência moral já havia sido reconhecida e aceita de forma unânime. O próximo passo era provar que o Sr. Peterson era de julgamento doentio, e essa batalha já estava noventa por cento ganha. Se suas ações já não tivessem falado por si, havia também o fato de que ele havia sido hospitalizado por seis semanas numa ala psiquiátrica. Ele também esteve no Vietnã, um conflito que o deixou permanentemente (e de forma não específica) "destruído".

A resposta de Herr Schäefer a essas conjecturas foi sucinta: as autoridades suíças haviam lido toda a documentação, visto os registros e estavam satisfeitas em razão de que todos os envolvidos agiram de forma adequada, responsável e em completa posse de suas faculdades mentais. Sob a lei suíça, nenhum crime havia sido cometido.

Seu erro, é claro, foi mencionar os registros. Como você provavelmente já sabe agora, é um procedimento padrão em suicídio assistido, já que traz a evidência mais segura possível de que foi de fato suicídio. Mas a imprensa não havia naquele ponto aceito esse fato, que abria um novo mundo de possibilidades. Sem perder tempo, o país todo pareceu estar gritando que Herr Schäfer liberasse as "Fitas Gravadas da Morte". Era inquestionavelmente de interesse público. As pessoas tinham o direito de julgar por si mesmas. Era a única forma que essa questão poderia ser colocada de lado.

Descontando a saudação e a assinatura, a declaração final de Herr Schäfer nessa questão – publicada numa carta num dos jornais de domingo – tinha só uma linha: "Eu entendo que vocês façam as coisas de forma diferente no Reino Unido, mas na Suíça o julgamento pela mídia geralmente não é aceito."

Isso causou uma pequena crise diplomática e trouxe mais uma semana de lama em vários editoriais. Mas essa *foi* realmente a última palavra de Herr Schäfer sobre o assunto. Ele decidiu abandoná-lo enquanto estava à frente.

E isso deixou apenas a mim na linha de tiro.

Começou com um gotejamento – uma pergunta ou outra levantada aqui e ali em relação aos meus motivos – e lentamente as percepções começaram a mudar. Eu não agia da forma como uma vítima deveria agir. Minha resposta emocional não soava verdadeira. E logo as "revelações" começaram: o fato de que eu havia sido exposto a cerimônias de ocultismo desde muito cedo, meu histórico de conduta violenta e obscena na escola, alegações de que eu havia me envolvido desde os quinze anos em algum tipo de culto religioso estranho. O que anteriormente fora considerado falta de traquejo social era agora sociopatia completa, e todas essas especulações sobre o estado do meu cérebro tiveram um novo tom perturbador. Era bem possível, alguns diziam, que eu nem sentisse emoções da mesma forma que pessoas com cérebros normais sentem.

Claro, teria sido muito mais difícil tachar novamente o Sr. Peterson de vítima depois de todas essas acusações de pedofilia, mas com sorte houve um consenso crescente de que um caso como esse não necessariamente requeria vítimas; ou se era necessário uma vítima, então a Moralidade em si podia assumir esse papel.

Nessa nova interpretação dos acontecimentos, o Sr. Peterson e eu nos tornamos cúmplices. Ele decidiu se matar e, por um preço, pago em narcóticos e dinheiro, eu estava disposto a ajudá-lo. E essa versão dos eventos estava ganhando popularidade mesmo antes de toda aquela coisa sobre o testamento sair. Mas não vou falar sobre isso agora. Acho que provavelmente será a última coisa que vou contar. Eu saí um pouco da questão. A questão originalmente que eu queria tratar era a que se segue.

Em cada estágio, a imprensa levantou o fato de que eu ajudei o Sr. Peterson a morrer. Eles chamaram nosso acordo de "Pacto de Morte" – mas esta é uma frase que nada diz de importante. É só o tipo de frase que vende jornais. Para nós, nunca foi uma questão de morte. Era uma questão de vida. Saber que havia uma saída e que o sofrimento dele não iria se tornar insuportável era a coisa que permitia que o Sr. Peterson continuasse vivendo, muito mais do que ele teria se quisesse de outra forma. Foram as semanas anteriores ao nosso pacto que estavam cobertas de sombras e desespero; depois da sua aceitação, a vida se tornou um propósito significativo novamente.

Vou dizer algo sobre o tempo: o tempo não é o que se pensa que é. Não é um pulso regular batendo no mesmo ritmo para cada pessoa em cada ponto do universo. Isso é algo que Einstein descobriu há cerca de cem anos, usando seu cérebro anormalmente grande. Ele veio com algumas equações que mostravam que uma pessoa num trem viajando perto da velocidade da luz iria medir um valor diferente de tempo do que uma pessoa esperando por ele na estação. Da mesma forma, uma pessoa sentada na superfície do Sol veria seu relógio subitamente dessincronizado com uma pessoa flutuando sem peso pelo espaço interestelar. O tempo tem valores diferentes para pessoas diferentes em circunstâncias diferentes.

Einstein provou essa ideia matematicamente, mas, na minha experiência, isso também é verdade de um ponto de vista subjetivo.

Sei por exemplo que o Sr. Peterson não sentia o fluxo do tempo da mesma forma que eu sentia durante aqueles dezesseis meses finais. Ele me dizia com frequência, particularmente próximo do fim, que para ele o tempo se tornou um vagar lento e pacífico. Se eu tinha de supor por que esse era o caso, eu diria que talvez fosse porque esse era um tempo que ele nunca esperou ter. Ou talvez era mais porque ele agora estava *deixando* o tempo vagar. Havia certo tipo de satisfação em sua visão de mundo, que nunca ia muito longe no futuro. Sua vida se tornou simples e desanuviada, e quando você vive assim, acho que o tempo *pode* parecer se estender para sempre. A questão só muda quando você começa a enlouquecer com todas as coisas que você precisa fazer. Quanto mais você tenta forçar nisso, menos cômodo o tempo se torna.

Claro, o Sr. Peterson não podia estar completamente alheio ao futuro. Ainda havia certas questões práticas a serem consideradas. Havia e-mails e telefonemas para a clínica na Suíça, documentos médicos que tinham de ser obtidos, copiados e postados (sob o pretexto de uma consulta com um "especialista particular"). Mas quando o caso do Sr. Peterson foi avaliado e uma luz verde provisória foi dada, essas questões podiam ficar no pano de fundo. Desde que ele mantivesse seus registros periodicamente atualizados, ele sabia que sua escapatória estava segura. Ele seria capaz de fazer seu compromisso final em relativamente pouco tempo, e quando viesse a hora. Mas até lá não precisava mais ser uma preocupação diária. Ele podia se concentrar em outras coisas que iriam ajudá-lo a curto e médio prazo.

Sob conselho médico, ele procurou um fisioterapeuta no hospital e aprendeu um regime de exercícios diários simples para combater os problemas que se desenvolviam com seu caminhar e equilíbrio. Sua casa foi equipada com um elevador de escada, e corrimãos firmes foram presos nas paredes dos banheiros e corredores. Ele tinha serviço de entrega de refeições vindo diariamente e uma senhora lituana chamada Krystyn que vinha duas vezes por semana para limpar. Entre a tirada de pó e passada do aspirador e tudo mais, eles passavam muito tempo bebendo café e falando sobre quão peculiares os ingleses eram. Estranhamente, a vida do Sr. Peterson se tornou muito mais sociável agora que ele se encontrava tão restrito fisicamente. E não era apenas pela ajuda em casa e os profissionais médicos, claro. Quando as pessoas descobriram sobre sua doença, ele teve uma pequena, mas dedicada divisão de visitas semanais. A Sra. Griffith trazia bolos e cozidos a cada três ou quatro dias, pontual como um relógio. Fiona Fitton e Sophie Haynes se alternavam para visitá-lo com vários audiobooks e CDs de música clássica pedidos através da Biblioteca de Glastonbury. E já que agora (quase) todo mundo sabia da situação do Sr. Peterson, não havia muito sentido em continuar sendo furtivo. Ele falava aberta e francamente sobre sua doença. Sobre o assunto da tentativa de suicídio e hospitalização ele sempre dava o mesmo resumo conciso: "Eu não achava que minha vida valia a pena ser vivida, mas por acaso eu estava errado." Ele disse que queria que as pessoas entendessem a própria razão sã que motivara suas ações. Isso pode ter sido uma piada. Não tenho certeza. Ironicamente, ele parecia achar muito mais fácil ser despreocupado agora que reconhecia que estava morrendo.

Mas se a vida do Sr. Peterson se tornou muito mais relaxada, para mim mal havia horas suficientes num dia. E não era apenas porque havia muitas tarefas diárias que agora eu tinha de fazer para o Sr. Peterson; havia também tarefas de longo prazo que eu decidi completar antes da nossa viagem para a Suíça.

A primeira da lista era *aprender alemão*. O Sr. Peterson me disse que isso não seria necessário, já que todo mundo na clínica (e todo mundo na Suíça, eu suspeitava) falava inglês fluente, mas ainda assim, eu achei que era melhor me precaver. Afinal, um certo grau de compreensão deveria ser útil. Havia placas de rua, e sinais de trânsito, e controle de fronteira, e funcionários de hotel, e tudo mais. Para minha própria paz de espírito, eu queria saber pelo menos o suficiente para me fazer ser entendido. Mas infelizmente eu já havia me matriculado nas aulas de francês e espanhol da escola, por um misto de razões práticas e estéticas. Então tinha de usar minha hora do almoço.

Eu procurei Frau Kampischler, a professora de alemão da Asquith Academy e perguntei se ela poderia abrir mão de sua hora do almoço para ser minha professora particular. Ela não podia. Mas me direcionou a um curso de iniciantes online e concordou em me oferecer uma seleção de livros e recursos de áudio para que eu pudesse avançar sozinho.

Eu passava cinco horas solitárias toda semana aprendendo a como pedir *Frühstück* e perguntar como chegava no *Busbahnhof* e dizer ao oficial da imigração *wir werden vier Tage bleiben* e por aí vai. Tirando o fato de que o alemão tem três gêneros, verbos que gostam de migrar para o final da frase e palavras compostas monstruosamente longas como *Geschwindigkeitsbegrenzung* (limite de velocidade), o alemão se mostrou estruturalmente similar ao inglês, e, apesar de não ter o sotaque mais prazeroso do mundo, pelo menos é um sotaque que a maior parte das pessoas sabe fazer – como em *Fugindo do inferno* e *Os caçadores da arca perdida* e "Neununddneunzig Luftballons". Isso tornou as coisas muito mais fáceis para mim, e dentro de seis a oito meses eu senti que meu *Deutsch* estava indo muito bem.

Infelizmente, o segundo objetivo na minha lista suíça – passar no exame de motorista – não era algo que eu podia fazer tão facilmente. Mas, se eu tivesse idade o suficiente, essa teria sido minha prioridade número um.

Não estou certo exatamente de em qual ponto concordamos que dirigir até Zurique seria melhor do que voar, mas deve ter sido bem no começo dos preparativos. Não que o Sr. Peterson tivesse qualquer medo particular de pane no motor ou de extremistas islâmicos nem nada assim, mas ele definitivamente tinha uma aversão a aviões. Ele alegava que tinha algo a ver com estar trancado num espaço fechado, com tamanha densidade de pessoas e sem rota de fuga. Esse não era um cenário atraente para sua última viagem, especialmente visto que não sabíamos quão ruim sua mobilidade e equilíbrio seriam nesse estágio. Ambos concordamos que seria bem melhor dirigir. Podíamos ir com calma e parar sempre que precisássemos para ter uma constante e relaxada vista do campo, com trilha sonora de Schubert e Chopin. A única reserva do Sr. Peterson em relação a esse plano era que exigia cerca de vinte e quatro horas de direção para mim – na qual a segunda metade eu teria de fazer sozinho. Como eu ia lidar com *isso*? A verdade era que eu não sabia, mas eu sentia no fundo que era a forma certa de fazer as coisas. Eu nunca havia viajado de avião antes, então não tinha como saber se seria menos estressante do que dirigir. Pelo menos na direção eu sabia como me virar.

Enfim, ainda que eu não pudesse fazer o exame até completar dezessete anos, ainda havia algumas coisas que eu podia fazer em preparação. Por causa do estado deteriorante de sua visão, o Sr. Peterson não podia mais me dar as devidas aulas quando saíamos de carro, mas eu ainda podia fazer viagens familiares de baixo risco como levá-lo à loja e trazê-lo de volta, ou praticar baliza na frente de sua casa. Eu também li o Código de Trânsito de uma ponta à outra, então de um ponto de vista teórico eu certamente sabia das coisas. E havia minhas outras preparações mentais.

Como eu mencionei, a lei estipula que um epilético só pode dirigir se não tiver crises por pelo menos um ano. Já que eu estava certo de que não poderia mentir para o Dr. Enderby sobre algo assim, eu sabia que era imperativo que eu mantivesse meu barco num mar tranquilo nos meses próximos ao meu aniversário de dezessete anos. Isso significava que, além de todas as coisas a mais que eu tinha de encaixar nos meus dias, eu não podia me dar ao luxo de me desviar muito da minha rotina e do meu ciclo de sono. Eu ainda tinha de ir para cama no máximo às dez e meia e ainda tinha de acordar antes das sete para minha meditação cedinho e exercícios de acalmar a mente.

Mas, para mim, era assim que funcionava. Com essa estrutura inflexível no lugar, eu consegui ficar sem crises por quase vinte meses no total. O Dr. Enderby ficou tão feliz com meu progresso que, no check-up bianual pouco antes do meu aniversário de dezessete anos, ele me disse que em circunstâncias normais ele recomendaria uma redução gradual na minha carbamazepina com uma possibilidade de retirada completa entre seis e doze meses. Mas, é claro, ele entendia que aquelas *não* eram circunstâncias normais e se eu não me sentisse pronto – o que eu não me sentia – então não haveria razão para mexer na minha medicação por enquanto.

Eu passei no meu exame teórico de direção no dia em que fiz dezessete anos, e, uma semana depois, após algumas noites de lições intensivas e um cancelamento no centro de exames, eu passei também no exame prático, com apenas uma pequena falta por hesitar em ultrapassar um cavalo. O examinador disse que eu era um motorista nato.

Quanto às outras coisas que preenchiam meu dia a ponto de explodir, bem, você provavelmente pode imaginar a maior parte das tarefas padronizadas que eu tinha de fazer por parte do Sr. Peterson. Eu fazia as entregas no correio. Arrumava a casa nos dias que Krystyn não trabalhava. Escrevia cartas ditadas para a Anistia Internacional. Lia em voz alta – por pelo menos uma hora ou duas por dia, geralmente livros que o Sr. Peterson lera antes, mas nunca encontrou tempo para reler. Ele dizia que se encontrava cada vez menos inclinado a começar qualquer coisa nova, preferindo escolher livros que ele julgava que *eu* deveria ler. Depois de *Ardil-22,* foi *Um estranho no ninho* e depois dele *Uma oração para Owen Meany.* Em retrospecto, vejo que ele estava cada vez mais atraído por esse tipo de tragicomédia. Mas ele estava certo de pensar que esses livros iriam me cativar também. Depois de passar pela estranheza inicial, ler esses livros em voz alta era uma das únicas atividades nas quais eu via que poderia me perder completamente. A outra era cuidar da fábrica de maconha. Mas acho que este não é o tipo de tarefa que pode se prestar a um resumo de um parágrafo. Vou ter de entrar em mais detalhes.

A primeira coisa que você precisa saber é isso: minha atitude para com a maconha do Sr. Peterson mudou drasticamente depois de sua hospitalização. Vamos ser claros: não sou fã de nenhuma substância que mexa com a química natural do cérebro. A ideia de comer, fumar, cheirar, injetar ou inserir qualquer droga que não foi rigorosamente testada triplamente no teste cego é meio estranha para mim. Eu não consigo entender por que alguém iria querer fazer isso. Mas fazem – eis a questão. As pessoas também gostam de esportes perigosos como boxe, *base jumping* e surfar em ondas grandes. Eu não entendo essas coisas também. Mas não acho que eu iria querer dizer a alguém que *não deva* fazer essas atividades (talvez exceto com o boxe).

Acho que o que percebi, mais ou menos na mesma hora em que percebi que o Sr. Peterson deveria ter o direito de se matar, era que na maioria das circunstâncias você não deveria dizer às pessoas o que elas podem ou não fazer com seus próprios cérebros ou corpos. Que o Sr. Peterson curtia fumar cannabis sozinho, na privacidade de sua própria casa, não parecia mais tão errado. Certamente não estava afetando ninguém mais, e, para ele, até onde ele alegava, era muito melhor para seu bem-estar pessoal do que qualquer coisa que qualquer médico prescrevera. Claro, é impossível avaliar os méritos dessa alegação objetivamente, mas a questão é essa. Era escolha dele. Se o Sr. Peterson achava que fumar plantas secas de maconha davam a ele uma melhor qualidade de vida, eu sentia que era meu dever apoiá-lo nisso. E ficou aparente bem cedo que meu papel teria de ser pró-ativo.

Logo depois que ele foi liberado da psicoala, ficou claro que a escadaria estreita e íngreme do sótão estava agora além da sua capacidade. Era final de novembro e a última vez que ele esteve lá em cima antes disso foi no final de agosto, quando fez sua colheita pelo que achou que seria a última vez. Depois disso, ele não havia replantado. Pensando que esse era o final de sua carreira botânica, ele desligou a iluminação de alta intensidade, empilhou os tubos de crescimento de quatro galões num cantinho, varreu o chão e fechou a fábrica. Mas, agora que ele havia decidido viver mais, estava se deparando com um enigma.

Subir as escadas do sótão não era mais possível, mas realocar a operação era igualmente impensável. Não havia nada amadorístico no sótão do Sr. Peterson. Em trinta anos como produtor de cannabis, ele reuniu muitos equipamentos pesados e de alta tecnologia. Havia as lâmpadas de sódio de alta pressão de mil watts montadas em luminárias protegidas – do tipo que se vê acima de mesas de sinuca – que podiam ser levantadas ou abaixadas por um sistema de roldanas de acordo com a altura das plantas embaixo. Havia o desumidificador e um grande ventilador de extração, que mantinha o ar circulando e as folhas secas e resinosas. Havia também o fato de que o espaço podia ser feito "à prova de luz", e sua temperatura controlada com um alto grau de precisão, coisas cruciais para otimizar o crescimento e regular os ciclos reprodutivos da planta. E, mesmo se fosse possível realocar toda a estrutura para algum lugar mais acessível, era claro que logo tarefas simples como regar e replantar iriam se tornar impossíveis para o Sr. Peterson fazer sozinho. Alguém tinha de segurar as rédeas – e esse alguém tinha de ser eu. Apesar de o Sr. Peterson se dar bem com Krystyn, nós dois concordamos que pedir a ela que subisse até o sótão para regar a maconha seria ultrapassar um limite. E enfim, como eu espero que você já tenha percebido, cultivar uma maconha decente *não* é como cuidar de plantas de casa. É um empreendimento surpreendentemente intrincado.

O manual passo a passo que o Sr. Peterson me ditou sobre o assunto tinha catorze páginas de espaço simples em Times New Roman, corpo doze, e cobria cada estágio do processo de produção, da germinação até a secagem, cura e armazenamento. O manual (que acabaria num armário de evidências policiais) foi ideia minha. Após trinta anos no negócio, o Sr. Peterson via um bom cultivo de maconha como um tipo de arte, mas essa era uma visão que eu nunca pude compartilhar. Para mim, cultivar maconha foi sempre uma ciência. Era ciência, e eu amava.

Não era apenas que o sótão tinha a aparência e o clima de um laboratório – com as luzes e as roldanas e o constante zumbido do ventilador. Em essência, *era* um laboratório. Era um ambiente perfeito, pintado de branco, no qual cada variável podia ser monitorada e ajustada objetivando um único e simples resultado.

Havia termômetros e higrômetros, balanças e medidores. Havia um armário cheio de substâncias químicas – substâncias para tirar o cloro da água de torneira, "hormônios de enraizamento" para as podas, alimentos para plantas ricos em nitrogênio e potássio, substâncias para modificar a acidez do solo, que tinha de ser mantido o mais próximo possível do pH 6,5. E isso era apenas um dos vários detalhes técnicos que me mantinham absorto. Havia também o ciclo de luz, feito para simular o verão e o outono: oito horas de luz por dia durante o estágio vegetativo de catorze semanas, depois doze por dia para precipitar e manter o estágio reprodutivo de oito semanas. Só que a reprodução das plantas do Sr. Peterson nunca estava sob controle. Assim que se sexualizavam, todas as plantas machos tinham de ser colhidas. Isso era porque plantas fêmeas não fertilizadas produziam muito mais resinas, e era a resina que continha a maior parte dos cannabinoides – o princípio psicoativo que era a razão de todo o empreendimento, pelo menos até onde se tratava do Sr. Peterson.

Para mim, o empreendimento era a razão principal de todo o empreendimento. Era a satisfação de cuidar da engenharia de espécimes tão excelentes.

Após alguns meses em que cuidei da fábrica, o Sr. Peterson já tinha mais do que o suficiente dos meus relatórios bem detalhados, bem técnicos. Acho que houve pelo menos duas ocasiões em que eu literalmente o entediei até dormir – uma vez tentando explicar a equação que descreve a que distância as lâmpadas devem ser mantidas das plantas e outra vez quando expus minha hipótese em relação ao motivo pelo qual as plantas utilizam diferentes comprimentos de ondas de luz nos estágios vegetativo e de florescimento, que tem a ver com o caminho do Sol e a dispersão de luz na atmosfera.

Enfim, eu gosto de pensar que toda essa precisão científica se pagou no final. Consegui supervisionar três colheitas abundantes, com uma qualidade que o Sr. Peterson considerou "mais do que adequada".

Então essa, por alto, foi minha vida em dezesseis meses. Como pode ver, *existiram* momentos de quietude entre a correria geral – períodos de tranquilidade em que eu lia em voz alta ou cuidava das plantas, e minha mente estava tão absorta que o tempo e tudo mais apenas deslizava por trás. Mas isso não fez o relógio parar de correr. O Sr. Peterson pode ter vivenciado o tempo como um "lento e pacífico vagar", mas para mim foi um acelerado borrão. E não levou muito tempo para ele se apoderar de nós.

Acho que foi em algum momento no começo do outubro, pouco depois do meu exame de direção, que os problemas de fala do Sr. Peterson começaram a se tornar realmente perceptíveis, apesar de que nessa época eu tenho certeza de que eles já estavam se desenvolvendo há um tempinho. Começou com um leve enrolar da língua e a fala arrastada – do jeito que uma pessoa fala quando drogada. Só que, claro, o Sr. Peterson não estava drogado (ou não *tão* drogado). Estava consciente de todos os pequenos tremores que surgiam: a dificuldade em articular certos sons, a forma como as palavras ficavam "presas" na sua garganta, o problema que às vezes ele tinha em modular o volume de sua voz. Essas coisas começaram como pouco mais do que chateações, mas elas continuaram a aumentar e se somar. Logo ele reclamava que sua voz não parecia mais "sua". Ela se rebelava e não o obedecia como deveria. Seus pensamentos não estavam mais lentos – ele ainda podia articular perfeitamente bem na privacidade de sua própria cabeça –, mas falar era um trabalho cada vez mais trabalhoso.

Então ele se adaptou. Cada vez mais ele preferia se comunicar por escrito em vez de falar. Acho que era uma estratégia nascida da frustração mais do que de vergonha ou pragmatismo. Escrever não era necessariamente mais rápido, mas pareceu a ele um meio de expressão muito mais confiável e satisfatório. Sua mão de escrever nunca falhava da mesma forma que sua voz; parecia muito mais fiel a seu propósito. Mesmo assim, a troca de fala para escrita apresentava seus problemas. Suas mãos podiam trabalhar bem, mas ainda havia o problema da visão. Para o Sr. Peterson, seguir sua escrita que se desenrolava pelo papel era um caso demorado. Ele logo declarou intolerável e começou a escrita "cega" – isso é, sem tentar olhar para o que estava escrevendo. Ele tinha uma caneta e um caderno sem pauta que carregava consigo em todos os momentos e ele tendia a manter tudo que queria dizer sucinto e direto.

É legível?, ele escreveu logo no começo, quando sua escrita cega ainda estava nascendo.

– Sim, perfeitamente legível – eu o assegurei. – Não vai ganhar nenhum concurso de caligrafia, mas para a comunicação do dia a dia está bom.

Bem melhor do que a droga da minha fala, o Sr. Peterson escreveu.

Mas os problemas de fala eram, no esquema geral das coisas, pouco mais do que um inconveniente. Desde que tivéssemos um tempinho extra, ainda podíamos ter uma conversa estranha, mas perfeitamente adequada. Se ele tivesse de fato perdido a capacidade de se comunicar, teria sido uma questão muito diferente. Mas nós dois sabíamos que não iria chegar a esse estágio.

Em fevereiro de 2011 ficou claro que sua mobilidade restrita seria um fator decisivo para ele. Nessa época, até usar seu andador, tarefas simples como colocar água para ferver ou ir ao banheiro se tornaram uma significativa provação. E uma noite no começo de março ele assumiu o inevitável. Ele não seria capaz de continuar vivendo de forma independente por muito tempo, e, para ele, essa ideia marcava o ponto final. Ficar com cuidados profissionais permanentes nunca foi uma opção.

Acho que é hora, ele escreveu.

Então foi isso. Eu fiquei espantado com a calma e o comprometimento que senti. Mas até aí, estava me preparando para esse momento por um longo tempo. Eu sabia que agora, mais do que nunca, eu tinha de ser forte e não podia vacilar. Foi um ato final de amizade. Esse era o pensamento a que eu tinha de me apegar.

Telefonei para a Suíça e marquei um horário para dali a quatro semanas, que concordamos que nos daria tempo suficiente para nos prepararmos. O Sr. Peterson só tinha de falar no telefone brevemente para confirmar que essa era de fato a sua vontade.

E, no espaço dessa única ligação, tudo foi colocado em movimento.

Nenhum de nós esperava nenhum problema. Não visualizávamos por nenhum momento que teríamos problemas para partir. Como poderíamos? Com exceção de um ou dois detalhes pequenos – como que diabos eu iria dizer à minha mãe – nós planejamos tudo meticulosamente. Os registros médicos estavam atualizados. O carro havia sido vistoriado, e agora estava registrado e assegurado no meu nome. A data para nossa partida foi marcada. Nós pensávamos que iríamos apenas embora, em silêncio e sem sermos notados. Era o que deveria ter acontecido. Era o que *teria* acontecido, se não fosse pela queda. Foi esse contratempo que derrubou os dominós. Sem isso, tenho certeza de que tudo teria funcionado bem diferente.

20

FUGA

Foi Krystyn quem o encontrou – às dez horas de uma manhã de abril, apenas quarenta e oito horas antes da data marcada para a viagem. Ele escreveria posteriormente que não tinha ideia do que havia acontecido, mas foi provavelmente muito simples: um passo errado, um obstáculo não visto, uma tontura ou perda momentânea de concentração. Ele tentou interromper a queda com o braço esquerdo, que acabou cedendo sob o peso do seu corpo, reduzindo só um pouco a velocidade do impacto de sua cabeça contra o chão da cozinha.

Uma tentativa bastou para avisá-lo de que ele não podia suportar nenhuma pressão em seu pulso esquerdo, e não podia suportar o suficiente do seu peso corporal no braço direito para rolar de costas ou de lado. Ele não teve escolha a não ser ficar exatamente onde estava, com a face esquerda pressionada contra o chão frio de azulejo, um braço dobrado estranhamente sob o corpo e o cabelo sujo de sangue coagulado.

Quando Krystyn chegou, ela fez o que qualquer pessoa sã teria feito. Ligou para uma ambulância. A tentativa do Sr. Peterson de dissuadi-la terminou antes de começar. As frases que ele ensaiara no chão – que estava bem e só precisava de ajuda para ficar de pé, ou algo desse tipo – vieram como uma série de grunhidos e arfadas abafadas. Isso fez pouco para desfazer a impressão inicial de Krystyn sobre a situação, que foi transmitida numa única palavra lituana, repetida dez ou vinte vezes. O Sr. Peterson achou que dava para supor que palavra era.

Os raios X revelaram uma fratura no seu dedo mínimo esquerdo que teve de ser enfaixado e preso ao anelar. Ele também precisou de uma dúzia de pontos para o ferimento na cabeça. Mas, tirando isso, os médicos disseram que ele teve sorte de escapar. Se estivesse com uma saúde melhor, ele poderia ter sido mandado para casa no mesmo dia. Mas, do jeito que as coisas estavam, isso era impensável. Em condições normais, os ferimentos eram mínimos, mas, para o Sr. Peterson, eles eram mais debilitantes. Ele chegou a ponto de não conseguir se virar só com uma bengala, ele precisava das duas mãos para ter equilíbrio e apoio. No entanto, o maior problema, claro, era o tempo.

Eles querem me manter aqui por no mínimo dois dias, o Sr. Peterson escreveu quando cheguei ao hospital naquela noite, depois da escola.

– Isso vai deixar as coisas meio em cima – apontei, como se isso já não estivesse implícito. – Tem algum jeito de eles considerarem a sua alta um pouquinho antes?

Eles dizem que é muito arriscado, o Sr. Peterson escreveu. *Acham que eu posso ter uma concussão porque me sinto tonto e não consigo manter a droga da comida do hospital no estômago.*

– E pode ter mesmo – confirmei.

Não tenho concussão. É assim que me sinto o tempo todo. É só um pretexto.

Eu li isso e franzi as sobrancelhas.

– Por que seria um pretexto?

2 dias? Por concussão? Isso não cola. Estão me mantendo aqui porque não podem me mandar embora. É óbvio. Olhe pra mim!

Eu olhei para ele.

Não posso colocar nenhum peso no meu pulso esquerdo. Não posso nem me segurar por causa dessa droga de fratura. Como vou sair daqui nos próximos 2 dias? Estou preso.

Minha mente acelerava.

– Vou ligar para a Suíça amanhã cedinho – eu disse. – Vou explicar a situação e adiar a data. Não é tarde demais, certo? Quando eles o liberarem, o senhor vai estar bem o suficiente para viajar.

O Sr. Peterson levou certo tempo para fazer sua resposta de meia página.

Alex, eles não vão me liberar. Não vê? Nenhum médico em sã consciência vai dizer que tudo bem eu ir pra casa. Vão me manter aqui até eu perder o pouco de mobilidade que tenho e daí vão me passar para os assistentes sociais. Vou daqui direto pro asilo. A única forma que eles me deixariam sair seria como um defunto. Você precisa enxergar isso!

Eu *enxergava* isso. Não importava quão boa fosse sua rede de apoio, o Sr. Peterson não podia continuar morando sozinho. Nenhum médico na face da Terra iria dizer que ele estava bem o suficiente para ser liberado da sua própria custódia. Nós havíamos deixado as coisas para o mais tarde possível.

– É agora ou nunca, não é? – perguntei.

Sim. É agora ou nunca. Não posso perder esse compromisso.

– Posso botar as coisas no carro e ficar pronto para irmos amanhã de noite – eu disse.

O Sr. Peterson teve um pequeno acesso de tosse. *Esta é a parte fácil. Já pensou no que contar à sua mãe?*

– Ainda estou pensando nisso – admiti.

Pense rápido! Precisa dizer algo a ela. Não pode simplesmente desaparecer por uma semana.

– Eu sei.

Se ela puder aguentar a verdade, diga a verdade. Se não puder, diga a ela que quero ver os Alpes antes de morrer ou algo assim. Qualquer coisa em que ela possa acreditar. Haverá tempo para as devidas explicações depois.

Eu segurei a respiração profundamente por alguns segundos.

– Minha mãe é imprevisível demais – eu disse. – Não sei se posso confiar a verdade a ela. Mas... bem, não vejo como eu posso mentir para ela também. Sou péssimo em mentir na maior parte das vezes. Não consigo ver nenhuma opção segura. Cada caminho que vejo parece ter chances iguais de terminar em catástrofe.

Alex, sinto muito. Não posso te ajudar com isso. Você precisa resolver sozinho. Minha intuição diz que você deveria contar a verdade a ela, mas é com você. O importante é contar algo a ela.

Eu assenti.

Daí só resta o problema de como vamos sair daqui.

– Vamos precisar de uma cadeira de rodas, acho.

Eles guardam essas dobráveis em algum lugar desta ala. Precisa descobrir e pegar uma. Diga que está me levando ao banheiro. Acho que nenhuma enfermeira vai reclamar de ser livrada dessa tarefa.

– O banheiro é desse lado do balcão da recepção – apontei. – Essa história só nos leva até lá.

Pegar a cadeira é o principal. Depois disso, só precisamos escolher a hora certa.

Eu franzi a testa e pensei nisso por um tempo.

– Sabe, estou certo de que a recepção tem gente vinte e quatro horas. E também tem gente durante os horários de visita. Não acho que haverá *alguma* hora em que possamos sair com uma cadeira de rodas sem sermos notados.

Talvez não. Mas há horas em que há menos chances de sermos detidos. Se pudermos passar pela recepção sem sermos notados, melhor. Se não pudermos, vamos ter de tentar algum subterfúgio. Se isso fracassar, é bom apostar na velocidade.

– Velocidade? – Abaixei a voz para um cochicho. – Quer que eu o empurre o mais rápido possível em direção aos elevadores e espere o melhor?

Sim, se necessário.

– Que tipo de plano B é esse?

É um plano B ao plano B.

– E quanto a negociar? – perguntei. – Nós explicamos a quem quer que esteja na recepção que ficar no hospital é contra seu desejo, e portanto o estamos liberando alguns dias antes. Sei que é contra os conselhos médicos, mas alguém pode nos impedir?

Você tem 17 e meu cérebro está virando geleia. Ninguém vai pensar duas vezes em nos deter. Confie em mim. Nossos desejos uma pinoia.

Eu fiz uma careta e esfreguei as têmporas.

É o último recurso. Mas se tivermos de correr vamos ter de correr. Prepare-se para isso.

– Tá – eu disse.

Use meu crachá de deficiente e estacione o mais perto da entrada da frente possível. Assim que estivermos no carro, estamos livres.

– Tá.

Agora vá pra casa descansar. Vá à escola normalmente amanhã. Daí volte aqui de noite e a gente finaliza os detalhes. Nesse meio-tempo, pense na melhor hora para me tirar daqui e eu farei *o mesmo. E dê uma boa olhada na saída. Verifique a recepção e veja onde eles guardam as cadeiras de rodas.*

– Tá.

O Sr. Peterson escreveu uma nota apressada, depois rasgou as últimas cinco ou seis folhas do seu caderno e passou para mim. *Jogue isso no lixo quando sair*, dizia sua última frase.

A fábrica de maconha havia sido desmontada três semanas antes, logo após a última colheita. Eu tinha uma trouxinha e meia do tamanho de uma mão de maconha seca e curada esperando no porta-luvas do carro do Sr. Peterson e quarenta e oito latas de Coca Diet no porta-malas. Enchi o reservatório do limpador de para-brisa e calibrei todos os pneus para trinta e um PSI. Havia um tanque cheio de combustível e uma sacola no banco traseiro com mais de trinta horas de música clássica, com tudo de Bach a Beethoven e Bartók. As malas estavam feitas e cada item da lista havia sido checado. Eram oito da noite de quinta-feira e eu estava pronto para partir.

Disse à minha mãe que eu iria para o horário de visita da noite no hospital e que o Sr. Peterson seria dispensado às oito na manhã seguinte. Eu voltaria tarde e sairia cedo, para que pudesse pegá-lo antes da aula; era bem provável que ela não me visse pelas próximas vinte e quatro horas. Ela perguntou se havia alguma coisa que pudesse fazer para me ajudar – se eu queria que ela telefonasse para a escola para explicar as circunstâncias e dizer que eu poderia me atrasar um pouco no dia seguinte. Ela me apoiou e senti um mal-estar físico. Mas eu sabia que tinha de me ater ao plano. Não havia como voltar atrás agora.

A carta que escrevi a ela levou um longo tempo – muito mais longo do que qualquer coisa que já havia escrito. Passou por quinze rascunhos, a maioria dos quais nunca passou da primeira meia página e terminou amassada na sala do Sr. Peterson. Quando finalmente terminei, dividi a contagem final de palavras pelo tempo total da composição e concluí que aquela devia ser a carta mais trabalhosa que alguém em qualquer lugar do mundo já escreveu. E agora eu tinha de entregá-la.

Minutos depois de deixar a casa do Sr. Peterson, estacionei o carro na Glastonbury High Street e desci o beco escuro que levava à loja da minha mãe. Aquele, é claro, era o único lugar onde eu poderia deixar uma carta para ela. Se eu deixasse no meu quarto, ela poderia encontrar cedo demais. Ao deixar no balcão da frente da loja, eu sabia exatamente quando ela ia ler: entre 8:40 e 8:50 na manhã seguinte. E ela não teria de ler sozinha. Ellie estaria lá. Já que havia uma grande chance de histeria, achei essa uma consideração importante.

A luz estava acesa na janela sobre a loja. Eu podia ver uma linha forte e bem definida marcando o vidro onde as cortinas não haviam sido bem fechadas. Ellie estava em casa, mas isso era o que eu esperava. Desde que eu ficasse em silêncio, não faria muita diferença.

Eu já havia decidido que a porta da frente não era segura. Tinha dois conjuntos de sinos de vento que faziam muito barulho e podiam ser ouvidos através da porta fechada do estoque. Era menos certo que pudessem ser ouvidos do andar de cima, mas achei que não havia sentido em arriscar. Fui na ponta dos pés até os fundos da loja, parei para reconhecimento pouco antes de chegar na pequena faixa do pátio que podia ser vista da janela da cozinha. Um olhar furtivo me revelou que a persiana estava aberta, mas a luz da cozinha estava apagada. Meus olhos adaptados ao escuro podiam visualizar um breve brilho amarelado, mas concluí que isso devia ser luz escapando do corredor. Eu sabia que a luz de segurança iria acender no momento em que eu pisasse no pátio e que seria bem visível pela janela de cima, porém, já que era difícil imaginar Ellie sentada na cozinha com as luzes apagadas, eu tinha de supor que ela estava seguramente em outro lugar. A luz do pátio ficaria acesa por apenas um minuto, e eu teria de ser desesperadamente azarado se ela entrasse na cozinha e me flagrasse nesse tempo.

Seis passos silenciosos me levaram para a porta dos fundos do térreo. Eu parei o suficiente para meus olhos se ajustarem ao brilho repentino que agora iluminava o pátio e depois coloquei minha chave na fechadura. A porta rangeu para abrir e fechar, provocando um pequeno tremor no meu braço. Era o tipo de porta dura e pesada que não podia ser fechada em silêncio, mas eu achei ter mantido o ruído no mínimo. Refleti que na escuridão muda da loja vazia provavelmente soava mais alto do que era, e a não ser que você estivesse prestando atenção nisso ou estivesse passando em cima da escada naquele exato momento era o tipo de ruído sem graça de fundo que passava despercebido. Mesmo assim, eu não estava a fim de perder tempo por lá.

Peguei minha lanterna de um bolso e a carta de outro e fui rapidamente para o balcão da frente. Eu havia deixado a carta num envelope não selado caso eu quisesse fazer modificações de último minuto antes de colocá-la perto da caixa registradora. Mas agora, colocando meus olhos nela pela última vez, concluí que não havia nada que eu pudesse mudar ou acrescentar. Haveria tempo para explicações completas, mas não agora. Enfiei a carta de volta no envelope e estava prestes a selá-la.

As luzes se acenderam atrás de mim.

Eu saltei meio metro no ar, então me virei para ver Ellie parada na porta. Na mão direita erguida ela segurava uma bota de cano alto, que mais tarde ela explicaria que considerara a melhor arma que pôde achar na hora. Quando a luz de segurança acendeu e ela ouviu a porta, ela teve muito pouco tempo para reagir. O que acontece é que fumar com a luzinha da chaleira na mesa da cozinha era uma das formas que Ellie gostava de "espairecer" de noite. Mas minha incursão acabou com aquilo. Ela estava novamente fula da vida.

– Puta que pariu, Woods! – ela disse. – Você me *borrou* de susto! Que diabos está fazendo aqui? Por que as luzes estão todas apagadas? Por que não veio e bateu?

Eu balbuciei e pisquei como um idiota por alguns segundos vacilantes. Eu não sabia mais o que dizer ou fazer; tirei a carta do envelope ainda não selado e passei para ela ler.

Fui viajar para ajudar o Sr. Peterson a morrer. Por favor, não se preocupe.

Pelo tempo que passou olhando para aquilo, ela deve ter lido pelo menos umas doze vezes. Sua boca ficou aberta. Sua expressão facial estava tão congelada que ela podia ter sido esculpida em gelo.

– Woods, por favor, me diga que essa é uma das suas piadas que sou burra demais para entender.

– Não é uma piada – eu disse. – Estamos partindo esta noite.

Eu não tive tempo de me esquivar. Sua mão direita acertou minha cara como um trovão. Caí sentado no chão, os ouvidos zumbindo.

– Seu puto idiota! – Ellie gritou. – Sei que o velho é maluco de pedra, mas você?! Achei que você tinha pelo menos uma pitada de bom senso nessa sua mente torta! Puta merda, Woods! Que ideia é essa? Se ele quer se matar, é uma coisa, mas convencê-lo a ajudá-lo... é doente pra caralho!

– Ele não me convenceu – eu disse secamente. – Eu tive de convencê-lo.

Ellie passou os dedos pelo cabelo e começou a andar de um lado para o outro como um animal enjaulado, parando periodicamente para balançar a cabeça e xingar. Várias vezes ela pareceu que ia me atacar de novo. Por fim ela parou de andar e se sentou ao meu lado no chão, nossas costas encostadas no balcão.

– Você precisa ligar pra sua mãe neste segundo – ela disse.
– Não vou ligar para minha mãe.
– Se não ligar, eu ligo – ela ameaçou.
– Não vai ligar também.

Ela me passou a carta.

– Woods, isso aqui é tão louco que nem sei o que dizer.
– Não – eu disse. – Não é. Pode parecer agora, mas não é na verdade. Você tem de confiar em mim nisso. Eu e ele sabemos o que estamos fazendo.
– Você não sabe o que está fazendo! Não tem *ideia* do que está fazendo!

Esperei pela contagem até cinco então a olhei nos olhos, que não estavam nem a trinta centímetros de mim.

– Ellie, precisa me escutar. Estou fazendo o que eu *sei* que é certo. E nada do que você ou qualquer um disser pode mudar o que eu penso. Pensei bem nisso... passei meses pensando nisso... e ninguém está me forçando a fazer nada com que eu não concorde.
– Você vai terminar numa merda completa.
– Talvez. Mas isso não importa, estou fazendo o que é certo.

Ellie revirou os olhos em descrença.

– Putz, Woods! Como você pode ser tão autoconfiante assim? Você não devia ser tão seguro de si... não com algo assim.

Eu respirei várias vezes. Eu sabia que eu não iria mais vacilar. A mão de Ellie derrubou qualquer hesitação residual da minha cabeça.

– Ellie – comecei –, sou tão autoconfiante porque sei que neste ponto há dois futuros possíveis. Num, o Sr. Peterson vai morrer em quatro dias, em paz e sem dor. No outro, ele vai morrer em seis meses ou talvez um ano, depois de muitas e muitas semanas de sofrimento sem sentido. Vai ficar preso à cama, com medo e com dor, e incapaz até de dizer a alguém o quão aterrorizado está. Há uma boa chance de que nessa hora ele não seja capaz de fazer muito além de mover seus olhos. O Sr. Peterson não é louco nem eu sou. Escolhemos a saída que parece ser a mais humana para nós. E se você acha essa decisão errada, não precisa apoiá-la. Você não tem de fazer droga nenhuma. Apenas não tente intervir. Por favor, estou pedindo como amigo.

Eu sabia que esse era o argumento mais convincente que eu poderia dar, e sabia que eu o havia exposto bem, mas ainda assim, quando terminei, fiquei chocado de horror em descobrir que Ellie estava chorando. Ela virou o rosto para longe de mim e soluçava na manga da roupa. Era uma reação à qual eu estava completamente despreparado, e eu não sabia o que fazer. Eu tentei acariciar o cabelo dela um pouco, mas, como o corpo dela estava tremendo, era mais como se eu estivesse batendo na cabela dela, da forma como se faz com um cachorro ou um cavalo. Eu desisti e coloquei meu braço nos ombros dela. Ela encostou a cabeça em mim e depois de alguns minutos parou de chorar. Tudo o que sobrou foi um tremor ocasional.

– Woods, não sei mais o que dizer. Você é um puta santo.

Então ela virou a cabeça e me beijou. Bem na boca. Eu fiquei surpreso demais para fazer alguma coisa. Fiquei surpreso demais para retribuir o beijo. Para dizer a verdade, eu não sabia muito *como* beijar. Caso não tenha percebido, quando se trata de algumas coisas, sou irremediavelmente idiota. Mas o estranho – talvez a coisa que mais me surpreendeu – foi que o beijo de Ellie não pareceu nem remotamente estranho para mim. Depois, ela apenas voltou ao meu ombro, como se nada tivesse acontecido. E ficamos assim por sei lá quanto tempo. Meu lábio inferior estava quente e tremendo. Minha face esquerda estava pulsando como se tivesse sido picada por um marimbondo. E eu perdi toda a noção de tempo e urgência. Só voltei a mim quando Ellie tocou minha mão esquerda – a mão que ainda segurava a carta.

– Quanto tempo levou para você conjurar essa obra-prima? – ela perguntou.

– Seis horas e meia – admiti.

– E você estava planejando seriamente contar isso a ela?

– Acho que é a única forma que eu *posso* contar a ela.

– Está me colocando numa posição terrível.

– Sim, eu sei – reconheci. – Não era minha intenção.

– Sei que não era.

Pensei em tudo por alguns segundos.

– Pode ser melhor se você apenas fingir surpresa amanhã de manhã – sugeri.

– Pode ser melhor se você confiar a ela a verdade.

– Esta é a verdade. Eu não menti para ela.

– Pare de ser idiota – Ellie retrucou. – Sabe o que quero dizer.

Alguns minutos se passaram. Eu olhava fixamente para o vidro de uma das bolas de cristal de dez centímetros de diâmetro que ficavam numa prateleira no fundo da sala.

– Acho que preciso ir agora – eu disse. – Preciso ir ao hospital antes...

– *Não* me conte o que você está fazendo – Ellie interrompeu. – Não quero ter de mentir para sua mãe mais do que o necessário.

Ela soltou meu braço, esfregou os olhos e começou a alisar o cabelo. Eu levantei e selei a carta, então coloquei à esquerda da caixa registradora.

– Vai pelo menos ligar para ela amanhã? – Ellie perguntou quando eu voltei aos fundos da loja. – Acho que deve isso a ela.

Eu não disse nada.

Ellie colocou as mãos na cintura.

– Ela vai querer saber se você está bem.

– Talvez eu possa telefonar para você em vez disso. Daí...

– *Não* vou ficar de leva e traz. Não ouse me ligar a não ser que tenha ligado para ela antes.

Eu mordi o lábio. Eu sabia que precisava manter a cabeça fresca e me concentrar nos próximos dias, e uma conversa com minha mãe não iria tornar esse projeto mais fácil.

– E então? – Ellie perguntou após alguns momentos de silêncio.

– Eu preciso mesmo ir agora – disse a ela.

Se Ellie ainda estivesse segurando a bota de salto nessa hora, tenho certeza de que teria jogado em mim. Em vez disso, ela se virou e voltou para o apartamento sem dizer uma palavra. Eu não a segui. Não havia tempo nem sentido.

Lá fora, o ar da noite havia se tornado perceptivelmente mais frio. Enquanto eu corria de volta para o carro, a única parte minha que ainda se sentia quente era minha face esquerda.

Trinta minutos depois, trinta minutos depois do marcado, eu parei numa vaga de deficientes a vinte metros da entrada do Hospital Distrital de Yeovil. O fato de ser possível estacionar tão perto da entrada tarde da noite – algo que era literalmente *impossível* durante o dia – foi um fator-chave quando decidimos nosso momento de partida. Nesse horário, o hospital inteiro estaria em silêncio. O saguão não estaria congestionado de gente. Era mais provável que os elevadores estivessem onde precisássemos deles. Certamente haveria menos médicos na ala. Com sorte, não haveria nenhum. Se chegássemos a isso, acharíamos que era mais provável que um médico tentasse nos deter do que uma enfermeira ou uma funcionária. Os médicos estavam acostumados a fazer julgamentos autoritários rápidos.

Claro, nosso horário planejado para sair apresentou certos problemas inevitáveis também. Com os corredores da ala vazios, ou quase vazios, seria muito mais difícil passar pela recepção sem sermos notados. Mas o Sr. Peterson e eu já havíamos concordado que não haveria um horário em que o melhor dos resultados seria garantido. A preocupação predominante era que se tivéssemos de correr não haveria barreiras físicas e nenhum funcionário para deter nosso progresso. Por essa razão, planejávamos sair pouco depois das 21:45, que era quando as enfermeiras faziam sua ronda final pela ala antes de apagarem as luzes, deixando apenas uma para cuidar da recepção. As enfermeiras viriam com suas planilhas e carrinhos de medicamentos até às 21:48, quando teríamos tudo pronto para partir, com o Sr. Peterson já plantado na cadeira de rodas para nosso passeio fictício até o banheiro. No momento em que as enfermeiras fossem para o próximo quarto, estaríamos seguindo com uma janela de pelo menos dez minutos antes que elas voltassem à recepção.

Era tudo muito claro e simples na minha cabeça, mas, depois do que havia acontecido com Ellie, eu estava me sentindo bem alerta para potenciais contratempos. Mesmo assim, enquanto eu seguia pela ala, fui capaz de me acalmar checando todas as suposições precisas que havíamos feito. Tirando um faxineiro solitário varrendo o chão ao longe, o saguão estava morto. Havia um caminho livre das portas automáticas até os elevadores e quando cheguei ao sexto andar fiquei feliz em descobrir que os corredores levando à ala estavam similarmente desertos. Havia uma enfermeira na recepção e outra no escritório ao lado. O lugar todo estava silencioso como um necrotério.

O Sr. Peterson começou a escrever no momento em que me viu se aproximando da cama.

Está atrasado, seu bilhete dizia.

— Fiquei preso — expliquei.

Alguém te pegou?

— Ellie me pegou.

Isso explica. E quanto à sua mãe? Disse a ela?

— Está tudo resolvido — eu disse evasivamente.

E?

Eu dei de ombros.

— Bem, estou aqui, não estou?

Ela está bem?

— Vai ficar, acho. Só vai levar um tempo.

Por sorte, o Sr. Peterson não me pressionou mais. Não havia muito tempo mesmo. Meu relógio mostrava que tínhamos cerca de quinze minutos até o turno da noite.

Coloque isso na minha sacola, o Sr. Peterson escreveu. Então me passou uma mensagem escrita maior: *para caridade*. Eu coloquei na sacola.

— Acho que vai ficar com frio quando sairmos — eu disse.

Já falamos sobre isso. Não posso me vestir para ir ao banheiro. O que vai parecer? Meu camisolão vai ter de servir. Pode jogar um cobertor sobre mim quando estivermos no carro.

— Não pode usar uma camisola de hospital até Zurique — apontei.

Vamos encontrar algum lugar na estrada para parar, daí eu me troco. Conseguiu dormir hoje?

— Consegui algumas horas de manhã. E o senhor?

Eu não vou dirigir. Minha falta de sono é irrelevante. E quanto aos horários da balsa?

— Tenho impresso no carro. Acho que a das 3:20 é a nossa, mas também tem uma hora depois, se perdermos.

Ótimo. Só não se apresse. Vamos chegar lá inteiros. Não vá me deixar morrer até chegarmos à Suíça.

– Rá-rá – eu disse.

Sério. Se você precisar parar, nós paramos.

Eu assenti. Mas particularmente eu achei que gostaria de colocar o máximo de distância possível entre mim e minha mãe até às 8:45 da manhã seguinte.

Alguns momentos se arrastaram. Então o Sr. Peterson me passou outro bilhete. *Acho que é hora.*

Olhei de volta no relógio.

Meu coração começou a acelerar. – Volto em dois minutos – eu disse.

Cheguei à recepção quando a ronda pela ala estava começando. Como esperado, nenhuma das cadeiras dobráveis havia sido deixada para fora; as duas estavam guardadas no cantinho ao lado da mesa de recepção. Eu já havia decidido que teria de pedir antes de pegar uma. A enfermeira na recepção não levantou o olhar da papelada, mas não havia sentido em tentar pegar uma das cadeiras quando eu tinha uma razão perfeitamente legítima para pedir uma emprestada.

Caminhei até a mesa, olhei o crachá dela e disse:

– Com licença, enfermeira Fletcher.

Seus olhos subiram direto para minha bochecha esquerda. Eu estimei a idade dela por volta de quarenta e cinco anos. Tinha maçãs do rosto bem pronunciadas e um ar pesado, de solteirona, e as pequenas bolsas sob os olhos sugeriam que ela já devia ter tido o suficiente daquele turno. Decidi prosseguir com cuidado e extrema educação.

– Desculpe incomodar, mas eu me perguntava se seria possível pegar uma cadeira de rodas emprestada? Meu amigo, Sr. Peterson, do quarto dois, precisa ir ao banheiro e, como tenho certeza de que a senhora sabe, ele tem uma mobilidade bem restrita no momento.

Soou um pouco forçado, mas se eu parecia desajeitado e humilde acho que era só para o bem.

A enfermeira Fletcher bateu sua caneta contra o queixo anguloso por alguns segundos.

– Não pode esperar até a ronda da ala, Sr...?
– Woods – eu disse. – Infelizmente, não acho que ele *consiga* esperar.

A enfermeira Fletcher torceu o nariz.

– Sr. Woods, temo que seu amigo não possa sair da cama sem a devida supervisão médica. Ordens do médico. A última coisa de que precisamos é arriscar que ele tenha outra queda.

– Tenho cuidado dele há algum tempo. Posso lhe assegurar que ele não vai cair comigo olhando.

Os olhos dela voltaram para minha bochecha por alguns segundos.

– Perdoe-me por perguntar, Sr. Woods, mas esteve brigando?
– Não. Sou um pacifista.
– Alguém bateu em você.
– É, uma amiga.

A enfermeira Fletcher deixou isso passar. Ela se levantou e tirou de baixo da mesa um receptáculo em formato de vaso feito de papelão grosso.

– Talvez isso seja adequado para as necessidades do Sr. Peterson?

Eu tossi delicadamente.

– Não, temo que ele precise do banheiro para o número dois.

A expressão da enfermeira Fletcher permaneceu neutra. Ela bateu sua caneta mais algumas vezes e disse:

– Ah, muito bem. Pegue uma cadeira. Mas se tiver qualquer problema para tirá-lo ou colocá-lo espere uma enfermeira para ajudar. Não queremos nenhum contratempo.

Eu não esperei ela mudar de ideia. Peguei a cadeira mais próxima do cantinho e corri de volta para a cama do Sr. Peterson.

– Desculpe – eu disse. – Levou mais tempo do que eu esperava.

Quem está na recepção?, o Sr. Peterson escreveu.

– Enfermeira Fletcher.

Ótimo. A mal-humorada enfermeira Fletcher. Não vamos ficar de conversinha com ela se não for preciso.

– Concordo – eu disse. – Os outros já passaram aqui?

O Sr. Peterson balançou a cabeça. Já tinha movido sua cama para posição ereta e agora apontava apressadamente para a cadeira de rodas. Apesar dos avisos da enfermeira Fletcher, transferi-lo não era difícil. Ele tinha de se apoiar no meu ombro com seu braço esquerdo e na mesinha da cama com o direito, mas, ao ficar de pé, ele só tinha de dar alguns passos e dar uma meia-volta para se abaixar ao assento.

Quando uma das enfermeiras chegou à cama, alguns minutos depois, ela imediatamente quis saber por que o Sr. Peterson estava fora da cama e por que ele não esperou ajuda. Ela tratou dessas questões comigo, mas a fizemos esperar para que ele pudesse explicar escrevendo longamente. Já havíamos combinado que parte da nossa estratégia seria segurar nossa enfermeira até sua colega ter terminado com o paciente na cama ao lado e estivesse pronta para seguir para o próximo quarto. Também pensamos que uma longa conversa entediante era a melhor garantia contra mais ajuda oferecida por ela.

– A enfermeira Fletcher disse que tudo bem? – nossa enfermeira perguntou quando o Sr. Peterson entregou sua elaborada missiva.

Sim, ela disse que tudo bem. Alex vai me ajudar. Ele consegue tranquilamente. Assim que eu tomar minha codeína, nós vamos. Pode me dar, por favor?

Sem falar mais nada, a enfermeira passou para ele o pequeno porta-pílula de plástico contendo sua medicação.

Obrigado, o Sr. Peterson escreveu.

A enfermeira se virou para mim.

– O horário de visitas termina em quize minutos. Você não pode ficar depois disso. – Então ela e a outra enfermeira empurraram o carrinho com a medicação de volta ao corredor.

Vamos nessa, o Sr. Peterson escreveu. *Lembre-se – ande com confiança, mas não corra. Se ela disser qualquer coisa, atenha-se à história.*

– Tá – eu disse.

No corredor, viramos à direita e seguimos com o que achamos ser um ritmo apropriado, confiante. Eu mantive minhas costas retas, minha cabeça levantada e meus olhos focados nas portas duplas que marcavam o término da ala. Não lancei um olhar para a recepção quando nos aproximamos, mas estava vagamente consciente da enfermeira Fletcher pela minha visão periférica. Ela ainda se sentava em seu posto, encurvada na sua papelada, mas eu não sabia se havíamos sido registrados no radar dela. Os próximos cinco segundos me dariam minha resposta. Eu segurei o fôlego e segui em frente. Estava apertando a alça da cadeira de rodas com tanta força que os nós dos meus dedos ficaram brancos. Dois passos, três passos. Minhas pernas não eram mais minhas. Pareciam rígidas como pernas de pau. Mas só tinham de andar mais dez metros até às portas. A recepção ficou para trás. Meus passos mal eram perceptíveis no silêncio que se desdobrava. Mais doze passos e estaríamos livres.

– Não tenho certeza de onde você acha que está indo, Sr. Woods – a enfermeira Fletcher disse.

Eu parei e virei para encará-la. Não tinha escolha.

– Da última vez que verifiquei, o banheiro ficava lá atrás.

– Ocupado – eu disse alegremente. – Achamos que poderíamos apenas usar o da 6A.

A enfermeira Fletcher bateu a caneta na mesa.

– O banheiro da 6A é para os pacientes da 6A. Tenho certeza de que o Sr. Peterson pode esperar cinco minutos se for necessário.

Eu abaixei o olhar buscando ajuda. O Sr. Peterson já estava escrevendo. Ele me passou uma nota rapidamente arrancada que eu passei para a enfermeira Fletcher.

O Sr. Peterson não pode esperar.

Eu tentei tornar meu tom conciliatório.

– Como pode ver, a situação é um pouco urgente.

A enfermeira Fletcher fez um biquinho.

– Acho que está fora de questão. O Sr. Peterson não pode sair da cama sem a devida supervisão médica. Eu certamente não posso deixar vocês dois saracoteando pelo hospital buscando um banheiro desocupado, não quando as instalações desta ala são mais do que adequadas. Se você voltar agora, provavelmente vai ver que o banheiro já está vago.

O Sr. Peterson começou a escrever furiosamente.

Isso é ridículo! Estamos indo. Não vou ser tratado como uma criança ou um inválido.

Eu passei a nota. A enfermeira Fletcher leu, bem calmamente, então, sem um momento de hesitação, levantou a cancela da mesa e saiu para se juntar a nós no corredor, posicionando-se incisivamente entre nós e a saída. Ela parecia bem preparada para empurrar ela mesma o Sr. Peterson de volta para sua cama, se fosse necessário.

Eu parecia uma estátua. Podia ver o plano explodindo e queimando diante de nossos olhos.

A enfermeira Fletcher cruzou os braços.

– Sr. Peterson – ela começou. – Posso entender que esteja perturbado, mas temo que isso *não* esteja aberto a discussões. Os médicos avaliaram sua situação e aconselharam de acordo com ela. Foram extremamente claros nas suas instruções. O senhor não pode deixar a ala sem supervisão. Sinto muito, mas estamos agindo com seus interesses em mente.

Alex, dê isso para a enfermeira Fletcher. O Sr. Peterson rabiscou. *Visto que o tempo é limitado e ela claramente não tem interesse em me ouvir, eu te dou permissão para falar em meu nome. Por favor, explique a ela que estamos indo. Agora.*

Eu passei o bilhete. A enfermeira Fletcher olhou para ele e deu de ombros.

– Sinto muito. Não consigo entender. Não está legível.

– Diz para eu falar em nome do Sr. Peterson – eu disse. – Ele já está cansado de tentar falar com alguém que não tem interesse no que ele tem a dizer.

A enfermeira Fletcher levantou a sobrancelha de uma forma que me dizia que eu havia ido longe demais. Mas eu continuei mesmo assim.

– Estamos indo – eu disse. – O Sr. Peterson não vai mais ficar aqui. Estamos dando alta.

A voz da enfermeira Fletcher foi muito fria e calma.

– Não. Não é possível. Ele não está em condições de ir a lugar *nenhum*.

– Temo que a decisão não seja sua – eu disse. – Não é decisão de ninguém além dele. Por favor, vá pegar a papelada necessária.

– Meu jovem, não sei que brincadeira você acha que está fazendo aqui, mas essa é uma situação extremamente séria. O Sr. Peterson não vai a lugar nenhum. Você não pode liberá-lo sem a devida autorização.

Eu mantive o olhar nela por alguns momentos gelados. O Sr. Peterson me passou outra nota.

Peça para ela chamar um médico.

– O quê? – Aquilo estava saindo do roteiro.

O Sr. Peterson escrevia como um possuído.

Insista! Precisamos dela atrás daquela mesa. Assim que ela chegar ao telefone, me tire daqui.

Eu dobrei a mensagem no meu bolso.

– Ele quer que a senhora chame um médico, por favor.

– Como é?

– Ele quer que a senhora chame um médico. Imediatamente.

– Sr. Woods, já tive o suficiente. Isso não é uma emergência e não vou chamar...

– *É* uma emergência, sim. A senhora deixou o Sr. Peterson extremamente estressado. Disse que ele não pode sair daqui sem permissão de um médico, agora estamos pedindo um médico.

A enfermeira Fletcher fechou os olhos e bufou entre seus lábios bem fechados.

– Se você gentilmente levar o Sr. Peterson de volta para a cama, eu lhe asseguro que levaremos um médico para vê-lo na próxima oportunidade razoável.

Olhei para a enfermeira Fletcher por cerca de cinco segundos, então recuei alguns passos e estacionei a cadeira de rodas do Sr. Peterson em paralelo à recepção. Apertei o freio de pé de maneira bem incisiva.

– Não vamos a lugar algum – eu disse. – Dê esse telefonema e descubra quanto tempo vai levar para trazer um médico. Se a resposta for aceitável, *então* o Sr. Peterson vai considerar voltar à sua cama.

Por alguns momentos terríveis, parecia que a enfermeira Fletcher iria permanecer imóvel. Isso nunca foi discutido, em nenhum estágio do planejamento, mas eu estava chegando rapidamente à conclusão de que talvez eu tivesse de acertá-la.

Então, de repente, ela descruzou os braços e girou nos calcanhares.

– Muito bem. – A cancela estava levantada. Ela voltou para trás da mesa, buscando o telefone. – Posso lhe dizer exatamente o que o médico irá falar. Mas, se isso é necessário, então que seja. – Ela apertou o código de quatro dígitos da extensão. Saindo da linha de visão dela, eu tirei o freio de pé. – Sim, alô. Aqui é a enfermeira Fletcher da 6B. Preciso falar com o douto...

Eu corri.

As portas duplas nos seguraram por menos do que três batimentos acelerados do coração. Eu acelerei pela virada de nove graus, preparei minhas pernas e acelerei em direção aos elevadores. No momento em que se somaram cinco segundos depois, foi quase o suficiente para arrancar fora meus braços. Eu fui além do elevador mais próximo por uns bons dois metros. O Sr. Peterson arremeteu-se perigosamente em sua cadeira. Eu caí à frente e senti uma alça se enfiando nas minhas costelas, mas não houve tempo para buscar fôlego. Eu dei ré e apertei o botão seis ou sete vezes. A tortura de esperar para que o elevador descesse cinco andares foi instantaneamente acalmada quando as portas se abriram para revelar um interior vazio. Quando entramos e eu apertei o botão T, pude ouvir passos rápidos ecoando no sangue pulsando dentro de meus ouvidos. Eu me virei para testemunhar a enfermeira Fletcher e um segurança magrelo avançando para a abertura estreita das portas que fechavam. Não conseguia imaginar de onde o homem havia se materializado, mas sua chegada foi tarde demais para fazer diferença. Os andares contaram até zero, então eu explodi do elevador como um foguete. Nesse ponto era completamente desnecessário. O saguão ainda estava deserto, e, se não estivesse, minhas ações teriam se mostrado contraprodutivas. Mas eu não pude evitar. Havia tanta adrenalina no meu fluxo sanguíneo, tanto oxigênio sendo bombeado para meu cérebro, braços e pernas, que *não* correr era impensável. Nenhum paramédico poderia ter empurrado um paciente deste hospital tão rápido quando eu empurrei o Sr. Peterson. Peguei a curva fechada da saída como um corredor de rally, passei por um fumante espantado e guinchei vinte metros depois, menos de meio metro da porta do passageiro do nosso carro.

Não houve discussão, nem hesitação. O Sr. Peterson estava literalmente sem peso enquanto eu o ajudava. Sem pensar, eu dobrei a cadeira de rodas e enfiei nos fundos. Três minutos depois, eu circulava a rotatória do hospital e saí pela pista dupla para a garagem do Tesco, onde fomos protegidos da vista por uma fileira de árvores altas.

Eu acendi a luz de dentro e esperei minhas mãos pararem de tremer.

O Sr. Peterson me passou uma mensagem: Você foi ótimo. Estou orgulhoso de você.

Eu esfreguei meus olhos e respirei cerca de dez vezes profundamente.

– Eu não sei o que deu em mim com a cadeira de rodas – confessei. – Eu queria deixar no estacionamento. Acho que vou ter de devolver quando tudo tiver acabado. Não me sinto bem em roubar do hospital.

O Sr. Peterson começou a fazer um ruído de engasgo. Levou vários segundos para eu perceber que ele estava rindo e mais ainda para eu perceber que eu estava rindo também. Não o tipo de risada de quando você faz uma piada, mas enormes risadas histéricas de hiena que tremeram meu corpo todo e mandaram lágrimas rolando por minhas bochechas. Levou vários minutos até minha cabeça clarear o suficiente para que eu pudesse ler essa mensagem.

Você está bem?

– Estou bem.

Ótimo. Então vamos dar o fora daqui.

Eu liguei a ignição e saí para a rua. Dez minutos depois, estávamos na A303, avançando a leste pela noite profunda.

21
PARTÍCULAS ELEMENTARES

Quando desembarcamos em Calais, eram cerca de seis da manhã, hora local, e o horizonte a leste estava apenas começando a clarear. Quando deixamos o porto alguns minutos depois, passando pelo portão da alfândega sem atrasos, dirigimos 150 quilômetros antes de parar para o café da manhã perto de Saint-Quentin.

O Canal estivera calmo e a travessia não teve nada de especial. Quando embarcamos na balsa, o atraso no sono do Sr. Peterson finalmente o pegou. Eu o deixei cochilando na cadeira de rodas num cantinho isolado do convés inferior de passageiros enquanto fui ao segundo andar para o convés superior aberto. Era a primeira vez que eu estava num barco. Primeira vez que eu ia mais longe de casa do que Londres. Passei a maior parte dos próximos noventa minutos na proa, vendo a água escura girando abaixo de mim e as estrelas subindo acima. Eu estava bem sozinho; os poucos passageiros a bordo estavam todos no convés de baixo. Não havia distrações, apenas o som do mar e a rotação não acelerada do céu. Com a mínima iluminação do convés, estava escuro o suficiente para visualizar o grande arco prateado da Via Láctea, que se materializou sobre a popa em Cassiopeia, aberta alta acima, então descia ao sul em Sagitário e o mar. Saturno afundava à estibordo em Virgem enquanto Vênus se erguia em Peixes a bombordo. O horizonte chapado permitia uma nova simetria e harmonia ao céu.

Me fez pensar, furtivamente, na minha mãe – eu tinha certeza de que ela teria alguma teoria impenetrável sobre o que estava acontecendo lá em cima. Mas esse foi só um pensamento fugaz que veio e passou como uma neblina. Na maior parte do tempo, não pensei em nada. Apenas observei, deixando minha mente vagar de sensação em sensação, como uma borboleta pega numa brisa quente.

Minha cabeça estava num lugar curioso. Eu não estava pensando no que estava por vir; e tudo que havia passado antes – na loja e no hospital – já havia assumido a forma de um rápido sonho que se apagava. Apenas o agora parecia real. A adrenalina da fuga havia há muito ido embora, parecia ter de alguma forma escoado do meu organismo, me deixando perfeitamente calmo e alerta. Ou era minha hipótese trabalhando. Eu também havia bebido oito latas de Coca Diet desde Yeovil, e não estava descontando a possibilidade de que isso possa ter desempenhado algum papel em manter minha mente clara e focada. Qualquer que tenha sido o caso, eu não precisava dormir e, mais do que isso, eu não *esperava* precisar dormir até chegar em Zurique. É difícil explicar essa expectativa sem soar como minha mãe, mas a forma mais simples que posso colocar as coisas é a seguinte: levar o Sr. Peterson para a Suíça era meu trabalho; era a tarefa que me foi dada; e, ao aceitar isso, eu sabia que seria capaz de me manter recomposto por quanto fosse necessário. Se tivesse de dirigir mil quilômetros até Zurique sem dormir, então seria. Se tivesse de dirigir até a China ou Nova Zelândia ou para o outro lado da lua, eu teria feito isso também. Eu conhecia nosso objetivo, e eu iria nos levar lá. Simples.

Eu não estava cansado quando deixamos o porto, e não estava cansado quando entramos na *autoroute* em Saint-Quentin. Mas eu *estava* faminto. No restaurante do posto comi cerca de cinco pains au chocolat, que desceram com Coca Diet, enquanto o Sr. Peterson conseguiu comer um croissant molhado em seu café; por causa das suas dificuldades em engolir, não era fácil para ele comer comida seca. Depois disso, ele se sentou com a porta do carro aberta e fumou um pouco da sua maconha enquanto eu encontrei um morrinho com grama onde pude meditar. A grama estava um pouco úmida, mas eu tinha um cobertor enrolado nos meus ombros para me manter aquecido. O constante fluxo do trânsito se tornou o ritmo da minha respiração, subindo e descendo e finalmente indo ao nada.

Continuamos na mesma disposição até a fronteira suíça, dirigindo em explosões de noventa minutos e 150 quilômetros, parando em vários postos e cidadezinhas pelo caminho para que eu pudesse esticar minhas pernas e o Sr. Peterson pudesse fumar novamente. Ele fumava muito mais do que o normal durante nossa viagem de dez horas pela Europa. Ele disse que era porque sua última colheita era excepcionalmente suave e macia - boa demais para se desperdiçar, mas eu achei que provavelmente tinha mais aí por trás. Eu não sabia ao certo se o Sr. Peterson estava passando por mais dor desde que saiu do hospital, mas definitivamente estava com um certo desconforto físico. A queda o havia sacudido, e os dois dias e meio seguintes que ele passou na cama tiveram um peso adicional na sua mobilidade. Parecia que até esse pequeno período de inatividade levou a algum tipo de deterioração em seus músculos e vias neurais. Ele estava sofrendo de rigidez e câimbras que ele lutava para aliviar. Era um esforço visível para ele até manobrar suas pernas do piso do carro para o chão fora do banco de passageiro para que ele pudesse encarar o ar livre enquanto fumava.

Por esse motivo, e apesar da minha culpa residual, a cadeira roubada estava se mostrando um presente dos deuses, e o Sr. Peterson aceitou rapidinho o argumento prático para seu uso continuado. Eu o empurrava para dentro e fora dos postos, e seguíamos ao sudeste pelo país.

O campo do norte da França era mais extenso, mas não muito diferente do campo no sul da Inglaterra. Se não fosse pelas placas e pedágios e dirigir do lado da mão direita na estrada, teria sido bem indistinguível. Mas as coisas começaram a mudar quando passamos para as regiões de cultivo de uvas longe da costa. Em Lunéville, onde paramos para almoçar, já não parecia mais tanto com a Inglaterra; e quando paramos em Saint-Louis, a oeste da fronteira suíça, eu me senti suficientemente em outro país para pensar em ligar para minha mãe.

Eu não sei o que posso contar sobre esse telefonema. Não foi bom. Além disso, não há muito o que relatar.

Eram cerca de três da tarde, hora local, duas da tarde no horário de verão britânico, e achei que as cinco horas que deixei para que ela lesse e digerisse o conteúdo da minha carta já deviam ser suficientes para suavizar sua reação inicial. Mas havia pouca evidência de que essa estratégia havia funcionado. Ela começou a chorar no momento em que comecei a falar e ainda estava chorando quando desliguei. No meio disso, ela conseguiu apenas dizer algumas frases soluçadas. Ela disse "Oh, Alex" um monte de vezes. Perguntou onde eu estava e me disse que eu precisava voltar para casa, que nada de ruim iria acontecer desde que voltasse imediatamente. Eu não sabia o que ela queria dizer com isso, e eu já havia decidido que não podia contar a ela onde eu estava. Eu só podia contar a ela que estava em segurança e iria voltar no final da próxima semana, mas essa segurança não serviu em nada para melhorar a situação. No máximo, tornou as coisas piores. Finalmente, depois de eu esperar alguns minutos para ver se minha mãe iria secar de tanto chorar, eu pedi para falar com Ellie, mas não ficou claro que ela havia me ouvido.

– Acho que talvez eu devesse falar com a Ellie – repeti. – Pode colocá-la na linha?

Minha mãe continuou a chorar.

Eu desliguei. Não havia muito mais que eu pudesse fazer.

Cruzamos a fronteira no meio da tarde e entramos em Zurique uma hora depois. O trânsito se movia lentamente e os suíços urbanos eram motoristas calmos e responsáveis, o que me deu muito tempo para encontrar meus pontos de referência, ver placas de rua e me orientar com meu mapa mental, que, devo dizer, era extremamente abrangente. Eu decidira previamente que seria sensato da minha parte memorizar o mapa completo da cidade. Isso fora um projeto que tive mês passado. Passei várias noites e horas de almoço debruçado sobre o mapa Michelin aprendendo de cor vários nomes de ruas longos e elaborados como Pfingstweidstrasse, Seebahnstrasse, Alfred-Escher-Strasse etc.; depois passei mais várias noites e horas de almoço me familiarizando com os diferentes distritos metropolitanos e suas subdivisões. Os distritos principais eram numerados de um a doze e formavam dois arcos aninhados ao redor da ponta norte do lago Zurique, com o Distrito 1 – Altstadt – funcionando como uma pedra angular e os outros distritos seguindo no sentido horário em camadas gêmeas de base a base. Achei uma técnica prática de planejamento urbano; pelo que fui capaz de verificar na internet, os suíços eram pessoas tranquilamente práticas. Eles têm uma longa história de orgulho por ficar fora de guerras, preferindo se dedicar a ocupações mais construtivas como ciência, bancos seguros e construir relógios extremamente precisos.

Enfim, ainda que ter memorizado o mapa Michelin tenha permitido que eu me sentisse instantaneamente acostumado com as ruas da cidade, pensando bem agora meus preparativos podem ter parecido um pouco exagerados. Caso você não saiba, Zurique é uma cidade bem distinta. Fica numa bacia natural formada pelo rio Limmat e, como mencionei, tem a forma de uma ponte alta, ou uma grande ferradura, com a ponta norte do lago formando o fino côncavo central. O Limmat divide ao meio o centro de Altstadt por uma linha reta norte-sul, dividindo a cidade em duas metades certinhas, quase simétricas, e os Alpes se erguem a trinta quilômetros ao sul da boca do rio. Com todas essas marcações naturais, Zurique não é uma cidade particularmente difícil de percorrer. Ou pelo menos essa foi minha experiência.

Provavelmente ajudou também que o hotel do Distrito 8 que Herr Schäfer recomendou para nós era muito fácil de acessar de carro. A maioria dos hotéis em Zurique estão concentrados ao redor do Limmat, no meio da cidade, mas o nosso ficava localizado em Utoquai, a via principal que corre pela margem nordeste do lago. Herr Schäfer tinha uma lista de uma dúzia de hotéis que ele podia recomendar de acordo com as várias necessidades e orçamentos de seus clientes. Ele tinha muita experiência em cuidar de estrangeiros que vinham à Suíça para morrer.

Quanto às necessidades do Sr. Peterson, elas eram relativamente simples. Eu as digitei num e-mail para ele cerca de um mês antes, logo depois da confirmação da data de agendamento. Ele precisava de um hotel que fosse numa localização razoavelmente tranquila, com fácil acesso de ruas, estacionamento no local e instalações adequadas a pessoas com problemas de mobilidade. Seu quarto teria de ser espaçoso e igualmente adequado a deficientes, com corrimões no banheiro e pelo menos uma cadeira robusta com costas altas. Além disso, ele adoraria ter um quarto com sacada, e não queria ficar no "tipo de lugar que se vai enquanto espera morrer".

Se conseguir pensar numa forma mais apropriada de colocar isso, ele me disse, *por favor, coloque*.

Infelizmente, eu não conseguia, e achei melhor expressar os desejos dele com franqueza do que correr o risco de ser mal interpretado. A frase acima foi a frase que colocamos, e quando chegamos ao hotel achei que esse critério foi muito bem satisfeito, apesar de essa ser outra área com a qual eu tinha muito pouca experiência. Eu nunca havia ficado num hotel antes – só os havia visto em filmes –, então eu realmente não sabia como é a aparência ou clima do tipo de hotel em que você fica enquanto espera morrer. Tudo o que eu podia dizer é que nosso hotel parecia um hotel bem bom para mim. Tinha um grande saguão com um teto alto e colunas altas de pedra e um chão que era feito ou de mármore ou um substituto convincente de mármore. A mesa de recepção tinha um balcão grosso de madeira escura encerada e uma placa dourada que foi gravada em alemão, inglês e francês, dizendo:

Empfang / Reception / Réception

Mas achei que pelo menos uma dessas traduções era provavelmente supérflua.

– *Guten Tag, mein Herr* – eu disse para o recepcionista no meu alemão ligeiro e competente. – *Wir haben zwei Zimmer reserviert. Der Name ist "Peterson"*.

Era um pequeno homem arrumadinho usando um terno sem rugas e um leve sorriso profissional. E ele respondeu num preciso inglês quase sem sotaque:

– Ah, sim. Sr. Peterson. Bem-vindo ao Hotel Seeufer. Espero que sua estada conosco seja prazerosa.

– *Ich bin nicht Herr Peterson* – eu o corrigi. – *Herr Peterson ist der Mann im Stuhl*.

O recepcionista assentiu.

– Sim, entendo. Minhas desculpas pela confusão.

– *Das macht nichts. Können Sie uns mit unserem Gepäck helfen?*

O recepcionista estremeceu nervosamente.

– Sim, claro. Vou pedir que um de nossos funcionários o ajude imediatamente. Enquanto isso, há apenas alguns formulários que você poderia por gentileza preencher?

– *Ja. Das wird kein Problem sein.*

Foi uma estranha conversa em pingue-pongue que continuou nesse tom por algum tempo. Eu considerei a recusa do recepcionista em falar alemão como uma obscura etiqueta do hotel com a qual eu não estava familiarizado. Sua inclinação levemente irritável eu creditei a meu sotaque ultrazeloso de filme de guerra. Mas deixei a recepção satisfeito de que pelo menos consegui me fazer ser entendido.

O quarto do Sr. Peterson ficava no primeiro andar e era extremamente grande. Tinha uma janela alta arqueada e uma sacada que dava para oeste do outro lado do lago, e, por ser final da tarde, o quarto todo estava inundado com a luz do sol, como um desses comerciais ruins de automóvel onde a fotografia é tão superexposta que dói nos olhos. Tive de esperar alguns momentos antes de poder avaliar devidamente o interior, mas minha primeira impressão foi de que satisfazia todas as necessidades do Sr. Peterson. Havia duas cadeiras grandes de costas altas, assim como um daqueles sofás estranhos com pés grossos e apenas um apoio para braço. Os móveis tinham um amplo espaço entre si para facilitar o acesso e havia duas luminárias voltadas para cima em suportes de metal. Numa parede havia uma pintura de uma mulher anormalmente alta e esguia com um cigarro anormalmente longo e fino, e em outra havia um espelho feito de cinco placas de vidro arranjadas simetricamente – quatro trapézios e um pentágono central – que parecia com o tipo de espelho que o Super-Homem teria em sua Fortaleza da Solidão. Toda a decoração seguia esse design curiosamente geométrico, e de certa forma conseguia parecer bem moderna e bem antiquada ao mesmo tempo. Até os corrimões cromados do banheiro pareciam antiguidades recém-esculpidas.

Puta merda, escreveu o Sr. Peterson.

– Não parece com o tipo de lugar que se vem para morrer – sugeri.

Não, não parece.

– Para ser sincero, acho que Herr Schäfer seguiu muito bem as instruções.

Ele deve ter um puta senso de humor, o Sr. Peterson escreveu.

Meu quarto ficava do outro lado do corredor. Era classificado como "quarto standard", mas isso era bem relativo. Não tinha sacada ou vista para o lago, e talvez tivesse só dois terços do tamanho do quarto para deficientes do Sr. Peterson, mas, tirando isso, era mais ou menos igual. Tinha uma dessas poltronas quadradas, em vermelho vivo, um banheiro e uma mesa de madeira escura com um abajur ao lado. Tinha um telefone antigo com um gancho e um mecanismo de discagem circular, e uma televisão LCD de vinte e oito polegadas com muitos canais alemães, franceses e italianos, além da MTV, CNN e BBC News. Também tinha um frigobar escondido no gabinete central da mesa, pouco abaixo do cofre. Continha quatro garrafas de vinho de 250ml, que eu coloquei no guarda-roupa para dar espaço a seis latas de Coca Diet.

Depois de comermos e eu ficar sozinho e me alojar no meu quarto, eram cerca de dez e meia no horário da Europa Central.

Telefonei para Ellie, que não fugiu do cumprimento padrão que eu esperava.

— Porra, Woods! — ela disse. — Eu te disse pra não me ligar!

— Você me disse para não te ligar até eu ter falado com a minha mãe — observei. — Nós falamos mais cedo.

— Sim, tô sabendo. Eu tive de segurar a mão dela durante o tempo todo.

— Eu te disse que era má ideia ligar para ela.

— Não era má ideia. Ela saiu faz só uma hora. Levou todo esse tempo pra ela se acalmar. Ela nem abriu a loja hoje.

Eu levei um momento para absorver isso. De um modo, me causava mais culpa do que os cinco minutos de choro contínuo pelos quais eu passei antes. Nos últimos sete anos, minha mãe nunca havia fechado a loja, e antes disso foi necessário o impacto de um meteoro para fazê-la parar um pouco de trabalhar.

— Ela não foi nem capaz de usar as cartas — Ellie continuou. — Ela tentou, mas as cartas pararam de falar com ela.

Eu não sabia o que dizer quanto a isso. Então não disse nada.

— Woods? Você ainda está aí? Não vai desligar na minha cara também?

— Achei que você não queria falar comigo.

— Não foi o que eu disse. Apenas cale a boca e escute por um momento. Há outra coisa que você precisa saber. A polícia esteve aqui.

— A polícia?

— Estiveram aqui há algumas horas, fazendo todo tipo de pergunta. Acho que vai sobrar merda pra cima de você.

Minha mente fez uma dança estranha, desajeitada.

— Ela chamou a polícia?

— Quem chamou a polícia?

– Minha mãe?

– Não seja retardado! – Eu podia ouvir os olhos de Ellie revirando ao telefone. – Sua mãe não chamou a polícia. *Claro* que não chamou! Acha mesmo que ela faria isso?

– Sei lá.

– Não sabe? É problema seu. Às vezes você é um completo sem-noção.

– Sim, sei disso.

– O hospital chamou a polícia.

– O que a polícia disse? – perguntei.

– O que você acha que a polícia disse? Perguntaram sobre seu "estado mental". Querem saber onde você podia estar indo ou o que podia estar planejando. Fizeram sua mãe mostrar a eles aquele bilhete ridículo.

– Eles viram o bilhete?

– Pare de me repetir! Apenas escute. Eles viram o bilhete e levaram como "evidência". Disseram que as palavras davam sérias causas para preocupação ou alguma merda parecida.

– Foi o melhor que pude fazer.

– Sim, *eu* entendo isso. E acho que sua mãe em algum ponto pode entender também. Mas alguém que não te conhece... Putz, Woods, parece ter sido escrito pelo Hannibal Lecter! Em algumas coisas você realmente não quer parecer muito descolado e casual.

– Não sou descolado *ou* casual – eu disse. – Você sabe disso.

– *Eu* sei disso. A polícia não sabe. Acham que você é feito de gelo. Querem saber se você é o tipo de pessoa com quem se pode argumentar. Querem entrar com um recurso, como fazem em casos de atropelamento e fuga, ou de algum pervertido sequestrar uma criança. Querem que sua mãe vá para o noticiário pedindo pra você voltar pra casa.

– Ela vai fazer isso?
– Não sei. Não sei se *ela* sabe disso agora. Mas, se não for, acho que a polícia vai seguir com o recurso. Você sabe como a polícia é. É igual ao hospital: eles têm de tirar o deles da reta. Não querem parecer que não estão fazendo nada.

Pensei nisso por alguns segundos. – Posso te ligar amanhã?

– É *bom* que você me ligue amanhã! – Ellie ameaçou. – Se você não vai falar com a sua mãe, você tem de falar com alguém.

E a linha ficou muda. Ellie terminava suas conversas ao telefone da mesma forma que ela terminava suas conversas normais cara a cara. Abruptamente.

Percebi naquele momento que eu estava completamente exausto. Quarenta horas sem dormir não vieram de mansinho até mim. Apenas me acertaram: no meu corpo todo, de uma vez só. Eu usei o resto das minhas forças para colocar o telefone no gancho, então caí no sono vestido sobre o lençol da cama. Não tive sonhos.

Na manhã seguinte, Herr Schäfer nos encontrou, como combinado, às dez da manhã no bar do hotel. Ele nos contou que era sua política tentar se encontrar com todos os seus clientes nos dias antes de seus agendamentos. Desde que havia começado nessa linha de trabalho, cerca de doze anos antes, ele havia ajudado 1.147 estrangeiros a morrer na Suíça (o Sr. Peterson seria o 1.148), e os únicos clientes que ele *não* encontrara de antemão eram aqueles que declararam explicitamente que isso era contra os desejos deles.

Minha primeira impressão sobre Herr Schäfer foi de que ele era muito maior, em todas as dimensões, do que eu esperava. Era um homem alto, corpulento, que eu estimei que tivesse seus sessenta e poucos. Tinha óculos de aro grosso, cabelo grisalho prateado e olhos muito escuros e sérios. Mesmo quando falava algo irrelevante, seus olhos permaneciam graves. Usavam um terno carvão com gravata azul-marinho, e seu aperto de mão, eu notei, era um espelho preciso dele mesmo: dois movimentos sólidos de cima a baixo com contato visual o tempo todo. Quando falava, seu inglês era rápido e fluente, apesar de sua pronúncia de certas frases ser meio estranha, e ele tinha mais sotaque do que o recepcionista do hotel: ele alongava e germanizava alguns de seus Ws, e havia um leve zumbido em cerca de 75% de seus Ss iniciais, então "Woods" saía "Voods" e "suicídio, "zuicídio". Pode imaginar esses sons se desejar, mas, para o bem da clareza, não vou tentar transcrevê-los aqui.

Além de dizer *Guten Morgen*, eu não tentei falar muito alemão com Herr Schäfer. Eu ficava bem com os temas que tive de ensaiar, mas era complicado quando eu tinha de improvisar, e muitos dos temas que discutíamos com Herr Schäfer não eram bem cobertos pelos estudos on-line que eu havia feito.

– Espero que vocês dois estejam achando o hotel satisfatório – Herr Schäfer disse depois de os apertos de mão terem terminado e termos tomado nossos assentos.

O Sr. Peterson assentiu.

– O Sr. Peterson está com dificuldades para falar – expliquei. – Além disso ele tem problemas de contato visual por causa de sua condição, então ele prefere se comunicar por escrito.

Herr Schäfer deu um sorriso reconfortante.

– Não tem importância. O senhor pode se comunicar da forma que lhe for mais confortável.

Obrigado, o Sr. Peterson escreveu. *O hotel é muito bom.*

Herr Schäfer assentiu pensativamente.

– Não é um hotel que uso com muita frequência, mas mesmo assim é um dos meus favoritos. Achei que seria adequado às suas necessidades. Acho o interior art déco muito elegante, mas também muito prático.

Art déco por acaso era o nome do estranho estilo moderno-antigo da mobília dos quartos. Herr Schäfer discutiu isso por algum tempo, nos contando que o hotel foi aberto em 1919 e por muitos anos foi um popular refúgio para intelectuais de Zurique. James Joyce hospedou-se ali várias vezes nos anos 1930, quando não vivia mais em Zurique, mas visitava frequentemente para consultas com seu optometrista. De 1915 a 1917 ele morou logo ao lado, em apartamentos na Kreuzstrasse e na Seefeldstrasse. Eu disse a Herr Schäfer que havia ouvido falar de James Joyce, mas só por causa dos quarks, que eram partículas elementares batizadas com uma palavra inventada por James Joyce por algum motivo. Essa informação pareceu agradar muito Herr Schäfer.

– Mas agora acho que precisamos tratar do assunto em foco – ele disse, levando ao fim sua breve digressão. – Sua primeira consulta médica está marcada para as seis desta tarde, e a próxima amanhã às sete da noite. Espero que não ache o atraso muito inconveniente. Sei que para algumas pessoas é difícil, mas a lei exige que tenhamos esse tempo entre as consultas.

Não estamos com pressa, o Sr. Peterson escreveu.

Herr Schäfer sorriu, mas seus olhos permaneceram graves.

– O senhor entende que esse protocolo pretende gerar uma salvaguarda. Apenas uma médica pode prescrever a medicação que terminará com sua vida, e ela deve estar convencida de que esse de fato é o seu desejo e que há um motivo para fazê-lo.

Há alguma chance de ela decidir que eu não tenho motivo para terminar com a minha vida?, o Sr. Peterson perguntou.

– Não, creio que não – Herr Schäfer respondeu. – A Dra. Reinhardt já conhece sua ficha, e é uma mulher solidária. Ela vai precisar apenas se certificar de que o senhor entende a escolha que está fazendo e que é uma escolha que já considerou bem. E o senhor precisa entender que é livre para mudar de ideia a qualquer momento. Nunca é tarde demais para voltar atrás neste caminho que está seguindo.

Obrigado, o Sr. Peterson escreveu. *Estou decidido.*

Her Schäfer assentiu.

– Sim, claro. Mas tenho certeza de que entende por que temos de estar bem certos neste ponto. O senhor ouvirá as mesmas perguntas várias vezes, hoje, amanhã e no dia seguinte.

Eu entendo. O que acontece depois de a médica concordar em escrever uma prescrição?

– Depois disso, estaremos livres para prosseguir no dia seguinte. O senhor assinará uma autorização para um membro da nossa equipe pegar a prescrição em seu nome, então tomamos conta de tudo. Temos uma casa particular confortável fora da cidade, onde encontrará dois de nossos acompanhantes. São muito experientes e capazes de ajudá-lo em cada estágio do processo. A única coisa em que não podemos ajudá-lo é com a administração final da medicação. Vão estar presentes, mas a ação final que termina com sua vida deve ser só sua. E o senhor deve decidir quando é hora de fazer isso. Nossa equipe não vai estimulá-lo. Não vão colocar pressão de forma alguma.

E quanto a Alex?

– Alex pode estar lá o tempo todo, se é o que vocês dois querem. Nossa experiência mostrou que geralmente é um grande conforto para os amigos e família estarem lá no final, na verdade é um conforto para todos os envolvidos. Mas novamente a decisão é sua.

Quero saber depois. O que acontece com Alex depois?

– Nossa equipe vai tomar conta dele. Eles têm muita experiência nessa área. Sempre temos dois acompanhantes presentes para que um possa ficar com a família enquanto o outro lida com a parte prática. O legista e a polícia terão de ser contatados, como é o caso em todos os suicídios, mas Alex não vai precisar falar com eles.

O UNIVERSO CONTRA ALEX WOODS 355

Nosso testemunho e os papéis que o senhor assinou serão evidências suficientes de que tudo foi feito de acordo com a lei. Não se preocupe: consideramos a proteção dos nossos clientes e de seus entes queridos uma prioridade.

Obrigado, o Sr. Peterson escreveu. *É o que eu precisava saber.*

Nesse momento perguntei a Herr Schäfer quantas pessoas ele havia ajudado a morrer. Um rápido cálculo me disse que se traduzia em aproximadamente uma pessoa a cada quatro dias.

– Sim, parece correto – Herr Schäfer confirmou.

Você administra um serviço eficiente, o Sr. Peterson escreveu.

– Espero que eu possa considerar isso um elogio – Herr Schäfer disse.

O Sr. Peterson assentiu.

– Obrigado – Herr Schäfer disse. – O senhor deveria saber que muita gente *não* diz isso como um elogio. Acham, de forma bem estranha, que não deve haver eficiência no negócio da morte, que isso mostra uma falta de compaixão. Mas espero que perceba que esse não é o caso. Coloquemos dessa forma: no seu funeral, o senhor preferiria um coveiro de mão firme ou um tomado por tanta dor que deixa o caixão cair?

O Sr. Peterson assentiu. Os olhos de Herr Schäfer permaneceram sérios o tempo todo.

– Bom, então acho que temos um acordo. Toleramos certa incompetência em nossos políticos e funcionários públicos, mas não devemos tolerá-la num empreendimento que lida com a morte.

– Mas agora, a não ser que tenha mais dúvidas, talvez devêssemos encerrar nossa reunião. Afinal, seu tempo é precioso. Já pensou em como vai passar as horas entre suas consultas?

– Vamos dar uma olhada em Zurique – eu disse.

Herr Schäfer assentiu.

— Bom. É uma cidade muito charmosa. E quanto à noite de amanhã? Têm planos para jantar? Há muitos restaurantes excelentes que posso recomendar a vocês se quiserem. Além disso, eu faço um belo *bouef bourguignon* e ficaria feliz em lhes oferecer minha hospitalidade pessoal.

Olhei para o Sr. Peterson. Ele deu de ombros. Ele tinha um sorrisinho no rosto. Eu dei de ombros também.

— Gostaríamos de aceitar seu convite — eu disse —, mas teria de nos dar boas indicações de como chegar. Infelizmente, não temos GPS.

Conseguimos passear por toda Zurique sem fazer nada em particular. Seguimos por Altstadt, olhando uma infinidade de praças, igrejas e relógios. Cruzamos e recruzamos o Limmat cerca de uma dúzia de vezes. Eu empurrei o Sr. Peterson para dentro e para fora do bonde e nós procuramos a Opernhaus, a Rathaus, o Kunsthaus e a casa na Unionstrasse onde Einstein viveu quando estudante. Havia uma pequena placa ao lado da porta que dizia: *Hier wohnte von 1896-1900 der grosse Physiker und Friedensfreund Albert Einstein.*

Eu traduzi para o Sr. Peterson da seguinte forma:

— Aqui viveu de 1896 a 1900 o grande físico e amigo da paz Albert Einstein.

Amigo da paz?, o Sr. Peterson indagou.

— *Friedensfreund* — eu disse. — Acho que é uma tradução precisa. *Freund* definitivamente é "amigo" e, pelo que eu me lembro, *Frieden* é "paz".

Pacifista?, o Sr. Peterson sugeriu.

— Sim, creio que seja uma tradução melhor — admiti.

Não entramos na casa de Einstein. Não entramos em nenhum dos museus ou igrejas ou galerias em que passamos. O Sr. Peterson disse que não queria ficar dentro de um lugar mais do que o necessário, e especialmente não queria ir a nenhum lugar silencioso.

Estava feliz ao ar livre e no agito, apenas se deslocando de um lugar para outro. Ele não queria ficar parado por muito tempo.

Voltamos para o hotel com muito tempo para nossa primeira consulta com a Dra. Reinhardt, que aconteceu no quarto do Sr. Peterson. Nós dois nos sentamos nas poltronas art déco enquanto a Dra. Reinhardt se empoleirou a poucos passos no sofá de um braço e pés grossos. Como Herr Schäfer nos havia contado, ela era uma mulher solidária, mas também muito detalhista em suas perguntas. E por o Sr. Peterson frequentemente ter de oferecer respostas bem detalhadas, a entrevista durou um longo tempo.

A Dra. Reinhardt perguntou sobre o ferimento na mão esquerda do Sr. Peterson e ele contou que tivera uma queda alguns dias antes e tinha recebido tratamento no hospital. (Ele omitiu a segunda parte da história – sabiamente, pensei eu.) Então ela fez mais um monte de perguntas sobre sua PSP e o impacto que estava tendo em sua vida. Essa foi provavelmente a parte mais fácil da entrevista. Os fatos eram simples e indiscutíveis. Muito mais traiçoeiro era percorrer as águas negras que cercavam a tentativa anterior de suicídio do Sr. Peterson – sua permanência na ala psiquiátrica por seis semanas. Esses fatos foram, claro, bem documentados em seu histórico médico e nos levaram fundo ao território de *Ardil-22*.

A Dra. Reinhardt explicou que sob a lei suíça a prescrição de narcóticos e anestésicos era muito regulada. A lei específica que controlava tais prescrições era uma formidável parte da legislação, e tinha um nome similarmente formidável. Era chamada de *die Betäubungsmittelverschreibungsverordnung*. Esse nome era considerado formidável até por falantes nativos do alemão, que estão acostumados com palavras compridas. Mesmo assim, a Dra. Reinhardt nos garantiu que, logo depois que a gente se acostumava com ela, *die Betäubungsmittelverschreibungsverordnung* não era tão complicada – ou não na parte que tratava de suicídio assistido por médicos.

Em essência, havia três regras sensatas: o paciente deve ter expressado explicitamente seu desejo de morrer, esse desejo tem de ser persistente e o paciente tem de ter uma mente inquestionavelmente sã. Era esse ponto final que causava o problema, claro, porque era uma prática médica padrão – sancionada pela *Classificação CID-10 de Transtornos Mentais e de Comportamento* – ver o desejo de autodestruição como uma evidência de insanidade mental.

O Sr. Peterson escreveu uma página e pouco explicando elaboradamente como ele havia sido hospitalizado e forçado a tomar Prozac por seis semanas, mas que nunca se considerou "deprimido" – ou não até ser entregue aos psiquiatras.

Foi ser internado que me deixou deprimido, o Sr. Peterson concluiu, não o contrário.

Felizmente, o diagnóstico passado de "depressão" do Sr. Peterson não era considerado um fator crítico, e a Dra. Reinhardt ficou mais do que satisfeita com sua explicação. Ela só tinha de se certificar de que ele estava pensando claramente no presente, e que o desejo dele pela morte não era produto de um episódio depressivo de curto prazo. O fato de ele ter sido membro de uma clínica de suicídio assistido nos últimos quinze meses sugeria que não era. A Dra. Reinhardt sentia-se confiante de que poderia assinar uma receita para ele sem violar os termos da *Betäubunsgmittelverschreibungsverordnung*.

Ela demonstrava maiores preocupações em relação a se o Sr. Peterson seria fisicamente capaz de acabar com a própria vida. O medicamento – ela não se referiu a ele como "remédio" – prescrito para suicídios assistidos era pentobarbital de sódio, e como a maior parte dos pacientes não era capaz de administrá-lo em segurança em si mesmos como uma injeção intravenosa tinha de ser tomado por via oral. O medicamento tinha de ser dissolvido em cerca de 70 mililitros de água, que tinham de ser bebidos rapidamente, de preferência numa tentativa só. Isso causaria uma perda de consciência pacífica em questão de minutos, seguida por uma falha respiratória alguns minutos depois. Era completamente indolor e sem riscos, a Dra. Reindhardt nos assegurou, mas o pentobarbital de sódio tinha de ser engolido rápida e totalmente. Bebericar a solução ou tomar uma dose incompleta provavelmente resultaria na perda de consciência, ou até em coma anestésico, mas não iria garantir a morte.

O problema, é claro, é que engolir líquidos ralos não era fácil para o Sr. Peterson. A mesma neurodegeneração que causava dificuldade com sua fala também afetava sua capacidade de controlar os músculos da garganta. Sessenta mililitros de água não eram muito, mas o pentobarbital de sódio dissolvido tinha um gosto amargo, e isso aumentava a chance de um reflexo de engasgo.

A Dra. Reinhardt tinha de estar convencida de que o Sr. Peterson seria capaz de beber um pequeno copo de água sem complicações, então ela o fez tentar duas vezes. A primeira foi um pouco difícil, mas ele conseguiu em menos de sete segundos, que era considerado um tempo satisfatório. Na segunda tentativa, a Dra. Reinhardt sugeriu que ele usasse um canudo enquanto eu segurava o copo. (Esse tipo de ajuda era aceitável, desde que eu não *vertesse* o líquido; a ação que terminava a vida do Sr. Peterson tinha de ser dele mesmo.) Por ele não ter de se preocupar mais com sua coordenação mão-olho, o Sr. Peterson podia focar toda sua atenção em sua garganta e, consequentemente, achou o método do canudo muito mais fácil. A Dra. Reinhardt ficou satisfeita e partiu com a promessa de que o encontro da noite seguinte seria muito mais curto. Nós passaríamos novamente pelas questões práticas, o Sr. Peterson iria reconfirmar sua decisão de morrer e, depois disso, a prescrição seria escrita. Não haveria mais obstáculos.

* * *

Não era tão tarde quando telefonei para Ellie naquela noite. Acho que não eram nem nove horas, menos de vinte e quatro horas desde nossa conversa anterior, mas já nesse curto tempo as coisas começaram a se movimentar.

A polícia tinha ido em frente com seu "recurso" naquela manhã: eles queriam que eu ou qualquer um que soubesse do meu paradeiro contatasse a delegacia de Somerset e Avon imediatamente. Minha mãe havia recusado o convite da polícia de fazer o pedido pessoalmente; seu único envolvimento foi fornecer a eles uma fotografia recente minha. De acordo com Ellie, não era uma foto boa.

– Acho que foi a foto mais recente que ela pôde encontrar – Ellie me disse. – Ou talvez a única foto que ela pôde encontrar. Não vejo por que outro motivo ela daria a eles *aquilo*.

A foto me mostrava sentado em casa com Lucy no meu colo.

– Foi provavelmente a única vez que ela me fez ficar parado para uma fotografia – argumentei. – Ela sabe que eu não gosto de tirar foto.

– É. Dá pra ver.

– Eu pareço de saco cheio?

– Não, não parece de saco cheio. Quer dizer, tem esse seu tipo de *rabugice*, seu rosto está fechado, mas eu não diria que você parece de saco cheio. Isso seria um avanço. Pra ser sincera, você parece sinistro pra cacete.

– Pelo menos a gata está lá – argumentei. – Acho que deve me humanizar um pouco.

– A gata faz você parecer um vilão do James Bond.

– Oh.

– Estão mostrando no noticiário, e não apenas no jornal local. Esta noite, estava na rede *nacional*. Sério, é uma história grande, e vai ficar maior. Dá pra ver. Tem "interesse" público carimbado em cima. Os detalhes são sórdidos o suficiente para atrair a atenção das pessoas. Já tivemos alguns jornalistas ligando pra loja. Confie em mim: essa história não vai parar por aí.

Mais uma vez, eu não passei nenhuma dessas informações para o Sr. Peterson. Não achei que ia fazer bem algum a ele. E, apesar do drama de Ellie, eu ainda me sentia razoavelmente isolado do que quer que estivesse acontecendo em casa. Eu duvidava que qualquer um na Europa prestasse muita atenção para o que estava acontecendo no Reino Unido, muito menos em Somerset. Mesmo assim, quando o Sr. Peterson me disse na manhã seguinte que ele queria sair da cidade durante o dia, eu decidi que não era uma má ideia.

Não me importa para onde vamos, mas acho que gostaria de ver essas montanhas um pouco mais de perto.

– Quer que eu dirija até as montanhas? – perguntei.

Não, pensei em andarmos.

– Ah.

Brincadeira.

– Sei.

Deixo o itinerário com você. Podemos ir pra onde diabos preferir. Desde que fora da cidade.

Pensei nisso por alguns segundos.

– O que acha do CERN? – perguntei.

Então fomos de carro até a Organização Europeia para a Pesquisa Nuclear. Era uma viagem de ida e volta de seiscentos quilômetros, mas, felizmente, quando se tratava de viagens de carro, o Sr. Peterson ainda tinha o que ele chamava de "mentalidade americana". Com onze horas para gastar, ele não via uma viagem por metade da Suíça como uma má ideia, nem eu.

Respeitando o *Geschwindigkeitsbegrenzung*, pegando a A1 e a *Autobahn* que cortava direto pelo plateau central da Suíça, ligando Genebra, Bern e Zurique, a viagem de volta levou um pouco menos de três horas. Mas na viagem de ida nós fomos pela rota cenográfica de quatro horas, margeando o pé dos Alpes com uma parada em Interlaken, que parecia um cartão-postal – como a maior parte da Suíça, na verdade. Era o tipo de país onde você não podia imaginar ninguém nunca jogando lixo na rua, um país de ar puro, castelos, montanhas pontiagudas, lagos como espelho, refletindo tons puros de azul, verde e branco.

Claro, quando chegamos ao CERN, na fronteira francesa a noroeste de Genebra, o cenário havia de certa forma decaído, mas as cercanias ainda eram aprazíveis o suficiente. Havia morros cobertos por vinhas, árvores dispersas e vilarejos, e dava para ver o Juras no norte e Mont Blanc se erguendo a 75 quilômetros ao sudeste. Quanto ao CERN em si, minha primeira impressão era de que parecia com um lugar grande, mas um lugar normal de trabalho – o tipo de parque industrial que você encontraria fora de qualquer cidade de grande ou médio porte. Tinha uma parada de ônibus e um estacionamento do tamanho de um supermercado cheio daqueles veículos hatch de consumo eficiente de combustível. Tinha uma recepção e vários blocos de prédios de telhado plano que pareciam com escritórios normais, e um punhado de trabalhadores andando lá fora que não pareciam nada fora do normal também, tirando o fato de que nenhum deles usava gravata. (Como você deve saber, cientistas não usam gravatas, a não ser que estejam dando evidências para uma investigação parlamentar ou recebendo o prêmio Nobel.) A única coisa digna de nota no complexo foram as vinte bandeiras europeias tremulando no bulevar central e o globo de madeira de trinta por quarenta metros que ficava do outro lado da estrada da recepção. Mas, claro, isso era apenas a superfície; eu sabia que a maior parte do que era interessante sobre o CERN estava enterrada cem metros abaixo de nós.

Não tínhamos permissão de descer para ver o Grande Colisor de Hádrons porque era o experimento científico mais caro da história humana e não abria para o público em geral. Em vez disso, a recepcionista nos dirigiu ao Globo da Ciência e Inovação, uma ampla estrutura de madeira sobre a estrada que abrigava uma exposição permanente sobre o CERN e a física de partículas.

O que é um grande hádron, afinal?, o Sr. Peterson perguntou enquanto eu empurrava sua cadeira.

– Não é o hádron que é grande, é o acelerador. Um hádron é apenas um próton ou nêutron ou partícula semelhante, e eles vêm em tamanho padrão, como bolas de pingue-pongue. São exatamente como bolas de pingue-pongue, só que são cerca de vinte e cinco trilhões de vezes menores.

Esse número não quer dizer nada para mim.

– Dois vírgula cinco vezes dez elevado a treze: vinte cinco seguido por doze zeros.

Quer dizer menos ainda.

– Se aumentar a escala de um próton para ele ter o diâmetro de uma bola de pingue-pongue – esclareci –, então uma bola de pingue-pongue, em comparação, teria um diâmetro setecentas vezes o diâmetro do Sol. Seria aproximadamente do mesmo tamanho de Betelgeuse.

Isso é simplesmente ridículo, o Sr. Peterson escreveu.

Apesar de ser muito austero lá fora, quando entramos na área da exposição, o Globo da Ciência e Inovação parecia o centro de comando de uma espaçonave alienígena. O Sr. Peterson o achou *vagamente alucinógeno*, e, ainda que ele tivesse pouco em comum com qualquer alucinação que eu já tivesse experimentado, mesmo assim eu sabia o que ele queria dizer. O interior era uma vasta área circular pontilhada com globos, telas e displays interativos de diversos tamanhos, tudo iluminado por holofotes coloridos que mudavam e se apagavam e clareavam conforme você se movia pela sala. As luzes eram todas em tons bem dramáticos e futuristas como turquesa, violeta e azul elétrico e, inevitavelmente, havia muitos ruídos estranhos zumbindo e murmurando ao fundo – todos os mecanismos padrão que equipes de marketing e gente de RP usa para "sensualizar" a física de partículas, como se fosse um assunto que precisasse de interferências desse tipo. Mesmo assim, eu tinha de admitir que o audiovisual *era* impressionante, e que a exposição em si era muito bem montada. Os displays interativos tinham uma opção de áudio em inglês, o que significava que o Sr. Peterson não tinha de se esforçar para ler nada. Um toque na tela trazia uma palestra de dois a cinco minutos sobre tópicos como antimatéria, energia escura, o Princípio da Incerteza de Heisenberg e por aí vai. Havia muita informação, mas como o Sr. Peterson não tinha o benefício dos gráficos na tela, que se moviam rápido demais para seus olhos seguirem, eu ainda me via acrescentando trechos e pedaços onde eu pudesse. Eu começava com explicações simples do que acontecia na tela, mas ficava cada vez mais complicado de uma imagem para outra. Eu não sei por quê, mas quanto mais eu falava, menos eu tinha vontade de parar. E, estranhamente, o Sr. Peterson não parecia apressado em me parar. Ele até fez perguntas.

Acho que a analogia das bolinhas de pingue-pongue deve ter estimulado o apetite dele por mais do mesmo. Por alguma razão, ele parecia se empolgar com essas comparações ridículas – isso sem mencionar todos aqueles números e escalas confusos nos quais os fundamentos da física são excelentes. Claro, as telas nos davam um bom número de estatísticas e analogias. Havia apenas um exemplo padrão usado para ilustrar a estrutura do átomo, assim: se você aumenta a escala de um átomo até o tamanho de um estádio de futebol, seu núcleo seria uma única ervilha colocada num ponto central e seus elétrons seriam partículas de poeira orbitano perto dos assentos mais distantes. Tudo mais seria espaço vazio. Então havia a velocidade terminal na qual os hádrons seriam acelerados pelo Grande Colisor de Hádrons: 99,999999% da velocidade da luz. A esta velocidade, os hádrons girariam no túnel de 27 quilômetros do acelerador a aproximadamente onze mil vezes por segundo. Mas o Sr. Peterson não ficou satisfeito só com essa informação. Sem demora, ele me fez trabalhar em todo tipo de problemas matemáticos ridículos.

Quanto tempo um desses hádrons levaria para voltar a Zurique?, ele perguntou.

Eu escrevi meu cálculo no caderno dele, que ele levou perto da tela para ler.

– Se ele pegasse a A1, pouco menos de um milésimo de segundo – respondi. – Em comparação, nós vamos levar cerca de três horas no carro.

E quanto de Zurique ao Sol?

– Oito minutos e vinte segundos. – (Eu não tive de pensar nisso.)

E quanto a nós?

– Dirigindo?

Sim, dirigindo.

Esse cálculo levou um pouco mais tempo. A resposta era um pouco mais de cento e quarenta anos, se dirigíssemos vinte e quatro horas por dia e ficássemos no limite de velocidade da estrada.

Mas acho que o número que causou maior impressão em mim tratava-se do tempo de vida de partículas "exóticas" criadas no Colisor. As partículas que viveram mais tempo existiram por apenas algumas centenas de milionésimos de segundos antes de decaírem; as que viveram menos eram tão instáveis que suas existências não puderam nem ser "observadas" de forma convencional. Elas se materializavam e sumiam na mesma ínfima fração de um instante, tão rapidamente que nenhum instrumento ainda fora inventado com sensibilidade o suficiente para registrar sua presença, que podia ser apenas inferida post mortem. Mas quanto mais eu pensava nisso, e mais eu pensava sobre quão velho era o universo e quão velho estaria ao sofrer sua morte térmica – quando todas as estrelas se apagarem e os buracos negros tiverem evaporado e todos os núcleons decaído, e nada poderia existir além das partículas elementares, vagando pela escuridão infinita do espaço – quanto mais eu pensava nessas coisas, mais eu percebia que *tudo* o que importava era relacionado a essas partículas exóticas. O tamanho e a escala do universo tornavam tudo mais inimaginavelmente pequeno e fugidio. Numa escala de tempo universal, até as estrelas teriam sumido em muito menos tempo do que uma piscada de olho.

Mas essa não era uma analogia que eu tinha vontade de compartilhar.

Quando liguei para Ellie naquela noite – depois da segunda consulta com a Dra. Reinhardt, mas antes do *boeuf bourguignon* de Herr Schäfer –, ela me disse que a minha história se transformara num "viral". Alguns jornalistas que ligavam para a loja se tornaram de um dia para o outro uma dúzia de repórteres transeuntes que faziam turnos em se apresentar para a câmera na frente da loja e molestar minha mãe pedindo uma entrevista. Até agora, ela só havia respondido a uma pergunta, que a pegou de guarda baixa, quando abria a loja de manhã. Ela foi perguntada como se sentia.

– Estou chateada, obviamente – ela respondeu.

Um dicionário foi consultado e no meio da tarde minha mãe foi citada como "atormentada". Depois disso, ela não disse mais nada, o que foi tido como confirmação do quanto perturbada ela se sentia. As pessoas queriam se solidarizar com o sofrimento dela, e uma parede de silêncio não iria impedi-las.

– Eu te falei – Ellie disse. – Essa história tem "interesse público" carimbado na testa. Não vai sossegar. O recurso ainda está correndo a cada hora. Ainda estão mostrando aquela foto sua e fazendo referências ao bilhete "perturbador".
– Coisas como essa têm um período de vida – filosofei – e não é...
– Você está em toda a internet também – Ellie acrescentou. – As pessoas estão *discutindo* você nos fóruns! Estou surpresa que você não tenha visto. Eles têm internet na Suíça, não é?
– Inventaram a internet na Suíça – eu disse. Então meu coração se acelerou nas costelas. – Quem disse alguma coisa sobre a Suíça?
– Todo mundo! É pra onde todo mundo está dizendo que você foi. Aparentemente, é o único país do mundo que oferece assistência médica para estrangeiros que querem se matar. Creio que seja isso que esteja acontecendo aí. Se você está planejando jogar o velho de um precipício, você podia ter feito em Dorset. Não precisava ir pro exterior. Até a polícia já pensou nessa parte.
– Oh.
Eu não sabia mais o que dizer. Achei que ouvi Ellie acendendo um cigarro do outro lado da linha.
– Escute – ela disse. – Disseram no noticiário que eles entraram em contato com as autoridades suíças.
– Quem? A polícia?
– A polícia, o Ministério do Interior... quem quer que lide com esse tipo de merda.
Eu pensei nisso por alguns segundos.
– Acho que eles não podem fazer nada enquanto estou aqui. Sob a lei suíça, o que estamos fazendo é perfeitamente legal. Essa é a questão.
– Você tem dezessete anos. *Essa* é a questão para eles. Estão dizendo que é um caso especial e que as autoridades suíças deveriam intervir.

— Os suíços não são chegados numa intervenção — apontei.

— Ah, pare de frescura! Pode haver gente procurando por você... você precisa entender isso.

— Eu entendo. Mas só preciso passar pelas próximas vinte e quatro horas. Depois disso...

— Pare! — Ellie interrompeu. — Eu não quero saber. Eu não quero *mesmo* saber. Só tome cuidado: é tudo o que estou pedindo.

Eu não disse nada.

Ellie soltou um expletivo final e desligou.

Eu liguei a televisão na BBC News. Só tive de esperar uns dez minutos até minha foto aparecer. Não era uma boa foto. Eu desliguei a TV e me sentei na cama por cinco minutos, focando na minha respiração.

Refleti que havia pouco que eu pudesse fazer nessa reviravolta dos acontecimentos. Pelo que eu sabia, o Sr. Peterson não havia ligado nenhuma vez a televisão desde que chegamos à Suíça. Ele estava bem alheio ao que acontecia no nosso país, e eu sabia que eu tinha de manter assim. O fator desconhecido era Herr Schäfer. Eu não tinha ideia se ele tinha "protocolos" cobrindo esse tipo de situação. Meu palpite era que não.

Levamos cerca de quinze minutos para chegar ao endereço, que era nos silenciosos subúrbios a leste no final do Distrito 12. A residência de Herr Schäfer era modesta e funcional — outra dessas racionais casas-caixote de teto rebaixado de que os suíços pareciam gostar. Uma luz de segurança iluminava uma pequena área de gramado, tão bem cortado que poderia ser grama artificial, e dentro tudo era similarmente arrumado e de fácil manutenção.

Apesar de eu o estar observando com uma hipervigilância velada desde a nossa chegada, Herr Schäfer não deu sinal de que houvesse algo de errado. Ele tinha o mesmo comportamento de antes

– uma estranha mistura de seriedade e indiferença que às vezes tornava suas expressões soarem como as de um comediante cara de pau. Não que ele não tivesse a devida seriedade para um homem no seu tipo de trabalho; era mais porque sua formalidade escorria desapropriadamente para outras áreas. Ele discutia a morte com a mesma solenidade com que discutia a proporção de carne- para-cogumelo-para-vinho de seu *boeuf bourguignon*. E esses eram ambos assuntos de que ele falava longamente.

Por acaso Herr Schäfer não esteve sempre no "ramo da morte". Ele havia trabalhado por mais de vinte anos como advogado de direitos humanos, e era sua crença apaixonada no que ele apontou como "direito humano final" – o direito de morrer – que o acabou levando a desistir do direito para abrir sua clínica particular, que era quase única em sua disposição de oferecer seus serviços a não residentes assim como a nativos suíços. Mas Herr Schäfer acreditava que direitos humanos não deveriam ser um contingente de fronteiras nacionais.

Não foi um jantar particularmente "normal", não preciso dizer, mas, após alguns minutos, eu me senti estranhamente relaxado. Herr Schäfer parecia muito confortável em seu papel de anfitrião, e ter uma discussão a três com o Sr. Peterson era, de certa forma, mais fácil do que ter a dois. Era ligeiramente mais complexa por ele ter de me passar suas anotações para ler antes de eu passá-la para Herr Schäfer, mas também dava a ele mais tempo para escrever e tempo para descansar. E tendo aceito esta prática no dia anterior, Herr Schäfer não precisou mais pensar duas vezes. Ele agia como se essa fosse uma forma nada estranha de se conduzir uma conversa. Ele também tinha muita paciência quando se tratava de exercitar meu alemão, que eu tentava fazer sempre que possível. Com um pouco de incentivo, eu logo segui para amenidades mais simples – *es schmeckt sehr gut* – ou mais complexas, frases liga-desliga: *Keinen*

Wein für mich, Herr Schäfer. Ich trinke keinen Alkohol. Aber ich habe eine grosse Lust auf Coca-Cola. Keine Angst – ich habe einige Dosen im Auto.

Mas ainda que ele tivesse alta tolerância para essas conversas truncadas, Herr Schäfer ficou menos satisfeito com a forma como eu me dirigia a ele, que aparentemente era formal demais.

– Agora que nos conhecemos melhor, você deveria me chamar de *Rudolf* – ele insistiu.

Eu disse a Herr Schäfer que eu não ficava muito à vontade com isso.

– É um pouco... – Tentei pensar numa outra palavra que não me lembrasse Rudolf, o nome de uma das renas de Papai Noel. Não consegui e disse: – Talvez eu possa chamá-lo de Rudi, se não se importa.

– Sim, para mim é aceitável – Herr Schäfer concordou. – Na verdade é assim que minhas duas filhas crescidas me chamam.

Achei isso um pouquinho estranho, mas não disse nada.

Herr Schäfer seguiu nos contando sobre suas filhas, ambas as quais ainda moravam em Zurique, assim como a ex-mulher dele, de quem ele havia se divorciado amigavelmente há dez anos, e foi durante essa linha de conversa aparentemente inócua que as coisas tomaram um rumo repentino e perigoso.

– Minha esposa nunca ficou feliz com minha mudança de carreira – Herr Schäfer nos contava. – Ou talvez eu deva dizer que ela não ficou feliz com a atenção da mídia que meu trabalho infelizmente trouxe. Eu gostaria de dizer que isso se tornou mais fácil com o passar dos anos, mas, como vocês devem perceber, ainda há esses casos que permanecem controversos.

Um olhar foi suficiente para me dizer que Herr Schäfer não estava mais falando sobre generalidades. Eu lancei a ele um olhar de aviso em pânico, que eu esperava que o Sr. Peterson não notasse, e, até onde eu sei, ele não notou. Seus problemas oculares tornavam difícil para ele pegar essas comunicações rápidas e não verbais.

Herr Schäfer bebericou seu vinho sem quebrar o contato visual ou mudar sua expressão.

– *Er weiss es nicht?* – ele perguntou, mantendo seu tom neutro.

– *Nein* – confirmei. – *Ich denke, dass es so besser ist.*

Herr Schäfer assentiu pensativamente.

Se vocês dois vão falar em alemão novamente, o Sr. Peterson escreveu, *acho que eu gostaria de sair para fumar.*

Eu passei a mensagem para Herr Schäfer e, enquanto ele estava distraído, tentei lançar um segundo olhar de aviso, desta vez direcionado ao Sr. Peterson. Dadas as circunstâncias, eu não achava que era um bom momento para "fumar", mas meu olhar ou perdeu seu alvo ou foi ignorado.

– Eu sugeriria que o pequeno pátio nos fundos servirá a seu propósito – Herr Schäfer disse. – E também ao mesmo tempo Alex poderia me ajudar com os pratos?

– Não sei se é uma boa ideia – eu disse ao Sr. Peterson depois que o estacionei fora das janelas de batente. – Ou o senhor deveria ao menos tentar ser circunspecto. Não sabemos como Herr Schäfer pode reagir a isso.

O negócio dele é a morte, o Sr. Peterson apontou. *Não acho que vá se ofender com um baseadinho.*

– Ele pode achar que seu juízo está comprometido.

Eu tive a impressão de que Sr. Peterson teria revirado os olhos, se fosse capaz. *Relaxe*, ele escreveu, *é maconha, não ácido.*

Eu levei trinta segundos para voltar para a cozinha, onde Herr Schäfer já tinha enchido a pia com água e sabão e estava apontando para um pano de prato que se pendurava sob o aquecedor.

– Então, Alex – ele começou –, parece que temos um probleminha aqui.

– Sim – concordei.

– Claro, eu já sabia que essas circunstâncias eram incomuns. Em algumas raras ocasiões nós temos pessoas mais jovens do que você, filhos ou netos, que desejam estar lá no final, para dizer adeus. Mas este é um contexto onde a família toda está presente. Sua situação é única na minha experiência.

– O Sr. Peterson não tem família – eu disse. – Sou tudo o que ele tem.

– Sim, entendo isso, acho. Mas me deixe chegar ao problema. Quantos anos você tem, Alex?

– Faz diferença?

– Não necessariamente.

– Tenho dezessete – admiti. – Idade suficiente para dirigir e procriar, mas não suficiente para votar ou beber álcool.

Herr Schäfer assentiu gravemente.

– Alguns diriam que dirigir e procriar requerem mais responsabilidade do que votar ou beber. Mas vamos deixar isso de lado por enquanto. – Ele parou e olhou para mim por alguns momentos. – Sua idade é difícil de estimar – ele disse. – De várias formas você parece mais velho do que seus dezessete anos, mas em outras muito mais novo. Espero que não se importe de eu dizer isso.

– Não me importo. Já ouvi isso antes. Não sei como ser diferente.

– Você não deve ser diferente – Herr Schäfer disse. – Você deve ser exatamente como é. Em alemão nós o descreveríamos como *ein Arglose*, mas isso não se traduz muito bem em outra língua. Um "inocente" é uma aproximação, mas não é bem exato. *Ein Arglose* tem mais o significado de "aquele sem astúcia". Significa que você é o que parece ser, você não pensa em mentir.

Eu dei de ombros. – Eu *penso* em mentir. É só que eu sou muito ruim nisso, então não tem muito sentido em me importar.

Herr Schäfer assentiu. – Acho que é apenas outra forma de dizer que não está na sua natureza.

Pensei nisso por um tempo. – Talvez – concluí –, mas nem sempre, quero dizer. Não estou sendo completamente honesto com o Sr. Peterson agora. É nisso que estamos chegando?

– Não. Acho que nós dois sabemos que isso é totalmente diferente. Você mentiu para ele?

– Não. Só não contei certas coisas.

– Isso porque quer protegê-lo? Estou certo em pensar isso?

– Sim – admiti. – Acho que, se ele soubesse o que está acontecendo lá em casa, poderia forçá-lo a uma má decisão. E ele faria isso para *me* proteger, só que não me protegeria. E não seria bom para ninguém.

Herr Schäfer assentiu novamente. – Você entende, tenho certeza, as possíveis consequências de seus atos? Agora que a polícia britânica está envolvida, você pode se deparar com processos quando voltar para casa. Não vai mais estar protegido pela lei suíça.

– Sim, eu sei. Não me importo de encarar essas consequências. Eu só não quero colocar esse peso no Sr. Peterson. Ele não deveria ter de pensar nessas coisas. Não agora.

– Sei – Herr Schäfer disse. – Então deixe-me fazer outra pergunta. Você sabe que há consequências, mas ainda deseja estar aqui? É correto? Não está pensando em partir agora?

– Não. Quero estar aqui.

– É porque você se sente na obrigação de estar?

– Não. É porque eu acho que o que estou fazendo é o certo.

Eu sequei o último prato, e Herr Schäfer apontou para a mesa da cozinha. Nós dois nos sentamos.

– Sabe, Alex, minha opinião é de que, se você tem idade suficiente para querer estar aqui, então você tem idade suficiente para estar aqui. Eu sou o que muitas pessoas chamariam de um libertário. Você entende o que isso significa?

Eu considerei o termo. – Acho que tem algo a ver com acreditar na virtude do mercado livre – eu disse. – Está certo?

Herr Schäfer sorriu.

– Não tanto no meu caso, não. Significa que eu acho que todo indivíduo deveria ser livre para tomar suas próprias decisões sem outras pessoas dizendo o que deveriam ou não fazer. A única restrição é que as pessoas não sejam livres para ferir ou explorar outras pessoas, e isso é bem diferente do mercado livre.

Herr Schäefer serviu uma taça de vinho antes de continuar:

– Neste caso, o que estou tentando dizer é que você deve ser livre para fazer suas próprias escolhas, assim como seu amigo Isaac deve ser livre para fazer as dele. Ninguém deve interferir nisso.

Pensei um pouco.

– Significa que o senhor *não* está tentando nos mandar embora?

– Isso seria contra tudo o que preguei nos últimos doze anos. A única razão pela qual eu mando gente embora neste estágio é se eu ou a Dra. Reinhardt acharmos que elas não estão aqui de livre e espontânea vontade ou não entendem a escolha que estão fazendo. Mas neste caso não temos dúvidas.

– E quanto às coisas que estão saindo nos noticiários? Não vai contar ao Sr. Peterson?

– Não. Acho que meu dever está em outra questão. Não é da minha alçada influenciá-lo de um jeito ou de outro. Suas decisões devem ser livres da pressão externa. Minha mente está muito clara nela. Eu não vou contar nada a ele. – Herr Schäfer parou e bebericou de sua taça de vinho. – Entretanto, você deve entender que suas circunstâncias não são as mesmas que as minhas. Você está carregando um peso diferente.

– Quer dizer que eu *deveria* contar a ele?

– Não. Essa é sua decisão, não minha. Só estou dizendo que você deveria pensar muito bem nessas questões. Amanhã será difícil para você. Precisa estar preparado. Precisa ter certeza em sua mente de que está fazendo a coisa certa.

Olhei através da sala ampla e aberta até as portas do pátio.

– Estou fazendo a coisa certa – eu disse.

E eu sabia que apenas este pensamento tinha o poder de me carregar pelas próximas vinte e quatro horas. Sem isso, eu teria despencado.

22
A CASA SEM NOME

A casa não tinha nome, não tinha número. Já que ninguém vivia lá e ninguém ficava lá por mais de algumas horas, um nome teria sido supérfluo. No caso de entregas, se é que entregas fossem feitas, acho que eles conseguiam passar apenas dizendo "a casa". Não havia outras casas na área para se confundirem com ela.

Ficava localizada numa pequena área industrial, cerca de vinte minutos a leste de Zurique, e a localização industrial era uma exigência da lei. Embora a maioria dos suíços acreditasse que esse tipo de lugar deveria, em princípio, ter permissão para existir, havia poucos que achavam que deveria existir ao lado de suas casas.

Então a casa havia sido propositadamente construída fora da cidade e se erguia entre depósitos e pequenas fábricas que sustentavam a intersecção de duas estradas barulhentas. Apesar da localização, foi feito um esforço para garantir que a casa parecesse o mais normal possível. Do lado de fora havia uma pequena entrada para carros, cercas vivas e uma pequena varanda. Dentro, uma pequena cozinha conjugada com a sala, um banheiro e a maioria dos confortos domésticos que se esperaria encontrar em qualquer lugar: alguns sofás grandes, algumas camas, uma mesa redonda com quatro cadeiras, colchões, luminárias. Havia quadros de paisagens nas paredes, janelões e portas para o pátio que deixavam entrar muita luz natural. Havia um pequeno aparelho de som para aqueles que desejavam ouvir música e até um pequeno jardim nos fundos com arbustos e uma fontezinha de água. Era isolado das cercanias, mas ainda dava para ouvir o trânsito da rua principal, que zumbia ritmadamente, como o mar.

Depois que paramos na entrada, o Sr. Peterson me disse que ele queria deixar a cadeira de rodas no porta-malas. *É importante para mim andar*, ele escreveu.

Eu assenti.

Ele usou apenas uma bengala na sua mão direita e colocou seu braço esquerdo no meu ombro, e dessa forma avançamos lentamente pela entrada. O Sr. Peterson andara muito pouco na semana passada. Levava muito tempo.

Minha mente estava extremamente alerta – tão alerta quanto estivera na noite em que escapamos do Hospital de Yeovil, apesar de eu novamente não ter dormido. Quando voltamos ao hotel, eu me sentara pensando no que Herr Schäfer havia dito até duas da madrugada e, depois disso, eu simplesmente não me senti cansado. Eu bebi cerca de cinco latas de Coca Diet e fiquei acordado lendo a história de cinquenta anos do CERN que comprei na loja de presentes do centro. Às seis da manhã, cheguei à criação do anti-hidrogênio em meados dos anos 1990 e ainda não estava cansado. Eu segui para minha meditação matutina no lago, quando o sol estava subindo. Não havia quase ninguém – apenas algumas pessoas fazendo caminhada e uma família de cisnes com filhotes flutuando na água. O calçadão do lago havia sido plantado com lilases, que estavam desabrochando e dando ao ar uma fragrância gostosa de baunilha.

Algumas doses de maconha ajudaram o Sr. Peterson a dormir pacificamente até umas sete. Nessa hora, eu já estava de volta ao hotel, onde eu o ajudei a se lavar e se vestir. Ele escreveu que queria ter uma aparência apresentável. Era outra dessas coisas que pareciam importantes para ele.

– Como está se sentindo? – perguntei.

Calmo, ele escreveu. *Calmo e decidido. E você?*

– O mesmo – eu disse.

Tem certeza?

– Sim. – Eu consegui abrir um sorriso fraco. – Estou decidido também.

Enquanto eu andei com ele aqueles últimos passos em direção à porta da frente da casa sem nome, minha decisão apenas se fortaleceu. Eu tinha uma tarefa a fazer e aguentaria o quanto fosse necessário. Se tive qualquer dúvida sobre se eu deveria ou não contar ao Sr. Peterson sobre a confusão que se criara, essa já evaporara. O cerne da questão era claro como oxigênio: se eu dissesse a ele, de um jeito ou de outro, qualquer que fosse a decisão que ele tomasse, ele iria sofrer. Nós dois iríamos sofrer, muito mais do que o necessário. Evitar tal crueldade sem sentido não me parecia o tipo de coisa que exigia uma justificativa moral complexa. Era apenas bom senso.

Depois de fazer café para si mesma e para o Sr. Peterson, Petra – uma das duas acompanhantes que nos encontrou na casa – sentou-se com a gente numa pequena mesa redonda. Linus, o outro acompanhante, não se sentou. A única vez que realmente o vimos foi quando ele nos cumprimentou na porta. Ele passou o resto do tempo nos "bastidores", preparando a papelada e cuidando das questões práticas. Mais tarde, seria Linus quem lidaria com as autoridades suíças, registrando a morte e arranjando o transporte do corpo do Sr. Peterson para o crematório. O papel de Petra era estar disponível para nós o tempo todo – para conversar sobre cada estágio, responder quaisquer perguntas e cuidar da gente em geral durante o encontro. Quando viesse a hora, seria ela também que prepararia e passaria o pentobarbital de sódio, mas isso só seria feito com o pedido explícito do Sr. Peterson. Ninguém mais poderia iniciar essa ação.

Minha primeira impressão de Petra era que ela não causava impressão nenhuma. Ela não podia ter muito mais do que 1,5 metro e era tão magrela quanto o Sr. Peterson, mas sem traço da força rija que ele outrora possuía. O cabelo dela era de um louro cinza e amarrado para trás num eficiente rabo de cavalo, e sua pele teria parecido pálida num inverno inglês. Sua voz era leve e suave, e ela usava muito pouca maquiagem, apenas um leve toque de delineador, e isso tinha o efeito de fazê-la parecer ainda mais pálida, menor e mais jovem do que provavelmente era. Mas apesar de sua estatura diminuta, ela se portava com enérgica confiança que me deixava confortável. Era estranho, mas exceto pela calma e reconfortante qualidade que exibia, ela me lembrava a minha mãe.

Passei muito tempo me perguntando sobre Petra e como ela chegou a esse trabalho – se houve classificados em jornais e entrevistas, como qualquer outro emprego normal. Finalmente eu me cansei de imaginar e simplesmente perguntei a ela.

Alex gosta de saber como as coisas funcionam, o Sr. Peterson se desculpou.

– Ela disse que a gente podia fazer perguntas – apontei.

– Disse sim – Petra concordou. Ela passou um tempinho olhando para a mensagem escrita às cegas pelo Sr. Peterson, ela ainda achava esse truque uma novidade interessante, então nos disse que havia feito curso de enfermagem antes de começar a trabalhar na clínica de Herr Schäfer há sete anos; fizera uma inscrição especulativa ao ler sobre o trabalho dele num jornal. – Achei que era um trabalho importante e algo que eu poderia fazer bem – Petra concluiu.

Todas as expressões de Petra eram assim. Ela era direta e falava com franqueza, ainda assim, com uma voz leve como pluma, ela conseguia projetar compaixão nas mais simples e curtas frases. Acho que esse era um dos motivos pelos quais ela era adequada ao trabalho.

Ela teve de fazer a maior parte da bateria de perguntas que o Sr. Peterson já havia respondido duas ou três vezes antes, mas essas perguntas agora eram diretas e imediatas. "O senhor quer morrer hoje?", "Sua mente está clara? Essa é sua decisão?" Depois disso, veio a insistência repetida de que não havia pressão para continuar – a decisão poderia ser suspensa a qualquer momento, até o veneno ter sido tomado. Petra não se referiu ao pentobarbital de sódio como um remédio ou medicamento. Nesse último estágio, não havia espaço para ambiguidade.

O Sr. Peterson teve de escrever suas respostas a todas essas perguntas, depois assinar cerca de meia dúzia de documentos diferentes reconfirmando suas intenções e dando aos acompanhantes o direito legal de lidar com as autoridades suíças após sua morte. Depois disso, eu o ajudei a ir ao banheiro (*Não quero que meu último pensamento seja de que eu preciso mijar*, o Sr. Peterson escreveu) e, quando voltamos, ele disse a Petra que estava pronto para tomar seu antiemético. Essa era uma precaução padrão, para garantir que o pentobarbital de sódio – que tinha um gosto extremamente desagradável – não voltasse. Nesse ponto, Petra foi tipicamente aberta: – O pentobarbital tem gosto de veneno – ela nos contou. – A reação natural do estômago é vomitá-lo. – A medicação contra enjoo é sempre tomada antes, e tem de ser tomada pelo menos uma hora antes do veneno para permitir que seus efeitos completos se manifestem.

Então tivemos de esperar.

E havia milhões de coisas que eu pensei que deveria dizer, mas eu não podia colocar nenhuma delas direto na minha cabeça. Eu não sabia por onde começar. Acho que devo ter parecido nervoso, porque o Sr. Peterson depois de um tempo me passou uma nota. *Entendo. Não precisa dizer nada. Apenas estar aqui é o suficiente.*

Eu assenti. Achei que ele estava certo. Às vezes palavras não são necessárias.

Você deveria colocar uma música, o Sr. Peterson escreveu.

– O que gostaria de ouvir?

O Sr. Peterson deu um sorriso torto. *Muitas coisas. Acho que a decisão é grande demais para mim agora. Você escolhe.*

Eu pensei por um minuto.

– Acho que o melhor seria Mozart – eu disse.

O Sr. Peterson assentiu. *Concordo.*

Então coloquei o Concerto para Piano nº 21 em Dó Maior. O Sr. Peterson fechou os olhos e escutou. Eu me sentei e observei um casal de pardais através das portas do pátio e eles avançavam indo e vindo entre as finas mudas do jardim dos fundos, suas sombras pairando abaixo deles como fantoches escuros. O vidro duplo cortava todos os ruídos das estradas e fábricas. Não havia cochichos do mundo externo, nenhum som na sala além das camadas trêmulas de Mozart e o suave subir e descer da minha respiração.

Quando a música terminou, o Sr. Peterson apontou para que eu chamasse Petra de volta da cadeira do canto onde ela havia se afastado.

Já estou pronto para morrer agora, ele escreveu. *Quero que você prepare o veneno para mim.*

Eu o ajudei a ir para o pequeno sofá de couro que dava para o jardim.

– Quer que eu coloque mais música? – perguntei.

Bote o Mozart novamente, o Sr. Peterson escreveu. *É perfeito.*
Em alguns minutos Petra voltou com um pequeno copo de pentobarbital de sódio. Era claro e incolor, como água de torneira. Ela o colocou cuidadosamente na mesa ao lado do Sr. Peterson, junto com o canudo para beber que sua receita médica disse para providenciar.

– Entre dois e cinco minutos depois de beber isso, o senhor vai perder a consciência – Petra disse. – E, depois disso, vai morrer. O senhor entende?

O Sr. Peterson assentiu.

– Preciso que escreva isso – Petra disse.

Eu entendo, o Sr. Peterson escreveu. Então, depois de arrancar a folha, ele escreveu um segundo bilhete para mim. *Vai ler para mim?*, dizia.

– Sim – confirmei. Eu já tinha *Matadouro 5* preparado. Eu iria começar a ler depois de ele tomar o veneno, e ele me disse para continuar lendo até ele adormecer. Acho que ele pensou nisso tanto para ele quanto para mim. Ele sabia que eu precisava ter algo para fazer, para manter minha mente focada.

Obrigado, Alex, o Sr. Peterson escreveu.

– Eu te amo – eu disse. – Eu te amo e vou sentir saudades.

Eu sei. Eu também. Você vai ficar bem.

– Sim.

Cuide-se bem. Não se esqueça de dirigir para casa em segurança.

– Eu sempre dirijo em segurança.

O Sr. Peterson assentiu, pouco mais de um toque com a cabeça.

Acho que vou ver você do outro lado, ele escreveu. E foi a última coisa que ele escreveu. Era uma piada boba, mas fiquei feliz de ele fazê-la.

– A gente se vê do outro lado – eu disse.

Segurei firme o copo enquanto o Sr. Peterson bebia o pentobarbital de sódio pelo canudo. Eu me certifiquei de que todo líquido havia desaparecido antes de voltar o copo à mesa, e então comecei a ler.

Escute, eu li.
Billy Pilgrim ficou liberto no tempo.
Billy foi dormir viúvo senil e acordou no dia do seu casamento...
O Sr. Peterson escutava. Mozart continuava a tocar. Eu continuei lendo por mais três páginas.

O mais importante que aprendi em Tralfamadore foi que, quando uma pessoa morre, ela apenas parece morrer. Ela ainda fica muito viva no passado, então é uma bobagem as pessoas chorarem nos velórios. Todos os momentos, passado, presente e futuro, sempre existiram, sempre existirão. Os tralfamadorianos podem olhar para todos os diferentes momentos da mesma forma que podemos olhar para uma extensão das Montanhas Rochosas, por exemplo. Podem ver quão permanentes todos os momentos são e podem olhar para qualquer momento que os interesse. É apenas uma ilusão que temos aqui na Terra, a de que um momento se segue a outro, como as contas de um colar, e que, quando um momento se vai, se vai para sempre...

Quando fiz uma pausa na minha leitura, o Concerto para Piano nº 21 chegara a seu segundo movimento. Os olhos do Sr. Peterson se fecharam e sua respiração ficou mais lenta até o ritmo de um sono profundo. Depois disso, não levou muito tempo para ele morrer.

Peguei as cinzas na manhã seguinte. Não leva muito tempo para cremar um corpo – cerca de duas horas do começo até o fim – e em suicídios previamente arranjados, aqueles que foram devidamente documentados, não há atraso em pegar a certidão de óbito e uma permissão para cremação. O legista apenas tem de confirmar a morte e verificar se toda a papelada está em ordem – e, no caso do Sr. Peterson, estava. Todas as evidências estavam lá, preto no branco: a declaração de intenção, o passaporte para confirmar sua identidade, os depoimentos assinados de Linus, Petra e do Dr. Reinhardt. A morte e causa de morte foram certificadas em questão de minutos. Se eu não tivesse me sentido tão esgotado, poderia ter sido capaz de pegar as cinzas naquela mesma tarde.

Em vez disso, voltei para o hotel e dormi doze horas seguidas. Quando acordei, estava escuro lá fora. Acho que eram umas três da manhã. Minha rotina de sono foi feita em pedaços; apesar de que na hora não notei nenhum sinal de uma crise iminente. Eu ainda estava numa bolha. Ou nada parecia estranho ou tudo parecia. Eu não conseguia decidir.

Eu ainda não havia chorado, mesmo que Petra tenha insistido que eu deveria. Ela disse que eu deveria "botar tudo pra fora", que não havia mais necessidade de ser forte. Eu disse a ela a verdade: que eu não estava tentando ser forte. Eu só não tinha vontade de chorar.

Segui para minha meditação matutina no mesmo lugar do dia anterior, onde nada havia mudado. Havia os mesmos cisnes no lago, os mesmos lilases perfumando o passeio. A única diferença foi que a meditação não funcionou realmente. A ideia é clarear a mente desordenada, mas minha mente já estava vazia. Não havia nada a clarear.

Então, após meia hora, voltei ao hotel e fiz as malas. Não havia tantas desta vez. As roupas do Sr. Peterson e sua mala foram deixadas para a Cruz Vermelha.

Eu fiz o check-out pouco antes das oito e encontrei o mesmo recepcionista trabalhando – aquele que nos recebeu três dias antes e se recusou a falar alemão comigo.

– Onde está o Sr. Peterson? – ele me perguntou. Achei uma pergunta esquisita; acreditava que ele já havia visto que meu quarto estava reservado para uma noite a mais.

– *Herr Peterson hat gestern ausgechectk* – eu disse a ele. O Sr. Peterson fez o check-out ontem.

Apareci no crematório às nove, quando abria. Tudo havia sido pago antecipado, então não levou muito tempo para receber os restos mortais. Só havia um formulário de liberação para assinar. Eu voltei para a estrada dez minutos depois.

Eu não tinha realmente um plano sobre quando ou onde parar. Pensei apenas em continuar dirigindo até ficar cansado para esticar minhas pernas – supondo que eu atravessasse a fronteira. Eu sabia que não era garantido, apesar de achar que o maior problema seria tentar comprar um bilhete para a balsa em Calais.

O que se passou foi que eu estava dirigindo há menos de uma hora quando fui forçado a parar na *Autobahn*. Me ocorreu sem aviso quando eu estava atravessando o túnel de Bözberg. De repente senti o cheiro de lilases novamente. Então saí no próximo entroncamento e estacionei a uns dois quilômetros da estrada, no limite de um silencioso e aparentemente deserto vilarejo. Fiquei parado no ar fresco com as mãos no capô e tentei contar minha respiração, mas, em algum ponto perto de cinco ou seis, eu descobri que estava tremendo e não podia parar.

Então chorei. Não sei por quanto tempo. Talvez um minuto, talvez dez. Me sentei na rua de cascalho com minhas costas no carro e chorei por quanto tempo precisava até o tremor parar e minha cabeça estar limpa novamente. Então voltei ao carro, coloquei o Sr. Peterson no banco do carona ao meu lado e dirigi ao norte para encontrar meu destino.

23

TESTAMENTO

Minha mãe chegou na delegacia de Dover por volta das quatro da manhã, parecendo como se ela tivesse sido atirada de um canhão. Nessa hora eu já estava falando em círculos com o inspetor-chefe Hearse e o subinspetor Cunningham por pelo menos duas horas e meia. Eles a deixaram entrar na Sala de Interrogatório C, onde ela não perdeu tempo com gentilezas. Correu direto para onde eu estava sentado e esmagou minha cabeça em sua barriga. E ela continuou me abraçando por pelo menos três minutos. Não sei qual de nós se sentiu mais constrangido com isso – eu, o inspetor-chefe Hearse ou o subinspetor Cunningham –, mas depois de um tempinho eu parei de tentar virar meu pescoço de volta para uma posição sensata e meio que apenas aceitei a situação. Apesar da contorção, decidi que ser espancado por minha mãe era melhor do que ser espancado pela polícia.

– Sra. Woods – o inspetor Hearse começou –, se quiser pegar uma cadeira, então podemos acelerar com o...

Mas minha mãe não queria acelerar. E não queria se sentar também. – Eu gostaria de levar Alex para casa agora – ela disse.

Os policiais trocaram um olhar antes de o inspetor-chefe Hearse continuar: – Entendo que essa deve ser uma situação difícil, Sra.

Woods, mas ainda há perguntas que precisamos fazer. A senhora pode se sentar, é claro, mas temo que a entrevista ainda não tenha terminado.

– Entendo. – Minha mãe soltou minha cabeça e plantou seus punhos na cintura. – E do que exatamente ele foi acusado?

– Ele não foi acusado de *nada* ainda – o inspetor-chefe Hearse declarou. – Neste ponto, estamos apenas fazendo algumas perguntas, e com sua cooperação pode...

– Vocês não terão minha cooperação – minha mãe interrompeu. – Se não o acusaram de nada, vou levá-lo para casa.

O subinspetor Cunningham interferiu: – Sra. Woods, deve saber que nós *podemos* reter seu filho por quarenta e oito horas sem acusações contra ele. Mas este processo será...

– Isso é pavoroso! – minha mãe retrucou. – Podem começar a imaginar quão difícil essa última semana deve ter sido para ele? É o meio da madrugada. Ele tem dezessete anos. Tenham um pouco de compaixão! Desse jeito, vão provocar um ataque nele!

– Na verdade, eu já tive um ataque – eu disse.

– Ele já teve um ataque!

– Foi só um ataque parcial – esclareci. – Passou depois de alguns minutos. Mas acho que não devo dirigir para casa, só por segurança.

– Claro que não vai dirigir para casa! *Eu* vou te levar para casa.

– Sra. Woods – o inspetor-chefe Hearse começou.

– Isso é pavoroso! – minha mãe reiterou. – Que tipo de operação vocês fazem aqui? É equivalente a tortura! Olhe para ele: está doente, sem dormir. Não acho que vocês ofereceram a ele a chance de ver um médico, quanto menos um advogado?

O inspetor Hearse tentou recuperar o controle da situação.

– Sra. Woods, posso lhe garantir: seu filho não mostrou nenhum sinal de doença enquanto estávamos tratando dele. Se ele mostrar, então é claro que arrumaremos um médico para ele. E a razão pela qual não lhe foi oferecido um advogado é que ele ainda não foi acusado, como eu disse.

– Ele teve uma crise!

– Nenhum de nós estava presente quando a alegada crise aconteceu. E... – Desta vez o inspetor Hearse ergueu um dedo severo para deter minha mãe. – E também há algumas circunstâncias de que a senhora ainda não tem conhecimento. – Ele apontou para o subinspetor Cunningham, que, por uma segunda vez, pegou o saco plástico de maconha e jogou no centro da mesa.

– É maconha – o inspetor Hearse apontou, bem solenemente.

– Eu sei o que é, inspetor – disse minha mãe. – Não sou imbecil.

– Encontramos no carro do seu filho. Achamos que pode de alguma forma explicar seu "ataque". (Podíamos todos ouvir as aspas.)

– Isso é absurdo – minha mãe cuspiu. – Alex *não* usa drogas.

– Era do Sr. Peterson – expliquei.

– Sim, isso faz muito mais sentido – minha mãe concordou.

– Com todo respeito, Sra. Woods... – o inspetor Hearse começou ameaçadoramente. – Com todo respeito, os pais em geral ignoram o que seus filhos fazem. Eles não querem pensar...

– Vamos parar por aqui, inspetor – minha mãe disse (e era o tipo de tom que forçava você a parar, um tom que me era muito familiar). – Em primeiro lugar, é maconha. É muito trivial, dadas as circunstâncias, e sua presença aqui não torna meu filho um marginal, como o senhor parece querer insinuar. Se está dizendo que apenas marginais usam narcóticos, e não milhares de políticos e juízes, e policiais também, então o senhor é mentiroso e hipócrita. – Houve um silêncio arrepiante. Minha mãe não gostava de mentirosos e não gostava especialmente de hipócritas. – Em segundo lugar – continuou –, se está me dizendo que após algumas horas que o conheceu o senhor já entende meu filho melhor do que eu, o suficiente para me dizer que *eu* ignoro seu verdadeiro caráter, bem, então francamente, o senhor precisa examinar sua cabeça.

O inspetor Hearse ficou vermelho. Sua verruga estava pulsando. – Sra. Woods! O que estou dizendo é que seu filho não é o anjo que imagina...

– Não estou dizendo que ele é um anjo. Estou dizendo que é um puritano. A ideia de que ele usaria drogas, de que usaria qualquer substância que não tenha sido certificada por alguém com três doutorados, é ridícula. Ele acha que beber álcool é uma grave falha de caráter!

Houve um pequeno e incerto silêncio. Acho que o inspetor Hearse e o subinspetor Cunningham estavam surpresos com a explosão da minha mãe, mas eu estava pasmo. Ao contrário de tudo que eu sempre supus, parecia que minha mãe me conhecia *sim* muito bem.

Foi o inspetor Hearse que se recompôs primeiro. – Sra. Woods, acho que estamos saindo da questão aqui. Isso não é apenas posse para uso pessoal. Seu filho admitiu que ele cultivava e fornecia a maconha em questão. E que está cultivando já há algum tempo.

– Eu só fornecia ao Sr. Peterson – esclareci. – E ele fumava maconha desde 1965. Não é que eu tenha empurrado para ele. Além disso, eu não vendia. Eu só o ajudei a cultivar quando ele não pôde mais subir no sótão.

– Aí está! – minha mãe disse. – Não era para lucro ou ganho pessoal. Não sei o que está tentando me dizer aqui, inspetor, mas essa situação toda é ridícula. Estou levando meu filho para casa. Se precisar interrogá-lo mais, eu o trago pessoalmente. Mas neste momento estamos indo embora. Se quiser nos deter, terá de prender nós dois, e fique seguro de que quando eu sair redigirei uma denúncia formal do tipo que o senhor nunca viu. Vocês terão sorte

de ter emprego depois disso. A forma como conduziram isso hoje foi pavorosa! Deveriam ter vergonha. Vamos, Lex, estamos indo!
Eu fiquei de pé e segui minha mãe pela porta. Nenhum dos policiais tentou nos deter. O inspetor-chefe Hearse começou a dizer algo, mas nós fomos embora antes de que algo fosse registrado. Simples assim.

No carro, conforme dirigíamos para oeste, com o céu gradualmente clareando atrás de nós, eu contei tudo à minha mãe. Tentei explicar por que eu havia feito o que havia feito, mas ela parecia já saber isso. Ela só queria entender exatamente como as coisas aconteceram. E, quando eu terminei, ela apenas me criticou uma vez. Ela disse que eu deveria ter contado tudo isso a ela muito antes.

– Achei que você iria tentar me impedir – eu disse.

– Eu não iria tentar te impedir – ela respondeu. – Você é essencialmente um adulto. Não posso mais tomar essas decisões por você.

– Você não disse isso na delegacia – apontei. – Você disse que eu *só* tinha dezessete.

– Sou sua mãe. Eu só queria tirar você de lá. Como está se sentindo agora?

– Melhor – eu disse. – Quero dizer, ainda me sinto triste, obviamente. Mas agora é um tipo de tristeza bom, se isso faz sentido. – Pensei um tempinho. – O que quero dizer é que eu não mudaria nada. Não me importa o que aconteça com a polícia. Eles podem me trancafiar por milhares de anos e não faria diferença. Não acho que eu fiz nada de errado.

– Nem eu – minha mãe disse.

Não havia muito mais a contar. Eu poderia entrar em mais detalhes sobre os meses que se seguiram – as várias mudanças do meu caso, as muitas cartas de apoio que recebi de estranhos e pessoas que eu conhecia (o Dr. Enderby, a Dra. Weir, Herr Schäfer), e uma quantidade igualmente numerosa de cartas de condenação que pregavam com fervor sobre salvação e condenação da minha alma imortal. Eu podia falar mais sobre os detalhes, mas por enquanto você provavelmente sabe a maior parte das coisas que vale a pena saber. Meu caso começou com uma explosão, mas terminou com um resmungo. Depois de quase quatro meses de reuniões e "mais perguntas", muito depois que o rebuliço da mídia diminuiu, meu caso foi efetivamente encerrado. Não foi considerado de interesse público me processar por auxiliar no suicídio. Pela produção e posse de narcóticos com possível intenção de tráfico eu recebi um aviso. A Dra. Weir me disse que isso não iria impedir que eu entrasse numa boa universidade e seguisse carreira como físico teórico.

Mas, sério, nada disso deveria ter se arrastado por tanto tempo quanto precisava. Podia tudo ter sido acertado em questão de semanas – se não fosse pela existência do testamento. Esse foi o último fator complicador que eu não havia previsto. E é a última coisa que tenho de falar.

Nunca me ocorreu que o Sr. Peterson teria um testamento. Eu nem sabia que ele tinha uma advogada, não até eu encontrá-la em seu pequeno escritório arrumadinho em Wells, no dia do meu aniversário de dezoito anos. Antes disso, não permitiram que eu visse o conteúdo do testamento. Eu só sabia sobre ele porque a polícia o havia trazido à minha atenção. Eles tiveram algum tipo de permissão legal para obter uma cópia porque o consideravam "potencialmente" (e depois "extremamente") relevante à investigação.

Em resumo, aconteceu de eu ser o maior beneficiário do testamento – um dos dois únicos beneficiários – e isso me dava um "motivo plausível" para querer o Sr. Peterson morto (além dos motivos claros que eu já havia exposto em várias declarações). Eu tentei apontar para a polícia que esse motivo só era plausível se eu soubesse do testamento de antemão – de outra forma não era apenas *im*plausível, mas também violava a causalidade de grande forma –, mas eu fiquei com a impressão de que eles viam isso como uma fraca defesa. Por sorte, meu advogado me disse que eu não tinha de provar que eu não sabia do testamento; a polícia tinha de provar que eu sabia.

– Como eles poderiam provar isso? – perguntei.

Meu advogado deu de ombros. – Se você confessasse.

– Eu poderia confessar qualquer coisa – apontei. – Eu poderia confessar que meu pai é o papa. Não tornaria verdade.

Meu advogado concordou com esse argumento, mas me aconselhou que, até a questão ser deixada de lado, eu deveria permanecer paciente e sem humor, o que geralmente é a melhor forma de lidar com a lei.

Então o dia em que eu finalmente fui ver o testamento, como eu disse, era o dia do meu aniversário de dezoito anos. Foi só então que descobri o que era que a polícia queria que eu confessasse. Minha mãe e Ellie vieram comigo para dar apoio moral. Era uma manhã ensolarada de sexta-feira, o equinócio de outono, e a terceira vez na minha memória que minha mãe havia decidido fechar sua loja num dia útil.

O testamento foi montado num complicado jargão jurídico, claro, mas o conteúdo dele era muito simples. Toda a informação que eu precisava saber estava numa carta que o Sr. Peterson deixou para sua advogada. Anexo aqui uma cópia.

Querido Alex,
Bem, se está lendo isso, então imagino que tudo correu conforme o plano e não posso mais contar comigo entre os vivos. É bem

engraçado pensar nisso. Escrevendo isso agora, eu ainda me sinto bem vivo. É um belo dia de primavera e, tirando o fato de que é um pouco difícil seguir o que estou escrevendo, não notei nenhum sintoma desde que acordei. Acho que talvez meu cérebro tenha decidido me dar um tempo suficiente para que eu possa colocar isso no papel. O que acha? Essa ideia vai contra a ciência médica ou o quê?

Mas vamos ao que interessa.

Sei que agora estou morto. O que eu não sei, obviamente, é quanto tempo mais eu tive. Espero que tenham sido muitos meses a mais. Num dia como hoje, me parece bem possível. E o fato de que estou numa posição de torcer por mais tempo, o fato de que posso pensar assim, remete principalmente a você. Quero que saiba disso. Não sei quanto tempo ainda tenho, mas sei que as coisas vão terminar bem. Não duvido por um segundo. Como você sabe, eu nunca fui de muita fé, mas eu tenho fé em você.

No grande esquema do universo, duvido que haja muitos animais que têm o privilégio de uma morte pacífica, sem dor. Infelizmente, o universo não funciona assim, como nós dois sabemos. Não há nada natural numa morte sem dor, e o fato de que eu terei uma - o fato de que eu tive uma - é algo que me faz sentir muito abençoado.

Não se preocupe, eu não planejo continuar nesse tom mórbido. Eu so quero que você saiba que eu morri satisfeito, e alguns anos atrás (alguns meses atrás, até) essa ideia teria sido impensável. Do jeito que a vida é, a minha foi em grande parte boa. Eu curti em especial as partes sem sobressaltos.

Mas, como eu disse, o tempo está passando. Deixe eu ir direto ao assunto.

Deixei instruções com minha advogada em relação ao que ela deve fazer com meu "espólio" depois da minha morte. (É como eles chamam legalmente, um "espólio". Não estou com ilusões de grandeza.) O resumo é o seguinte:

Tenho um corretor na cidade que deve ter sido contatado agora que estou morto. Ele vai supervisionar a venda da minha casa, e da renda resultante, junto com as economias que me restarem, você deve receber 50.000 libras. O resto (a parte do leão, eu creio) vai para a Anistia Internacional. Mas tenho certeza de que você não se incomodará com isso.

Imagino que 50.000 libras deverão cobrir uma educação hoje em dia, mesmo em Londres, espero. E essa é a única condição que coloco para você receber o dinheiro. Você deve investir na sua educação. Sinto muito, mas sou inflexível quanto a isso. Se você vai trabalhar naquela Teoria de Tudo, vai precisar de tempo, espaço e nada de distrações. É o que estou comprando para você.

De um ponto de vista pessoal, não estou decepcionado de deixar o universo antes que você tenha a chance de entendê-lo. Suspeito que a Resposta Final será apenas muita matemática decepcionante. Mas essa é provavelmente uma das áreas onde teremos de concordar em discordar.

Tudo o que resta para eu dizer é: obrigado novamente, Alex. Espero que sua mãe entenda a decisão que tomamos, e que ela me perdoe por permitir, e precisar, que você fosse parte disso. Eu também espero que nada disso tenha causado nenhuma dificuldade com a lei. Eu sei que já discutimos muito isso, e tenho certeza de que você está certo: não há motivo para ser problema algum. Se não há vítima, não há crime.

É bom senso. Mas me perdoe, espero, se eu ainda me preocupar um pouquinho. Na longa história dos relacionamentos humanos, bom senso não é registrado com frequência.
E com esse pensamento eu te deixo.
Seu amigo,
Isaac

Eu imaginei que o Sr. Peterson tenha se divertido muito escrevendo essa carta. Eu passei para minha mãe, que leu e começou a chorar. Ela passou para Ellie. Ellie não chorou. Ela passou uma rápida olhada crítica sobre ela antes de passar para mim com uma rápida balançada de cabeça.

– Isso é um pé no saco – ela disse. Acho que estava se referindo à cláusula em relação a como gastar o dinheiro.

Depois disso, saímos do escritório e voltamos ao carro, que estava estacionado não muito longe da catedral. Minha mãe segurava uma das minhas mãos, e Ellie a outra, e não posso me lembrar de nenhum de nós dizendo nada mais. Só me lembro de olhar para a catedral e o céu acima e pensar em muitas coisas. Pensei na arquitetura e em todas as belas coisas que os seres humanos conseguiram construir. Pensei em Londres, no Museu de História Natural, em Charles Darwin e nas Teorias de Tudo. Pensei no futuro.

Todos esses pensamentos vagaram como nuvens através do espaço virtual da minha mente – pequenos sinais elétricos e químicos que se combinavam para criar um mundo inteiro –, mas então, depois de um tempo, tudo meio que derreteu. Só o que sobrou foi um calmo vazio azul. Eu me sentia muito feliz.

AGRADECIMENTOS

Primeiramente, um enorme obrigado a Donald Farber, administrador do Kurt Vonnegut Copyright Trust, e a todo o pessoal da editora Jonathan Cape por sua generosidade em permitir que eu usasse várias citações da obra do Sr. Vonnegut que aparecem neste romance. Não preciso dizer que Kurt Vonnegut foi uma enorme inspiração para mim, e minha dívida para com ele é considerável. Agradeço também ao Joseph Heller Estate por garantir permissão às citações de *Ardil-22*; sua generosidade é igualmente muito bem-vinda.

No capítulo cinco, Alex lê e faz citações ao "livro de meteoritos de Martin Beech". Este é um livro real de um homem real. O título completo é *Meteors and Meteorites: Origins and Observations*, e foi uma fonte primária para uma riqueza de informações em relação a meteoroides, meteoros e meteoritos. Meus sinceros agradecimentos ao Dr. Beech e desculpas novamente por rebaixar sua duplicata ficcional (a quem Alex se refere como "Sr. Beech"). Eu também fui culpado, em um ou dois lugares, por alterar a ciência para servir aos meus próprios propósitos – quaisquer imperfeições são totalmente minhas. Agradecimentos adicionais a Ken Hathaway da Crowood Press, que me deu permissão para usar a citação direta.

Agora alguns agradecimentos mais gerais.

Para Stan, meu agente na JBA, que me levou ao pub e fez todo tipo de promessa louca sobre o livro – todas as quais até agora ele conseguiu manter.

A todas as pessoas da Hodder que dedicaram tanto tempo, energia e entusiasmo a *Alex*. Tenho um pouco de medo de citar nomes, caso eu esqueça de alguém, mas sinto que há alguns nomes que tenho de mencionar em particular: Alice e Jason, que fizeram maravilhas com os direitos internacionais; Naomi e Rosie, que me conduziram pelo marketing e publicidade; Clive, que me mandou um belo e-mail reconfortante depois do nascimento da minha filha, bem quando eu mais precisava; Amber, uma editora de texto muito atenta e perceptiva; e Harriet, que buscou permissões, arranjou viagens e cuidou de pelo menos uma dúzia de outras questões práticas. Sendo alguém que carece de capacidade de organização, eu apreciei muito isso.

Agradecimentos especiais em separado para Kate Howard, minha maravilhosa editora, que amou *Alex* desde o primeiro dia, e cujo entusiasmo inabalável moveu as coisas em frente desde então.

Minha mãe leu as provas do terceiro rascunho, encontrou muitos erros e então disse muitas coisas encorajadoras, pelas quais sou muito grato. Obrigado também ao resto da família – ao meu pai, por nunca me dizer para arrumar um trabalho "real", e para meus irmãos, Siân, Kara e Ciaran, que me apoiaram de inúmeras formas.

Finalmente, o maior agradecimento tem de ir a Alix, minha única leitora por três anos, cujo amor incondicional e apoio tornaram este livro possível. Sem ela, não haveria agradecimentos a escrever.

Impressão e Acabamento:
GRÁFICA STAMPPA LTDA.
Rua João Santana, 44 - Ramos - RJ